GOLDMANN

Endlich glaubt Julia Severin, sich das Recht auf ein eigenes Glück erkämpft zu haben. Tochter Roberta scheint ihre Aggressionen und Eifersüchteleien abgelegt zu haben, Sohn Ralph geht in München seine eigenen Wege, und Johannes, der Mann, den Julia liebt, erwidert diese Liebe bedingungslos.

Aber Julia will nicht heiraten. Sie möchte nicht, daß der um ein paar Jahre jüngere Mann sich als Ehemann an sie gebunden fühlt. Außerdem meint sie noch immer, vorrangig für ihre Kinder da sein zu müssen, auch wenn die durch ihr Verhalten zu erkennen geben, daß sie es eigentlich nicht verdienen.

Da muß Julia feststellen, daß Roberta versucht, ihr den Geliebten auszuspannen. Das Mädchen hat sich ernsthaft in Johannes verliebt und stört mit böser Absicht immer wieder die Verbindung zwischen ihm und ihrer Mutter.

Eine dramatische Wendung tritt ein, als Roberta an ihrem achtzehnten Geburtstag zu Johannes geht, in der Meinung, ihrer Liebe stehe nun nichts mehr im Wege, aber von ihm abgewiesen wird. Aus Enttäuschung bringt sie ihn beinahe um. Jetzt muß sich Julia wirklich entscheiden, muß sich klar zu ihrer Liebe bekennen, damit ihr Leben mehr ist als nur ein Traum...

Mit diesem Band ist die Julia-Severin-Trilogie abgeschlossen.
Band 1 und 2:

Zu viel Liebe. Roman (6625)
Das eigene Glück. Roman (6778)

Außer »Zu viel Liebe«, »Das eigene Glück« und »Mehr als ein Traum« sind von Marie Louise Fischer als Goldmann-Taschenbücher erschienen:

Aus Liebe schuldig (3990) · Des Herzens unstillbare Sehnsucht (3669) · Diese heiß ersehnten Jahre (3826) · Ehebruch (6468) · Mit einer weißen Nelke (3508) · Schwester Daniela (3829) · Süßes Leben, bitteres Leben (3642) · Tödliche Hände (3856) · Die Deinharting-Trilogie: Das Dragonerhaus (3869) · Die Rivalin (3706) · Die Frauen vom Schloß (3970)

Marie Louise

Fischer

Mehr als ein Traum

Roman

GOLDMANN VERLAG

Ungekürzte Ausgabe

Made in Germany · 1. Auflage · 3/86

Umschlagentwurf: Design Team München
Umschlagfoto: The Image Bank, Hamburg
Druck: Elsnerdruck, Berlin
Verlagsnummer: 8376
MV · Herstellung: Peter Papenbrok
ISBN 3-442-08376-1

Julia Severin war glücklich; sie fühlte sich so beschwingt und gelöst wie seit langem nicht mehr. Das lag nicht daran, daß sie ein Glas Wein mehr als gewöhnlich getrunken hatte – es war ein festliches Abendessen gewesen –, sondern weil alle die Menschen um sie waren, die sie liebte.

Sie tanzte mit Ralph, ihrem großen Sohn, und seine grünen, dicht bewimperten Augen waren auf sie gerichtet mit jenem Ausdruck zärtlichen Spotts, den sie so gut an ihm kannte. Er bewegte sich geschmeidig und ein wenig lässig auf der Tanzfläche des *Capt'n Cook*, als lohne es sich nicht, sich anzustrengen. Dennoch machte er eine gute Figur, wie bei allem, was er tat. Sie selber hatte sich anfangs Mühe geben müssen, denn es war lange her, daß sie zuletzt getanzt hatte, aber bald hatte sie sich in den Rhythmus hineingefunden.

Die Musik der kleinen Band war sehr laut, so daß Ralph seinen Mund dicht an Julias Ohr bringen mußte, als er sie fragte: »Amüsierst du dich?«

Sie mochte sich nicht anstrengen, um sich verständlich zu machen, deshalb nickte sie nur und strahlte ihn an.

»Du bist so jung«, sagte er.

Jetzt hatte sie doch Lust, ihm zu antworten. »Ich fühle mich jung!«

Er verstand sie nicht, schüttelte lächelnd den Kopf.

»Ich fühle mich jung!« wiederholte sie mit größerer Lautstärke.

»Man sieht's.«

Sie las ihm von den Lippen ab, was er sagte. Wie sehr sie ihn liebte, ihren großen Jungen mit den schräg stehenden Augen seines Vaters, dem braunen, leicht gelockten Haar und dem spöttischen Mund. Sie konnte den Blick nicht von ihm wenden.

»Dein Freund . . .« begann er, alles andere ging in einem Stakkato des Schlagzeugers unter.

»Ja?« schrie sie zurück. »Was ist mit ihm?«

»Scheint sich auch zu amüsieren!« Mit einer raschen Wende brachte er seine Schwester Roberta und Johannes Herder in ihr Blickfeld.

Julia war sich jede Minute bewußt gewesen, daß sich die beiden auch auf der Tanzfläche bewegten, und das hatte ihr Glücksgefühl noch gesteigert. Aber jetzt erst sah sie zu ihnen hinüber. Sie tanzten ausgelassen miteinander, wilder als Ralph und sie, mit erhobenen Händen und extravaganten Drehungen.

»Ein schönes Paar!« sagte Ralph in ihr Ohr.

Julia nickte lächelnd.

Robertas blonde Mähne flog ihr um den Kopf, ihre langen Beine federten vom Boden. In den letzten Monaten hatte sie den Rest ihres Babyspecks verloren und war rank und schlank geworden. Ihre Bewegungen wirkten zwar nicht graziös, sondern waren eher sportlich ambitioniert. Johannes Herder war kaum einen Kopf größer als sie; er tanzte mit Schwung, aber ohne sich zu verausgaben.

Jetzt fanden seine braunen, von Lachfältchen umzogenen Augen die Julias mit einem Blick voller Liebe. Über die Schulter von Roberta hinweg warf er ihr die Andeutung eines Kusses zu. Er sah gut aus: kräftig, männlich und selbstsicher, wie er war. Plötzlich überfiel Julia der Wunsch, mit ihm zu tanzen, mit dem Mann, den sie liebte, und nicht mit ihrem Sohn, der, wenn auch mit Anmut, nur seine Pflicht erfüllte. Sie mußte sich zwingen, ihm wieder in die Augen zu sehen, aber sie spürte, daß ihr Ausdruck sich verändert hatte.

Auch über Ralphs Gesicht schien ein Schatten gefallen zu sein.

Im Augenblick, als die Musik verstummte, sagte er: »Gehn wir zurück?«

»Schon?« Julia gab sich keine Mühe, ihre Enttäuschung zu verbergen; sie hatte gehofft, die Partner wechseln zu können.

Ralph legte die Hand unter ihren Ellenbogen und führte sie entschlossen zum Rand der Tanzfläche. »Wir dürfen Albert nicht so lange allein lassen. Er ist empfindlich.«

Die Musik setzte wieder ein und enthob Julia einer Antwort. Sie mußte sich gestehen, daß sie die Anwesenheit von Dr. Albert Klinger völlig vergessen hatte. Sein Dabeisein war nicht geplant gewesen. Ralph hatte ihn zum Essen ins *Stardust* mitgebracht. »Ein guter Freund«, hatte er ihn vorgestellt, »ihr wolltet ihn doch immer schon kennenlernen.« Das stimmte zwar, dennoch war sein Auftauchen an diesem Abend, an dem die kleine Familienfeier schon seit langem geplant gewesen war, überraschend und ein wenig irritierend gewesen. Allerdings störte er dann nicht. Er gab sich ruhig, zurückhaltend, kultiviert, ein gut aussehender Mann Anfang der Vierzig, mit zurückgehendem Haar, das seine schön gewölbte Stirn betonte, und einem gepflegten Schnauzbart. Julia wußte, daß Ralph ihm viel zu verdanken hatte. Dr. Klinger hatte ihm schon während der Lehrzeit die Möglichkeit geboten, das Jungenwohnheim zu verlassen und zu ihm in seine Villa in München-Grünwald zu ziehen. Deshalb war sie ihm gegenüber besonders freundlich und bemüht, ihr Befremden über die Beziehung der beiden Männer zu überspielen.

Erst jetzt, als Ralph sie wieder in die kleine Nische zurück dirigierte, in der sie Platz gefunden hatten, störte es sie, auf den ungebetenen Gast Rücksicht nehmen zu müssen. Sie hätte noch stundenlang weitertanzen können.

Er stand auf, als sie an den runden Tisch zurückkamen, obwohl er durchaus nicht rücken mußte. Ein Mann mit glänzenden Manieren, wie Julia schon mehr als einmal an diesem Abend festgestellt hatte. Vielleicht war er mit dem maßgeschneiderten Anzug, mit Weste, Seidenhemd und Krawatte ein wenig zu elegant für *Capt'n Cook*, einen »Tanzschuppen«, wie die jungen Leute das Lokal nannten. Aber das konnte man ihm als Inhaber eines Modeateliers und mehrerer Herrenausstattungsgeschäfte durchaus verzeihen.

Auch Ralph trug ein maßgeschneidertes Hemd, in seiner Lieblingsfarbe Grün, aber weder Jacke noch Krawatte, sondern darüber nur einen grauen, großkarierten Pullunder. Julia hatte für den Abend ein braunes Wollkleid gewählt, darauf trug sie den Korallenschmuck, den sie während ihrer letzten Reise mit Roberta auf Mykonos gekauft hatte. Da draußen klirrende Kälte herrschte, hatte sie Stiefel angezogen, was sie selber nicht als ganz passend empfand.

»Schon genug?» fragte Dr. Klinger und rückte ihr den Stuhl zurecht.

»Ralph hatte keine Lust mehr«, sagte sie ehrlich.

»Ja, diese Jugend . . . eine lasche Generation!«

»Unterschätz uns nicht!« gab Ralph zurück. »Wir haben die Zukunft noch vor uns!«

Julia begriff, daß Ralph es ernst meinte. Was er ihr vorhin auf der Tanzfläche gesagt hatte, waren nichts als Schmeicheleien gewesen, Worte, von denen er wußte, daß sie sie gerne hörte. In Wirklichkeit waren Dr. Albert Klinger und sie für ihn alte Leute. Jung waren nur er und Roberta. Wie mochte er Johannes Herder einordnen? Nicht mehr so jung wie er, aber – daraus hatte er nie ein Hehl gemacht – viel zu jung für sie.

Unwillkürlich warf Julia einen Blick auf Dr. Klingers Hände. Sie waren sehr gepflegt, mit sorgfältig manikürten Nägeln, aber stark hervortretenden Adern. Es waren alte Hände. Sie verglich sie mit den eigenen, glatten kleinen »Pfoten«, wie Johannes Herder sie liebevoll zu nennen pflegte – nein, so alt war sie denn doch noch nicht.

Sie nahm einen durstigen Zug aus ihrem Glas mit dem Long Drink, in dem das Eis längst geschmolzen war, lehnte aber die Zigarette, die Dr. Klinger ihr anbot, dankend ab. Die beiden Herren rauchten. Julia war froh, daß die dröhnende Musik zu einer Unterhaltung nicht gerade animierte. So konnte sie einfach dasitzen und ihre Tochter und Johannes Herder beobachten – für das gut gewachsene Gogo-Girl im Bikini, das sich, von Scheinwerfern angestrahlt, auf einer kleinen Empore verrenkte, hatte sie keinen Blick. Das Ambiente des Lokals – viel Mahagoni und Messing, diffuses Licht – gefiel ihr, wenn auch die Musik für ihren Geschmack weniger aufdringlich hätte sein dürfen. Voller Stolz sah sie ihrem Freund und ihrer Tochter beim Tanzen zu. Die beiden könnten wirklich Vater und Tochter sein, dachte sie, wenn Johannes Herder auch ein sehr junger Vater gewesen wäre. Es schien sogar, als hätten sie sich im Partner-Look gekleidet. Aber Julia wußte, daß es Zufall war. Johannes hatte seine Jacke ausgezogen und tanzte im am Hals offenen blauen Hemd und grauer Flanellhose; Roberta trug einen weiten grauen Rock und eine blaue

Hemdbluse, die so weit aufgeknöpft war, daß man den Ansatz ihres festen jungen Busens sehen konnte. Beide wirkten mitreißend in ihrer Ausgelassenheit.

»Ich bin so froh!« sagte Julia aus tiefstem Herzen.

Ralph beugte sich zu ihr. »Was hast du gesagt?«

»Daß ich froh bin!«

»Wie schön für dich.«

»Sei nicht so blasiert!«

Er äußerte sich nicht.

Julia hatte das Gefühl, sich verständlich machen zu müssen. »Ist es nicht wundervoll, daß die beiden sich jetzt so gut verstehen?«

»Du bist instinktlos!« gab er zurück.

Schockiert sah sie ihn an.

Er hielt es nicht für nötig, eine Erklärung abzugeben; seine Augen waren verschleiert, und das spöttische, wissende Lächeln um seine Lippen war wie angefroren.

»Daß du einem immer die Freude verderben mußt«, sagte sie hilflos.

Sein Lächeln wurde zu einem Grinsen, das ihn gleich viel jungenhafter machte. »Arme, kleine Julia!« Er tätschelte ihre Hand.

»You will never be alone . . .« tönte der Sänger wieder und wieder auf dem Podium, das Mikrophon dicht an den Lippen. Dann endete das Lied mit einem Crescendo der Instrumente, und die Musiker verließen ihre Plätze.

Die plötzliche Stille, bevor während der Pause ein Tonband eingelegt wurde, war wie ein Atemholen.

Hand in Hand liefen Roberta und Johannes von der Tanzfläche und zu ihrem Tisch zurück.

Robertas Wangen glühten, und die blauen Augen glänzten; sie strich sich eine Welle ihres Haars aus der Stirn. »Puh, das war was!« verkündete sie. »Ich hab einen Durst!« Sie griff noch im Stehen nach ihrem Glas.

»Warte noch!« sagte Johannes und hielt ihr Handgelenk fest. »Ich habe Champagner bestellt.«

»Champagner!« wiederholte Roberta beeindruckt. »Oh!« Gehorsam ließ sie die Hand sinken.

»Findest du nicht, daß du übertreibst?« fragte Ralph kühl.

»Überhaupt nicht. Wir müssen doch miteinander anstoßen.«

»Auf unsere glückliche kleine Familie?«

»Auf unsere Verlobung!«

Das kam für Julia nicht überraschend. Sie hatten ausgemacht, den Kindern an diesem Abend ihre Verlobung bekanntzugeben, nicht, weil sie wirklich heiraten wollten – so weit war Julia noch nicht –, sondern um ihrer Verbindung endlich einen offiziellen Charakter zu geben. – Roberta war blaß geworden und ließ sich in einen der rundlehnigen kleinen Sessel sinken, als hätten ihre Beine den Dienst versagt.

»Wer mit wem?« fragte Ralph spöttisch.

»Was für eine Frage!« Johannes Herder legte Julia die Hand auf die Schulter und beugte sich zu ihr herab. »Julia und ich.«

Die Maske des überlegenen, welterfahrenen Zynikers war von Ralphs Gesicht wie weggewischt. »Ihr seid verrückt!« stieß er heiser hervor.

»Nein«, sagte Roberta verzweifelt, »nein, das dürft ihr nicht! Hans, das darfst du nicht tun!«

Johannes Herder blickte von Ralph zu ihr. »Ich verstehe nicht, was ihr dagegen habt. Wir sind doch Freunde geworden . . .«

Ralph sprang auf. »Ich scheiße auf deine Freundschaft!«

Dr. Klinger zuckte zusammen. »Ralph, bitte, doch nicht so vulgär!«

»Warum soll ich nicht ehrlich sein?« Ralph wies mit dem Zeigefinger anklagend auf Johannes Herder.

»Dieser Mensch hat sich in meine Familie eingeschlichen! Er tut so, als läge ihm was an uns . . . dabei will er doch nur . . .«

Dr. Klinger unterbrach ihn. »Genug.« Er stand auf. »Ich hasse öffentliche Szenen. Wir wollen gehen.«

»Ich möchte nur wissen«, sagte Johannes Herder, jetzt auch aufgebracht, »woher du das Recht nimmst, eine solche Lippe zu riskieren, Ralph . . . Ausgerechnet du, der sich die letzten Jahre verdammt wenig um seine Mutter gekümmert hat.«

»Hat sie sich etwa bei dir beklagt?»

»Das war nicht nötig, weil die Situation offensichtlich ist.«

Dr. Klinger packte Ralph bei der Schulter. »Komm, gehen wir. Das alles führt doch zu nichts.« Er verbeugte sich vor Julia. »Verzeihen Sie dem Jungen. Es ist nicht seine Schuld, daß dieser schöne Abend verdorben wurde.« Er verbeugte sich auch in die Richtung von Roberta und Johannes Herder. »Gute Nacht.« – Ralph ließ sich von ihm aus der Nische führen wie ein dressierter Hund, der nicht mehr wagt, seinen Instinkten zu folgen.

»Tut mir leid«, sagte Johannes Herder, »ich ahnte nicht, daß er sich so aufregen würde.«

Champager und frische Gläser wurden gebracht. Der Kellner entkorkte geschickt die Flasche, schenkte ein und stellte sie in einen Kübel mit Eis.

»Trinken wir!« sagte Johannes Herder. »Los, Robsy, du warst doch eben noch so durstig.«

Roberta wollte nicht, aber sie war wirklich durstig, und so trank sie doch, wenn auch mit einer Miene des Widerwillens. »Das kannst du nicht tun, Hans!« sagte sie, und als sie ihn ansah, schwammen ihre Augen in Tränen. »Du kannst es nicht!«

»Wir wollen nicht mehr darüber reden«, sagte Julia, »das Ganze war eine unausgegorene Idee.«

»Da hast du es, wie sie darüber denkt!« rief Roberta.
Er sah Julia an. »Ist das deine wirkliche Meinung?«
»Frag mich das bitte nicht jetzt und nicht hier.«
Aus den Lautsprechern ertönte ein Blues, die Musik schwoll an und trug die leidenschaftliche, herzzerreißende Stimme von Diana Ross in den Raum.
Johannes Herder hatte Mühe, das Band zu übertönen. »Wir haben noch gar nicht miteinander getanzt, Julia! Möchtest du?«
Sie sah ihre Tochter an, aus deren Gesicht alle Freude gewichen war, und es erschien ihr falsch, sie jetzt allein zu lassen. Aber ihre Sehnsucht nach Liebe war stärker. Sie ließ sich von Johannes Herder hochziehen, und als sie sich dann, an seine Brust geschmiegt, im gleichen zärtlichen Rhythmus mit ihm bewegte, überkam sie der Wunsch, alle und alles hinter sich zu lassen – Roberta und Ralph, ihr Haus in Bad Eysing, ihr Ehrenamt im Verkehrsverein, ihre Freundinnen. Nichts mehr schien ihr einen Wert zu haben außer dem Ziel, für immer mit ihm zusammen zu bleiben. Es war ihr, als könnte sie bis in alle Ewigkeit so zärtlich mit ihm weitertanzen. Sie spürte, daß auch er ähnlich empfand wie sie.
Aber sie war nicht mehr jung genug, Pflichten einfach abzuschütteln, als bestünden sie gar nicht – das war ein Talent, das sie tatsächlich nie besessen hatte.
Etwas in ihr zwang sie, die Augen zu öffnen, den Blick zu heben und nach Roberta Ausschau zu halten.
Die Nische, in der sie eben noch miteinander gesessen hatten, war leer.
»Sie ist fort!« Julia war entsetzt.
Er verstand sie nicht sogleich und neigte sein Ohr näher zu ihr hin. »Was ist?«
Sie blieb so plötzlich stehen, daß er ins Stolpern geriet und ihr auf die Zehen trat. »Robsy!« rief Julia. »Sie ist verschwunden!«

Ein anderes Paar prallte gegen sie.

Julia nahm sich nicht die Zeit, sich zu entschuldigen, sondern riß sich von Johannes Herder los und bahnte sich einen Weg durch die Tanzenden, wobei sie notwendigerweise Schultern und Ellbogen einsetzen mußte.

Er holte sie ein, als sie den Rand der Tanzfläche erreicht hatte. »Reg dich nicht auf! Sie wird für kleine Mädchen sein!«

Julia rannte zum Ausgang und erreichte ihre Tochter gerade noch, als sie das Lokal verlassen wollte. »Robsy!« rief sie ein wenig zu laut, denn sie hatte nicht berechnet, daß die Musik hier nur gedämpft zu hören war. »Bist du verrückt!« Sie packte Roberta beim Arm.

»Laß mich!« fauchte das Mädchen.

»Ohne Mantel!«

»Hans hat die Garderobenmarken«, maulte Roberta; in ihrer Stimme klang Selbstmitleid, denn sie hatte sich bei dem Gedanken, in Rock und Bluse in die Winternacht hinauszustürmen, nicht gerade wohl gefühlt.

Julia begriff, daß es ihr nur deshalb gelungen war, sie noch abzufangen. »Warten wir auf ihn«, sagte sie, »er muß noch zahlen.«

»Ich will ihn nicht mehr sehen!«

»Ich bitte dich, sei nicht kindisch.«

»Meinst du, es wäre angenehm gewesen, euch zuschauen zu müssen? Du hast dich richtiggehend an ihn geklammert.«

»Ich liebe ihn, Roberta.«

»Das ist doch kein Grund, ein öffentliches Schauspiel zu geben!«

Julia schwieg, denn es wurde ihr bewußt, daß sie nicht allein waren. Das Fräulein hinter der Garderobe machte zwar ein freundliches, ausdrucksloses Gesicht, mußte aber dennoch jedes Wort mitbekommen haben. Wahrscheinlich amüsierte sie sich über diese Auseinandersetzung zwischen Mutter und Tochter.

»Der bleibt aber lange«, sagte Roberta nach einer Weile.

»Wollen wir nicht lieber doch wieder hineingehen und nach ihm suchen? Vielleicht ist er aufgehalten worden, vielleicht hat er Bekannte getroffen, vielleicht . . .«

»Ich laufe ihm nicht nach!«

»Aber, Robsy, das verlangt ja niemand. Wir brauchen nur die Marken.«

»Dann geh du doch.«

»Damit du mir wieder wegläufst?«

»Ich werd schon nicht«, behauptete Roberta mürrisch.

Julia seufzte. »Wenn ich mich nur auf dich verlassen könnte!«

Unwillkürlich fiel ihr Blick auf den großen, mit Messing gerahmten Spiegel neben der Garderobe, der den ankommenden Gästen dazu dienen sollte, ihren Aufzug zu überprüfen. Jetzt sah sie sich darin und hinter sich ihre große Tochter, die sie fast um einen Kopf überragte. Sie kam sich winzig gegen Roberta vor, und tatsächlich war sie schmaler und zierlicher als das breitschultrige Mädchen. Blond, rosig und blauäugig hatte sie neben ihr etwas von einem Riesenbaby an sich, und Julia fühlte sich plötzlich sehr alt. Noch gab es keine grauen Fäden in ihrem braunen, naturgelockten Haar, das sie immer noch kurz geschnitten trug, aber um ihre runden, braunen, weit auseinanderstehenden Augen hatten sich die ersten Fältchen gebildet. Für diesen Abend hatte sie, anders als sonst, reichlich Make-up aufgetragen, Wimperntusche, goldene Lidschatten und einen korallenroten Lippenstift. Jetzt kam ihr das albern vor. Als hätte sie sich jünger machen wollen als sie war oder auch nur schöner! Wozu? Noch in diesem Jahr würde sie vierzig werden, und keine Schminke der Welt konnte etwas daran ändern.

Wieder einmal mehr fragte sie sich, ob es einen Sinn hatte, für die Liebe zu einem Mann zu kämpfen, der drei Jahre jünger war als sie selber. Hatten Ralph und Roberta nicht vielleicht doch recht? Konnte es denn gutgehen?

Aber wie immer kam sie zu der gleichen Antwort. Sie hatte keine Wahl. Sie liebte Johannes Herder und würde ihn lieben, solange es dauerte. Er war die größte Liebe ihres Lebens und wahrscheinlich ihre letzte. Sie war bereit, das Ende hinzunehmen, wenn seine Gefühle für sie verlöschen würden, aber sie würde die Beziehung nicht abbrechen oder aufgeben aus Gründen, die nichts mit ihnen beiden selber zu tun hatten.

»Du findest dich wohl sehr schön«, sagte Roberta in ihre Gedanken hinein.

»Wie kommst du darauf?«

»Weil du dich so lange anstarrst.«

»Ich stelle nur fest, daß ich mich ein bißchen zu stark angestrichen habe.«

»Wenn du das nur einsiehst«, sagte Roberta, die selber reichlich Gebrauch von allen nur denkbaren Verschönerungskünsten gemacht hatte; sogar falsche Wimpern hatte sie sich angeklebt.

Julia mußte lächeln. Sie selber hatte sich angemalt, um jünger auszusehen, Roberta, um älter zu wirken – wie lächerlich das alles doch war.

Endlich erschien Johannes Herder. »Was steht ihr hier rum? Ich warte auf euch.«

»Du hast die Marken!« erinnerte ihn Roberta heftig.

»Ihr wollt doch nicht etwa schon gehen?«

»Ich ganz bestimmt!« Roberta entriß ihm die Garderobenmarke, die er aus einer seiner Taschen gefischt hatte, und zeigte sie vor.

»Es ist der Lammfellmantel.«

»Aber, Robsy! Ich habe doch gerade erst den Champagner bestellt!«

»Gieß ihn dir über den Kopf!«

Julia stand unschlüssig zwischen den beiden. »Also, Robsy, wirklich, ich finde auch ...«

»Du kannst ja bleiben, wenn du noch Lust hast!« fauchte das Mädchen.

»Selbstverständlich bleibt deine Mutter!« erklärte er.

Roberta riß ihren Mantel an sich. »Na dann ... noch viel Spaß, ihr beiden!«

Ein junger Mann im schwarzen Anzug eilte herbei, half ihr in den Mantel, schlug den schweren, in schwarzes Leder gefaßten Vorhang zurück und öffnete ihr die Tür zur Occamstraße.

Julia machte einen Schritt, als wollte sie ihr folgen. »Aber, Hans, wir können doch nicht ...«

»Selbstverständlich können wir! Oder willst du dich bis an dein Lebensende von ihr tyrannisieren lassen?«

»Natürlich nicht, aber ...«

»Dann komm!« Er nahm die Garderobenmarke wieder an sich, legte den Arm um ihre Schultern und führte sie zurück.

»Sie war so ... so verstört!« sagte Julia hilflos.

»Sie ist immer verstört, wenn etwas nicht nach ihrem Kopf geht. Aber sie wird sich schon wieder beruhigen.«

»Aber was wird sie jetzt tun?«

»Erst einmal Dampf ablassen und dann in die Pension zurückgehen. Was denn sonst?«

»Ich weiß nicht, Hans ...«

»Aber ich! Hör endlich auf, über Robsy nachzugrübeln. Sie ist fast erwachsen und kann sehr gut auf sich selber aufpassen. Denk lieber an mich. An mich und an dich! Es ist unser Abend!«

»Ja, Hans«, sagte sie, »du hast ja recht.« Aber sie spürte, daß nichts ihre gute Stimmung zurückbringen würde.

Als Roberta auf die Straße hinausgetreten war, hätte ein Windstoß sie fast aus dem Gleichgewicht gebracht. Es war eine frostklirrende Nacht, und sie erschauerte, obwohl sie den Kragen hochgeschlagen und die Fäuste tief in die Taschen gesteckt hatte.

Ein Taxi fuhr langsam vorbei, aber sie dachte nicht daran, es anzuhalten. Auf keinen Fall wollte sie jetzt brav in die Pension zurückkehren und darauf warten, daß ihre Mutter kam – falls sie überhaupt kommen würde! Wahrscheinlich würde sie ja den Krach zum Anlaß nehmen, um bei Johannes Herder zu übernachten, wie sie es immer tat, wenn man sie aus den Augen ließ.

Schrecklich, dachte Roberta, wie kann man nur so sein! Und das in ihrem Alter! Einfach degoutant. Bestimmt hängt sie ihm längst zum Hals heraus. Aber warum kann er das nicht zugeben? Warum muß er auch noch mit dieser lächerlichen Verlobung kommen?

Sie fühlte sich verraten und sehr hilflos. Was konnte sie nur tun? Wieder ausreißen, wie sie es im vergangenen Jahr getan hatte? Es war ihr ziemlich dreckig gegangen, damals, nachdem ihr das Geld ausgegangen war und man ihr das Mofa geklaut hatte, und genutzt hatte es auch nichts. Julia war nicht einmal nach Holland gefahren, um sie abzuholen, wie man es von einer liebenden Mutter hätte erwarten können. Statt dessen hatte sie sie per Schub nach München zurückbringen lassen, und dann hatten sie sie beide zusammen in Empfang genommen, Julia und

Johannes Herder, in schöner Eintracht, die weisen Erwachsenen das ungezogene kleine Mädchen.

Zum Kotzen, dachte Roberta, das alles ist doch einfach zum Kotzen!

Aber in der Erinnerung schienen die Schatten jenes Abenteuers nicht mehr ganz so dunkel, und die heiteren Episoden überwogen. Sie hatte es falsch angefangen, das war das ganze Pech, sie war noch zu unerfahren gewesen. Diesmal würde sie sich nicht mehr hereinlegen lassen, und sie würde länger, viel länger fortbleiben, damit Julia einen wirklichen Schreck bekam.

Wenn es bloß nicht so kalt wäre! Wer konnte schon bei solcher Eiseskälte lostrampen. Dazu fehlte ihr einfach der Nerv. Obwohl Julia es verdient hätte und Johannes Herder noch mehr. Seine Verlobung zu verkünden, so eine Gemeinheit! Und das, ohne jede Vorwarnung, einfach so, als sei es eine Selbstverständlichkeit.

Roberta hörte Schritte hinter sich. Na endlich! dachte sie. Da sind sie ja! – Sofort trabte sie schneller, um es ihren vermeintlichen Verfolgern schwerzumachen, sie einzuholen.

Doch dann, nach einem kurzen Schwall von Gelächter und Musik, verhallten die Schritte. Irritiert blieb Roberta stehen und drehte sich endlich um. Niemand folgte ihr. Sie mußte erkennen, daß sie sich getäuscht hatte. Nicht Julia und Hans waren es gewesen, die hinter ihr hergegangen waren, sondern ein paar Fremde, die inzwischen in einem der vielen Lokale verschwunden waren.

Wahrscheinlich tanzten Hans und Julia noch quietschvergnügt und eng umschlungen im *Capt'n Cook* und dachten gar nicht mehr an sie, Roberta, die mutterseelenallein durch das nächtliche Schwabing lief. Sie sah sich um. Zwischen den Laternen war es dunkel, aber die Neonreklamen flimmerten, aus zahlreichen Fenstern fielen Lichtstreifen auf das Pflaster, und wenn eine Tür geöffnet wurde, drang immer wieder Musik in die Stille der Nacht. Plötzlich überkam Roberta Lust, die Gelegenheit zu nutzen und etwas zu unternehmen, natürlich mit dem Hintergedanken, sich an Julia und Hans zu rächen; wie, das wußte sie noch nicht genau.

Gleich neben ihr führten ein paar Stufen in ein Kellerlokal. Roberta stieg die Treppe hinab und trat ein. Auch hier gab es hinter der Tür einen schweren Vorhang, der die Winterluft abhalten sollte, und in dem sie sich fast verfing. Drinnen war es warm und so rauchig, daß sie die Augen aufreißen mußte, um sich zurechtzufinden. Alle Tische waren besetzt, dennoch wurde kaum geredet und wenn doch, dann nur sehr gedämpft. Das Publikum, zumeist junge Leute, lauschte einer Jazzband, die im Hintergrund des niedrigen Gewölbes hingegeben musizierte. An der Bar waren noch zwei Plätze frei. Roberta knöpfte ihren Mantel auf – eine Garderobe schien es nicht zu geben – und schwang sich auf einen der Hocker.

Ohne eine Bestellung abzuwarten, schob ihr der Mann hinter der Bar ein großes Glas mit Cola zu, in dem eine Zitronenscheibe schwamm, und ein kleines mit einer hellen Flüssigkeit. »Coke mit Rum«, sagte er und hielt ihr die geöffnete Linke hin. »Zwanzig!«

»Was?« fragte Roberta, die nicht verstand.

»Demark.«

Roberta schien das zwar reichlich teuer, aber sie zahlte.

Ein junger Mann auf dem Barhocker neben ihr hatte sich zu ihr umgedreht und warf ihr einen prüfenden Blick zu. »Bist wohl fremd hier?«

Roberta zuckte die Achseln. »Man kann nicht überall gewesen sein.«

»Auch wieder wahr.«

Sie schnupperte an dem kleinen Glas.

»Ist Rum«, erklärte der junge Mann, »gib ihn mir, wenn du ihn nicht magst.«

Normalerweise hätte Roberta den Rum nicht getrunken, aber jetzt wollte sie eine gewisse Weltläufigkeit vortäuschen und schüttete ihn in ihre Cola. »O doch!« sagte sie. »Warum denn nicht?«

»Die meisten Mädchen mögen ihn nicht.«

»Dann gehöre ich eben nicht zu den meisten.« Sie nahm einen kräftigen Schluck. »Schmeckt doch gut.«

»Na, bravo!«

Roberta wollte die Unterhaltung nicht versiegen lassen. Der junge Mann sah nicht übel aus, wenn er sich auch, wie sie fand, das lange Haar waschen und den Bart hätte stutzen lassen sollen; er hatte schöne Augen. »Warum bestellen sie ihn dann?« fragte sie.

»Wer . . . wen?«

»Die Mädchen den Rum.«

»Hast du ihn dir denn bestellt?«

Roberta schüttelte den Kopf.

»Na eben. Gehört zum Eintritt. Nachher kannst du trinken, was du willst, sogar Champagner.«

»Davon habe ich für heute genug.«

»Sieh mal einer an!«

»Ich war im *›Capt'n Cook‹* . . . das heißt, zuerst im *›Stardust‹*.«

»Aber doch nicht allein?«

»Nein.«

»Krach gehabt?«

»Ja.« Roberta überlegte, wieviel sie noch von sich erzählen sollte.

Aber der junge Mann stellte keine weiteren Fragen. »Gib mir zehn Mark«, forderte er statt dessen.

»Wofür?«

»Du wirst schon sehen.«

Roberta zögerte.

»Nun hab dich nicht, du hast doch Kohle.«

»Ich weiß nicht, wo ich übernachten soll«, erklärte Roberta aus einer plötzlichen Eingebung heraus.

»Das wird sich alles regeln. Gib mir erst einmal das Geld.«

Roberta tat es.

Der junge Mann rutschte vom Hocker und ging. Eine Sekunde lang fürchtete sie, daß er sie einfach sitzenlassen würde, aber dann sah sie, wie er sich in Richtung der Toiletten wandte. Wenig später kam er mit einer brennenden Zigarette im Mund zurück. Er tat einen tiefen Zug und reichte sie ihr.

Roberta begriff sofort, daß es Hasch war. Sie kannte das nicht nur von ihrer Ausreißertour her, sondern auch auf den Partys ihrer Freundinnen wurde manchmal gehascht. Roberta machte sich nicht viel daraus, aber sie inhalierte und hielt den Rauch so lange wie möglich in ihren Lungen, wie es von ihr erwartet wurde.

»Tut gut, was?« fragte der junge Mann, der sie aufmerksam beobachtet hatte.

Sie reichte ihm die Zigarette zurück. »Geht so.«

»Wenn du was Stärkeres brauchst, mußt du mehr ausspucken.«

Der schwere Vorhang vor der Tür blähte sich, und eine weitere Gruppe junger Leute betrat das Lokal. Mit Erstaunen sah Roberta, wie der Mann an ihrer Seite schnell die Glut seiner Zigarette mit Daumen und Zeigefinger ausdrückte und den Joint in seiner Jackentasche verschwinden ließ.

»Na, erlaube mal!« protestierte sie.

»Razzia«, gab er ihr zu verstehen, fast ohne die Lippen zu bewegen, und wandte sich von ihr ab.

Zuerst glaubte Roberta an einen Witz. Die Leute, die hereingekommen waren, sahen kaum anders aus als das umhersitzende Publikum. Sie trugen keine

Uniformen, sondern Jeans oder lange Hosen aus Stoff oder Leder; die beiden jungen Frauen hatten Winterstiefel, Rollkragenpullover und warme Jacken an. Die Frauen waren geschminkt und hatten modische Frisuren. Nein, sie unterschieden sich in nichts von den anderen, außer, daß sie vielleicht eine Spur gepflegter wirkten. Aber tatsächlich schwärmten sie jetzt aus. Ein Mann und eine Frau wandten sich sofort zu den Toiletten. Die anderen gingen paarweise von Tisch zu Tisch, zeigten Ausweise vor und stellten Fragen. Die Atmosphäre hatte sich kaum verändert. Vielleicht, daß eine leichte Beunruhigung unter den Gästen zu spürenn war, sonst aber auch nichts. Der Barmixer hätte nicht gleichgültiger blicken können, als er über ein poliertes Glas hinweg die Vorgänge beobachtete. Wenn das wirklich eine Razzia war – so hatte Roberta sie sich jedenfalls nicht vorgestellt.

»Wonach suchen sie denn?« fragte Roberta ihren neuen Bekannten.

Aber sie bekam keine Antwort.

Schon kam eine der Frauen auf Roberta zu. »Kriminalpolizei!« sagte sie freundlich. »Kann ich mal deinen Ausweis sehen?«

»Wozu?«

»Es interessiert mich, wie alt du bist.«

»Achtzehn.«

»Tatsächlich? Kannst du das beweisen?«

»Ich bin achtzehn. Warum glauben Sie mir denn nicht?«

»Du weißt, daß das Lokal für Jugendliche unter achtzehn verboten ist. Außerdem geht's schon auf Mitternacht zu.«

»Warum erzählen Sie mir das?«

»Das Mädchen ist achtzehn«, erklärte der Barmixer überraschend, »sonst hätte ich gar nichts an sie ausgeschenkt.«

»Haben Sie sich ihren Ausweis zeigen lassen?« fragte die Kriminalpolizistin mit unverminderter Freundlichkeit.

»Wenn ich mir von jedem Gast den Ausweis zeigen lassen wollte, was glauben Sie, wer dann noch hierher käme?«

»Nicht von jedem, sondern nur von den zu jungen. Es ist nicht das erste Mal, daß wir bei Ihnen auf Minderjährige gestoßen sind.«

»Ist es meine Schuld, wenn die heutzutage alle schon so erwachsen aussehen?« Er wies, während er sein Glas polierte, mit dem Ellbogen auf den bärtigen jungen Mann, der Roberta jetzt den Rücken zuwandte. »Sie ist mit dem da gekommen. Deshalb dachte ich, es wäre alles in Ordnung.«

»Ist das dein Freund?« fragte die Kriminalbeamtin das Mädchen.

Roberta wußte nicht, was sie antworten sollte. Womöglich handelte der junge Mann mit Drogen, jedenfalls wußte er nur allzu gut, wie man an verbotenen Stoff herankommen konnte. Da sie sich nicht noch tiefer hineinreiten wollte, zog sie es vor zu schweigen.

»Du bist doch nicht etwa allein hier?« fragte die Beamtin.

Der junge Mann drehte sich zu ihnen um. »Doch. Wenn Sie es genau wissen wollen: Sie ist ganz solo hier aufgekreuzt. Wir haben ein paar Worte zusammen gequatscht. Aber ich habe sie vorher noch nie gesehen.«

»Na, dann habe ich mich getäuscht«, sagte der Barmixer, »es war ein solches Gehen und Kommen, da kann so was schon mal passieren.«

Roberta blickte wütend und enttäuscht von einem zum anderen.

»Tut mir leid«, sagte der junge Mann achselzuckend, »du kannst nicht verlangen, daß ich dir zuliebe lüge. Außerdem würde es dir auch nichts nützen. Warum zeigst du nicht endlich deinen Ausweis?«

»Weil ich ihn nicht bei mir habe!«

»Dann muß ich dich bitten, mit uns zum Polizeipräsidium zu fahren.«

»Soll das etwa heißen, ich bin verhaftet?«

»Dann hätte ich mich wohl anders ausgedrückt. Nein, wir wollen nur deine Personalien feststellen, dann kannst du nach Hause gehen.«

»Aber ich wohne gar nicht hier! Ich komme aus Bad Eysing.«

»Das kannst du alles auf dem Präsidium erzählen.« Die Beamtin faßte Roberta beim Arm. »Komm!«

Roberta überlegte, ob sie ihr in den Bauch treten sollte. Von ihrem Barhocker aus hätte sie das leicht gekonnt. Aber inzwischen waren auch die anderen Beamten mit ihrer Überprüfung fertig und gesellten sich zu der Kollegin. Da Roberta sich einer so vielfachen Übermacht gegenübersah, blieb ihr nichts anderes übrig als aufzugeben.

Julia und Johannes Herder verließen das *Capt'n Cook* erst kurz vor der Polizeistunde. Er hatte sich vorgenommen, an diesem Abend zu feiern, und sie wollte keine Spielverderberin sein und zum Aufbruch drängen. So hatte sie denn ihre Sorge um Roberta beiseite geschoben und war bemüht gewesen, sich seiner guten Laune anzupassen. Je mehr Zeit vergangen war, desto besser war es ihr gelungen. Julia fühlte sich wie ein Passagier eines Luxusliners, der alle Probleme des Alltags hinter sich gelassen hat.

Als sie im Taxi zur Amalienpassage fuhren, zog er sie so eng in seine Arme, daß sie den Kopf an seine Brust schmiegen mußte. Er legte die Hand unter ihr Kinn und küßte sie.

»Himmlisch«, flüsterte sie.

»Hm, hm«, machte er und küßte sie wieder.

»Ich fühle mich himmlisch jung.« Sie zog sich ein wenig von ihm zurück. »Es ist so unendlich lange her, daß ich im Taxi geknutscht habe.«

»Macht Spaß, wie?«

»Aber es ist nicht ganz fair! Der Fahrer . . .«

»Der ist ganz andere Sachen gewohnt!« Er rutschte zu ihr und küßte sie wieder.

Sie wehrte seinen begierigen Händen. »Laß das! Du reißt mir noch die Haken aus! Wie gut, daß wir gleich zu Hause sind.«

»Ja«, sagte er und lächelte sie im ungewissen Licht der vorübergleitenden Laternen an, »wir haben Glück gehabt.«

»Daß wir uns gefunden haben?«

»Das war mehr als Glück: Schicksal. Daß Robsy sich aus dem Staub gemacht hat, meine ich.«

»Wie kannst du so was sagen!« protestierte sie, aber es klang nicht sehr überzeugend.

»Sonst hätte sich doch wieder mal die Frage gestellt, ob du mit ihr in der Pension oder bei mir übernachten würdest!«

»Sollten wir nicht mal rasch vorbeifahren?«

»Es ist gleich zwei Uhr! Wie stellst du dir das vor?«

»Ich möchte mich nur vergewissern, daß . . .«

»Sie ist kein Baby mehr! Hör endlich auf, sie so zu behandeln! Ich Idiot! Hätte ich ihren Namen bloß nicht erwähnt!«

»Du hast ja recht. Es war mein Fehler. Ich neige nun mal dazu, mich über nichts und wieder nichts aufzuregen.«

Er zog sie wieder in seine Arme. »Braves Mädchen.«

»Und außerdem würde es ja doch nichts nützen«, sagte sie, »ich meine, wenn sie noch nicht im Bett ist . . .«

Er verschloß ihr den Mund mit einem langen, leidenschaftlichen Kuß, und als sie wieder zu Atem kam, hielt das Taxi.

»Ich störe Sie ja nur ungern«, sagte der Fahrer, »aber wir sind da. Falls Sie aber noch eine Runde drehen wollen . . . mir soll's auch recht sein.«

In seiner Maisonette-Wohnung war es angenehm warm. Ohne Licht anzuknipsen, öffnete er ihren braunen Biberpelz und zog sie an sich. Auf dem großen schrägen Atelierfenster lag dichter Schnee.

»Weißt du, wie ich mich fühle?« fragte sie. »Wie in einer Höhle.«

»Willkommen in meiner Höhle! Noch einen Drink?«

»Ich hatte mehr als genug.«

»Kaffee?«

Sie schüttelte den Kopf. »Auch nicht.«

»Kluges Mädchen! Dann nichts wie ins Bett!« Er pellte sie aus ihrem Pelz, warf ihn über einen der Sessel und zog seinen eigenen Wintermantel aus.

Wie immer, wenn sie bei ihm war, überließ er ihr das Bad im oberen Stock, während er selber sich unten in der Gästetoilette frischmachte. Sie lief die Wendeltreppe hinauf. Da sie, entgegen ihrer Gewohnheit, einiges an Schminke aufgetragen hatte und zudem nicht der Versuchung widerstehen konnte, wenigstens kurz zu duschen, dauerte es, bis sie zu ihm kam.

Er lag schon in seinem breiten Bett, die Hände hinter dem Kopf verschränkt, und wartete auf sie. Sie warf den Bademantel ab und stand nackt vor ihm.

»Bleib so!« bat er.

»Wozu?«

»Laß dich bewundern! Du bist so schön!«

Sie lachte. »Nun übertreib nicht, Junge, ich weiß selber, wie ich aussehe!« Aber sie war sich durchaus und glücklich bewußt, daß ihr Busen immer noch fest und rund und ihre Hüften schlank waren, wenn auch nicht mehr so schmal wie die eines jungen Mädchens.

»Ich kann mich nicht satt an dir sehen.«

»Oh, eines Tages wirst du das ganz bestimmt. Vergiß nicht, daß ich immer älter werde.«

»Alt wird man erst, wenn die Seele zu verwelken beginnt.«

»Klingt hübsch.« Sie schlüpfte zu ihm ins Bett. »Wie einer deiner Texte.«

»Ist mir gerade erst eingefallen.«

»Du bist ein Genie.« Sie rieb die Nase an seiner Wange, die schon stoppelig zu werden begann.

»Könntest du mir ruhig öfter sagen.«

»Als wüßtest du's nicht selber.«

»Sei jetzt still, ganz still!« Seine Hände glitten über ihren Körper mit jener Zärtlichkeit, die sie so sehr liebte. Es war, als versuche er jedes Stück Haut, jeden Nerv, jede Vertiefung und jede kleinste Unebenheit zu suchen, zu ergründen und zu bejahen. Sie genoß das Wohlgefühl, das sie durchfloß, bis es sich, ehe sie es sich versah, zu flammender Leidenschaft wandelte. Sie waren beide zu müde, um sich mit einem langen Vorspiel aufzuhalten, sondern gaben einander vorbehaltlos hin.

Noch im Einschlafen hielt er sie fest umfangen, und ihr Kopf ruhte an seiner Brust.

Sie selber fühlte sich überwach, aber es machte ihr nichts aus. Es war so schön, bei ihm zu liegen und zu dem schneebedeckten Fenster aufzublicken, durch das ein mildes, diffuses Licht drang. Julia war sich bewußt, daß sie glücklich war. Daran hatte auch Robertas Ausbruch nichts verderben können. Es war ein Rückfall gewesen, nichts weiter.

Monatelang war es ja gutgegangen. Hans und Roberta hatten sich von Tag zu Tag besser verstanden. Mit unendlicher Geduld war es ihm gelungen, Robertas böse Aggressionen in harmlose Neckereien zu verwandeln. Wieso war sie bei der Verkündigung ihrer Verlobung nun wieder ausgeflippt?

Aber tatsächlich wollten sie ja gar nicht heiraten. Roberta würde sich schon wieder beruhigen, wenn sie das erst begriff.

Julia hatte gar nicht das Bedürfnis, seine rechtlich angetraute Frau zu werden. Was sie wollte, war nur seine Liebe, und seine Liebe gehörte ihr. Wenn ihre Beziehungen so locker blieben wie bisher, würde das unvermeidliche Ende weniger schmerzhaft werden als bei einer Scheidung.

Er war drei Jahre jünger als sie. Das machte heute noch keinen Unterschied. Sie fühlte sich nicht älter als er und wirkte auch nicht älter. Aber wenn sie fünfzig wurde, würde er erst siebenundvierzig sein. Dann konnten die Dinge anders aussehen. Wahrscheinlich würde er dann von ihr fortstreben, wie es heute ihre Kinder taten. Ralph hatte sie schon verlassen, und wenn Roberta sich auch noch an sie klammerte, so wußte sie doch, daß dies nur ein vorübergehender Zustand war. Gerade deshalb wollte sie sich ihr Leben durch die Kritik und den Widerstand ihrer Kinder nicht verderben lassen.

Sie hatte ihnen Jahre ihres Lebens geopfert – Julia erschrak, als ihr der Gedanke kam, daß es ihr nun als ein Opfer erschien. Aber es war doch so gewesen. Zuerst war sie freiwillig und ganz selbstverständlich nur für sie dagewesen, aber später hatten sie das, was sie ihnen so großmütig gegeben hatte, als ihr Recht gefordert. Sie hatten ihr nicht ein Stückchen Freiheit lassen, nicht einmal den Gedanken an einen anderen Menschen in ihrem Herzen dulden wollen. Wer immer sich ihr genähert hatte, sie hatten ihn erbarmungslos abgelehnt und die Mutter zum Verzicht gezwungen.

Die Freundinnen, besonders Agnes Kast, hatten auf ihrer Seite gestanden, hatten sie beschworen, sich nicht kleinkriegen zu lassen, sondern die Kinder in ihre Schranken zu weisen. Aber wie konnte sie das, da sie sie so sehr liebte!

Damals, vor mehr als fünfzehn Jahren, als Julias Mann, der junge Amtsgerichtsrat Robert Severin, auf der Fahrt zur Arbeit ums Leben gekommen war, hatte sie sich geschworen, nur noch für Ralph und Roberta da zu sein. Nein, sie hatte sich das nicht schwören müssen, es war ihr als ihr Schicksal erschienen, das sie fraglos und klaglos hingenommen hatte. Ihre wundervollen Kinder, wie sehr hatte sie sie geliebt. Sie hatte geglaubt, daß es keinen anderen Menschen mehr für sie geben könnte.

Dann kam Ralphs rätselhafte Krankheit, die die Ärzte, die Lehrer und endlich auch sie selber für seelisch bedingt gehalten hatten, weil sie sich immer dann besonders bemerkbar machte, wenn er Grund zur Eifersucht zu haben glaubte. Wie hätte sie da hart sein und ihn leiden lassen können, nur um sich zu amüsieren! Schließlich hatten aber die Ärzte im Schwabinger Kinderkrankenhaus diagnostiziert, daß eine Zyste oder ein Tumor im Hirn die Ursache war für seine Kopfschmerzen, seine Übelkeit, seine immer undeutlicher werdende Sprache und seine Schreibschwäche.

Ihr Entsetzen, als sie erfuhr, daß er operiert werden mußte! Julia dachte an die furchtbare Nacht, die sie verbracht hatte, bis sie am frühen Morgen erfuhr, daß es sich tatsächlich nur um eine harmlose Zyste und nicht um einen bösartigen Tumor handelte.

Wie unendlich erleichtert und froh war sie gewesen, als er sich dann zu einem gesunden Jungen entwickelte, immer noch sehr zart und anders als die anderen, aber doch gesund. Voller Dankbarkeit hatte sie sich damals bewußt geschworen, nur noch für ihre Kinder da zu sein.

Als er sich dann von ihr gelöst hatte – nach der Mittleren Reife, noch nicht volljährig, hatte er sie verlassen und eine Lehre im Amtlichen Bayerischen Reisebüro in München angetreten –, war es Roberta gewesen, die sie voll in Anspruch genommen hatte und ihr nicht den Hauch von Freiheit lassen wollte. Das Mädchen war vor keinem Mittel zurückgeschreckt. Ein Selbstmordversuch hatte Julia in Panik versetzt. Dann, als sie Johannes Herder kennengelernt hatte, war Roberta, um eine Trennung zu erzwingen, von zu Hause ausgerissen. Ohne ihn, das glaubte Julia auch heute noch, hätte sie die schlimme Zeit des Bangens nicht überstanden. Ohne ihn, das wußte sie, hätte sie sich wieder dem Willen ihrer Tochter gebeugt.

Auch heute abend wäre sie Roberta nachgelaufen, wenn er sie nicht zurückgehalten hätte. Aber es wäre nicht gut gewesen, wenn sie ihr nachgegeben und sich den Abend von ihr hätte verderben lassen. Sie hatte nicht nur das Recht, sondern auch die Pflicht, an sich selber zu denken und Roberta auf den Platz zu verweisen, der ihr zustand.

Es hatte eine Zeit gegeben – Julia erinnerte sich jetzt mit einem Lächeln daran –, da hatte sie wahrhaftig geglaubt, daß sie und ihre Kinder eine Einheit bildeten, daß Ralph und Roberta sie nie verlassen würden. Heute wußte sie, daß es anders war. Der Tag war nicht fern, an dem sie Roberta herzlich gleichgültig geworden sein würde. Fast schämte sie sich, daß diese Vorstellung ihr keinen Schmerz mehr bereitete, sondern Hoffnung weckte. Zu lange war sie Sklavin ihrer Kinder gewesen. Die Sehnsucht nach Freiheit und das Verlangen, den Mann zu halten, den sie liebte, waren übermächtig in ihr geworden.

Als sie in dieser Nacht, den Kopf an der Brust des

Geliebten, die Jahre nach dem Tod ihres Mannes an sich vorbeiziehen ließ, wurde ihr bewußt, daß ihr scheinbar so gleichförmiges, an Sensationen armes Leben ihr Schmerzen, Kämpfe und Entbehrungen auferlegt hatte. Dennoch hatte sie die Kraft gehabt, es durchzustehen, und diese Kraft war ihr geblieben.

Mit diesem tröstlichen Gedanken schlief sie endlich ein.

Als Julia erwachte, begriff sie zuerst nicht, wo sie war; Johannes Herders Wohnung wirkte im hellen Schneelicht so verändert. Dann kam die Erinnerung zurück. Sie dehnte sich wohlig, suchte seine Nähe und erschrak, als sie ihn nicht neben sich fand. Roberta fiel ihr ein, die jetzt jeden Augenblick klingeln konnte – oder war sie etwa schon gekommen?

Von unten drang der Duft von starkem Kaffee herauf.

Sie lauschte angestrengt, aber Stimmen waren nicht zu hören. Nur Geschirr klapperte leise. Hans machte Frühstück, und sie empfand zärtliche Dankbarkeit. Rasch sprang sie aus dem Bett, duschte sich und putzte sich die Zähne. Das braune Wollkleid, das sie am Abend zuvor getragen hatte, hätte sie gern noch ausgelüftet, aber sie entschloß sich, es anzuziehen, weil sie ihre Tochter nicht bei ihrem Freund im Bademantel empfangen wollte. Obwohl sie sich blaß fand, verzichtete sie darauf, sich anzumalen. Sie bürstete nur gründlich das kurz geschnittene, braungelockte Haar.

Zehn Minuten später lief sie die Treppe hinunter, korrekt gekleidet, fast wieder die »unnahbare Witwe«, wie man sie lange Zeit in Bad Eysing genannt hatte; doch der Glanz in ihren Augen verriet sie.

»Schade«, sagte er schmunzelnd, als er sie ansah, »ich hatte dir das Frühstück ans Bett bringen wollen.«

Er trug eine Schlafanzughose, einen roten Bademantel darüber und Lederslipper an den Füßen.

»Ein andermal«, sagte sie und streichelte ihm mit dem Handrücken über die Wange.

»Ich weiß, daß ich unrasiert bin, aber . . .«

»Steht dir sehr gut! Macht dich unerhört männlich.«

»Wenn ich dazu Bartstoppeln brauche!«

»Fischst du wieder nach Komplimenten?«

Sie umarmten sich, weil sie der Freude aneinander Ausdruck geben mußten, obwohl die enge kleine Küche der ungeeignetste Platz dafür war.

»Könnten wir doch allein bleiben!« sagte er sehnsüchtig.

Sie löste sich von ihm. »Können wir aber nicht!«

»Wenn wir erst verheiratet sind . . .«

»Fängst du wieder damit an?« Sie ging ins Wohnzimmer und nahm an der Durchreiche das Tablett entgegen.

»Ich werde nie damit aufhören.«

Sie hätten an der Küchenbar frühstücken können, zogen es aber vor, es sich in den Sesseln um den niedrigen Tisch bequem zu machen. Eine Eßecke gab es in Johannes Herders Junggesellenwohnung nicht. Gemeinsam deckten sie den Tisch.

Sie schenkte Kaffee ein. »Ein für allemal«, sagte sie, »ich will dich nicht heiraten.«

»Und das erklärst du mir auf nüchternen Magen?«

»Einverstanden. Iß erst etwas, dann sprechen wir weiter.«

Aber noch während er eine der Semmeln, die er im Backofen aufgeröstet hatte, mit Butter bestrich, kam er auf das Thema zurück. »Und warum willst du nicht meine Frau werden? Wegen deiner läppischen Pension als Amtsgerichtsratswitwe? Ich verdiene mit meinen . . . möglicherweise noch läppischeren . . . Schlagertexten mehr, viel mehr als das.« Er legte Schinken auf jede Seite des Brötchens und schob die eine Hälfte auf Julias Teller. »Da! Iß!«

Sie hatte bisher nur in ihrer Kaffeetasse gerührt. »Danke«, sagte sie.

»Du brauchst keine Existenzangst zu haben, wirklich nicht. Ich werde eine Lebensversicherung für dich abschließen, die im Fall von Tod ... von mir aus auch von Scheidung ... für dich wirksam wird.«

»Das ist es ja nicht, Hans!«

Aber er war nicht zu stoppen. Hungrig biß er in seine Semmel und sprach mit vollem Mund weiter. »Ich habe mich erkundigt, Julia! Wenn du wieder heiratest, kannst du vom Staat eine Abfindung verlangen. Er muß dir die Pension für die nächsten fünf Jahre auf einen Schlag auszahlen. Die Entschädigung aus der Unfallversicherung beziehst du weiter, ganz unabhängig von deiner Pension.«

Er hatte es fertiggebracht aufzuessen, während er ihr das alles erklärte. »Aber du ißt ja nichts«, stellte er tadelnd fest.

»Ich bin nicht so talentiert wie du.«

»Was soll das heißen?«

»Ich kann nicht zugleich essen und reden.« Julia nahm einen Schluck Kaffee.

»Aber du hast ja selbst gar nichts gesagt.«

»Weil du mich nicht zu Wort kommen läßt.«

»Ich wollte dir erst mal die Situation klarmachen. Es ist doch alles ganz einfach. Wir beide gehen zum Standesamt. Wir brauchen niemanden um Erlaubnis zu fragen. Wenn deine Kinder nicht aufhören wollen, Remmidemmi zu machen, müssen wir sie einfach vor vollendete Tatsachen stellen.« Er unterbrach seinen Redefluß. »Magst du etwa keinen Schinken? Ich könnte dir auch ...«

Sie wehrte ab. »Doch, doch!« Gehorsam biß sie in ihre Semmelhälfte und merkte jetzt erst, daß sie Hunger hatte. Sie kaute und schluckte und sagte dann: »Sehr gut! Aber wozu das alles?«

»Damit wir jeden Morgen zusammen frühstücken können, so wie heute ... zusammen schlafen gehen, zusammen aufstehen, zusammen leben. Du hast doch Platz genug in deiner Wohnung.«

Sie verschluckte sich und mußte husten. Er sprang auf und klopfte ihr liebevoll auf den Rücken, brachte ihr ein Glas Wasser. Als sie sich wieder erholt hatte, fragte sie: »Du willst also nach Eysing ziehen?«

»Warum nicht? Wir können aus deinem sogenannten Boudoir ein gemeinsames Schlafzimmer machen, wir brauchen nur ein größeres Bett hineinzustellen ...« Er beobachtete sie aufmerksam, während er sprach, sah, daß ihr dieser Gedanke nicht sehr behagte. Das verstand er. Es hatte lange gedauert, bis sie sich ein eigenes Zimmer nach ihrem Geschmack und ihren Bedürfnissen hatte einrichten können, und sie mochte diese Zufluchtsstätte nicht so mir nichts dir nichts aufgeben. Also verbesserte er sich rasch: »Ich könnte auch in Ralphs ehemaliges Zimmer einziehen. Es steht ja ohnehin leer.«

Dagegen war nichts einzuwenden, und dennoch fühlte Julia sich bedrängt. Ralph hatte sie verlassen, das stimmte. Aber wenn sie jetzt Johannes Herder in sein Zimmer ziehen ließ, so war das doch, als schlüge sie ihrem Sohn die Tür seines Elternhauses endgültig vor der Nase zu. Sie hätte es ihrem Geliebten nicht erklären können und war dankbar, daß er sie nicht mehr fixierte, sondern damit beschäftigt war, eine zweite Semmel aufzuschneiden und zu belegen.

»Da hast du recht«, sagte sie, um einen möglichst leichten und gleichgültigen Ton bemüht, »und du willst dann das Apartment hier aufgeben?«

»Nein, nein!« sagte er. »Das brauchen wir noch. Es könnte ja sein, daß ich mal die Einsamkeit suche, um in Ruhe zu arbeiten, oder weil ich Besprechungen in München habe, oder weil wir beide mal in die Großstadt wollen. Außerdem ist es mein Eigentum, und ich möchte nicht gern fremde Leute bei mir wohnen lassen.«

»Du willst also dein Refugium behalten«, sagte sie ohne Vorwurf.

»Wenn du willst, überschreibe ich es auf deinen Namen. Ich habe mich wohl falsch ausgedrückt. Auch du sollst dich hierher zurückziehen können, wenn ich dir mal zu sehr auf die Nerven gehe.« Er legte ihr eine zweite Semmelhälfte, diesmal mit Käse, auf den Teller. »Willst du noch eine Tasse Kaffee?«

»Ja, gerne«, sagte sie, kam ihm aber zuvor, als er ihr einschenken wollte, »er ist ausgezeichnet.«

»Noch ein Grund mehr, mich zu heiraten.«

»Hans, du hast mir mal einen Brief geschrieben . . .«

»Einen?« fragte er lächelnd, denn er hatte sie eine Zeitlang mit Briefen förmlich bombardiert.

»Ich meine einen bestimmten. Damals warst du in Amerika. Du schriebst mir, daß Heirat das größte Opfer wäre, das du mir bringen könntest.«

»Unmöglich. Das kann ich nicht geschrieben haben. Oder ich muß vorübergehend geistesgestört gewesen sein, im Zustand verminderter Zurechnungsfähigkeit, wie es so schön heißt.«

»Nein, Hans, du warst bloß ehrlich und hast dir nichts vorgemacht.«

»Und jetzt lüge ich und betrüge mich selber?«

Sie legte zärtlich ihre Hand auf seinen Arm. »Sieh mal, Hans, es ist doch so schön mit uns. Wir lieben uns, verstehen uns, wie ein Mann und eine Frau sich verstehen können, wir sind so oft wie möglich zusammen . . .«

»Aber wir leben nicht zusammen!« fiel er ihr ins Wort. »Genau das ist es, was ich will. Würdest du etwa damit einverstanden sein, daß ich ohne Trauschein bei dir einziehe? Natürlich nicht. Ich würde es selbst nicht einmal wollen, weil ich es nicht fertigbrächte, dich in deiner Umgebung, in der du dir Achtung erworben hast, zu kompromittieren.«

»Was für ein altmodisches Wort.« Sie zog ihre Hand zurück.

»Es trifft den Nagel auf den Kopf. Das Leben in einer Kleinstadt ist gewissermaßen altmodisch, und das weißt du genau.«

»Wir könnten in München leben. In einer größeren Wohnung.«

»Würdest du das wirklich wollen?«

»Nein«, sagte sie ehrlich, und weil sie befürchtete, ihn verletzt zu haben, fügte sie rasch hinzu: »Ich möchte nicht, daß Robsy zwei Jahre vor dem Abitur die Schule wechselt. Sie ist keine besonders gute Schülerin, und wenn es dann schiefgeht . . .«

»Immer nur Robsy, wie? Sie ist dein ein und alles. Sie kann sich aufführen, wie sie will, du stehst auf ihrer Seite.«

»Nein, Hans. Es ist schlimm, aber es ist so: Ich liebe sie nicht mehr wie früher, bevor ich dich kannte. Vielleicht spürt sie das sogar. Ein Grund mehr, nachsichtig mit ihr zu sein. Kein Mensch bedeutet mir so viel wie du. Aber es ist meine Pflicht, zu ihr zu halten, bis sie auf eigenen Beinen steht. Das ist der Schatten, über den ich nicht springen kann. Es wäre unrecht, sie im Stich zu lassen.«

»Das verstehe ich ja, Liebste!« sagte er eindringlich. »Gerade deshalb will ich dich doch heiraten. Es ist nicht gut für ein heranwachsendes Mädchen, wenn ihre Mutter ein schlampiges Verhältnis hat.«

Um ihre Rührung zu verbergen, sagte sie: »Ich glaube, du bist noch altmodischer als ich.«

»Wahrscheinlich sind wir beide altmodisch, und gerade das zieht uns zueinander hin. Uns hat die böse Welt den Glauben an Liebe und Ehre und Anstand nicht rauben können. Ist es nicht so?«

»Vielleicht. Ich habe noch nie darüber nachgedacht.«

»Aber ich. Du hast von Anfang an einen so großen Eindruck auf mich gemacht, weil du nicht zu diesen Flittchen gehörst, den sogenannten modernen, aufgeklärten, emanzipierten Frauen, die nur an sich denken und gedankenlos von einem Bett ins andere hüpfen.«

»Das hast du mir auf den ersten Blick angesehen?«

»Es steht dir auf der Stirn geschrieben.«

Sie malte ohne ihn anzusehen mit dem Zeigefinger einen Kreis zwischen den Krümeln auf ihren Teller. »Jedenfalls bin ich nicht bedenkenlos genug, einen Mann zu heiraten, den ich noch nicht einmal ein Jahr lang kenne.«

»Und warum nicht? Kennst du mich noch nicht gut genug? Hast du kein Vertrauen zu meiner Liebe?«

Sie konnte ihm nicht die Wahrheit sagen; er würde sie nur auslachen, wenn sie ihm erklärte, daß sie den Altersunterschied fürchtete. Deshalb sagte sie nach einigem Zögern: »Es ist auch wegen Ralph. Da du mich für altmodisch hältst, wird es dich nicht wundern, daß mir seine Freundschaft mit diesem Doktor Klinger nicht gefällt.«

»Daran kannst du nichts ändern.«

»Aber es kriselt zwischen den beiden. Gut möglich, daß Ralph mich schon sehr bald doch wieder brauchen wird.«

»Dich oder sein altes Zimmer?«

Sie wurde rot. »Eine Unterkunft würde er schon irgendwo finden.«

»Aber du willst ihm nicht die Gewißheit nehmen, daß es einen Menschen gibt, der ständig für ihn da ist?«

»Ich bin für dich da und für ihn und für Robsy. Warum will keiner von euch das begreifen? Warum willst du eine Entscheidung von mir erzwingen?«

»Bitte, reg dich nicht auf, Geliebte. Das wollte ich nicht. Dabei bin ich eigentlich derjenige, der gekränkt sein müßte. Zum ersten Mal in meinem Leben habe ich mich zu einem Heiratsantrag aufgerafft ... und nun muß mir das passieren!«

Sie war ihm dankbar, daß er das Thema ins Scherzhafte zog. »Du Armer!« sagte sie und konnte fast schon wieder lachen.

»Alle anderen Frauen, die ich gekannt habe, waren aufs Heiraten aus«, beschwerte er sich, »wirklich, das ist keine Übertreibung.«

»Ich glaub's dir ja!« sagte sie lachend. »Und du warst immer auf der Hut, dich nur ja nicht einfangen zu lassen. Sei doch froh, daß du endlich mal auf eine gestoßen bist, die nichts will als deine Liebe. Eines Tages wirst du glücklich darüber sein.«

Er hob den Kopf und sah sie aufmerksam an. »Was heißt das?«

»Nichts, gar nichts!« behauptete sie rasch. »Es war nur so dahingesagt.«

»Du bist eine merkwürdige Frau.«

»Solange du mich merkwürdig findest, bin ich für dich noch interessant.« Um das Gespräch abzubrechen, warf sie einen Blick auf ihre kleine goldene Armbanduhr. »O je, jetzt ist es schon fast zehn Uhr! Robsy kann jeden Augenblick hier sein.« Sie stürzte den Rest Kaffee hinunter.

»Wenn sie überhaupt kommt«, sagte er.

Sie blickte ihn aus großen Augen an.

»Wenn ich siebzehn wäre, wüßte ich was Besseres in Schwabing anzufangen, als uns zwei beide aufzusuchen. Sie könnte bummeln gehen, Geschäfte angukken, einkaufen ...«

Julia sprang auf.

»Was ist los?« fragte er.

»Ich werde mal in der Pension anrufen . . .«

Genauso rasch wie sie war er auf den Füßen. »Das wirst du nicht!« Er packte sie bei den Schultern. »Julia, hör endlich auf, eine Glucke zu sein! Laß Robsy doch, wenn sie sich ein bißchen selbständig machen will! Was Besseres könnte uns ja gar nicht passieren.«

»Und wie kann ich sie dann später finden?«

»Sie weiß ja, wo du bist. Sie wird sich schon melden. Notfalls kann sie auch allein nach Eysing zurückfahren. Es verkehren Züge.«

Ihre Spannung löste sich. »Du hast ja recht«, sagte sie, »sei mir nicht böse! Ich bin nun mal ein bißchen verrückt. Aber durch all das, was sie mir schon aufgeführt hat . . .«

»Du brauchst mir nichts zu erkären«, sagte er und küßte sie, »ich verstehe dich ja.«

Zur selben Zeit saß Roberta in einem Bürohaus in der Neuhauser Straße – hier hatte das Münchner Polizeipräsidium einige Etagen hinzugemietet, als seine traditionellen Räumlichkeiten an der Ettstraße nicht mehr ausreichten – einer Kriminalbeamtin gegenüber. Sie hatte sich dem Mädchen als Frau Ponsel vorgestellt und sie gleich gefragt, ob sie eine Tasse Kaffee trinken wollte. Roberta hatte abgelehnt, obwohl der Kaffee, den man ihr zum Frühstück in die Zelle gebracht hatte, eine dünne Brühe gewesen war. Aber sie wollte beweisen, daß eine Nacht in Gewahrsam nicht genügte, um sie fertig und gefügig zu machen.

»Ganz wie du willst«, hatte die Beamtin gleichmütig geantwortet; sie mochte um die Fünfzig sein, ihr blondiertes Haar zeigte an den Schläfen weiße Fäden, und unter ihren müden Augen spannte sich ein Netz zarter Fältchen.

»Ich will hier raus, sonst gar nichts!« Roberta hatte ihr Gesicht mit Wasser und Seife bearbeitet und sah aus wie ein blank polierter Apfel; nur die Wimperntusche hatte sie nicht ganz entfernen können.

»Das ist die Vorausetzung, von der wir ausgehen«, sagte Frau Ponsel ungerührt. Roberta kam sich plötzlich dumm vor: In wie vielen Verhören mußte die Beamtin diesen Satz schon gehört haben!

Als könnte Frau Ponsel Gedanken lesen, erklärte sie: »Dies ist übrigens kein Verhör, damit wir uns richtig verstehen, sondern nur eine Unterhaltung.«

»Was wollen Sie von mir?«

Die Beamtin blätterte in einem Schnellhefter. »Wir wissen jetzt, wer du bist. Roberta Severin aus Bad Eysing.«

»Das habe ich doch immer gesagt!«

»Du hast dein Alter falsch angegeben. Wie ich sehe, wirst du erst im Juli achtzehn.«

»Na, wennschon! Die paar Monate . . .«

». . . sind entscheidend. Hast du schon mal darüber nachgedacht, daß das Alter der Volljährigkeit bei uns sehr niedrig angesetzt ist? Früher mußte man dazu einundzwanzig sein, und selbst dann sind die meisten Menschen noch nicht wirklich erwachsen.«

»Das sagen Sie!«

»Ich weiß es. Leider. Aus langjähriger Erfahrung. Junge Menschen streben danach, mündig zu werden. Das ist verständlich. Sie vergessen nur, daß wir sie danach nicht mehr schützen können.«

»Wovor?« fragte Roberta aufsässig.

»Vor sich selber. Du hast Glück, daß du noch keine achtzehn bist . . .«

»Soll ich Ihnen jetzt auch noch dankbar sein, daß Sie mich eingesperrt haben?«

»Nun, ich selber war das ja gar nicht. Ich habe meinen Dienst erst heute morgen angetreten. Aber ich verstehe schon, wie du es meinst. Ja, du solltest uns dankbar sein, denn wir haben dich womöglich vor etwas viel Schlimmerem bewahrt. Der Mann, mit dem du dich da eingelassen hast, ist ein ziemlich übler Typ.«

»Dann hätten Sie lieber den verhaften sollen!«

»Wir verhaften nur dann, wenn wir Beweise haben, die zu einer Verurteilung führen müssen, jedenfalls, aller Wahrscheinlichkeit nach. So weit sind wir bei diesem Mann noch nicht.«

»Weswegen haben Sie ihn in Verdacht?«

»Darüber kann ich nicht sprechen. Dir kann ich nur sagen, daß du in Zukunft besser auf dich achten und weniger vertrauensselig sein solltest.«

»Bloß, weil ich mit dem Typen ein paar Worte gewechselt habe?« verteidigte sich Roberta. Aber ihr wurde siedendheiß bewußt, daß sie drauf und dran gewesen war, mit ihm zu gehen.

»Das kann unter Umständen schon zuviel sein. Warum hast du dieses Lokal überhaupt betreten? Es ist für Jugendliche verboten.«

»Habe ich nicht gewußt.«

»Es steht angeschlagen.«

»Das habe ich nicht gesehen, wirklich nicht.«

»Es war fast Mitternacht. Du hättest wissen müssen, daß du um diese Zeit überhaupt nicht mehr unterwegs sein durftest, ohne Begleitung eines Erziehungsberechtigten schon gar nicht.«

Roberta schwieg.

»Das mußt du doch wenigstens gewußt haben.«

»Ich habe nicht dran gedacht.«

»Was hattest du überhaupt in München zu suchen?«

»Ist es etwa auch verboten, nach München zu fahren?«

»Was hast du hier gewollt?«

»Mich ein bißchen umsehen. Mich amüsieren.«

»Hat deine Mutter das gewußt?«

»Ja.«

»Und sie war damit einverstanden?«

»Ja. Natürlich. Warum denn nicht?«

Die Beamtin nahm ein leeres Blatt und stenographierte eine Notiz. »Das wäre eine Vernachlässigung der Aufsichtspflicht. Darüber werde ich mit ihr sprechen müssen. Allerdings ist es mir bis jetzt noch nicht gelungen, sie in Bad Eysing zu erreichen.« Die Kriminalbeamtin blickte Roberta aufmerksam an. »Hast du vielleicht eine Ahnung, wo sie sich aufhält?«

Roberta zuckte die Achseln.

»Wenn wir sie nicht finden, ist das ziemlich übel für dich.«

»Wieso?«

»Weil wir dich dann nicht entlassen können.«

Roberta sprang auf. »Was? Sie wollen mich einsperren, nur weil meine Mutter verschwunden ist? Was kann ich denn dafür?«

»Bitte, reg dich nicht auf! Mit Geschrei änderst du gar nichts. Los, setz dich wieder!« Frau Ponsel wartete ab, bis Roberta dieser Aufforderung gefolgt war, und fragte dann, ohne sie anzusehen: »Du hältst es also für möglich, daß sie verschwunden ist?«

»Sie haben doch selbst gesagt, daß Sie sie nicht erreicht haben!«

»Ist es denn schon mal vorgekommen, daß sie dich für ein paar Tage allein gelassen hat?«

Roberta wußte nicht recht, was sie darauf antworten sollte. »Sie fährt schon mal fort.«

»Ohne dir vorher Bescheid zu sagen?«

»Nein, das nicht.«

»Aber sie sagt dir nicht, wohin sie fährt und wie lange sie ausbleiben wird?«

»Doch, das schon.«

»Daß sie so sang- und klanglos wie diesmal verschwunden ist, hat es also noch nicht gegeben?«

»Nein.«

»Wir werden das nachprüfen müssen.«

»Wozu?«

»Sieh mal, als du im vorigen Sommer ausgerissen bist, haben wir deine häuslichen Verhältnisse natürlich überprüft. Wir ... die Polizei und das Jugendamt ... sind zu der Ansicht gekommen, daß sie eigentlich in Ordnung sind. Natürlich fehlt der Vater, und das hat es für dich und deine Mutter zu Zeiten recht schwergemacht. Aber jetzt gewinne ich doch mehr und mehr den Eindruck, daß du nicht ausreichend beaufsichtigt, vielleicht sogar vernachlässigt wirst.«

Roberta schwieg; sie gönnte Julia die Schwierigkeiten, die da auf sie zuzukommen drohten.

»Hast du dazu nichts zu sagen?«

»Ich weiß nicht, wie Sie das verstehen.«

»Doch, ich glaube, das weißt du sehr gut. Du bist doch nicht dumm, Roberta. Gymnasiastin. Hast du übrigens Schwierigkeiten in der Schule?«

»Na ja, in Mathe und Latein. Aber die Fächer kann ich dieses Jahr schon ablegen.«

»Besondere Schwierigkeiten also nicht? Keinen Ärger mit den Lehrern? Keine Verweise wegen Schulschwänzen?«

»Nein. Ich gehe immer zur Schule.«

»Auch wenn deine Mutter fort ist?«

»Ja.«

»Aber du fühlst dich nicht mehr wohl zu Hause? Sagen wir ... du fühlst dich zu oft allein gelassen?«

»Ja.«

»Dann müssen wir mal zusammen überlegen, ob wir daran etwas ändern können.«

»Könnten Sie das? Wirklich?«

»Vielleicht. Es ist natürlich die Frage, was deine Mutter dazu zu sagen hat . . . wie sie sich überhaupt zu der ganzen Sache stellt.« Frau Ponsel lächelte Roberta ermutigend zu. »Aber möglicherweise wird sie auch ganz froh sein, wenn wir ihr die Entscheidung abnehmen.«

Roberta runzelte die glatte Stirn. »Wie meinen Sie das?«

»Nun, ich denke daran, einen Vormund für dich zu bestellen.«

»Einen . . . was?« fragte Roberta erschrocken.

»Du brauchst dir darunter keinen alten Herrn mit Bart und Brille vorzustellen, der sich in deine Angelegenheiten einmischt. Ein Vormund hat heutzutage meist Hunderte von Mündeln, und er hätte viel zu tun, wenn er jedem einzelnen Vorhaltungen machen sollte. Nein, er würde dann nur deine Unterbringung in ein Heim veranlassen.«

»In ein Fürsorgeheim etwa? Aber ich bin nicht schwer erziehbar!«

»Leicht erziehbar bist du nun eben auch nicht. Bitte, bleib sitzen, reg dich nicht auf! Ich habe gar nicht an Fürsorgeerziehung gedacht, es gibt Klosterinternate, die Mädchen wie dich aufnehmen.«

Roberta sprang jetzt doch auf. »Ich soll in ein Internat? In ein Klosterinternat? Das wäre doch der helle Wahnsinn!«

»Das ist für dich besser, als tagelang allein zu sein. Dort bist du unter Menschen, die sich wirklich um dich kümmern. Deine Mutter müßte es natürlich bezahlen. Aber das kann sie sich bei ihren finanziellen Verhältnissen ja durchaus erlauben.«

»Aber ich will nicht ins Internat!«

»Roberta, nun sieh die Dinge mal so, wie sie sind! Was soll werden, wenn wir deine Mutter nicht erreichen? Wir können dich doch höchstens ein paar Tage hierbehalten. Dann muß etwas geschehen. Es ist doch besser, wenn wir dann jetzt sofort etwas mit einem Internat in die Wege leiten, als daß du schließlich doch in einem Fürsorgeheim landest. Am achten fängt die Schule wieder an.«

»Bitte, lassen Sie mich nach Hause!«

»Das kann ich nicht, solange deine Mutter nicht wieder da ist. Aber ich will gleich noch einmal anrufen ...« Frau Ponsel nahm den Telefonhörer ab.

Noch bevor sie die erste Nummer gewählt hatte, sagte Roberta: »Das hat keinen Zweck.«

Die Kriminalbeamtin legte wieder auf. »Du weißt also, daß deine Mutter verreist ist?«

»Ja.«

»Und wohin?«

»Wir sind gestern abend zusammen nach München gefahren.«

»Sieh mal einer an. Warum hast du das nicht gleich erzählt?«

»Ich wußte nicht, daß das eine Rolle spielt.«

Frau Ponsel wartete schweigend ab.

»Wir sind in einer Pension in Schwabing abgestiegen«, erklärte Roberta endlich, »das tun wir immer, wenn wir nach München fahren.«

»Dann ist sie also dort? Und du wußtest es!«

»Nein. Sehen Sie, es ist so ... wir sind zusammen ausgegangen ...«

»Deine Mutter und du?«

»Und mein Bruder und dessen Freund und ein Freund von meiner Mutter ...«

»Das klingt ja nach einer größeren Unternehmung!«

»Ja, so war's wohl auch geplant. Nur ich habe nichts geahnt. Bis er plötzlich die Verlobung verkündet hat. Das hat mich natürlich wütend gemacht. So einfach aus heiterem Himmel! Sie hätte mich doch wenigstens vorher warnen können.«

»Es geht um die Verlobung deiner Mutter?«

»Was denn sonst?«

»Aber du warst dagegen, und es hat Streit gegeben.«

»Ja, dann bin ich abgehauen. Ich dachte natürlich, sie würden mir nachkommen. Aber Pustekuchen. Das haben sie nicht getan. Also bin ich in diesem Jazzkeller gelandet.«

»Aber du hättest doch in eure Pension gehen können.«

»Hätten Sie das etwa getan? Nach alledem?«

»Ich weiß es nicht, Roberta. Es ist lange her, seit ich so jung war.«

»Bestimmt ist sie auch nicht in die Pension zurück, sondern sie ist zu ihrem Freund.«

»Du magst ihn nicht?«

»Er ist jünger als sie! Stellen Sie sich das nur einmal vor!«

»Das spricht doch nicht unbedingt gegen ihn.«

»Ach, er nimmt sie doch bloß auf den Arm, und sie bildet sich ein, es wäre die große Liebe! So ein Blech!«

»Hör mal, Roberta, meinst du, es wäre unter diesen Umständen nicht vielleicht wirklich besser, du gingest in ein Internat? Wenn du willst, werde ich mit deiner Mutter reden. Ich bin sicher, sie wird einverstanden sein.«

»Ja, das könnte ihr so passen!«

»Roberta, denk doch mal nach! Du hast doch nur zwei Möglichkeiten. Entweder du akzeptierst deine Mutter so, wie sie ist, mit ihrem Verlobten, mit ihrer Art zu leben und mit ihren Plänen. Oder du setzt dich ab. Dafür sehe ich in deinem Alter nur ein Internat. Oder hast du Verwandte, die dich bei sich aufnehmen ... die die Verantwortung für dich übernehmen würden?«

Roberta dachte nach. Es gab eigentlich nur den Großvater, den Vater ihrer Mutter, aber der hatte nach seiner Scheidung eine neue Familie gegründet und kümmerte sich herzlich wenig um Julia und ihre Kinder. Es war sehr fraglich, ob er bereit sein würde, sie bei sich aufzunehmen, und von seiner Frau war es noch weniger anzunehmen. Außerdem wollte sie auch gar nicht zu ihm. »Müssen es Verwandte sein?« fragte sie.

»Weißt du sonst jemanden?«

Roberta dachte an die Freundinnen ihrer Mutter, aber sie konnte sich weder ein Leben mit Agnes noch mit Lizi vorstellen; sie schwieg.

»Siehst du, es ist gar nicht so einfach, jemanden zu finden, der für einen sorgt. Für ein so großes Mädchen wie dich werden wir wohl kaum Pflegeeltern finden. Ich rate dir ernstlich: Versuch es mit einem Internat! Es wäre ja nur für ein halbes Jahr, obwohl ich es für besser hielte, du würdest bis zum Abitur dort bleiben.«

»Nein.«

»Ich kann dich nicht zwingen, Roberta, noch nicht. Aber ich muß dich warnen. Paß auf dich auf! Es wäre ganz schlecht, wenn du bis zu deinem achtzehnten Geburtstag noch einmal auffällig würdest.«

»Auffällig? Was heißt das?«

»Das weißt du sehr gut. Hüte dich, noch einmal Ärger mit der Polizei zu bekommen, denn beim nächsten Mal läuft es nicht so glimpflich ab. Dann müßte nämlich das Jugendamt eingreifen. Hast du mich verstanden?«

»Ja.«

»Dann gib mir jetzt die Telefonnummer! Wie heißt der Mann, der deine Mutter heiraten will?«

»Will er ja gar nicht! Er macht sich bloß einen Spaß aus ihr!«

Frau Ponsel seufzte. »Gib mir den Namen und seine Nummer!«

Roberta tat es.

Johannes Herder war dabei, sich zu rasieren, als das Telefon läutete; er kam aus dem Bad, beugte sich über das Geländer und rief: »Geh du ran!«

Julia räumte gerade Tassen und Teller in die kleine Geschirrspülmaschine. Jetzt trocknete sie sich die Hände ab, ging in den Wohnraum hinüber, nahm den Hörer ab und meldete sich: »Bei Herder.«

»Könnte ich, bitte, Frau Severin sprechen.«

»Am Apparat.«

»Bitte, Frau Severin, erschrecken Sie nicht . . .«

Sofort war Julia alarmiert. »Was ist passiert?« rief sie.

»Ihre Tochter ist bei uns. Es geht ihr gut.«

Julias Knie wurden weich; sie ließ sich in den nächsten Sessel fallen. »Roberta? Wo ist sie? Mit wem spreche ich denn?«

»Kriminalinspektorin Ponsel. Roberta sitzt hier vor mir. Sie hat die Nacht auf dem Polizeipräsidium verbracht.«

»Weshalb? Was hat sie denn getan?«

»Sie ist bei einer Razzia aufgegriffen worden. Sie hatte keinen Ausweis bei sich.«

»Mein Gott, ja, den hatte ich eingesteckt!«

»Meine Kollegen haben sie mitgenommen, um ihre Identität festzustellen.«

»Und dafür haben Sie die ganze Nacht gebraucht?«

»Wir konnten Sie leider nicht erreichen, Frau Severin.«

Julia schwieg; ihr Herz zog sich zusammen bei der Vorstellung, daß sie sich gedankenlos amüsiert hatte, während sie ihrer Tochter hätte zur Hilfe kommen sollen. »Ich war nicht zu Hause«, sagte sie endlich leise.

»Das wissen wir inzwischen. Leider hat uns Roberta zuerst nur Ihre Telefonnummer in Bad Eysing angegeben.«

»Aber warum? Warum? Sie wußte doch, daß ich in München bin ... daß ich hier oder in der Pension sein mußte!«

»Wenn Sie es wünschen, können wir uns darüber noch unterhalten. Ich möchte Sie ohnehin bitten, hierherzukommen.«

»Ja, natürlich. Sofort!«

»Mein Büro ist in der Neuhauser Straße. Sie kennen das Haus? Fünfter Stock, Zimmer siebzehn. Fragen Sie nach Frau Ponsel.«

»Ja, ich habe verstanden. In zehn Minuten bin ich bei Ihnen.« Sie legte auf.

Johannes Herder war die Treppe heruntergekommen; er war noch im Bademantel und hatte erst die eine Hälfte seines Gesichts rasiert. »Was ist mit Roberta?« fragte er.

Julia erzählte ihm in kurzen Worten, was sie wußte. »Hast du die Nummer vom nächsten Taxistand?«

»Unsinn. Was soll das? Ich fahre dich natürlich hin.«

»Du bist nicht angezogen ... noch nicht einmal fertig rasiert.«

»Ich brauche nur drei Minuten!« Er sprintete schon die Treppe hoch. »Bis du ein Taxi erreichst, dauert es länger.«

Tatsächlich war er in unglaublich kurzer Zeit wieder bei ihr. Julia hatte schon den Mantel an und wartete neben der Wohnungstür. Er nahm sie in die Arme. »Nur nicht nervös werden, mein Mädchen! Hauptsache ist doch, ihr ist nichts passiert.«

Ganz kurz schmiegte sie sich an ihn. »Gut, daß du bei mir bist!«

»Wir müssen los!«

Eine halbe Stunde später war es überstanden. Julia hatte ihre Tochter wieder. Sie saß neben ihr auf dem Rücksitz des Autos und hielt ihre Hand.

»Wohin soll ich euch jetzt fahren?« fragte Johannes Herder.

»Ich habe Hunger!« sagte Roberta.

»Ein gutes Zeichen! Am besten essen wir bei ›Mario‹ in der Adalbertstraße, dann kann ich mein Auto auch gleich wieder in die Tiefgarage stellen.«

»Ich möchte mich gern erst umziehen«, erklärte Julia, »und Robsy wahrscheinlich auch.«

»Ist mir egal«, behauptete das Mädchen.

»Dann könnten wir auch gleich unsere Koffer pakken und das Zimmer räumen«, beharrte Julia.

»Gut. Dann fahre ich euch zuerst zu eurer Pension.«

»Habt ihr mich eigentlich gar nicht vermißt?« fragte Roberta unvermittelt.

»Nein«, sagte Julia, »wir dachten, du würdest dich erst mal ausschlafen und dann zu uns kommen . . .«

». . . oder mal ganz selbständig was unternehmen«, ergänzte er.

»Ihr habt noch nicht mal angerufen und euch erkundigt, ob ich auch gut nach Hause gekommen bin?«

»Wozu?« fragte er.

»Ich finde, es hätte sich gehört.«

»Damit wir uns tüchtig aufregen, nicht wahr? Darauf hattest du es doch abgesehen.«

»Ich habe mich nicht mit Absicht schnappen lassen.«

»Das glaube ich dir sogar. Aber dann dachtest du, es wäre eine günstige Gelegenheit, Julia mal wieder in Angst und Schrecken zu versetzen.«

»Wie kannst du ihr das unterstellen, Hans!« wandte Julia ein. »Vielleicht war alles ganz anders.«

»Nenn mir einen vernünftigen Grund, warum sie nicht gleich gesagt hat, daß du in München bist!«

»Weil es mir peinlich war! Meine Mutter nachts bei einem fremden Mann!«

Er lachte. »Also ... fremd bin ich ihr wohl schon lange nicht mehr!«

»Daß es dir egal ist, weiß ich! Aber ich dachte, daß es Julia nicht angenehm wäre.«

»Wie rücksichtsvoll von dir!« spottete er.

»Hör auf, sie zu ärgern, Hans!« bat Julia. »Sie hat genug durchgemacht!«

»Nicht die Hälfte von dem, was sie dir zumuten wollte!«

»Bitte«, sagte Roberta, »bitte, streitet euch nicht! Doch nicht meinetwegen!«

»Du kleine Heuchlerin! Fall nicht drauf rein, Julia! Sie möchte ja nur, daß wir aneinandergeraten!«

»Das ist nicht wahr!« protestierte Roberta.

»Aber ja doch! Warum hast du sonst nicht einfach erzählt, daß ich mit Julia verlobt bin?«

»Weil ich mich nicht lächerlich machen wollte!«

»Das mußt du uns aber schon näher erklären!«

»Als wenn ich nicht längst durchschaut hätte, daß das mit eurer Verlobung nur ein Witz war! Gestern abend bin ich noch darauf reingefallen. Ich habe mich ganz schön blöd aufgeführt, das gebe ich ja zu. Aber inzwischen habe ich Zeit gehabt nachzudenken. Das mit der Verlobung sollte doch nur einer von deinen berühmten Jokes sein, nicht wahr?«

»Und wenn ich deine Mutter nun tatsächlich heiraten wollte? Was wäre dagegen einzuwenden?«

»Hört auf damit!« bat Julia.

»Das wäre der reinste Quatsch«, sagte Roberta, »und das weißt du selber. Man heiratet doch, um Kinder zu kriegen ...«

»Nicht unbedingt!« warf er ein.

»... aber dafür ist Julia viel zu alt. Sie ist überhaupt zu alt zum Heiraten!«

»Das kannst du beurteilen?«

»Jeder kann das, der Augen im Kopf hat und zwei und zwei zusammenzählen kann.«

»Ich glaube, wir sollten das Thema wechseln«, schlug Julia vor.

»Ich hab nicht damit angefangen! Aber nachträglich könnte ich mich ohrfeigen, daß ich darauf reingefallen bin. So was Dummes! Wer verlobt sich denn noch heutzutage? Höchstens Mädchen, die bei ihren Eltern wohnen. Ihr seid doch viel zu erwachsen für so was.«

»Vielleicht nicht doch auch Mütter, die mit ihren Töchtern leben?« fragte er.

»Mußt du immerzu auf mich losgehen?«

»Nimm es nicht tragisch, Robsy, es ist nur ein Rückzugsgefecht. Deine Mutter will mich nämlich nicht heiraten. Ich habe ihr zwar einen Antrag gemacht, aber sie hat mir einen Korb gegeben.«

»Ist das wahr?« rief Roberta.

Julia nickte.

Roberta warf sich in ihre Arme. »Julia, wie klug von dir! Du bist doch wirklich die liebste, klügste und vernünftigste Frau von der ganzen Welt.«

»Hoffentlich merkst du dir das mal für länger«, sagte Hans trocken.

Sie waren vor dem Haus angekommen, in dem im zweiten und dritten Stock die Pension mit dem etwas albernen Namen »Schwabinchen« lag. Johannes Herder fuhr langsamer, aber er fand keinen Parkplatz. »Verdammt«, sagte er, »typisch!«

»Halt doch einfach in der zweiten Reihe«, schlug Roberta vor.

»Wird mir wohl nichts anderes übrigbleiben.«

»Wir beeilen uns«, versprach Julia und stieg aus.

»Bleib noch einen Augenblick bei mir, Robsy«, bat er, »setz dich zu mir!«

Julia verstand, daß er mit ihrer Tochter reden wollte, nickte ihm zu und ging ins Haus.

Auch Roberta war ausgestiegen und rutschte jetzt neben ihn auf den Vordersitz.

»Was ist?« fragte sie.

»Ich liebe deine Mutter sehr.«

»Das solltest du besser ihr sagen.«

Er ging nicht darauf ein. »Ich kann es nicht ansehen, wie sie zwischen uns hin- und hergerissen wird.«

»Ist das etwa meine Schuld?«

»Ja, und du weißt das sehr gut. Du spielst ihr einen Streich nach dem anderen, und sie ist in ständiger Sorge um dich. Auf die Dauer hält sie das nicht aus.«

»Du kennst sie schlecht. Sie ist ganz schön hart im Nehmen.«

»Du hast sie doch auch lieb, nicht wahr?«

»Warum fragst du?«

»Weil du dann doch einsehen müßtest, daß es so nicht weitergeht.«

»Wird es ja auch nicht! Ich werde bestimmt nichts mehr anstellen . . . wenigstens werde ich mich nicht mehr erwischen lassen.«

»Das genügt nicht, Robsy.«

»Was verlangst du denn noch von mir?«

»Daß du aufhörst, gegen mich zu kämpfen!«

»Aber du bist doch an allem schuld! Bevor du aufgekreuzt bist, haben Julia und ich ganz fabelhaft miteinander gelebt, das kannst du mir glauben.«

»Du willst also, daß ich mich zurückziehe?«

Roberta dachte nach. »Das würdest du doch nicht tun.«

»Doch, Robsy, ich würde es tun . . . um des lieben Friedens willen. Dann könnten wir uns aber natürlich auch nicht mehr sehen.«

»Warum nicht?«

»Aber, Robsy, denk doch mal nach!«

»Na ja«, sagte Roberta, »das würde sie ganz schön übelnehmen.«

»Na also.«

»Meinst du mit zurückziehen ... für immer?«

»Na ja, ich könnte natürlich jetzt versprechen, daß ich mich wieder melden würde, sobald du erwachsen geworden bist. Aber so ist das Leben nun mal nicht. Man kann niemals einfach da wieder anfangen, wo man einmal aufgehört hat.«

»Du würdest das Julia also antun?«

»Ich könnte mir vorstellen, daß sie vielleicht sogar erleichtert sein wird, wenn sie von diesem ewigen Druck befreit ist. Du würdest dich doch sicher besser fühlen, Robsy, nicht wahr?«

»Du würdest es also für mich tun?«

»Auch für dich.«

»Du bist wirklich lieb, Hans!« Sie gab ihm einen raschen Kuß auf die unrasierte Wange.

»Oha!« sagte er. »Ich dachte, du haßt mich!«

»Wie kommst du darauf?«

Er hielt es nicht für nötig, ihre Frage zu beantworten. »Also ... was soll werden?«

»Du willst dich überhaupt nicht mehr bei uns sehen lassen?«

»Die Entscheidung liegt bei dir.« Roberta schwieg.

»Nun sag schon!« drängte er.

»Das würde ziemlich langweilig werden«, gab sie zu.

Er atmete auf. »Ich hatte gehofft, daß du das einsehen würdest.«

Sie lachte. »Und ich hatte schon gedacht, du hättest keine Lust mehr und wolltest mir den Schwarzen Peter zuschieben!«

»Dann sind wir uns also einig: Du benimmst dich wie ein erwachsener Mensch und hörst auf, deine Mutter zu quälen!«

»Habe ich nie getan!«

»Du weißt genau, was ich meine. Wir beide verstehen uns doch.«

»Na ja, aber wie du es sagst, klingt's gewaltig übertrieben.«

»Man muß schon massiv werden, bis du was kapierst.«

»Kann schon sein. Also gut: Ich versprech's dir. Aber dann mußt du auch aufhören, von Verlobung und so weiter zu faseln.«

»Da deine Mutter mich sowieso nicht heiraten will . . . nichts leichter als das!«

»Sag mal, findest du es nicht eigentlich komisch?«

»Was?«

»Daß sie nicht will.«

»Ein bißchen schon.«

»Soll ich dir mal was sagen? Ich glaube, daß sie dich gar nicht liebt, sonst würde sie wollen. Jede Frau will heiraten, wenn sie jemanden liebt. Die Männer sind da anders.«

Er lachte. »Meine weise, kleine Robsy! Warten wir ab, was die Zukunft bringt. Jetzt lauf aber zu deiner Mutter, sonst glaubt sie noch, wir schmieden ein Komplott gegen sie.«

Roberta sah ihn mit weit aufgerissenen Augen an. »Haben wir das denn nicht getan?«

Er setzte eine übertrieben strenge Miene auf. »Jetzt langt's aber, sonst setzt's was! Ab mit dir!«

Als sie ausstieg, gab er ihr einen freundschaftlichen Klaps auf den Po. Sie drehte sich um und streckte ihm die Zunge heraus, bevor sie davonlief.

In den nächsten Wochen verlief Julias Leben ganz harmonisch. Roberta zeigte sich von ihrer besten Seite, war friedlich und fröhlich und plauderte oft und gern, scheinbar unbefangen über Johannes Herder. Sie ließ die Mutter sogar das eine oder andere Mal allein nach München fahren, um den Freund zu besuchen, ohne deswegen Szenen zu machen. Am liebsten hätte sie Julia allerdings begleitet, darüber ließ sie keinen Zweifel.

Wenn er nach Eysing kam, neckte er sich gern mit Roberta, die es ihm nicht übelnahm, sondern mit gleicher Münze heimzahlte. Julia war froh über das Einverständnis, das nach all den Kämpfen zwischen den beiden zu herrschen schien. Sie hätte gern gewußt, was er ihrer Tochter bei jenem letzten Gespräch unter vier Augen gesagt hatte. Aber er verriet es ihr nicht, und auch Roberta schwieg sich darüber aus. Fragen aber mochte Julia nicht. Aber die neue Freundschaft zwischen den beiden wirkte auf sie eher unheimlich. Sie konnte sich nicht vorstellen, daß dieser Friede echt war, sondern fürchtete, es könnte eine Ruhe vor dem Sturm sein.

Dann hatte Johannes mehrere dringende Aufträge übernommen, und sie konnten sich einige Zeit nicht sehen, weil er sich, wie er sagte, während der Arbeit keine Ablenkung erlauben konnte. Julia begriff das, wenn er ihr auch sehr fehlte. Roberta bemühte sich, taktvoll zu sein, behandelte sie aber wie eine Kranke, was Julia erheblich auf die Nerven ging. Manchmal fiel es ihr schwer, nicht aus der Haut zu fahren.

Eines Mittags Mitte Februar stand er dann unvermutet vor der Tür. Julia war so überrascht, daß sie nicht wußte, was sie sagen sollte. Er nahm sie zärtlich in die Arme und küßte sie leidenschaftlich. Aller Ärger war vergessen.

Roberta stürmte aus der Küche, wo sie der Mutter beim Aufräumen geholfen hatte. »Na, was ist denn?« rief sie. Julia löste sich aus seiner Umarmung. »Hans ist da!« Sie wandte sich an ihren Freund. »Bist du mit deiner Arbeit fertig?«

»Ach so!« rief Roberta. »Unser Dichter und Denker!« Sie drängte Julia beiseite und fiel ihm um den Hals.

Er packte sie bei den Oberarmen und hielt sie auf Abstand, während er sie auf die Wangen küßte. »Die Hausfrauenrolle steht dir«, bemerkte er mit einem Blick auf die Schürze, die sie sich vorgebunden hatte.

»Darin bin ich super!« behauptete sie. »Wenn du Lust hast, werde ich dich mal bekochen.«

»Nein, danke.« Er ließ sie los und klopfte sich auf den kaum vorhandenen Bauch. »Ich bin entschlossen, mich auf Diät zu setzen.«

»Oh, Diät kann ich auch! Nicht wahr, Julia?«

»Sie kocht wirklich gut«, bestätigte die Mutter.

»Alles von dir gelernt«, gab Roberta großmütig zu.

»Komm doch herein, Hans!« bat Julia. »Magst du was trinken? Einen Kaffee vielleicht?« Erst jetzt fiel ihr auf, daß er sportlich gekleidet war. »Oder hast du was anderes vor?«

»Du hast es erfaßt. Ich will zum Skifahren. Mit euch beiden, versteht sich.«

»Das ist eine Superidee!« rief Roberta sofort begeistert.

»Dachte ich's mir doch«, sagte er mit einem selbstgefälligen Lächeln.

»Das wird kaum gehen«, wandte Julia ein, »du mußt noch deine Mathematikaufgaben machen, Robsy.«

»Das hat Zeit, bis wir zurückkommen«, erklärte Johannes Herder.

»Nein, hat es nicht!« widersprach Julia. »Am Abend ist sie dann müde und . . .«

»Wer spricht denn vom Abend? Wir bleiben natürlich ein paar Tage. Ich lade euch ein.«

»Ausgeschlossen«, sagte Julia, obwohl sie sich einen Augenblick versucht gefühlt hatte, auf seinen Vorschlag einzugehen.

Roberta verzog das Gesicht. »Immer die blöde Schule!« Aber einsichtig fügte sie hinzu: »Leider hat Julia recht. Ich kann es mir nicht erlauben, zu schwänzen.«

»Schade!« sagte er. »Nicht die paar Tage?«

»Nein. Aber warum fahren wir nicht übers Wochenende raus?«

»Dann ist es mir zu voll.«

»Du lieber Himmel! Das bißchen Anstehen, das gehört doch einfach dazu.«

»Mein liebes Kind, einer der Vorteile meines Berufes besteht darin, daß ich mir Arbeit und Freizeit selber einteilen kann, und dieses Privileg lasse ich mir nicht nehmen. Seit Jahren habe ich mich nicht mehr am Wochenende ins Getümmel geworfen. Ich hasse überfüllte Pisten.«

»Was bist du nur für ein Snob!« rief Roberta, nicht ohne Bewunderung.

»Leider haben wir es nicht so gut wie du«, sagte Julia.

»Roberta nicht, aber du doch, Julia. Komm, bitte, mit! Robsy ist ein großes Mädchen. Sie kann die paar Tage gut allein bleiben.«

Julia spürte, daß er von Anfang an auf diesen Vorschlag hingearbeitet hatte.

»Das schon«, sagte sie zögernd und blickte Roberta bittend an.

»Am Wochenende«, beharrte Roberta, »können wir alle drei zusammen fahren.«

»Aber das ist nicht das gleiche!« widersprach Johannes Herder.

Robertas gute Laune war verflogen. »Ihr könnt mich nicht einfach hier sitzenlassen und euch eine schöne Zeit machen!« Sie stampfte mit dem Fuß auf. »Das wäre gemein!«

»Robsy, bitte!«

»Außerdem hast du mir versprochen, mir bei den Hausaufgaben zu helfen. Du weißt genau, daß ich Mathe nicht allein kann!«

»Natürlich kannst du«, sagte Johannes Herder, »wenn du nur willst.«

»Kann ich nicht!«

»Dann solltest du schleunigst von der Schule abgehen und dir einen Beruf suchen! Beim Abitur kann sich deine Mutter auch nicht neben dich setzen und dir einsagen.«

»Julia!« schrie Roberta. »Hast du gehört? Er will, daß ich vom Gymnasium gehe! Bloß damit er mit dir skifahren kann!«

»Na, hör mal!« protestierte er. »So habe ich's doch gar nicht gemeint!«

»Aber gesagt hast du's!«

»Ich weiß gar nicht, warum ihr euch so aufregt!« behauptete Julia. »Ihr streitet euch wegen nichts und wieder nichts.«

»Du kommst also mit?« fragte er prompt.

Gleichzeitig beharrte Roberta: »Du kannst mich nicht allein lassen, Julia!«

Sie funkelten einander an.

»Robsy«, sagte er beschwörend, »denk daran, was du mir versprochen hast!«

»Aber da habe ich doch nicht gedacht, daß du . . .« protestierte Roberta, unterbrach sich aber mitten im Satz und sagte: »Okay. Ich will mal nicht so sein, Julia. Von mir aus kannst du abziehen.«

Aber Julia hatte inzwischen Zeit gehabt nachzudenken.

»Das ist sehr lieb von dir, Robsy! Aber ich bleibe zu Hause.«

»Nicht meinetwegen«, sagte Roberta rasch, konnte sich aber nicht enthalten, ihm einen triumphierenden Blick zuzuwerfen.

»Ist das dein letztes Wort, Julia?«

»Natürlich könnte ich auch mal unter der Woche fort . . .«

»Könntest du das wirklich?« warf er ein.

Sie ließ sich nicht unterbrechen. ». . . aber nicht von einer Stunde zur anderen. Wenn du wenigstens vorher angerufen hättest . . .«

»Wann vorher? Eine Stunde? Einen Tag? Eine Woche?«

». . . dann hätte ich mich darauf einrichten können. Ich muß dir sagen, es gefällt mir nicht, daß du so einfach über mich verfügst.«

»Na, dann viel Spaß!« sagte Roberta vergnügt. »Ich glaube, ich lasse euch jetzt besser allein.« Sie verzog sich in ihr Zimmer.

»Was redest du da, Julia? Ich wollte dich überraschen.«

»Sag lieber: überrumpeln. Was würdest du sagen, wenn ich unangemeldet in deine Wohnung stürmen und dir eröffnen würde, daß ich gerade Zeit und Lust zu einem kleinen Trip . . . na, sagen wir . . . nach Venedig hätte?«

»Wir beide nach Venedig? Das wäre doch die Idee!«

»Komm, komm, lenk nicht ab!«

»Verzeih«, sagte er zerknirscht, »ich gebe zu, ich hab's verkehrt gemacht. Aber versuch doch, mich zu verstehen. Ich war so froh, daß ich meine Arbeit abgeliefert hatte, und wollte so gern mit dir zusammensein. Immer noch böse?«

Sie schüttelte den Kopf. »Nein.«

»Also kommst du mit?«

»Nein. Ich mag das nicht, wenn man mich wie eine Puppe behandelt, die man einfach weglegen und wieder hernehmen kann, ganz nach Belieben.«

»Du bist kein Spielzeug für mich.«

»Dann behandle mich bitte auch nicht so!« Sie gab

ihm einen raschen Kuß. »Ich wünsche dir ein paar schöne Tage. Und ... melde dich, wenn du wieder zurück bist!«

Es tat ihr weh, ihn weggehen zu sehen. Aber sie wußte, daß sie sich richtig entschieden hatte.

Später, als Julia sich ein wenig von dem Auftritt erholt hatte, ging sie in Robertas Zimmer.

Das Mädchen saß vor einem aufgeschlagenen Lehrbuch, die Ellbogen auf die Schreibtischplatte gestützt, das Kinn in den Händen und das blonde Haar zerwühlt; sie hob den Kopf und sah die Mutter an. »Dem hast du es aber gegeben!«

»Es ist mir nicht leichtgefallen.«

»Aber er hat es doch verdient. Dich einfach entführen zu wollen ... quelle idée!«

»Er wollte uns beide abholen«, sagte Julia und kam sich wie eine Heuchlerin vor, da sie es sehr wohl besser wußte.

»Das zeigt nur, daß er überhaupt nicht über uns nachdenkt. Als wenn ich ihm zuliebe die Schule sausenlassen könnte!«

»Er hat es nur gut gemeint.«

»Das glaubst du! Merkst du denn nicht, was für ein Egoist er ist? Überfüllte Pisten, daß ich nicht lache! Zigtausende müssen sich damit abfinden und machen sich nichts draus.«

»Aber er hat's nun mal nicht nötig.«

»Wenn er dich wirklich liebte, wäre er nicht allein losgefahren.«

»Hätte es dir besser gefallen, er wäre bei uns geblieben?«

»Darum geht's ja nicht. Was mir paßt, das spielt doch gar keine Rolle. Aber wenn ihm was an dir läge, würde er sich nicht allein amüsieren. Er würde es gar nicht können.«

»Also hätte er wie ein geprügelter Hund nach München zurückfahren sollen?«

»Er hätte gar nicht erst zu kommen brauchen.«

»Ach, Robsy«, sagte Julia und ließ sich auf ihrem Platz an der Schmalseite des Schreibtisches nieder, wie immer, wenn sie der Tochter bei den Aufgaben half, »das alles bringt uns doch nicht weiter.«

Roberta sah sie fröhlich an; ihre blauen Augen konnten trotz der Kriegsbemalung und obwohl sie schon die erste Liebeserfahrung hinter sich hatte, noch so unschuldig blicken. »Na, jetzt sind wir ihn jedenfalls los!« stellte sie befriedigt fest mit der unbekümmerten Selbstsucht ihrer Jugend.

Julia schwieg und wundert sich, daß dem Mädchen gar nicht bewußt zu sein schien, wie schwer ihr der Verzicht gefallen war.

»Nun mach nicht so ein Gesicht!« sagte Roberta. »Jetzt können wir endlich in Frieden arbeiten. Außerdem wollte ich dir längst schon mal sagen, daß du allmählich zu alt zum Skifahren wirst . . .«

Bad Eysing lag im Voralpengebiet, und wann immer es sich ermöglichen ließ, pflegten Mutter und Tochter mit dem Bus, da Julia kein Auto besaß, in die Skigebiete zu fahren.

»Zu alt?« fragte Julia verdutzt.

»Du bist immer noch eine gute Skifahrerin«, räumte Roberta großmütig ein, »das will ich damit nicht sagen. Aber ich habe dauernd Angst, daß du mal hinfallen und dich nicht mehr aufrappeln könntest.« Sie legte die Stirn in waagerechte Falten. »Bei älteren Menschen ist es doch nicht mehr so einfach, wenn sie sich die Knochen brechen.«

»Jetzt mach aber mal einen Punkt, Robsy!« Julia lachte, spürte aber selber, daß es gekünstelt klang. »Du tust ja gerade so, als wäre ich eine Greisin.«

»Aber jung bist du eben auch nicht mehr. Wenn wir

zusammen sind, passe ich schon auf. Ich lege ein Tempo vor, bei dem du noch ganz gut mithalten kannst . . .«

»Das ist nicht wahr!« rief Julia empört.

Roberta ließ sich nicht erschüttern. »Du hast es bloß bisher nie bemerkt. Aber Hans ist da anders, du kennst ihn doch. Rücksichtslos, wie er ist, würde er die Piste hinunterrasen, und du würdest natürlich versuchen mitzuhalten . . . und schon wär's passiert.«

»Du spinnst!« rief Julia. »Soll ich dir mal was sagen? Das nächste Mal fahren wir um die Wette, und dann wollen wir mal sehen, wer als erste ins Ziel kommt!«

»Nicht mit mir, Julia!« erklärte Roberta altklug. »Dazu habe ich denn doch zu viel Verantwortungsgefühl. Ich möchte wirklich nicht, daß dir was zustößt.«

Julia war bestürzt. Sie wußte nicht, ob Robertas Sorge echt war oder ob sie sich fälschlich immer für die bessere Skifahrerin, die bessere Tennisspielerin gehalten hatte. Ob sich das geändert hatte, ohne daß sie es bemerkt hatte? Das war immerhin möglich. Aber das änderte nichts daran, daß sie sich völlig sicher auf den Brettern fühlte.

»Deshalb werde ich dich auch nie mit Hans allein zum Skifahren lassen«, erklärte Roberta sehr entschieden.

Jetzt lachte Julia, und diesmal klang ihr Lachen echt. Wie leicht Roberta doch zu durchschauen war! Ihre vorgegebene Sorge um sie war nichts als ein Vorwand gewesen.

»Was ist daran so komisch?« fragte Roberta irritiert.

»Alles, mein Liebling . . . falls man es nicht tragisch nehmen will.« Julia stand auf und ging zur Tür.

»Aber du wolltest mir helfen!« rief Roberta.

»Versuch's erst mal allein! Nachher schaue ich es mir an.«

»Aber zu zweien geht's doch viel einfacher!«

»Vielleicht zu einfach«, entgegnete Julia, entschlossen, hart zu bleiben.

Aber da rief Roberta: »Bitte, Mutti! Bitte, bitte! Zu zweit macht es doch viel mehr Spaß!«

Es war nicht nur die ungewohnte Anrede, die Julia rührte, sondern auch die Erkenntnis, daß es ihr wirklich Spaß machte, mit der Tochter zusammen eigenes, fast verschüttetes Wissen wieder in die Erinnerung zurückzurufen und möglicherweise sogar Neues hinzuzulernen. Seit langem empfand sie es als ein Manko ihres Lebens, daß sie geistig zu wenig gefordert wurde.

»Na schön«, sagte sie nach kurzem Zögern, »wenn du darauf bestehst.« Sie nahm ihren Platz wieder ein und kam sich wie ein erbärmlicher Schwächling vor.

Es hatte Julia Überwindung gekostet, Johannes Herder nicht zum Wintersport zu begleiten. Aber sie hatte geglaubt, mit diesem kurzen, heftigen Schmerz wäre es abgetan, und sich nicht vorgestellt, daß das Bedauern, nicht bei ihm zu sein, immer schwerer und schwerer auf ihr lasten würde.

Nein, sie bereute ihre Entscheidung nicht. Noch einmal vor die Wahl gestellt, hätte sie eine so plötzliche Einladung wieder abgelehnt. Aber das änderte nichts daran, daß sie litt.

Wenn ihre Tochter in der Schule war, ging sie wie verloren durch die Wohnung. Die Dinge, die sie so lange Zeit geliebt hatte, bedeuteten ihr nichts mehr – nicht der Lieblingssessel ihres Mannes, der durch sein Alter noch an Würde gewonnen hatte, nicht ihr eigenes Zimmer mit den bunten Bücherrücken, dem Rosenholztischchen und den goldenen Vorhängen, nicht die winzige, praktische Küche, in der sie mit ihren Kindern so viele gemütliche Mahlzeiten eingenommen hatte. Auch der Garten gab ihr keinen Trost.

Sträucher und Rabatten waren von kaltem Schnee bedeckt, und die Obstbäume reckten ihre kahlen, schwarzen Arme wie anklagend gegen den grauen Winterhimmel.

In Ralphs Zimmer war es am schlimmsten, und doch trieb es sie immer wieder dort hinein. Wie weit zurück lag die Zeit, da er noch ein kleiner Junge gewesen war und sich die teuren Möbel im Kajüten-Stil voller Begeisterung ausgesucht hatte. Sie standen auch jetzt noch da, ohne einen Hauch von Staub, die Messingecken blank poliert, aber trotzdem war das Zimmer leer. Es gab kein Poster mehr an den Wänden und kein Buch im Regal, nicht einmal eine vergessene Krawatte hing noch im Schrank. Ralph hatte bei seinem Auszug alles mitgenommmen, was ihm lieb und wert gewesen war, und die anderen Sachen, die ihm nichts bedeuteten, aussortiert und fortgeworfen.

Früher einmal war dieser Raum das Arbeitszimmer ihres Mannes gewesen, und auch diese Erinnerung war wieder ganz nahe, wenn Julia kurz die Augen schloß: der schwere altmodische Schreibtisch, die Lampe mit dem grünen Schirm und die Reihe von juristischen Fachbüchern hinter der gläsernen Schranktür.

Manchmal war sie, wenn Robert abends noch gearbeitet hatte, hereingekommen und hatte ihm ein Glas Milch oder eine Tasse Tee und ein paar Plätzchen gebracht. Dann hatte er aufgeblickt, zuerst irritiert, als müßte er sich besinnen, wo er war, und dann mit diesem zärtlichen, dankbaren Lächeln. Er hatte sie an sich gezogen und für Sekunden seinen Kopf an ihrer Brust geborgen, und sie hatte dann immer an sich halten müssen, um nicht zu fragen: »Was liest du da? Was schreibst du?« – Aber sie hatte geschwiegen, weil sie wußte, daß er über seine Arbeit nicht sprechen mochte, nicht sprechen durfte, wie er zu behaupten pflegte. Sie hätte ihm gerne das glatte blonde Haar zerwühlt, aber auch das liebte er nicht. So konnte sie nur bei ihm stehen und seine Wärme spüren.

Sie hatte ihn bewundert und geachtet und zu ihm aufgeblickt, war von seiner Überlegenheit überzeugt gewesen. Wenn sie heute an ihn zurückdachte, hatte sich sein Bild ganz verändert. Jetzt sah sie in ihm einen recht unfertigen, unsicheren jungen Mann, der sich und seiner Umgebung beweisen wollte, daß er stark, vernünftig und erwachsen war. Julia war jetzt zehn Jahre älter, als er es bei seinem Tod gewesen war.

Daß alles im Leben so vergänglich sein mußte, selbst die Erinnerung!

Julia seufzte, ohne es selber zu merken. Sie öffnete eines der beiden Fenster zur Straße hin, um Luft in den unbewohnten Raum zu lassen.

Auch die Akazienallee hatte sich gewandelt. Die Bäume waren größer geworden, und ihre Zweige reichten jetzt fast bis zu diesem Fenster im ersten Stock hinauf. Schräg gegenüber war ein Baum eingegangen und man hatte ihn durch ein junges Bäumchen ersetzt, das aussah, als ob es trotz aller Anstrengungen die anderen nie erreichen würde. Julia hatte eine Weile gefürchtet, es würde überhaupt nicht gedeihen.

Die Akazienallee war immer noch eine ruhige, in gewisser Weise sogar vornehme Straße. Es gab hier keinen Durchgangsverkehr und keine Läden, und die alten Laternen standen in so weiten Abständen, daß die Bürgersteige nachts nie vollkommen ausgeleuchtet wurden. In wenigen Minuten war man von hier aus zu Fuß beim Kurhaus, und das war der Grund, warum um die Jahrhundertwende kranke, reiche Leute ihre Villen hierher gesetzt hatten.

Julia gehörte das Haus, in dem sie lebte. Ihre Großeltern hatten es gekauft, und sie hatte es von ihrer Mutter geerbt. Robert hatte es verkaufen oder vermieten wollen, und die Auseinandersetzungen über dieses Problem waren für Julia unvergeßlich. Aber sie hatte sich dies eine Mal durchgesetzt, und sie waren hier eingezogen. Julia hatte den Eysingern zeigen wollen, daß etwas aus ihr geworden war, denn in ihrer Kindheit hatte sie das Gefühl gehabt, daß über ihre Familie getuschelt wurde. Ihre Eltern hatten sich in einer Haßliebe gegenseitig zerfleischt, ihre Mutter hatte sich scheiden lassen und sich später das Leben genommen. Julia hatte sich und den Eysingern beweisen wollen, daß sie selber imstande war, eine gute Ehe zu führen. Das war etwas, was sie geschafft hatte, bis der Tod ihr ihren Mann entrissen hatte. Wenn sie jetzt zurückblickend daran dachte, dann sagte sie sich, es könnte ihr auch nur so scheinen, weil er so jung gestorben war, und es zwischen ihnen zwar schon zur Gewöhnung, aber noch nicht zum Überdruß gekommen war. Heute zweifelte sie daran, ob es genügte, sich einem Mann anzuvertrauen und zu unterwerfen, um einer Ehe Harmonie und Inhalt zu geben.

Je älter sie wurde, desto fragwürdiger wurden ihr die schönen Gewißheiten, auf die sie als junge Frau gebaut hatte. Sie dachte an Agnes Kast, ihre Freundin, die im Erdgeschoß ihres Hauses wohnte. Sicher hatten sich Agnes und ihr Mann auch einmal geliebt, und bestimmt war sie ihm eine gute Frau gewesen. Dennoch hatte er mehr und mehr das Interesse an ihr verloren, und Agnes hatte viel einstecken müssen, bis er wieder zu ihr zurückgefunden hatte. Aber da war die Ehe schon keine Ehe mehr gewesen, sondern nur noch eine Zweckgemeinschaft. Günther Kast hatte seine Reisen aufgegeben und ein Installationsgeschäft am Hauptplatz eröffnet. Die Kinder waren erwachsen, und Agnes half ihm jetzt im Laden. Aber Julia bezweifelte, daß die beiden sich über das Alltägliche hinaus noch etwas zu sagen hatten.

Nein, eine solche Ehe, dachte Julia, ist nicht das, was ich anstrebe. Sie schloß das Fenster und zog die Gardine vor. Dennoch wäre es wunderbar gewesen, wenn Johannes Herder hier hätte einziehen, wenn er diesen toten Raum wieder mit Leben hätte erfüllen können.

Doch natürlich hatte er recht; ohne Trauschein war das nicht möglich, nicht hier, in Bad Eysing. Man war toleranter geworden in den letzten Jahren, regte sich nicht auf, wenn eine unverheiratete Frau einen Freund hatte, ein Ehemann nach Rosenheim fuhr, um das Eros-Center aufzusuchen, oder junge Leute, ohne verlobt zu sein, miteinander »gingen«. Aber einen Mann, mit dem man nicht verheiratet war, in die Wohnung aufzunehmen, das war etwas anderes. Noch dazu ein Schlagertexter, der würde für die Eysinger immer ein Exot bleiben.

Wäre Julia jung gewesen, so jung wie Roberta, hätte sie sich vielleicht mit Schwung über alle Bedenken hinweggesetzt, hätte ihn geheiratet oder auch einfach mit ihm zusammengelebt und nur an ihr eigenes Glück gedacht.

So aber traute sie sich nicht einmal, ihn bei sich übernachten zu lassen. Um Robertas willen tat sie alles, um nicht ins Gerede zu kommen. Nachdem ihre Tochter im vergangenen Sommer von der holländischen Polizei aufgegriffen worden war, war eine Dame vom Jugendamt bei Julia erschienen, um sich nach ihren häuslichen Verhältnissen zu erkundigen. Sie war sehr höflich, sehr nett und so diskret wie möglich gewesen. Dennoch war Julia erschrocken und hatte noch mehr auf sich geachtet als zuvor. Frau Ponsel von der Münchner Kriminalpolizei hatte sie nicht im Zweifel darüber gelassen, daß man von nun an ein noch achtsameres Auge auf sie haben würde. Julia verstand das, wenn sie es auch entsetzlich fand.

Auch Johannes Herder begriff, daß sie Rücksichten zu nehmen hatten. Nie versuchte er, über Nacht bei ihr zu bleiben, auch wenn er es vielleicht noch so gern getan hätte.

Sie wußte, daß sie ihm viel zumutete, und auf einmal befielen sie Zweifel, ob sie ihn nicht doch zum Skilaufen hätte begleiten sollen. Sie waren beide in einer ungewöhnlichen Situation, und so durfte sie es ihm doch eigentlich nicht verübeln, wenn er zu ungewöhnlichen Mitteln griff, um mit ihr zusammenzusein.

Mein Gott, wie sehnte sie sich nach ihm! Wenn sie nur an ihn dachte, durchschnitt es ihr das Herz. Noch nie hatte sie einen Mann so geliebt, und sie spürte, er würde ihre letzte Liebe sein.

Ich darf ihn nicht verlieren, dachte sie, um keinen Preis! Aber dann erschrak sie vor ihrem eigenen Gedanken: Um keinen Preis?

Alles durfte sie ihm opfern, nur ihre Selbstachtung nicht. Sie spürte, wenn sie das tat, indem sie ihm immer und jederzeit zu Willen war, würde sie ihn nicht halten können, sondern ihn verlieren.

Sie wollte und mußte stark bleiben. Aber sie hatte nur sehr wenig Vertrauen in ihre eigene Kraft.

Als das Telefon klingelte, hoffte Julia, es wäre Johannes Herder.

Aber es war Agnes Kast, die von ihrem Geschäft am Hauptplatz anrief. »Ich hätte ja auch heute abend zu dir raufkommen können«, sagte sie, »aber in letzter Zeit weiß ich nie, ob ich nicht vielleicht störe.«

Julia verstand die Anspielung, und sie ärgerte sich ein wenig darüber; sie hatte Agnes und Johannes Herder einmal im Treppenhaus miteinander bekannt gemacht, und die Freundin hatte sehr zurückhaltend reagiert. »So ein Unsinn! Du weißt, daß er nie über Nacht bleibt.«

»Woher sollte ich?«

»Ach, komm mir doch nicht so! Du kannst von deiner Wohnung aus jeden registrieren, der bei mir ein und aus geht.«

»Ich habe was Besseres zu tun, als dir nachzuspionieren.«

»Das habe ich auch gar nicht behauptet.«

Julia wunderte sich, wieso der Ton zwischen ihnen sich so verändert hatte. In all den vergangenen Jahren war Agnes ihr eine gute und verläßliche Freundin gewesen, ohne die sie sich ihr Leben gar nicht hätte denken können. Jetzt auf einmal war sie oft gereizt, ja, manchmal sogar aggressiv.

»Ich wollte dich auch nicht ärgern, Agnes«, fügte sie rasch hinzu, »wirklich nicht. Ich bin nur ein bißchen traurig, daß wir uns nur noch so selten sehen.«

»Von dir zu mir ist es genau so weit wie umgekehrt.«

»Ja, das stimmt natürlich.«

Früher war Agnes oft, fast täglich, auf eine Tasse Kaffee zu ihr gekommen, während sie die Freundin von Anfang an sehr viel seltener besucht hatte. Warum, hätte sie selber nicht zu sagen gewußt, aber so war es nun einmal gewesen. Sie war eigentlich immer nur hinuntergegangen, wenn im Garten etwas zu tun war. Aber das mußte Agnes genauso gut wissen wie sie, und Julia hielt es für sinnlos, ihr das zu erklären.

»Dann schieb mir bitte nicht den Schwarzen Peter zu!« sagte Agnes scharf.

»Entschuldige bitte«, sagte Julia und kam sich wie ein gescholtenes Schulkind vor, gedemütigt und gleichzeitig rebellisch.

»Ich wollte das ja nur mal klarstellen«, sagte Agnes, jetzt etwas sanfter.

»Du hast mich aber doch wohl nicht deshalb angerufen?«

»Ich habe Nachricht von Lizi. Sie erwartet uns Montag abend zum Skat ... natürlich nur, wenn du Zeit hast.«

»Für Skat habe ich immer Zeit!« behauptete Julia, verbesserte sich dann aber und sagte: »Meistens jedenfalls.«

»Du kommst also mit?«

»Ja, natürlich.«

»Wir starten um acht.«

»Ich werde pünktlich sein. Sag mal, hat sie sonst noch was erzählt? Wie geht es ihr?«

»So lala.«

»Ihre Ehe ist also nicht glücklich?«

»Wie du nur immer redest! Glücklich, was heißt denn das? Wer ist schon glücklich?«

»Vielleicht war es der falsche Ausdruck. Aber du weißt doch, was ich meine.«

»Wann wirst du endlich erwachsen werden?«

»Also ... was ist mit Lizi?«

»Ihre Ehe ist ihr geringstes Problem, aber das Restaurant ...«

Julia hörte im Hintergrund ein melodisches Klingeln.

»Kundschaft im Laden«, sagte Agnes, »ich muß Schluß machen. Wir reden ein andermal weiter. Bis dann.« Ehe Julia noch ein Abschiedswort sagen konnte, hatte sie aufgehängt.

Julia behielt den Hörer nachdenklich in der Hand. Sie hatte das Gefühl, daß Agnes ungerecht ihr gegenüber war, und das wunderte sie mehr, als daß es sie kränkte. Sie hatte der Freundin doch nichts getan, und sie hatte sich auch nicht verändert. Früher hatte Agnes sie auch immer gern ein wenig wie einen Kindskopf behandelt, aber es war in liebevoller Weise geschehen. Jetzt sprach sie oft geradezu verächtlich mit ihr.

Natürlich stand Agnes jetzt im Berufsleben, das mochte sie härter gemacht haben, besonders da es ziemlich spät dazu gekommen war. Früher hatte sie sich jahrelang nur um die Kinder, den Haushalt und den Garten gekümmert, und jetzt mußte sie vom Morgen bis zum späten Nachmittag im Laden stehen. Bestimmt hatte sie es auch nicht leicht mit ihrem Mann. Julia hatte Günther Kast seit jeher für ein Patentekel gehalten. Aber das war doch kein Grund, es an ihr auszulassen.

Und was war mit Lizi? Sie hatte Julia nie so nahe gestanden wie Agnes, aber immerhin nahe genug, um sich Sorgen um sie zu machen, um die schöne elegante Lizi, die so problemlos von dem Geld ihres geschiedenen Mannes gelebt hatte, bis sie sich eines Tages entschloß, Karl Fakosch, den Oberkellner vom *Duschl-Bräu,* zu heiraten und mit ihm zusammen ein Restaurant in der *Alten Mühle* zu eröffnen.

Die Freundinnen hatten diesen Entschluß nie ganz verstanden, aber dennoch darauf verzichtet, sie zu warnen, denn Lizi war sich so sicher gewesen. Vielleicht hatte sie ja recht, wenn sie ihrem Leben noch einmal eine ganz neue Wende geben wollte.

Aber seit damals, erkannte Julia jetzt, hatte sich alles geändert. Lizi hatte ihre überlegene Sorglosigkeit verloren. Sie hatten die regelmäßigen Skatabende aufgegeben, die ihnen so viel bedeutet hatten, und trafen sich nur noch gelegentlich. Sie selber hatte, etwa zu dem Zeitpunkt, als Lizi sich entschlossen hatte zu heiraten, Johannes Herder kennengelernt. Seitdem waren ihr die Freundinnen nicht mehr so wichtig gewesen.

Vielleicht lag die Schuld an der Entfremdung also doch bei ihr, zumindest auch bei ihr.

Julia drückte auf die Gabel und wählte die Nummer der *Alten Mühle*, wie Lizi und Karl Fakosch nach seinem Standpunkt ihr Restaurant genannt hatten. In geschäftsmäßigem Ton meldete sich ein junges Mädchen.

»Könnte ich, bitte, Frau Fakosch sprechen?« fragte Julia. »Hier ist Julia Severin.«

»Warten Sie! Ich werde versuchen, die Chefin zu erreichen.« Es dauerte eine ganze Weile, bis Lizi endlich an den Apparat kam. »Restaurant Alte Mühle«, meldete sie sich atemlos.

»Hallo, Lizi! Ich wollte nur mal hören, wie's dir so geht!«

»Ach, du bist's, Julia! Hat Agnes dir ausgerichtet . . .?«

»Ja, hat sie. Aber dabei ist mir aufgefallen, daß ich lange nichts mehr . . .«

»Lieb von dir, Julia. Du hast recht, wir sehen uns viel zu wenig, aber das Geschäft . . .«

»Wie geht es dir also?«

»Tut mir leid, Julia. Ich habe im Moment gar keine Zeit. Aber Montag ist Ruhetag, dann können wir . . .»

»Hast du denn so viel zu tun?«

Lizi lachte hohl. »Das scheint dich zu wundern.«

»Nein, gar nicht, nur . . .«

»Du, ich habe jetzt wirklich keine Zeit. Bis Montag also. Ich freu mich auf euch beide.«

»Bis Montag«, sagte Julia mechanisch und legte auf.

Sie hatte das Gefühl, daß die Freundinnen sich von ihr abwandten.

Johannes Herder tauchte am frühen Freitagnachmittag wieder auf, gleich nachdem Julia und Roberta gegessen hatten. Er wirkte erholt, war braun gebrannt, erzählte aber, daß er zu wenig Sonne gehabt und Julia und Roberta sehr vermißt hätte.

Julia wollte Roberta in die Küche schicken, um Kaffee zu kochen, aber als das Mädchen gleich das Gesicht verzog, erbot sie sich rasch: »Laß nur! Ich mach's schon selber.« Sie dachte, daß es vielleicht ganz gut wäre, die beiden miteinander allein zu lassen.

Tatsächlich schienen sie sich, als sie später mit dem Tablett ins Wohnzimmer kam, um den Tisch zu dekken, so gut zu unterhalten, daß sie sich wie ein Störenfried vorkam. Roberta lachte herzlich über irgendeinen Scherz, den Johannes Herder gemacht hatte. »Willst du nicht übers Wochenende bleiben?« fragte sie, als sie wieder zu Atem kam.

»Wenn deine Mutter mich einlädt«, erwiderte er und zwinkerte Julia zu.

»Natürlich tut sie das. Du kannst ja im *Hotel Kronprinz* übernachten.«

»Ich dachte, ihr hättet ein Zimmer frei.«

»Ralphs?«

»Warum nicht?«

»Nein, das geht doch nicht.«

»Dann mache ich dir einen anderen Vorschlag«, sagte Johannes Herder, »hast du nicht eine liebe Freundin, die du schon längst mal besuchen wolltest?«

Roberta starrte ihn mit offenem Mund an und sprang, als sie den Sinn seiner Frage ganz erfaßt hatte, so heftig auf, daß der Kaffee, den Julia ihr gerade eingegossen hatte, über den Rand der Tasse schwappte. »Du willst . . .« schrie sie los.

»Reg dich ab!« unterbrach er sie. »Es war ja nur ein Scherz.«

Roberta beruhigte sich sofort. »Ach so«, sagte sie, »das hätte ich mir denken können. Du mit deinen öden Witzen.«

»Ich könnte nicht mal bleiben, wenn du mich noch so innig bitten würdest. Wer unter der Woche gebummelt hat, muß sonntags arbeiten.«

Julia hatte ein Papiertuch geholt und trocknete Robertas Untertasse.

»Was denn?« fragte Roberta.

»Einen Text für Udo Jürgens.«

»Ach je.«

»Ich weiß, daß er für dich zu alt ist . . .«

»Mit dem Alter hat das gar nichts zu tun!«

». . . aber er ist und bleibt unbestritten ein Könner in seiner Branche.«

Sie redeten noch über dies und jenes in der nächsten halben Stunde, aber die Spannung, die zwischen ihnen bestand, wollte sich nicht lösen. Roberta gab sich sichtlich Mühe, Johannes Herder zu gefallen. Er ließ sich freundlich in die Unterhaltung mit ihr ein, aber Julia fand es irritierend.

Sie war fast erleichtert, als er endlich sagte: »Jetzt muß ich los.«

»Ja«, stimmte sie zu, »es ist allerhand Betrieb auf den Straßen.«

»Nur in Richtung Süden. Ich rufe dich trotzdem an, wenn ich zu Hause angekommen bin.« Er stand auf.

»Lieb von dir. Ich begleite dich noch hinunter.«

»Ich auch!« sagte Roberta sofort

»Du deckst ab und bringst die Küche in Ordnung!« erklärte er sehr bestimmt. »Ich sehe es nicht gern, wenn du dich von deiner Mutter bedienen läßt.«

»Das war doch eine Ausnahme«, maulte sie.

»Die wir gar nicht erst einreißen lassen wollen.« Er ging in die Diele, zog sich den Anorak über und setzte sich die rote Wollmütze auf.

Julia und Roberta begleiteten ihn.

Er packte Roberta bei den Oberarmen, küßte sie auf beide Wangen und sagte zu Julia: »Also, gehn wir!«

Sie liefen die Treppe hinunter, und unter der Haustür, dort, wo Roberta sie auch von Ralphs Zimmer aus nicht sehen konnte, küßten sie sich lange und innig.

Sie bemerkten gar nicht, daß Agnes Kast nach Hause kam. Erst als sie dicht vor ihnen stand, fuhren sie auseinander.

»Oh, Agnes!« sagte Julia atemlos. »Schon zurück?« Es wurde ihr sofort bewußt, daß sie wohl kaum eine dümmere Bemerkung hätte machen können.

»Wie du siehst«, entgegnete Agnes dementsprechend.

Johannes Herder zog Julia beiseite, um die Haustür freizugeben. »Guten Tag, Frau Kast!« grüßte er, gar nicht verlegen. »Mir scheint, wir begegnen uns immer nur zwischen Tür und Angel.«

Julia nahm das Stichwort auf. »Ich würde euch gern mal zusammen einladen, dich und Günther und Herrn Herder.«

Agnes drängte an ihnen vorbei. »Das würde bestimmt eine reizende Unterhaltung werden. Bis dann also.«

»Bis Montag!« rief Julia ihr nach.

»Nicht sehr freundlich, deine Freundin«, stellte Johannes Herder fest.

»Sie ist eine so gute Seele! Du solltest sie wirklich näher kennenlernen.«

»Kann schon sein. Aber momentan gibt es nur einen einzigen Menschen, der mich interessiert ...« Wieder küßte er sie mit drängender Leidenschaft.

Es fiel ihr schwer, sich von ihm zu lösen. »Hör auf!« bat sie. »Mir wird schon ganz anders.«

»Wann sehen wir uns wieder?«

»Ich werd versuchen, mich so bald wie möglich freizumachen.«

Er sah ihr in die Augen. »Wird's dir gelingen?«

»Nächste Woche. Ganz bestimmt.«

»Ich hatte nie etwas mit einer verheirateten Frau«, sagte er, »und jetzt weiß ich auch, warum.«

»Aber ich bin nicht verheiratet.«

»Noch schlimmer! Wenn eine verheiratete Frau sich einen Liebhaber nimmt, ist ihr der Mann zumeist gleichgültig geworden. Es geht nur darum, wie man ihn geschickt betrügen kann. Aber dir liegt immer noch was an deiner Tochter.«

»Weil sie meine Tochter ist.«

Er schloß die Autotür auf und drehte sich zu Julia um. »Steht sie hinter der Gardine?«

»Mit Sicherheit.«

»Also . . . machen wir es kurz!« Er gab ihr einen fast zeremoniellen Abschiedskuß und stieg ein.

»Fahr vorsichtig!« bat sie.

»Wird gemacht.« Er stieg ins Auto, ließ den Motor an und fuhr ab.

Julia winkte ihm lange nach, bis sie nicht mehr wußte, warum sie eigentlich so dastand, mit erhobenem Arm am Straßenrand. Ihr Lächeln erlosch, aber auch die Tränen, die ihr in die Augen gestiegen waren, versiegten. Sie fror auf einmal, fühlte sich hohl und leer.

Als sie in die Wohnung trat, klapperte in der Küche Geschirr – lauter, als es notwendig gewesen wäre.

Roberta steckte ihren Kopf heraus. »Das hat aber lange gedauert«, sagte sie mit gespieltem Gleichmut.

Julia fühlte sich außerstande, länger zu heucheln. Wortlos ging sie in ihr Zimmer und zog die Tür hinter sich ins Schloß.

Am Montagabend fuhren Julia und Agnes zur *Alten Mühle* hinaus. Günther Kast hatte seiner Frau ausnahmsweise den Porsche geliehen; er selber wollte den Abend vor dem Fernseher verbringen.

Agnes tat sich schwer mit dem ungewohnten Fahrzeug, dessen starker Motor ihr zu schaffen machte. So konzentrierte sie sich ganz auf den Wagen, und Julia verzichtete darauf, sie zu stören. Die Straße war schlecht geräumt, und der zerwalzte Schnee begann zu frieren.

»Verdammt!« schimpfte Agnes, legte den zweiten Gang ein und fuhr noch vorsichtiger. »Ich werde keinen Tropfen trinken dürfen.«

»Arme Agnes!« sagte Julia, und nach einer Weile fügte sie hinzu: »Das muß doch schlecht fürs Geschäft sein, wenn man bei solchem Wetter kaum zu Fakoschs hinauskommt.«

»Du sagst es.« Agnes hielt die Augen mit verbissenem Gesicht auf die Straße gerichtet.

»Ich werde mal einen Vorstoß im Verkehrsverein machen.«

»Das ist eine Idee.« Die Züge der Freundin entspannten sich ein wenig, als sie Julia einen raschen Seitenblick zuwarf. »Wozu bist du Protokollführerin?«

»Das meine ich auch. Allerdings, ob's was nutzt . . .«

»Wann wirst du endlich lernen zu kämpfen?«

»Ich hab schon damit angefangen.«

Danach waren die beiden Frauen wieder still.

Julia war Agnes dankbar, daß sie ihre letzte, etwas peinliche Begegnung vor der Haustür mit keinem Wort erwähnt hatte. Andererseits hätte sie aber doch gern über ihre Situation und Johannes Herder gesprochen und bedauerte, daß Agnes ihr kein Stichwort dazu gab. Damit die Fahrt nicht allzu schweigsam verlief, erzählte sie ein wenig von den Plänen und den Schwierigkeiten des Eysinger Verkehrsvereins, für den sie seit einem halben Jahr ehrenamtlich arbeitete, und war sich bewußt, daß Agnes nur mit halbem Ohr hinhörte. »Aber es macht dir Spaß, wie?« warf Agnes einmal ein.

»Ja, schon. Wenn mir das ewige Hick-Hack auch manchmal auf die Nerven geht. Weißt du, es ist immer so schwer, was Nützliches durchzusetzen, und wenn der Vorstand sich ausnahmsweise mal einig ist, dann fehlt es an dem nötigen Geld.«

»Immer dieselbe Leier.«

Die *Alte Mühle* tauchte wie ein schwarzer Klotz vor ihnen aus der Schneelandschaft auf.

»Nicht gerade einladend«, stellte Julia fest.

»Sie sparen Licht, weil heute Ruhetag ist.«

»Ja, natürlich.«

Agnes fuhr den Porsche nicht auf den Parkplatz, sondern stellte ihn, nachdem sie ihn für die Heimfahrt gewendet hatte, gleich neben der Hintertür ab, die zur Privatwohnung führte. Ein zottiger Schäferhund umsprang den Wagen mit wütendem Gebell.

»Paß nur auf, du«, drohte Agnes, »daß du mir nicht unter die Räder kommst!« Sie drückte kräftig auf die Hupe.

Ein schwaches Licht leuchtete über der Hintertür auf, und Lizi erschien auf der Schwelle. Sie rief den Hund, der nur widerwillig näher kam, und packte ihn am Halsband.

Agnes stieg aus. »Ein schöner Empfang«, beschwerte sie sich.

Julia folgte ihrem Beispiel. »Hast du ihn auch fest?«

»Keine Sorge. Er tut euch nichts ... nicht, wenn ich dabei bin.« Lizi hielt mit der freien Hand die Tür auf.

»Sehr beruhigend.« Hastig drückten sich Agnes und Julia an Lizi und dem Hund vorbei.

Lizi gab den Hund frei. »Lauf, Hassan ... gib acht!«

Der Hund sprang mit großen Sätzen in den verschneiten Hof.

Erst als die Tür ins Schloß gefallen war, konnten die Frauen sich begrüßen.

»Tut mir leid, wenn Hassan euch erschreckt hat«, sagte Lizi, »Aber wir brauchen das Untier. Hier draußen ist es sehr einsam.«

Julia schauderte unwillkürlich. »Hast du nicht manchmal Angst?«

»Nicht, wenn Hassan ums Haus tobt.«

»Du hättest ihn wenigstens für heute abend an die Kette legen können.«

»Das ist Karls Aufgabe. Aber er hat es anscheinend vergessen.« Lizi stieg den Freundinnen voraus die schmale Holztreppe hinauf.

»Wo ist er?« fragte Agnes. »Karl?«

»In seinem Büro. Er hockt über den Büchern.«

»Und wie sieht's aus?«

Lizi wandte sich zu Agnes um und machte ein Gesicht, als verstünde sie nicht.

»Wie läuft der Laden?«

»Nach der Eröffnung sehr gut. Da war's noch eine Sensation für Bad Eysing.« Lizi wandte den Freundinnen den Rücken zu und stieg weiter hinauf. »Aber danach ist's abgeflaut.«

»Euer Restaurant ist zu vornehm«, behauptete Agnes.

Lizi hatte das alte Haus tatsächlich sehr aufwendig restaurieren lassen. Es gab ein riesiges Mühlrad an der Seite des größten Raums, das in der warmen Jahreszeit vom Wasser des Bachs gedreht wurde. Im Winter brannten Feuer in offenen Kaminen. Die Tische waren mit weißem Leinen gedeckt, und auch die Servietten waren aus Tuch. Das Angebot auf der Speisekarte war nicht reichhaltig, dafür aber exklusiv, der Preis entsprechend.

Von all diesem Glanz war auf der Hintertreppe allerdings nichts zu spüren, aber Julia und Agnes kannten das Restaurant gut; sie waren immer bemüht, ihm Gäste zuzuführen.

»Hätte ich etwa ein Ausflugslokal aufmachen sollen?« gab Lizi zurück.

»Keine schlechte Idee«, konterte Agnes.

»Oder eine Fritten-Bude?«

»Auch nicht schlecht.«

Sie waren inzwischen auf dem oberen Absatz angekommen, der ohne Zwischentür in einen Vorraum führte.

»Wahrscheinlich müßt ihr einfach Geduld haben«, sagte Julia begütigend.

»Wie lange, glaubt ihr denn, werden unsere Mittel reichen?« gab Lizi scharf zurück.

»Jedenfalls werde ich mich beim Verkehrsverein dafür einsetzen, daß wenigstens die Zufahrtstraße besser geräumt wird.«

»Danke dir, Julia. Aber, was diesen Punkt betrifft, hat Karl schon alles mögliche versucht.«

»Er hätte sich an mich wenden sollen.«

»Habe ich ihm auch gesagt. Aber er läßt sich nicht gerne helfen ... nicht von einer Frau. Er hat seinen Stolz.«

»So was Dummes«, sagte Julia, und sie dachte daran, daß Karl Fakosch Lizis Hilfe sehr wohl angenommen hatte, und sich ohne ihr Geld wohl kaum hätte selbständig machen können.

Unwillkürlich blickte sie Agnes an und merkte, daß auch sie sich eine Bemerkung verbiß. Sie legten ihre Mäntel ab und folgten Lizi in den Wohnraum.

Alles war fast genauso, wie es in Lizis eleganter kleiner Wohnung über der Boutique gewesen war – es waren die selben pflaumenblauen Vorhänge, die selben zierlichen, mit Seide bespannten Sessel, der selbe Spieltisch, der jetzt schon ausgeklappt war, die selben Beistelltische, mit Gläsern, Aschenbechern, Schalen voll Käsegebäck und Nüssen – und dennoch hatte sich die Atmosphäre vollkommen verändert. Der Raum war größer, so daß die kleinen Möbel verloren wirkten, und die Stoffe zeigten erste Anzeichen von Verschleiß. Lizi hatte verständlicherweise all ihr Geld –

den Erlös vom Verkauf der Boutique und die Abfindung ihres geschiedenen Mannes – in das Restaurant gesteckt und es in Kauf genommen, selber etwas schäbiger leben zu müssen.

Sie war sich dieses Eindrucks sehr wohl bewußt. »Wenn der Laden erst einmal richtig läuft«, hatte sie einmal geprotzt, »richte ich mich ganz neu ein.« Bescheidener hatte sie hinzugefügt: »Oder auch nicht. Denn wie oft halte ich mich schon hier oben auf? Nur fürs Kartenspielen brauche ich keine elegante Kulisse.«

Die Freundinnen hatten dazu geschwiegen.

Lizi selber war zwar immer noch schön, mit dieser makellosen Figur, die daran erinnerte, daß sie einmal beinahe Miss World geworden wäre, den dunkelblauen Augen und dem schwarzen Haar. Doch ihre Haarfarbe war inzwischen nicht mehr echt, sondern gefärbt, und das Schwarz war zu hart geworden. Um ihre Lippen lag ein Zug von Verbitterung, der ihre Mundwinkel herabzog und ahnen ließ, wie sie als alte Frau aussehen würde. Ihre Kinnpartie war schlaff geworden, und das ganze Gesicht wirkte leicht gedunsen. Darüber konnte auch die sehr geschickt aufgetragene Schminke nicht hinwegtäuschen.

»Macht's euch gemütlich!« sagte Lizi jetzt mit der Geste der Gastgeberin. »Was wollt ihr trinken? Einen Schnaps zum Aufwärmen?«

»Ich überhaupt keinen Alkohol«, wehrte Agnes ab.

»Spielverderberin!«

»Agnes hat ganz recht«, sagte Julia, »das Heimfahren wird haarig werden.«

»Und was ist mit dir?«

»Ich trinke gerne ein Glas Wein.«

»Für dich habe ich dann nur Selters, Agnes, oder soll ich schnell runterlaufen und . . .«

»Nur nicht. Laß uns lieber spielen.«

Lizi versorgte die Freundinnen mit den gewünschten Getränken und schenkte sich selber ein Glas Cognac ein. Agnes mischte die Karten, Julia hob ab und Agnes teilte aus. »Auf geht's!«

Wenige Minuten später waren die Freundinnen in ihr Spiel vertieft.

Aber Julia empfand, daß es nicht wie sonst war. Sie hatte Mühe, sich zu konzentrieren, und den beiden anderen schien es ebenso zu gehen. Dennoch wurde jeder kleine Fehler scharf gerügt, und oft kam es beinahe zum Streit. Julia gelang es nicht, sich zu entspannen. Sie war froh, als Agnes früh – es war noch keine zehn – zum Aufbruch drängte.

»Schon?« fragte Lizi.

»Sei mir nicht böse! Die Heimfahrt liegt mir im Magen.«

»Kann ich verstehen. Dann also ... die letzte Runde!«

Lizi hatte schnell und viel getrunken, Julia, um in Stimmung zu kommen, etwas mehr, als ihr guttat. Agnes war stocknüchtern geblieben. Das hatte auch nicht dazu beigetragen, Harmonie unter den Freundinnen auszulösen.

Bei den wenigen Schritten von der Haustür zum Auto geriet Julia ins Stolpern.

»Bist du nicht mehr sicher auf den Beinen?« fragte Agnes unfreundlich.

»Ich bin nur ausgerutscht. Eine glatte Stelle.« Julia war froh, als sie sich am Türgriff festhalten konnte.

»Du hast zuviel getrunken.«

Julia setzte sich auf den Beifahrersitz. »Ja, vielleicht«, sagte sie friedfertig.

Agnes hatte sich hinters Steuer gesetzt. »Warum tust du so was?« fragte sie.

»Ich wollte mit Lizi mithalten.«

»Als ob du das könntest!«

»Sie trinkt ziemlich viel, nicht wahr?«

»Aber sie kann es vertragen.«

»Entschuldige!« sagte Julia, jetzt doch heftiger, als sie wollte. »Ich gebe zu, daß ich zuviel getrunken habe. Das habe ich schon einmal gesagt. Was verlangst du noch von mir?«

»Von mir aus kannst du trinken, soviel du willst, bloß deine Probleme kannst du nicht im Alkohol ersäufen.«

Julia schwieg. Sie fühlte sich verletzt, versuchte sich aber einzureden, daß sie überempfindlich war und Agnes es nur gut gemeint hatte. Sie schnallte sich an und stemmte die Füße gegen den Boden. Der gefrorene Schnee knirschte unter den Rädern. Immerhin bestand die Gefahr, daß das Auto ins Schleudern geriet.

Julia atmete auf, als sie das Stadtgebiet erreichten. »Du fährst fabelhaft, Agnes!« sagte sie ehrlich.

Agnes konnte ein geschmeicheltes Lächeln nicht unterdrücken. »Lob mich erst, wenn wir heil zu Hause angekommen sind.«

Ihr Lächeln gab Julia Mut. »Ich habe wirklich Probleme«, gestand sie.

»Du? Jetzt komm mir bloß nicht mit deinem Schmarren!« sagte Agnes hart.

»Ich stecke in einer schwierigen Situation.«

»Hast du dir selber zuzuschreiben. Mir brauchst du nichts zu erzählen. Warum läßt du dich auch mit einem jungen Mann ein? Das ist doch Wahnsinn!«

»Er ist nur drei Jahre jünger als ich.«

»Und wenn er so alt wie du wäre, wäre er noch zu jung. Hast du denn keine Augen im Kopf? Gut aussehen tut er auch noch. Wie kannst du dir einbilden, so einen zu halten?«

»Ich weiß ja selber, daß auf die Dauer . . .«

»Dann laß ihn sausen und spar dir den Ärger!

Deine Probleme! Daß ich nicht lache! Soll ich dir mal was sagen? Dir ist es das ganze Leben lang viel zu gutgegangen.«

Julia preßte die Lippen zusammen; noch nie hatte die Freundin in einem solchen Ton zu ihr gesprochen.

»Du weißt gar nicht, was wirkliche Probleme sind«, fuhr Agnes mitleidlos fort. »Was auch immer passiert, du hast dein sicheres Ein- und Auskommen. Sag jetzt nicht, daß es darauf nicht ankommt. Dir nicht, weil es dir selbstverständlich ist. Aber du würdest ganz schön schauen, wenn du plötzlich ohne deine Pension und ohne deine Mieteinnahmen dastündest. Vielleicht würdest du dann endlich mal anfangen, die Welt so zu sehen, wie sie ist.«

»Ich weiß, daß es viel Not und Elend gibt«, verteidigte sich Julia schwach.

»Ja, im Libanon und in Vietnam und bei den Völkern der Dritten Welt, das hast du jedenfalls in der Zeitung gelesen. Aber was um dich herum vor sich geht, das merkst du gar nicht. Sieh dir Lizi an! Ich wette, daß sie kurz vor dem Bankrott steht. Aber du bildest dir ein, wenn die Straße anständig geräumt wird, ist sie schon wieder aus dem Schneider.«

»Das denke ich gar nicht. Ich versuche nur zu helfen, wo ich kann. Soll ich ihr Geld geben? Mich ihr als Bedienung zur Verfügung stellen? Als Putzfrau? Oder als Küchenhilfe?«

»Das verlangt niemand von dir, und das weißt du ganz genau. Du solltest nur aufhören, in deinem Seelenkäse herumzurühren, während andere Leute ernsthafte Sorgen haben.«

»Du auch?«

»Da wärst du wohl nicht drauf gekommen, wie? Ja, auch wir! Es wird immer weniger gebaut, die Zinsen sind viel zu hoch, und natürlich wirkt sich das auf unser Geschäft aus.«

»Warum hast du mir das nie gesagt?«

»Weil es auf der Hand liegt! Natürlich haben wir trotzdem unser Auskommen, da die Kinder aus dem Haus sind und wir nur für uns selber sorgen müssen. Aber es hebt nicht gerade die Stimmung, wenn die Bilanzen von Monat zu Monat schlechter werden.«

Erst jetzt schien es Agnes aufzufallen, daß sie sehr hart mit Julia gesprochen hatte. »Das ist wahrscheinlich auch der Grund, warum ich so böse bin. Entschuldige bitte, Julia, nimm es nicht persönlich. Aber es regt mich nun mal auf, wenn du dich so maßlos wichtig nimmst.«

»Das tue ich ja gar nicht.«

»Wenn du mal wirklich Sorgen hast, Schätzchen, dann komm zu mir. Jederzeit. Aber belämmere mich nicht mit deinem depperten Liebeskummer, den du nur dir selber zuzuschreiben hast. Du solltest alt genug sein, um zu wissen, was dir zusteht.«

Julia wagte noch einen letzten Versuch. »Du siehst das alles ganz falsch, Agnes. Wenn du mich doch nur erklären ließest . . .«

»Wozu? Ich weiß doch Bescheid. Du liebst ihn oder bildest es dir ein, und Robsy muß mitansehen, wie ihre Mutter sich lächerlich macht. Du willst den Burschen ganz für dich haben, aber du willst dich ihm auch nicht anvertrauen. Also spielst du die Leidende. Das war doch von jeher deine Lieblingsrolle. Ich habe allmählich die Nase gestrichen voll davon.«

Julias Erstaunen war noch größer als ihr Gekränktsein. »Nie hätte ich geglaubt«, sagte sie, »aber auch nie, daß du so von mir denken könntest!«

»Jetzt weißt du es.«

»Danke.«

»Nun sei nicht eingeschnappt, Liebchen, ich mußte dir mal die Wahrheit sagen. Das war schon lange fällig. Was soll das für eine Freundschaft sein, wenn man sich gegenseitig immer nur was vormacht?«

Darauf wußte Julia keine Antwort und wollte auch gar keine finden; sie war wie betäubt.

Agnes bremste den Wagen vor der Garage, Julia stieg aus, um ihr das Tor zu öffnen. Sehr vorsichtig ging sie Schritt für Schritt. Den Triumph, daß sie noch einmal ins Stolpern geriet, wollte sie der Freundin nicht gönnen. Sie schaffte es. Als Agnes das Auto in die Garage fuhr, wandte Julia sich ab und ging durch den Vorgarten und die Stufen zur Haustür hinauf. Sie schloß auf.

»Nimm's nicht tragisch«, sagte Agnes, als sie sie eingeholt hatte, »ich bin in einer Saulaune heute abend. Wahrscheinlich habe ich alles gar nicht so gemeint.«

»Schon gut, Agnes ... und Dank für alles.«

»Für was?«

»Fürs Heimfahren und für die Moralpredigt.« Julia versuchte zu lächeln, aber sie merkte selber, daß eine Grimasse daraus wurde. »Schlaf gut ... bis bald!«

Am nächsten Morgen stand Julia lange vor dem Spiegel.

Bisher hatte sie nie sehr viel für ihr gutes Aussehen getan; sie war überzeugt gewesen, es nicht nötig zu haben. Ihre Wimpern waren dicht und dunkel und gaben den runden, weit auseinanderstehenden Augen so viel Ausdruck, daß sie, wenigstens tagsüber, immer auf Lidschatten verzichtet hatte. Ihr Haar, von Natur aus leicht gelockt, bedurfte nur eines guten Schnittes. Sie wusch es jeden fünften Tag und war zufrieden, wie es fiel. Die Figur hatte ihr nie Schwierigkeiten gemacht; sie neigte nicht dazu, dick zu werden.

Aber diesmal betrachtete sie sich sehr kritisch. Der Winter war lang gewesen, ihre Haut war allzu blaß.

Sollte sie nicht doch lieber ein Make-up auftragen? Die Fältchen um die Augen ließen sich durch keinen Kunstgriff verdecken, aber ihre Lippen würden angemalt sicher hübscher wirken. Schlank war sie wirklich noch, aber stand diese Schlankheit nicht im Begriff, sich in Magerkeit zu verwandeln? Waren die kleinen Gruben unter den Schlüsselbeinen nicht schon zu Salzfäßchen geworden?

Johannes Herder gefiel sie so, wie sie war. Jedenfalls behauptete er es, und seine Verliebtheit und seine Bewunderung hatten ihr Schwung und Selbstvertrauen verliehen. Aber vielleicht waren seine Gefühle nur eine Illusion, eine ansteckende Illusion, der sie verfallen war? In den Augen von Agnes und Roberta jedenfalls war sie alt im Vergleich zu ihrem Geliebten. Vielleicht sahen die beiden, vielleicht sahen alle anderen sie realistischer, als sie sich selber sehen konnte?

Julia war nahe daran, in ihren Schminkkasten zu greifen. Sie wollte etwas tun, um jünger, anziehender und lebendiger zu wirken. Aber dann zog sie die Hand, schon in der Bewegung, wieder zurück. Wenn sie damit begann, erkannte sie, sich selber und ihm etwas vorzumachen, würde das der Anfang vom Ende sein. Sie mußte sich so akzeptieren, wie sie war; nur dann konnte sie das auch von ihm erwarten. Trotzdem seufzte sie schwer. Warum konnte der Mann, den sie liebte, nicht ein paar Jahre älter sein als sie? 43, 45 Jahre alt? Wie erleichternd wäre das gewesen!

Aber ein Mann Mitte Vierzig, sagte sie sich dann, würde verkorkst oder verheiratet sein. Es war ein glücklicher Zufall, daß Johannes Herder weder das eine noch das andere war, sondern sich, recht spät, zum ersten Mal nach einer festen Bindung sehnte.

So oder so, sie mußte ihr Schicksal nehmen, wie es war.

Julia hatte die Wohnung geputzt und war noch in ihrem blauen Arbeitskittel. Jetzt wandte sie sich vom Spiegel ab und ging an ihren Kleiderschrank, um sich etwas Passendes auszusuchen. Sie wollte den Vorsitzenden des Verkehrsvereins aufsuchen, um mit ihm über Lizis Sorgen mit der *Alten Mühle* zu sprechen.

Gerade hatte sie einen Tweedrock aus dem Schrank genommen, als es an der Wohnungstür klingelte. Sie stutzte. Früher war es oft Agnes gewesen, die um diese Zeit heraufgekommen war. Vielleicht hatte sie ein schlechtes Gewissen wegen ihrer Grobheit gestern nacht. Oder sollte es Johannes Herder sein? Ihr Herz schlug schneller, aber noch während sie zur Tür lief, nahm sie sich vor, ihn zu bitten, sie nicht wieder unangemeldet zu überfallen.

In der kleinen Diele blieb sie stehen und überlegte, ob sie sich nicht doch noch schnell etwas anderes anziehen sollte. Aber was? Ihren Morgenrock? Das hätte nichts geholfen.

Es klingelte wieder, und sie öffnete. Dr. Albert Klinger stand vor der Tür. Sein Besuch kam so unvermutet, daß sie ihn sekundenlang nur sprachlos anstarren konnte.

»Guten Morgen, gnädige Frau«, sagte er mit einer leichten Verbeugung und nahm den weichen Filzhut ab, »entschuldigen Sie, bitte, wenn ich ungelegen komme! Aber darf ich eintreten?« Er trug einen fast bodenlangen, mit Nerz gefütterten Mantel.

Julia verwünschte, daß sie ihm im Kittel gegenüberstand. »Ungelegen nicht gerade, aber ziemlich überraschend. Hätten Sie nicht vorher anrufen können?«

»Bitte, verzeihen Sie mir! Ich hatte zufällig in der Gegend zu tun.«

Julia glaubte ihm kein Wort. »In Bad Eysing?«

»Nicht direkt«, gab er zu.

»Aber, bitte, legen Sie doch ab!« Julia öffnete die

Tür zum Wohnzimmer. »Machen Sie es sich bequem. Ich möchte mir nur rasch etwas anderes überziehen.«

»Habe ich Sie gestört?«

»Ich bin mit dem Putzen fertig, wenn Sie das meinen.« Julia lief zurück in ihr Schlafzimmer, riß ein bodenlanges Hauskleid aus grünem Samt aus dem Schrank, zerrte ihre wollenen Kniestrümpfe von den Füßen, zog Perlonstrümpfe an und schlüpfte in das Hauskleid und in hochhackige Pumps. Ohne in den Spiegel zu sehen, fuhr sie sich mit der Bürste über das Haar.

Dr. Klinger saß in dem schweren Ledersessel, den Julias verstorbener Mann geliebt und den später Ralph mit Beschlag belegt hatte. Er war sehr korrekt gekleidet: dunkelgrauer Anzug mit feinem Nadelstreifen und passender Weste, hellgraues Seidenhemd und eine mattschimmernde Krawatte. Die Manschetten ragten einige Zentimeter aus dem Jackett vor und ließen glatte rechteckige Manschettenknöpfe sehen, die nur aus Platin sein konnten.

»Sie hätten sich nicht so beeilen müssen«, sagte er, als Julia eintrat.

»Bei mir geht so was immer schnell.«

»Dann sind Sie eine seltene Ausnahme ... auch in diesem Punkt.«

»Darf ich Ihnen etwas zu trinken anbieten? Vielleicht einen Kaffee?«

»Nein, danke. Machen Sie sich keine Mühe. Aber vielleicht ...?« Sein Blick schweifte zu dem kleinen Tisch mit der Glasplatte, auf dem diverse Flaschen standen.

»Einen Cognac?«

»Gerne.« Er rieb sich die langen, ausdrucksvollen, ein wenig knochigen Hände, auf deren Rücken sich blaue Adern abzeichneten; seine Hände wirkten älter als sein Gesicht. Erklärend fügte er hinzu: »Ich habe einen Fahrer, sonst würde ich nicht . . . Es ist noch ein wenig früh, um zu trinken.«

Julia hatte ihm eingeschenkt und stellte das bauchige Glas vor ihn auf den Tisch; sie selber nahm sich einen Sherry, um es ihm angenehmer zu machen. Dann nahm sie ihm gegenüber Platz, schlug die Beine übereinander und lehnte den Oberkörper zurück.

Er schnupperte an seinem Glas, nippte, nahm einen großen Schluck; er war sichtlich nervös.

Julia wollte ihm kein Stichwort geben, aber lange hielt sie es nicht aus. »Ist etwas mit Ralph?« fragte sie.

»Es ist ihm nichts zugestoßen, nein, wenn Sie das meinen.« Er sah sie an, während er das Glas mit beiden Händen umschlossen hielt. »Ich mache mir Sorgen um ihn.«

»Hat er etwas . . . etwas Unrechtes getan?«

»Nein! Wie kommen Sie darauf?«

»Er ist noch sehr jung. Junge Leute machen manchmal Fehler.« Sie lächelte. »Nicht, daß wir älteren dagegen gefeit wären.«

»Sie haben recht! Ich fürchte, daß er im Begriff steht, einen entscheidenden Fehler zu machen.«

»Ach ja?«

»Er will . . . Reiseleiter werden!« Dr. Klinger sprach die Bezeichnung voller Verachtung aus, als wäre sie ein Schimpfwort.

»Und warum sollte er nicht?«

»Aber liebe, gnädige Frau, Sie scheinen sich keinen Begriff zu machen, wie die Tätigkeit eines Reiseleiters praktisch vor sich geht.«

»Ralph wird es wohl wissen. Er hat schließlich seine Lehre beim Reisebüro abgeschlossen.«

»Der Junge hat keine Ahnung.«

»Wirklich nicht?« Julia konnte sich nicht enthalten, ein wenig boshaft zu sein. »Sie werden ihn doch aufgeklärt haben.«

»Auf mich hört er nicht mehr.«

Wenn sie gesagt hätte: Wie schade! oder: Das tut mir leid für Sie! wäre es eine glatte Lüge gewesen; sie bedauerte es nicht im geringsten. Also schwieg sie.

Dr. Albert Klinger wirkte kultiviert und intelligent. Er sah gut aus mit dem dunklen, aus der runden Stirn zurückweichenden Haar und dem gepflegten Schnauzbart. Sie hätte ihn sympathisch finden können, wenn sie nicht die Frage irritiert hätte, was er mit Ralph treiben mochte. Küsse, Umarmungen, zärtliche Berührungen? Sie konnte sich Liebe unter Männern nur schwer vorstellen. Aber daß Ralph homosexuelle Neigungen hatte und daß seine Freundschaft zu dem doppelt so alten Mann nicht platonisch war, hatte sie längst einsehen müssen. Er selber hatte es auch nie geleugnet.

Es war nicht so sehr das Unnatürliche dieser Beziehung – wenn es denn unnatürlich war –, was sie gegen Dr. Klinger einnahm, sondern das Gefühl, daß er ihr den Sohn genommen hatte. Dabei wußte sie, daß es unbegründet war. Ralph hatte sich längst von ihr gelöst, noch bevor dieser Mann in sein Leben getreten war. Albert Klinger traf gar keine Schuld daran. Aber er hatte eine Zeitlang mehr Bedeutung für ihn gehabt als sie und seine Schwester, und das nahm sie gegen ihn ein. Sie gönnte es ihm, daß auch er jetzt Schwierigkeiten mit dem Jungen hatte. Dr. Klinger hielt ihrem Blick stand, und sie hoffte, daß er ihre Meinung über ihn nicht in ihren Augen lesen konnte.

»Liebe gnädige Frau«, sagte er, »Sie werden es vielleicht sonderbar finden, daß ich Hilfe und Unterstützung gerade bei Ihnen suche . . .«

»Nein, gar nicht«, erwiderte sie rasch, »ich finde es höchstens sonderbar, daß Sie erst jetzt zu mir kommen.«

Er unterbrach sich. »Wie soll ich das verstehen?«

»Daß es besser gewesen wäre, wenn Sie sich zu Beginn Ihrer Freundschaft vorgestellt hätten oder spätestens als Ralph zu Ihnen zog.«

»Er wollte es nicht.«

»Ich habe ihn mehrmals darum gebeten, uns bekannt zu machen. Sie als erwachsener Mann hätten sich nicht seinem Willen beugen, sondern das tun sollen, was Sie selber für richtig hielten.«

»So notwendig schien es mir nicht. Aber natürlich hätte ich Sie gerne eher kennengelernt. Ralph hat mir viel von Ihnen erzählt. Er bewundert und verehrt Sie außerordentlich.«

»Weiß er denn, daß Sie jetzt hier bei mir sind?«

»Nein!« Dr. Klinger stockte und sagte dann: »Ich wäre Ihnen auch sehr dankbar, wenn Sie es ihm nicht verraten würden.«

»Ich lüge so selten wie möglich, lieber Doktor Klinger«, erwiderte sie kühl, »und Ihretwegen werde ich es gewiß nicht tun. Aber wenn Ralph mich nicht danach fragt, werde ich ihm auch nichts erzählen.«

Er leerte sein Glas. »Es kann Ihnen als Mutter doch auch nicht recht sein . . .«

»Mögen Sie noch einen Schluck?« fragte sie.

»Nein, danke, nicht um diese Zeit . . . oder, bitte, doch . . .«

»Dann bedienen Sie sich!« sagte sie mit einer Kopfbewegung zu den Flaschen.

Dr. Klinger stand auf und ging an den kleinen Tisch mit der gläsernen Platte. Sie beobachtete ihn, wie er die Cognacflasche öffnete, sehr gewandt und geschickt, und die goldbraune Flüssigkeit in das bauchige Glas fließen ließ. Wider Willen mußte sie zugeben, daß er liebenswert wirkte. An jenem Abend im *Capt'n Cook* hatte sie sein Auftreten als arrogant empfunden, jetzt, in seiner Hilflosigkeit, war er anziehender.

»Es geht gar nicht darum, was mir als Mutter paßt oder nicht. Ralph tut, was er will.«

Er blieb, das Glas in beiden Händen, vor ihr stehen. »Das kann ich nicht glauben. Er hält so große Stücke auf Sie.«

»Was ihn nicht hindert, seine eigenen Wege zu gehen. Ich war dagegen, daß er das Gymnasium verließ, obwohl er ein so guter Schüler war, daß er nach München zog, daß er eine Lehre antrat ... und was hat es mir genutzt? Gar nichts. Dabei war er damals noch nicht einmal volljährig. Um die Wahrheit zu sagen: Es hat mir auch nicht gefallen, daß er bei Ihnen einzog, Herr Doktor Klinger. Inzwischen habe ich es aufgegeben, gegen seine Selbstherrlichkeiten zu protestieren.«

»An ein Verbot oder dergleichen habe ich auch gar nicht gedacht. Ich hoffte nur, Sie könnten Ihren Einfluß geltend machen ...«

»Ich habe keinen Einfluß auf Ralph.«

Er setzte sich und blickte mit dem Ausdruck eines geschlagenen Mannes in sein Glas.

»Daß er jetzt Reiseleiter werden will, stört mich bei allem, was er die letzten Jahre unternommen hat, am wenigsten. Es ist doch verständlich, daß er etwas von der Welt sehen will.«

»Ich bin ja bereit, jedes Jahr eine große Reise mit ihm zu machen, wohin er auch immer will!«

»Das ist in seinen Augen wohl nicht das gleiche.«

»Wie kann ihm daran liegen, mit einer Herde alberner Touristen durch die Gegend zu ziehen!«

»Ich weiß es nicht. Das müssen Sie ihn schon selber fragen. Wahrscheinlich ist ihm die Begleitung, in der er sich bewegt, gleichgültig, wenn er nur in die Welt hinaus kann.«

»Die Welt«, sagte er bitter, »was ist das schon? Von Touristen übervölkerte Tempel und Schlösser, künstlich arrangierte Folklore, auf Massenbetriebe eingestellte Hotels . . .«

Sie unterbrach seine Aufzählung.

»Ich verstehe sehr gut, was Sie meinen. Aber das ist auch kein Wunder. Ich bin wohl fast so alt wie Sie . . .«

»Ach, Sie sind jung!« behauptete er mit mechanischer Höflichkeit.

»Nein. Jung ist Ralph. Das Leben liegt noch vor ihm. Deshalb sieht er die Dinge anders.«

»Sie wollen also wirklich zulassen . . .?«

»Wie ich Ihnen schon sagte, habe ich keinen Einfluß, und in diesem Fall habe ich nicht einmal etwas gegen seine Pläne einzuwenden. Wenn er von der Vagabundiererei genug hat, kann er ja jederzeit wieder zurück zum ABR . . . oder in ein anderes Reisebüro. Er riskiert also gar nichts.«

»Sehen Sie denn nicht, daß dieses ewige Unterwegssein gefährlich ist?«

»Passieren kann einem immer und überall etwas. Dazu muß man sich nicht in einen Bus oder ein Flugzeug setzen.«

Dr. Klinger nahm einen Schluck Cognac; seine Wangen begannen zu brennen. Julia hatte den Eindruck, daß er nichts oder doch nur sehr wenig gefrühstückt hatte.

»Und was wird aus mir?« fragte er.

Julia war überrascht von diesem Ausruf, der einem Bekenntnis gleichkam; sie wußte keine Antwort, die ihn nicht verletzt haben würde.

»Ich habe alles für ihn getan«, sagte er, »alles!«

Bestimmt nicht halb soviel wie ich, dachte sie, aber sie sagte: »Sie müssen sich damit abfinden. Wir alle müssen uns damit abfinden, daß die Menschen, die wir lieben, uns eines Tages verlassen.«

»Er kennt kein Mitleid.«

»Dazu ist er wohl noch zu jung, und davon abgesehen: Wäre Ihnen mit Mitleid denn gedient?«

Er sah sie an, mit einer Verzweiflung in den Augen, die Julia rasch den Blick senken ließ. »Sie wissen nicht, wie es ist, einsam zu sein.«

»Nein«, sagte sie, »ich glaube, das weiß ich wirklich nicht. Nach dem Tod meines Mannes waren immer noch die Kinder da, und als Ralph wegging, blieb mir meine Tochter . . . aber sie wird mir wohl noch bevorstehen, die große Einsamkeit.« Sie zwang sich, ihn wieder anzusehen. »Es wird doch noch andere Menschen für Sie geben als Ralph. Was haben Sie gemacht, bevor Sie ihn kennenlernten?«

»Ich habe nach ihm gesucht.«

»Sie sehen in ihn etwas hinein, das er gar nicht ist. Gewiß ist er intelligent, charmant und liebenswert, er hat Humor und er hat Manieren. Aber er ist auch eitel und sehr, sehr egoistisch. Vielleicht sogar ein wenig herzlos! Er ist gefällig, wenn es ihm Spaß macht, aber er tut nur höchst ungern etwas, zu dem er keine Lust hat, auch wenn man ihn noch so sehr darum bittet. Man könnte vor seinen Augen ertrinken, und er würde nicht ins Wasser springen, wenn ihm gerade nicht danach zumute wäre.« Julia wunderte sich über sich selber, daß sie den Jungen, den sie einst fast vergöttert hatte, jetzt so genau durchschaute.

»Stimmt«, sagte Dr. Klinger, »das alles weiß ich selber, aber es ändert nichts an meinen Gefühlen für ihn.«

»Die Zeit wird Ihre Gefühle für ihn ändern, und der Abstand, den Sie von ihm gewinnen. Glauben Sie mir, Sie werden darüber wegkommen.«

»Ich glaube es nicht.«

»Aber sicher! Ein Mann wie Sie wird doch nicht wegen eines dummen Jungen den Kopf verlieren, denn weiter ist er ja doch nichts . . . ein dummer Junge.«

»Mein Verstand gibt Ihnen recht.«

»Das ist doch wenigstens etwas. Halten Sie sich an Ihren Verstand!«

»Sie sind eine bemerkenswerte Frau.«

Julia lächelte. »Ich glaube, so etwas Ähnliches haben Sie mir vorhin schon gesagt.«

»Es ist schade, daß ich Sie nicht eher kennengelernt habe.«

Julia sah, daß er sein Glas geleert hatte, und stand auf. Er verstand den Wink sofort und erhob sich ebenfalls. »Sie versprechen mir, daß Sie Ralph nichts erzählen werden?«

»Ich glaube«, sagte sie, »Sie machen einen Fehler.«

»Wieso?«

»Sie sollten besser ehrlich Ralph gegenüber sein.«

»Er verträgt die Wahrheit nicht.«

»Es ist doch kein Verbrechen, daß Sie sich mit mir beraten haben. Geben Sie zu, daß Sie bei mir Unterstützung gesucht haben. Sagen Sie ihm auch, wie ich über die Sache denke.«

»Damit würde ich ihm nur ein Argument mehr in die Hand spielen.«

»Er braucht keine Argumente, um Sie zu verlassen. Das ist lediglich eine Frage der Willenskraft, und die wird er, glaube ich, aufbringen.«

»Sie geben mir also keine Chance?«

»Nur wenn Sie ihn freiwillig ziehen lassen. Dann findet er vielleicht den Weg zurück.«

»Das möchte ich nicht riskieren.«

»Es ist gar kein Risiko. Wenn Sie sich weiter seinen Wünschen entgegenstellen, verlieren Sie ihn bestimmt.«

Als Dr. Klinger gegangen war, stellte Julia fest, daß es schon fast zwölf Uhr war. Sie überlegte, ob sie ihr Vorhaben, den Vorsitzenden des Verkehrsvereins aufzusuchen, besser auf den nächsten Tag verschieben sollte, tat es dann aber doch nicht. Gerade heute war sie in Schwung, morgen konnte ihr wieder etwas dazwischenkommen, und nach ein paar Tagen würde ihr die ganze Sache vielleicht nicht mehr so wichtig sein. Aber für Lizi blieb sie wichtig; die Freundin brauchte Hilfe.

So zog sie sich rasch um, nahm den Tweedrock, einen braunen Rollkragenpullover, warme Strümpfe, Stiefel und ihren alten Bibermantel, der an den Ärmeln und am Kragen zwar schon ein wenig abgestoßen war, aber immer noch gut aussah und vor allem wärmte. Einmal mehr nahm sie sich vor, ihn im Frühjahr aufbessern zu lassen, und machte sich auf den Weg zum Hauptplatz. Dr. Max Kupesch, Schriftsteller, Journalist und Heimatforscher, arbeitete in der örtlichen Redaktion einer Tageszeitung, im dritten Stock eines alten Hauses.

Als Julia die Treppen hinaufkletterte – einen Lift gab es nicht –, dachte sie daran, wie gehemmt sie gewesen war, als sie ihn zum erstenmal aufgesucht hatte. Inzwischen war sie die ausgetretenen Stufen schon oft hinaufgesprungen, immer dann, wenn ihr etwas zur Verbesserung des Stadtbildes eingefallen war, wenn es etwas für den Verkehrsverein zu erledigen gab, oder auch nur, wenn sie Lust zu einem kleinen Schwatz gehabt hatte. Sie konnte sicher sein, daß Dr. Kupesch sie freundlich empfing. Sie war ihm als Protokollführerin des Vorstands eine wertvolle Hilfe geworden.

Wie immer stand die Etagentür offen, und das Mädchen, das hinter der Schreibmaschine saß, hob fragend den Blick. Aber sie erkannte Julia sofort, erwiderte ihren Gruß und versenkte sich schon wieder in ihre Schreibarbeit, während Julia noch auf die gegenüberliegende Tür zuging und anklopfte.

Dr. Kupesch, der hinter einem großen, mit Akten, Zeitungen und allen möglichen Papieren überladenen Schreibtisch saß, hielt es nicht für nötig aufzustehen, als Julia eintrat. Aber er lächelte ihr herzlich zu. »Hallo, Frau Severin! Schön, daß Sie mal wieder vorbeischauen. Ziehn Sie Ihren Mufti aus und nehmen Sie Platz. Tasse Kaffee?«

»Danke, nein.« Julia hing ihren Mantel an den altmodischen Kleiderständer, nahm einen Stapel grüner Ordner von einem Stuhl, türmte ihn auf eine Ecke der Schreibtischplatte und setzte sich. »Viel zu tun?«

»Wie immer. Das meiste ist Routine. Gibt's was Neues?«

»Neu wird Ihnen die Angelegenheit sicher nicht sein. Sie wissen ja Bescheid über alles, was in und um unser geliebtes Eysing vor sich geht.«

»Das gehört zu meinem Handwerk«, stimmte Dr. Kupesch ohne falsche Bescheidenheit zu. Er war ein großer, hagerer Mann mit vollem, weißem Haarschopf und klugen, sehr hellen grauen Augen hinter einer Nickelbrille.

»Gestern abend war ich in der *Alten Mühle*«, begann Julia und schlug die Beine übereinander.

»Hat die nicht montags Ruhetag?«

Julia lachte. »Stimmt«, sagte sie, »Ihnen entgeht nichts. Ja, es war Ruhetag, und eben drum. Lizi Silbermann ... ich meine Lizi Fakosch ist eine Freundin von mir.«

»Ja, natürlich. Und es macht Ihnen Kummer, daß das Lokal nicht floriert?«

»Auch das hat sich schon herumgesprochen?«

»Leider. Wenn ein Lokal schlecht geht und die wenigen Gäste merken es, bleiben auch sie über kurz oder lang weg. Die Ratten verlassen das sinkende Schiff, wie man so schön sagt.«

»Die Straße dorthin ist miserabel geräumt.«

»Sie gehört nicht mehr zum Stadtgebiet. Die Fakoschs müßten einen Vorstoß beim Landkreis machen.«

Julia holte ihren Stenoblock heraus und notierte es. »Könnte die Stadt nicht ausnahmsweise . . .«

»Nein. Die Fakoschs müßten es selber bezahlen, und das würde ein teurer Spaß. Benzin und Arbeitszeit. Außerdem könnte es zu einem Kompetenzstreit mit dem Landkreis kommen, und unsere Stadtväter könnten sich wegen der schwer taxierbaren Abnutzung der Fahrzeuge beschweren.«

»Schade.«

»Mit dem Schneeräumen allein wär's ja auch nicht getan. Sind die Fakoschs eigentlich im Verkehrsverein? Ich glaube nicht.«

»Daran haben sie wahrscheinlich gar nicht gedacht.«

»Dann machen Sie sie darauf aufmerksam. Gerade für Wirtsleute ist unser Verein sehr wichtig. Er oder sie sollten auf den öffentlichen Sitzungen das Maul aufreißen, aber nicht in eigener Sache, sondern um das Allgemeinwohl besorgt. Sie wissen ja, wie man so was macht. Vielleicht gelingt es ihnen, in den Vorstand gewählt zu werden. Auch das wäre nützlich.«

»Ja, sicher«, sagte Julia und notierte, den Block auf den Knien, »wenn sie bis zur nächsten Wahl durchhalten.«

»Steht's so schlecht?«

»Ich weiß es nicht genau, ich kenne die Zahlen nicht, aber ich hatte den Eindruck.«

»Das bleibt natürlich unter uns!« versprach er sofort. »Ein Jammer. Die haben aus der alten Bruchbude wirklich was gemacht. Wahrscheinlich haben sie sich schon beim Umbau übernommen.«

»Wenn das Lokal einginge, wäre es doch ein Verlust für Bad Eysing.«

»Mir brauchen Sie das nicht zu erzählen, und sehen Sie mich bitte nicht so flehend an. Ich zerbreche mir ja schon den Kopf, was ich für die Leute tun kann.« Dr. Kupesch begann, sich eine Pfeife zu stopfen.

»Sie haben zur Eröffnung einen sehr schönen Artikel geschrieben.«

»Damals haben die Fakoschs auch das einzige Mal inseriert. Aber ohne Inserate nimmt mir die Hauptredaktion keinen zweiten Artikel ab. So interessant ist die *Alte Mühle* nun auch wieder nicht, Inserate sind auch sonst wichtig.«

Julia schrieb es auf. »Wahrscheinlich haben sie kein Geld dafür«, sagte sie.

»Das sollten sie sich irgendwie abknapsen. Ohne Werbung läuft heutzutage gar nichts.«

»Mir ist das klar.«

»Außerdem sollten sie versuchen, in den Prospekt hineinzukommen, den wir im Frühjahr verschicken. Das ist nicht allzu teuer.«

»Ja.«

Dr. Kupesch drückte den langfaserigen Tabak mit dem Daumen fest. »Ein gutes Foto, ein paar einladende Zeilen tun es schon. Darüber hinaus sollten sie aber vielleicht auch noch einen eigenen größeren Prospekt drucken lassen, nicht zum Verschicken, das würde eine Menge Geld kosten, sondern zum Verteilen. Die Lokale hier am Ort haben das ja nicht nötig, die Gäste stoßen auf sie, wenn sie nur mal durch die Stadt spazierengehen, ob das nun die Weinstube *Sankt Georg* ist, das *Duschl-Bräu,* der *Goldene Hirsch* oder das *Aumüller.* Die machen immer ihre Geschäfte, auch wenn die Zahl der Kurgäste zur Zeit rückläufig ist, Gott sei's geklagt! Mit diesem Problem müssen wir uns übrigens bei der nächsten Sitzung beschäftigen, denken Sie mal darüber nach.«

Aber Julia mochte sich nicht ablenken lassen; sie

war im Augenblick nur am Wohl und Wehe der *»Alten Mühle«* interessiert. »Verteilen?« fragte sie. »Wie? Auf dem Hauptplatz? Im Kurpark?«

»Nein, nein. Das würde einen billigen Eindruck machen. Ein Restaurant ist doch kein Zirkus.« Dr. Kupesch hielt seine Pfeife schräg, rieb ein Streichholz an und entzündete den Tabak. »Im Kurhaus natürlich. Der Prospekt sollte in jedem Zimmer aufliegen.«

»Und wer sorgt dafür?«

»Die Beschließerin, wenn sie ihr einen kleinen Extrabonus geben. Natürlich braucht man die Einwilligung des Kurdirektors.« Dr. Kupesch paffte. »Aber die könnte ich wohl beschaffen.«

»Danke! Das ist sehr, sehr lieb von Ihnen.«

»Mal nachdenken, was man sonst noch machen könnte!« Er klopfte sich mit dem Pfeifenstiel gegen die Zähne. »Was ich jetzt sage, ist nur ein ganz unverbindlicher Rat. Ich verstehe ja nicht viel vom Gastgewerbe.«

»Sagen Sie das nicht!« widersprach Julia sofort.

Obwohl er nicht besonders eitel war, konnte er, wie alle Menschen, kleine Schmeicheleien sehr gut vertragen und lächelte unwillkürlich. »Wenn mir die *Alte Mühle«* gehörte, würde ich den großen Raum mit dem Mühlrad im Winter schließen. Selbst wenn das Rad nicht läuft, muß man ja bei dem Anblick eine Gänsehaut kriegen. Ich würde nur den kleinen Raum, rechts, wenn man reinkommt . . . den mit dem offenen Kamin . . . aufmachen.«

»Ich weiß nicht, wieviel Tische da hineingehen«, sagte Julia.«

»Ich auch nicht. Aber besprechen Sie das mal mit Ihrer Freundin. Erfahrungsgemäß sitzen Gäste lieber in drangvoller Enge, als in einem mehr als halbleeren Saal. Außerdem würde es Kosten sparen. Wie steht's mit dem Personal?«

»Keine Ahnung«, mußte Julia zugeben.

»Wahrscheinlich wird sie Schwierigkeiten haben, wie alle hier in und um Bad Eysing. Allein der Kurbetrieb verschlingt schon zu viele dienstbare Geister, und immer weniger Menschen sind bereit, andere zu bedienen und ihnen das Leben angenehm zu machen. Aber wahrscheinlich . . . ich kann es nicht mit Sicherheit sagen, ich deute es nur an . . . wird es im Kurhotel Entlassungen geben. Es werden natürlich nicht die besten Kräfte sein, die man freistellt. Aber trotzdem sehe ich da eine Möglichkeit für die *Alte Mühle.*«

Julia hatte eifrig mitgeschrieben. »Ich bin so froh, daß ich zu Ihnen gekommen bin, lieber Doktor Kupesch! Jetzt kann ich Lizi doch schon einiges erzählen.«

»Halten Sie mich auf dem laufenden, ja?«

»Das ist doch selbstverständlich.«

»Persönliche Sorgen haben Sie hoffentlich nicht?«

Julia hatte Stenoblock und Bleistift wegstecken wollen, jetzt hielt sie mitten in der Bewegung inne; sie fragte sich, ob Dr. Kupesch schon wußte, daß ein neuer Mann in ihrem Leben aufgetaucht war. Natürlich wußte er es, denn Johannes Herder hatte sein Auto einige Male vor ihrem Haus geparkt, und das genügte, um die Eysinger aufmerksam zu machen.

»Nein«, sagte sie, »es geht alles seinen Gang.« Sie verstaute die Schreibutensilien in ihrer Handtasche und klappte sie zu.

»Freut mich zu hören. Sie wissen ja, wenn Sie Sorgen haben . . . ich bin immer für Sie da.«

Julia lächelte.

»Sie lachen mich aus? Ich verstehe schon. Sie glauben, daß Ihnen bei Ihren privaten Problemen niemand helfen kann. Aber manchmal gewinnt man schon Klarsicht, wenn man sich einmal richtig ausspricht.«

»Ja, vielleicht«, sagte Julia vage.

»Mit oder ohne Probleme, besuchen Sie uns doch wieder mal. Meine Frau hat schon nach Ihnen gefragt.«

»Wie geht es ihr?«

»Da ihr die Bühne fehlt, pflegt sie sich zu Hause in Szene zu setzen.«

Jetzt lachte Julia. »Das nehme ich Ihnen nicht ab.«

»Nun, damit wir uns richtig verstehen, ich beklage mich gar nicht. Es ist recht angenehm, eine Frau zu haben, die öfter mal die Rollen wechselt. Das macht das Leben weniger eintönig.«

Sie sprachen dann noch über Julias Kinder, über gemeinsame Bekannte, den neuesten Klatsch, und als Julia sich verabschiedete, war es später geworden, als sie gerechnet hatte.

Sie mußte an sich halten, den Weg nach Hause nicht zu rennen, sondern nur schnellen, trotzdem gemessenen Schrittes zu gehen.

Wie Julia gefürchtet hatte, war Roberta schon da. Auch die Begrüßung fiel genauso aus, wie sie erwartet hatte.

»Wo warst du?« fragte das Mädchen in dem gespielt gleichmütigen Ton, den Julia so schwer ertragen konnte.

»Entschuldige, bitte, daß ich mich verspätet habe . . .«

»Willst du mir nicht sagen, wo du warst?«

»Bei Doktor Kupesch. Es gab einiges zu besprechen.«

Sofort glätteten sich Robertas Züge. Seit Johannes Herder in Julias Leben getreten war, hatte sie weder gegen den Verkehrsverein noch die Skatabende, die ihr früher ein Dorn im Auge gewesen waren, etwas einzuwenden. »Schwindelst du mich auch nicht an?«

vergewisserte sie sich, aber es war nur noch ein Nachgefecht.

»Ruf ihn an!«

»Meinst du, ich will mich lächerlich machen?«

»Aber wieso denn? Du kannst doch einfach sagen, daß ich noch nicht zu Hause sei und ob er zufällig wisse, wo ich bin. Dann wird er dir sagen . . .«

»Ach, hör auf, ich glaub dir ja schon.«

»Da fällt mir aber ein Stein vom Herzen«, sagte Julia und haßte sich und die ganze Situation, weil es tatsächlich so war.

Nach dem Mittagessen verlangte Roberta wieder einmal, daß Julia ihr bei den Schularbeiten half.

»Ja, natürlich, Liebes, das tu ich ja gern. Ich müßte nur vorher noch mal anrufen.«

»Wen?«

»Sag mal, findest du das wirklich richtig, daß du für alles und jedes eine Erklärung von mir verlangst?«

»Ich interessiere mich für alles, was dich betrifft. Ist das etwa ein Verbrechen?«

»Nein. Aber du könntest doch auch mal abwarten, bis ich es dir von selber erzähle.«

»Warum tust du es nicht? Warum machst du es so geheimnisvoll? Ein normaler Mensch sagt nicht, daß er anrufen muß, sondern auch gleich wen: Ralph, Hans . . .«

»Weder noch«, fiel Julia ihr rasch ins Wort, »Lizi, wenn du es genau wissen willst.«

»Und warum sagst du das nicht gleich?«

»Schon gut, Robsy, jetzt weißt du es also. Es hat doch wirklich keinen Sinn, uns deswegen zu zanken.«

»Du hast mit der Streiterei angefangen! Ich habe nur ganz harmlos gefragt . . .«

»Ja, ja, ja, ich bin schuld. Jetzt zufrieden? Bau schon mal deine Bücher auf. Ich komme gleich.«

Roberta verzog sich in ihr Zimmer, aber sie ließ die Tür offen. Da das Telefon in der kleinen Diele stand, wußte Julia, daß ihre Tochter jedes Wort ihres Gespräches mithören konnte und auch mithören würde, denn ganz gewiß spitzte sie die Ohren. Obwohl es nichts zu sagen gab, was das Mädchen nicht wissen durfte, irritierte es Julia doch, so unverfroren belauscht zu werden.

Lizi reagierte zuerst sehr reserviert auf Julias Anruf, dann, als sie begriff, um was es ging, wurde sie gelöster. »Und? Was hat er gesagt?«

»Das kann ich dir am Telefon gar nicht alles erzählen. Kommst du nicht mal in die Stadt?«

»Doch. Das könnte ich einrichten. Morgen. So gegen vier. Wenn der Hauptbetrieb . . .« Sie sagte es mit einem ironischen Unterton. ». . . hier vorbei ist.«

»Fein. Ich erwarte dich dann.«

Lizi schwieg einen Augenblick, dann fragte sie: »Ist Robsy fort?«

»Nein.«

»Dann treffen wir uns doch lieber im *Aumüller*.«

Sosehr sich Julia auch durch Robertas immerwährende Neugier verletzt fühlte – natürlich würde sie sich zu ihr und Lizi setzen und erst verschwinden, wenn sie festgestellt hätte, daß das Thema sie nicht interessierte –, war sie jetzt doch verletzt. Ihre Stimme klang gepreßt, als sie sagte: »Einverstanden.«

»Hör mal, du bist doch hoffentlich nicht eingeschnappt? Du weißt, ich habe nichts gegen Robsy, nur . . .«

»Ich verstehe schon. Also dann, bis morgen.«

Julia blieb, den Hörer in der Hand, stehen. Sie mußte erst ihren Ärger hinunterschlucken, ehe sie Roberta gegenübertreten konnte.

Lizi hat's gerade nötig! dachte sie dann. Stimmt, mit ihrer Tochter hatte sie keine Schwierigkeiten gehabt.

Sie hatte es sich leichtgemacht und sie einfach unterdrückt. Und was war dabei rausgekommen? Leonore hatte die Boutique, die die Mutter für sie aufgebaut hat, nicht übernehmen wollen. Sie war zu *Karstadt* nach München gegangen und hat sich sehr bald nach Australien versetzen lassen. Lizi hörte kaum noch was von ihr. Wenn das eine erfolgreiche Erziehung sein sollte . . . na, danke!

»Julia, wo bleibst du?« rief Roberta.

Sie legte den Hörer auf die Gabel. »Ich komm' ja schon!«

Als sie in das kleine Zimmer kam, hockte Roberta schon über ihren Heften und schenkte ihr ein herzliches und befreites Lächeln. Trotz allem, dachte Julia, ist es doch schön, eine siebzehnjährige Tochter zu haben, die noch so an einem hängt.

Am Abend rief Johannes Herder an.

Julia war gerade im Bad; sie wickelte sich das große Frottiertuch um und stürzte in die Diele.

Aber Roberta war schneller gewesen und hatte den Hörer schon abgenommen. »Hans, du!« schrie sie begeistert, und dann mit veränderter, tiefer Stimme, von der sie dachte, daß sie sexy sei: »Schön, daß du anrufst!«

Julia wollte ihr den Hörer abnehmen.

Aber Roberta hielt ihn fest und wandte ihr den Rükken zu. »Doch«, sagte sie, »uns geht es gut. Wir wollten gerade zu Bett . . .« Sie lauschte. »Früh? Es ist doch schon elf. Wir sind eben keine solchen Nachtschwärmer wie du.« – »Ich? Was ich anhabe? Mein Nachthemd natürlich.« – »Das könnte dir so passen.« – »Gibt's was Neues bei dir?« – »Ist ja fabelhaft. Du hast ein Tempo drauf . . .« – »Ich gratuliere.« – »Steht neben mir.« Sie hielt die Sprechmuschel zu, sah Julia an, die inzwischen vor Nervosität fast barst, und erklärte:

»Er hat seinen Text fertig.« Dann, wieder in die Sprechmuschel hinein: »Ich habe Julia gerade erzählt . . .« – »Okay. Ich gebe sie dir. Bis bald!« Sie reichte Julia den Hörer, blieb aber dicht beim Telefon stehen.

»Jetzt bin ich's«, sagte Julia und wandte nun ihrerseits Roberta den Rücken zu.

»Ich habe Sehnsucht nach dir! Kann ich kommen?«

»Ausgeschlossen.«

»Wir könnten feiern.«

»Eine Mitternachtsparty?«

»Genau.«

»Du weißt, daß es nicht geht.«

»Dann morgen vormittag?«

Julia hätte gerne gefragt: »Wann?«, aber sie unterließ es, um Roberta nicht aufmerksam zu machen; sie traute es ihrer Tochter durchaus zu, daß sie krank spielen würde, um zu Hause zu bleiben, damit sie den Besuch nicht verpaßte. »Ja«, sagte sie deshalb nur.

»Das klingt reichlich trocken.«

»Ich weiß. Aber wir hatten doch ausgemacht, daß ich zu dir kommen würde.«

»Darauf kann ich nicht warten.«

»Ja, dann . . .«

»Also ich komme.«

»Ja, bis bald! Lieb, daß du angerufen hast!« Julia legte rasch auf und hoffte inbrünstig, daß Roberta den Sinn des Gespräches nicht verstanden hatte.

»Er wollte kommen?« fragte das Mädchen.

»Ja.«

»Warum hast du ihn nicht gelassen?«

»Um diese Zeit?«

»Du bist furchtbar spießig.«

»Ich denke an dich, Liebling . . . daß du morgen in die Schule mußt.«

»Dann ist es nicht die wahre Liebe.«

»Du bildest dir also ein, daß du das beurteilen kannst?«

»Ist doch höchst einfach. Wenn du ihn wirklich liebtest, wäre dir meine Schule scheißegal.«

»Das ist ein Adjektiv, das sich wirklich sehr schlecht im Mund eines jungen Mädchens macht.«

»Hans würde nichts dabei finden. Er würde höchstens lachen. Nur du regst dich darüber auf, weil du eben spießig bist.«

Julia gab ihrer Tochter einen raschen Kuß auf die Wange. »Armer Liebling, geschlagen mit einer spießigen Mutter. Aber du wirst es überleben. Schlaf gut!« Sie ging zurück ins Bad und stellte fest, daß ihre Füße nasse Spuren hinterlassen hatten.

»Du verstehst mich nicht, und du verstehst Hans auch nicht!« schrie Roberta ihr nach. »Du verstehst gar nichts! Warum will er nicht, daß du ihn besuchst?«

Julia hatte keine Lust zu einer Auseinandersetzung; sie zog die Tür hinter sich ins Schloß.

Roberta sah am nächsten Morgen schlecht aus; sie war blaß und hatte tiefe Schatten unter den Augen. Julia bemerkte es, sprach sie aber nicht darauf an, denn sie hatte Angst, das Mädchen könnte es zum Anlaß nehmen, zu Hause zu bleiben.

Roberta stocherte lustlos in ihrem Müsli. »Ich habe nicht geschlafen«, behauptete sie.

»Das kommt dir sicher nur so vor.«

»Ich werde doch wissen, ob ich geschlafen habe oder nicht!«

»Nun, jedenfalls hast du die ganze Nacht im Bett gelegen. Das ist auch eine Erholung.«

»Ich werde überhaupt nicht aufpassen können.«

»Versuch es!«

»Warum muß dieser Idiot auch mitten in der Nacht anrufen! Das hat mich derart aufgeregt . . .«

»Ich werd's ihm sagen.«

»Das sähe dir ähnlich! Mich bei ihm schlechtmachen!« Roberta stieß ihren Stuhl zurück.

»Dann eben nicht.«

Julia war erleichtert, als Roberta endlich gegangen war. Hastig räumte sie das Frühstücksgeschirr weg und spülte ab. Sie verzichtete darauf zu putzen, überzog statt dessen ihr Bett frisch und ging unter die Dusche. Danach überlegte sie, was sie anziehen sollte. Johannes Herder hatte sie schon öfter vormittags besucht. Aber immer war er überraschend gekommen, und gerade das hatte ihr auf die Dauer nicht gepaßt. Heute, zum ersten Mal, erwartete sie ihn.

Was war der passende Aufzug für den Besuch eines Liebhabers am Vormittag? Julia hatte ein wunderschönes seidenes Negligé, ein tief ausgeschnittenes cremefarbenes Nachthemd mit dazugehörigem Morgenrock, in dem sie ihm sicher gefallen hätte. Es reizte sie, sich ihm darin vorzuführen, aber dann ließ sie es doch, weil sie sich darin wie eine Mätresse vorgekommen wäre. Andererseits wollte sie sich aber auch nicht so anziehen, daß das Auskleiden Umstände machen würde. Sie entschied sich für das Hauskleid aus grünem Samt, das sie bei Dr. Klingers Besuch getragen hatte. Darin konnte sie auf den BH verzichten, ließ auch die Strümpfe fort und schlüpfte in ihre hochhakkigen, lackledernen Pantöffelchen.

Vor dem Spiegel stellte sie fest, daß das Grün sie blaß machte. Sie hätte gern ein wenig Rouge aufgelegt, aber Johannes Herder hatte ein scharfes Auge; er würde es merken, ihre Unsicherheit durchschauen und sie auslachen. Also verzichtete sie darauf. Sie bürstete ihr Haar, bis es glänzte, starrte dabei in den Spiegel und war sehr unzufrieden mit ihrem Aussehen. Was sie sah, war ein mageres, unbedeutendes Persönchen mit einem herzförmigen Gesicht, nicht das anmutige junge Mädchen, das sie einmal gewesen war, und auch nicht die reife, erblühte Frau, die sie gern hätte sein mögen.

Es klingelte an der Wohnungstür. Eine Schrecksekunde glaubte sie, daß Roberta zurückgekommen sein könnte. Die erste Schulstunde war gerade vorbei, und vielleicht hatte sie sich wegen Kopfschmerzen nach Hause schicken lassen. Allerdings hatte sie das noch nie getan, aber vielleicht ahnte sie, daß Johannes Herder kommen würde.

Mit einem Ruck öffnete sie die Wohnungtür und – er stand ihr gegenüber. In seinen Augen las sie Liebe und Bewunderung und fühlte sich von einer Sekunde zur anderen völlig verwandelt. Blut stieg ihr in die Wangen, und sie flog in seine Arme.

Er hielt sie fest, ganz fest, eine lange Zeit. Die Knöpfe seines Mantels drückten auf ihre Haut und brachten sie in die Wirklichkeit zurück. Sie löste sich von ihm.

Er stieß die Tür hinter sich zu und nahm ihr Gesicht in beide Hände. »Sorgen?« fragte er.

»Nein. Ich hatte Angst, es wäre Roberta.«

Er ließ seine Hände sinken. »Erwartest du sie?«

»Nein, aber ich dachte . . .«

»Vergiß sie! Endlich sind wir allein.«

»Ja, endlich!« Sie schlüpfte an ihm vorbei und schob den Riegel vor.

»Warum tust du das?«

»Ich möchte ganz sicher sein. Sie hat einen Schlüssel, weißt du.«

»Mein Gott, wie dich dieses Biest noch immer tyrannisiert! Wenn du ihr gegenüber nur einmal energisch auftreten würdest . . .«

»Ich hatte mich so auf dich gefreut!« unterbrach sie ihn.

Er blieb abrupt stehen. »Jetzt nicht mehr?«

»Mußt du denn dauernd über Robsy reden?« fragte sie beherrschter.

Er blickte sie nachdenklich an. »Wenn ich mich recht erinnere, hast du damit angefangen.«

»Ja, weil ich dir nichts vormachen wollte.«

»Es gibt Gelegenheiten zwischen Mann und Frau, wo eine schöne Lüge angebracht ist.«

Ihre Augen weiteten sich. »Im Ernst? Das wußte ich nicht.«

»Nein, nicht im Ernst.« Er zog den Mantel aus, wandte sich ihr wieder zu und faßte sie bei den Schultern. »Was ich ja gerade an dir liebe, ist deine Offenheit. Aber sie macht's auch schwierig.« Er küßte sie, bis sie sich entspannte und die Augen schloß.

»Möchtest du etwas?« fragte sie atemlos, als er sie freigab.

»O ja.«

»Ein Glas Wein?«

Er schüttelte den Kopf und sah sie an, mit jenem Blick, den sie so sehr an ihm liebte.

»Einen Sherry vielleicht?«

»Du weißt genau, was ich will.«

»Ich doch auch. Aber laß uns erst miteinander reden. Wir haben uns so lange nicht gesehen.«

»Nachher, Geliebte«, sagte er, »nachher.« Er schlang die Arme um sie und hob sie hoch.

In diesem Augenblick hörte sie ein Geräusch an der Wohnungstür. »Pst!« sagte sie erschrocken.

»Was ist?«

»Robsy!«

»Unsinn.«

»Doch. Ganz bestimmt.« Sie zappelte, bis er sie auf die Füße stellte, ging auf Zehenspitzen zur Tür und schob so lautlos wie eben möglich den Riegel zurück.

Es klingelte.

Julia gab Johannes Herder einen Wink, und er verschwand im Wohnzimmer. Sie öffnete, wider besseres Wissen inständig hoffend, daß sie sich geirrt hätte.

Aber Roberta stand draußen, mit mürrischem Gesicht, den Schlüssel in der Hand. »Was ist mit dieser verdammten Tür? Wieso geht sie nicht auf?«

»Und warum bist du nicht in der Schule?«

»Kopfschmerzen. Frau Trudering hat mich nach Hause geschickt.«

»Ist es so schlimm?«

»Ich hätte gar nicht erst gehen sollen. Aber du wolltest es ja so haben.«

»Dann leg dich jetzt gleich hin, die Füße hoch ... ich komme und mache dir eine kalte Kompresse.«

Roberta sah den Herrenmantel an der Garderobe. »Hans ist da«, stellte sie fest, nicht im geringsten erstaunt.

»Er ist eben gekommen.«

»Hab ich's mir doch gedacht!« Sie ließ ihre Mappe fallen, stürmte ins Wohnzimmer und begrüßte Johannes Herder strahlend.

»Wieso bist du nicht in der Schule?« fragte er, und, obwohl er sich sehr bemühte, gelassen zu erscheinen, konnte er nicht ganz verbergen, wie verärgert er tatsächlich war.

Sie fuhr sich mit der Hand an die Stirn. »Gräßliche Kopfschmerzen.«

»So siehst du mir aber gar nicht aus.«

»Ich fühle mich auch schon viel, viel besser!«

Julia war eingetreten. »Dann kannst du ja wieder zurück zur Schule gehen.«

Roberta fuhr zu ihr herum. »Du willst mich loshaben!«

»Wenn deine Kopfschmerzen fort sind, gehörst du in die Schule ...«

»Aber sie sind gar nicht fort! Ich habe ja nur gesagt, daß ich mich schon besser fühle!«

»Dann brauchst du Ruhe.«

»Ich werde mich ganz, ganz still zu euch setzen.«

»Aber wir haben keine Lust, deinetwegen ganz, ganz still zu sein. Ab mit dir in dein Zimmer!«

»Tu, was deine Mutter dir sagt!« verlangte Johannes Herder energisch.

»Aber du weißt doch, daß sie mich nur lossein will! Gestern abend hat sie dich nicht kommen lassen, damit ich dich nicht sehe, und heute . . .«

». . . bist du krank und gehörst ins Bett.«

»Wegen der bißchen Kopfschmerzen!«

»Die dich immerhin daran gehindert haben zu lernen.«

Roberta sah von einem zum anderen, erkannte, daß sie vor einer geschlossenen Front stand, und fügte sich widerwillig. »Aber ich lasse meine Tür auf«, verkündete sie, während sie sich verzog.

Julia und Johannes Herder standen sich gegenüber, stumm, mit hängenden Armen.

»Ich glaube, jetzt solltest du doch eine Flasche Wein aufmachen«, sagte er endlich.

»Es tut mir so leid.«

»Das brauchst du nicht zu beteuern.«

»Ich hatte gehofft, sie hätte es nicht mitgekriegt, aber, du weißt ja, ich hatte gleich so eine Ahnung.«

»Kassandra!«

Sie hob sich auf die Zehenspitzen und gab ihm einen raschen Kuß auf den Mund. »Ich will mal nach ihr sehen. Den Wein bringe ich dann gleich mit.«

Roberta lag mit geschlossenen Augen auf ihrem Bett.

»Mach dir die Jeans auf«, riet Julia ihr.

»Warum?«

»Damit du besser durchatmen kannst.«

Roberta gehorchte.

Julia tunkte eine Serviette in eine Schüssel mit Eiswasser, wrang sie aus, faltete sie und legte sie Roberta auf die Stirn.

»Wie lange bleibt er?« fragte das Mädchen.

»Darüber haben wir noch nicht gesprochen.«

»Zum Mittagessen bin ich bestimmt wieder auf.«

»Ja«, sagte Julia sarkastisch, »sobald der Schulunterricht vorüber ist.«

»Das hat damit überhaupt nichts zu tun.«

»Ich fürchte, das stimmt.«

»Was soll das heißen?»

»Denk mal drüber nach.«

Roberta errötete. »Bitte, laß die Wohnzimmertür auf! Damit ihr mich hören könnt, wenn ich rufe ... bitte!«

»Aber ruf nicht alle fünf Minuten! Die Kompresse kannst du dir selber erneuern.«

»Ja, Julia. Ich will euch doch gar nicht stören.«

Heuchlerin, dachte Julia, aber sie sprach es nicht aus.

Als sie ins Wohnzimmer zurückkam, hatte Johannes Herder schon Gläser auf den Tisch gestellt und den Korkenzieher gefunden. Er nahm ihr die Flasche aus der Hand und machte sich dran, sie zu öffnen.

»Du meinst, sie hat das absichtlich inszeniert?« fragte er.

Julia nickte.

»Also kann ich nur noch vormittags anrufen?«

»Es sieht ganz so aus.« Julia setzte sich auf das Sofa.

»Kanaille!«

»Sprich leiser, bitte!«

»Kann sie uns denn hören?«

»Hören schon, aber, wenn wir leise sprechen, nicht verstehen.«

»Wäre es nicht einfacher, wir machten die Tür zu?«

»Dann steht sie eine Minute später hier im Zimmer.«

Er zog mit mehr Kraft, als erforderlich gewesen wäre, den Korken aus der Flasche. »Ich möchte nur wissen, warum die Leute sich so leidenschaftlich Kinder wünschen! Notfalls adoptieren sie sie sogar. Dabei sind diese Fratzen doch eine einzige Plage.«

»Robsy hat mir auch viel Freude gemacht.«

»Wann?«

»Sie tut es immer noch, wenn sie nicht gerade eifersüchtig ist.«

»Das heißt also, wenn ich aus deinem Leben verschwände, würde alles wieder gut?«

»Für kurze Zeit, ja.«

»Und danach?« Er schenkte sich einen kleinen Schluck ein und kostete, bevor er ihre beiden Gläser füllte.

»Sie würde es wohl bald satt bekommen, lieb und nett zu sein, und die nächste Krise wäre fällig.«

»Der nächste Mann?«

»Nein, Hans«, sagte sie erschrocken, »so darfst du das nicht sehen! Ich weiß, daß du meine wahre große Liebe bist.«

»Das klingt ja . . .«

»Ziemlich dramatisch, ja, aber es ist die Wahrheit!«

»Darauf wollen wir trinken!« Er hob sein Glas, und sie stießen an. »Hervorragend«, sagte er. »Von Weinen verstehst du was.«

»Mein Mann hat mir einen Weinkeller hinterlassen.«

»Das spricht für ihn.«

»Und ich fülle ihn hin und wieder auf.«

»Ein Punkt für dich. Aber jetzt sag mal . . . ich frage das nur, weil ich eure Beziehungen immer noch nicht ganz verstehe . . . Wenn es keinen Mann in deinem Leben gäbe, was könnte Robsy dann noch aufführen?«

»Wahrscheinlich käme sie mit einem neuen Freund an.«

»Und du wärst eifersüchtig?«

»Nein. Aber sie würde pampig mir gegenüber. Das habe ich schon einmal mit ihr durchgemacht.«

»Du bringst mich auf was«, sagte er, »wir müßten ihr einen Freund beschaffen.«

»Wie stellst du dir das vor? Willst du einen deiner Freunde auffordern: ›Kümmere dich ein bißchen um die Tochter meiner Geliebten!‹ oder wie?«

»Klingt nicht gut«, gab er zu.

»Entweder würde er sich einen Spaß aus der Sache machen, und das möchte ich Robsy nicht antun, oder es würde Ernst daraus werden, und das wäre noch schlimmer. Man kann ein siebzehnjähriges Mädchen doch nicht verkuppeln, und ich, als Mutter, darf es schon gar nicht.«

»Meine kleine Moralistin.«

»Du spürst doch selber, daß das eine üble Sache werden könnte.«

»Kennt sie denn gar keine jungen Männer?«

»Doch. Natürlich. Das Geschwister-Scholl-Gymnasium ist eine gemischte Schule. Aber seit dieser Geschichte mit Tobby . . .«

»Was für eine Geschichte?« warf er ein.

»Eine ganz triviale. Sie bildete sich ein, schwanger zu sein, und er geriet in Panik. Er ist nur zwei Jahre älter als sie, also durchaus verständlich. Aber sie war entsetzlich enttäuscht, und nach diesem kurzen Ausflug in die Liebe bildet sie sich ein, für immer geheilt zu sein.«

Er summte: »Die Liebe ist für sie vorbei!« und lachte auf.

»Daß du nur ja nie eine Anspielung darauf machst!«

»Du weißt, was für ein taktvoller Mensch ich bin!« Als er ihren zweifelnden Blick sah, fügte er rasch hinzu: »Nein, ganz im Ernst, kein Sterbenswort, du kannst dich auf mich verlassen.

Julia stand auf. »Ich will nur schnell mal nach ihr sehen!«

»Nein, bleib!« Er faßte ihre Hand. »Sie ist ja nicht wirklich krank. Warum hast du ihr nicht einfach eine Kopfschmerztablette gegeben?«

»Ich habe keine im Haus.«

»Keine einzige?«

»Nein. Es ist mir zu gefährlich.«

»Robsys wegen? Die versteht es aber wirklich, dich in Angst und Schrecken zu halten. Und was machst du, wenn du selber mal Kopfschmerzen hast? Oder nicht schlafen kannst? Jetzt sag mir bloß nicht, das kommt bei dir nicht vor.«

Julia lächelte schwach. »Tief durchatmen.«

Er zog sie auf seinen Schoß.

Zuerst wehrte sie sich. »Und wenn Robsy . . .«

»Laß sie nur! Sie weiß doch, daß wir uns lieben. Jedenfalls sollte sie es.«

Julia seufzte tief auf und entspannte sich; sie schmiegte sich an ihn.

»Weißt du, wie du mir vorkommst?« fragte er.

»Wie eine überbesorgte Glucke.«

»Nein, wie eine Prinzessin, die von einem Drachen bewacht wird, und wenn die Märchen das auch verschweigen, hat sie ihren Drachen sogar lieb.«

»Sie ist kein Drache, Hans, sie ist nur ein Kind . . .«

»Ein Kind, das selber fast ein Kind gekriegt hätte!«

»Das ändert nichts daran. Sie ist ein Kind, egoistisch wie die meisten Kinder . . .«

»Superegoistisch!«

»Auch das siehst du falsch!« behauptete sie. »Alles kommt nur daher, daß wir ein so enges Verhältnis zueinander haben und daß sie mich nicht verlieren will. Die meisten Mädchen in ihrem Alter machen sich gar nichts mehr aus ihren Müttern. Aber ich bedeute ihr alles. Deshalb ist sie so.«

»Bist du sicher, daß du das ganz richtig siehst?«

»Ja, Hans. Es ist natürlich meine Schuld. Ich war lange Jahre nur für meine Kinder da. Das war wahrscheinlich nicht richtig. Aber sie hatten ja nur mich.«

»Hm, hm«, meinte er unbestimmt.

»Wenn du mir widersprechen willst, dann tu's nur.«

»Ich will dich nicht kränken, Julia, aber könnte es nicht einfach so sein, daß sie dir deine Liebe nicht gönnt?«

Julia dachte nach. »Ein bißchen spielt das sicher auch mit. In ihren Augen bin ich eine alte Frau, die einfach kein Recht mehr auf Liebe hat.« Nach einer kleinen Pause fügte sie hinzu: »Und natürlich will sie mich auch schützen . . . genau wie ich das bei ihr versucht habe.«

»Mir kommt es manchmal so vor, als wollte sie mich dir ausspannen.«

»Ach das!« sagte Julia. »Das versucht sie, um mir zu beweisen, daß auf dich kein Verlaß ist. Das paßt doch sehr gut zu allem anderen.«

Er berührte mit den Lippen ihren Hals, ihre Wangen, ihr Ohrläppchen.

»Nicht!« sagte sie. »Bitte, nicht! Du weißt, wie schnell ich schwach werde.« Sie verrenkte den Hals, um seinen Küssen zu entgehen.

»Wäre das so schlimm?«

»In dieser Situation? Unmöglich.« Sie rutschte von seinem Schoß und kauerte sich in einen Sessel.

»Ist es nicht schrecklich?« fragte er.

»So schlimm doch auch nicht. Das nächste Mal . . .«

»Nein, das meine ich gar nicht.«

»Was denn?«

»Hier sitzen wir nun beisammen, zwei erwachsene Menschen, die sich lieben, bei einer guten Flasche

Wein . . . und was tun wir? Wir reden über Robsy. Als gäbe es für uns kein anderes Thema.«

»Das ist doch nur natürlich«, sagte sie, »wir sind wie Gefangene, die überlegen, wie sie ihre Bewacher ausschalten oder überlisten können.«

»Ich werde mir was einfallen lassen«, versprach er, »verlaß dich drauf!«

Dann zwangen sie sich, über andere Dinge zu reden, und konnten doch keinen Augenblick die Anwesenheit Robertas vergessen.

Zum Mittagessen erschien das Mädchen heiter und unbefangen. »Ich hab ein bißchen geschlafen«, verkündete sie, »jetzt geht's mir wieder gut.«

»Wie schön für dich«, sagte Johannes Herder.

Roberta überhörte den sarkastischen Unterton. »Ja, ich bin froh darüber.«

Sie sah ihre Mutter an. »Ich werde versuchen, heute nachmittag alles nachzuholen, jedenfalls die Hausaufgaben zu machen.«

»Ja, gut«, sagte Julia, zum ersten Mal an Robertas Schulleistungen nicht im entferntesten interessiert.

»Und bei denen muß dir deine Mutter helfen?« vergewisserte sich Johannes Herder.

»Ja, natürlich. Heute mehr denn je. Ich habe ja den Unterricht versäumt.«

»Du kannst ihr also nicht ausnahmsweise mal Ausgang geben?«

»Wieso?«

»Vielleicht möchten Julia und ich etwas zusammen unternehmen.«

Julia, die eine Auseinandersetzung nahen sah, sagte rasch: »Ich bin mit Lizi verabredet.«

»Kannst du das nicht verschieben?« fragten Roberta und Johannes Herder fast gleichzeitig.

Roberta lachte, beugte sich vor und legte ihm die Hand auf den Arm. »Zwei Seelen, ein Gedanke!«

»Nein, Robsy«, widersprach er, »ich glaube, daß wir beide an was ganz anderes gedacht haben.«

»Ich muß mit Lizi sprechen«, beharrte Julia.

»Aber mach es kurz, ja?« bat Roberta. »Du weißt, ich brauche dich.«

»Jetzt darfst du Arme also nicht mal mehr mit deinen Freundinnen zusammenkommen«, höhnte Johannes Herder.

Roberta funkelte ihn an. »Du hast's gerade nötig! Wenn's nach dir gegangen wäre, hätte sie Lizi heute überhaupt nicht gesehen!«

»Wie kommst du darauf? Ich muß sowieso gleich fort.«

»Auf einmal?«

»Nachdem ich festgestellt habe, daß ihr keine Zeit für mich habt, halte ich es für besser, was Nützliches zu tun.«

»Aber du bringst mich doch vorher?« bat Roberta.

»Wohin?«

»Zu meiner Freundin. Damit ich mir die Schulaufgaben holen kann.«

»Warum telefonierst du nicht?« fragte Julia.

»Das wäre viel zu umständlich. Wenn ich es nicht sehe, kapiere ich es nicht.«

Johannes Herder schmunzelte in sich hinein.

»Da gibt's gar nichts zu grinsen!« fauchte Roberta ihn an.

»Du hast doch Freundinnen, die ganz in der Nähe wohnen«, sagte Julia.

»Aber das sind nicht die Richtigen!« spottete er.

»Und wenn ihr platzt: Genauso ist es! Nikki und Amsi und Fipsi sind noch schlechter als ich. Ich brauche jemanden, der wirklich gut in der Schule ist und auch erklären kann, und da kommt nur Tatjana in Frage, und die wohnt nun mal in der Bürgerstraße. Bis dahin habe ich eine halbe Stunde zu laufen.«

»Das heißt also auf gut deutsch, daß ich dich hin- und zurückbringen soll.«

Roberta sprang auf. »Oh, Hans! Du bist doch der Beste!«

»Das hört man gerne.«

»Willst du dir das wirklich antun?« fragte Julia. »Es ließe sich bestimmt eine andere Möglichkeit finden.«

»Laß nur. Ich weiß schon, was ich einer jungen Dame schuldig bin.«

»Dann sollten wir schleunigst los!« rief Roberta. »Den Kaffee trinken wir später, Julia. Du kannst schon damit anfangen.«

Johannes Herder stand auf. »Also dann«, sagte er resignierend, beugte sich zu Julia und küßte sie.

»Das ist wirklich lieb von dir«, sagte Julia und wußte nicht, warum sie ein solches Unbehagen fühlte.

Als sie die fröhlichen Stimmen der beiden aus der kleinen Diele und das rasch nachfolgende Zuklappen der Wohnungstür hörte, kam sie sich plötzlich sehr verlassen vor. Sie starrte auf die leergegessenen Teller und Schüsseln und auf die verschmierten Gläser und mußte gegen einen jähen Anflug von Depression ankämpfen.

Auf der Fahrt durch die Stadt war Roberta, wie immer zuerst, wenn sie mit Johannes Herder allein war, ziemlich befangen; krampfhaft suchte sie ein Thema, über das sie sich mit ihm unterhalten konnte.

»Verdienst du eigentlich viel?« platzte sie endlich heraus.

Er warf ihr einen raschen, spöttischen Seitenblick zu. »Das interessiert dich?«

»Ja, natürlich. Man möchte doch wissen . . .« Sie stockte.

». . . ob der Mann, der sich um seine Mutter bemüht, auch gut bei Kasse ist«, ergänzte er.

»Ich sehe in dir nicht den Mann, der sich um meine Mutter bemüht!« widersprach sie hitzig.

»Nein?«

»Nein. Ich bin überzeugt, daß das eine ganz belanglose, vorübergehende Affäre in deinem Leben ist.«

»Da scheint mir aber doch der Wunsch der Vater des Gedankens zu sein!«

Roberta streckte die langen Beine aus und lehnte sich auf ihrem Sitz zurück. »Als Außenstehende«, behauptete sie, »sehe ich die Dinge klarer.«

Er lachte.

»Ich möchte nur wissen, was du dauernd komisch an mir findest!«

»Du amüsierst mich eben.«

»Immer noch besser, als wenn ich dich langweile.«

»Das kann man wohl sagen!«

»Also, wie ist das? Verdienst du viel?«

»Das kommt darauf an . . .«

»Wie gut deine Texte sind?«

»Nein. Auch wenn ein guter Text eine sehr gute Melodie und den richtigen Interpreten hat, ist das keine Garantie, daß er beim Publikum ankommt. Der Erfolg hängt von Imponderabilien ab, die man gar nicht berechnen kann.«

»Ist denn der Erfolg so wichtig? Ich meine, du kriegst doch dein Geld.«

»Ach, so stellst du dir das vor! Jemand bestellt bei mir einen Text und zahlt mir was dafür . . . oder ich schreibe einen Text und verkaufe ihn . . .«

»Ist das denn nicht so?«

»Nein. Ich verdiene an jeder verkauften Schallplatte, wenn ein Text von mir drauf ist, und auch ein bißchen, wenn der Song im Radio läuft oder im Fernsehen gebracht wird.«

Roberta legte die Stirn in Falten. »Dann ist das aber eine sehr unsichere Sache.«

»Anfangs schon. Aber wenn man erst mal ein gewisses finanzielles Polster hat und eine Anzahl Songs, die eingeschlagen sind, dann nicht mehr.«

»Und das ist bei dir der Fall?«

»Ich kann dich beruhigen ... ja.«

»Jetzt mußt du nach links abbiegen ... und dann an der nächsten Ecke wieder links ... und dann sind wir auf der Bürgerstraße. Fahr jetzt ganz langsam, ich zeige dir das Haus ... da vorn, das mit dem runden Mansardenfenster, das ist es.«

Johannes Herder war Robertas Anweisungen gefolgt. Sie hatten eine Straße mit recht gleichförmigen, modernen Doppelhäusern an der Peripherie von Eysing erreicht. Hier draußen gab es nur wenige parkende Autos, und er konnte gleich vor der Haustür bremsen.

»Kommst du mit rauf?« fragte Roberta, die Hand schon am Türgriff.

Er überlegte kurz, stieg dann aus und half ihr aus dem Wagen, wie er es bei ihrer Mutter gemacht hätte.

Sie gab ihm einen raschen Kuß auf den Mund. »Danke!«

Er stutzte, dachte dann aber, daß dies wohl als Demonstration für ihre Freundin gedacht wäre, und grinste.

»Komm!« bat sie und nahm seine Hand.

»Ich würde euch nur aufhalten«, wehrte er ab, »beeil dich lieber!«

»Du wirst dir die Ohren abfrieren«, sagte sie bedauernd.

»Nicht, wenn du dich beeilst. Also, mach schon!«

Sie lief, ihre Schulmappe schwenkend, durch den verschneiten Vorgarten, klingelte und winkte ihm von der Haustür her zu. Er winkte zurück, wartete, bis sie im Haus verschwand, und begann dann, die Hände in die Manteltaschen gebohrt, auf und ab zu marschieren. Alles in allem, dachte er, war sein Besuch doch keine Enttäuschung gewesen. Natürlich war es schade, daß Roberta sie gestört hatte. Aber er hatte doch wenigstens mit Julia reden können. Noch nie hatte er ein Verhältnis mit einer verheirateten Frau gehabt, nicht aus moralischen Gründen, wie er sich zugab, sondern weil es ihm einfach zu umständlich gewesen wäre. Julias Situation war fast die einer verheirateten Frau, nur daß es nicht der Mann war, der sie eifersüchtig bewachte, sondern die Tochter. Wenn es nicht gerade Julia gewesen wäre, und wenn er nicht so viel mehr für sie empfunden hätte als für alle anderen Frauen, die ihm in seinem Leben begegnet waren, hätte er sich längst zurückgezogen. Mehr als einmal hatte er mit dem Gedanken gespielt, aber er war immer zu dem gleichen Ergebnis gekommen: er konnte es nicht und er wollte es nicht. Außerdem war es ein Konflikt, der sich früher oder später von selber lösen würde. Es bestand also eigentlich kein Grund, sich zu ärgern oder aufzuregen. Tatsache jedoch war, daß er sich nicht mehr jung genug fühlte, Jahre oder auch nur Monate seines Lebens zu verschwenden. Jetzt, da er die Frau gefunden hatte, mit der er sich ein gemeinsames Leben vorstellen konnte, wollte er diesen Traum auch verwirklichen. Seine Beziehungen zu Julia waren ja keine Bettgeschichte. Es kam ihm nicht darauf an, öfter mit ihr zu schlafen, sondern er wollte mit ihr zusammensein: morgens und mittags, abends und nachts.

Gerade das aber wußte Roberta zu verhindern, und das reizte ihn manchmal so, daß er sie hätte schütteln oder sogar ohrfeigen mögen. Aber konnte er ihr denn so sehr verargen, daß sie ihre Mutter liebte und für sich behalten wollte? Jedenfalls tat er das, und als er jetzt vor dem Haus ihrer Schulfreundin auf und ab marschierte, begriff er auch, warum: Robertas Liebe war rein egoistisch. Sie nahm und verlangte und beanspruchte, ja, sie saugte Julia geradezu aus, und sie fragte sich nie, was sie denn der Mutter geben konnte. In den Augen von Johannes Herder gab es für Roberta nur die Entschuldigung, daß sie noch so jung war, hundejung, wie er es in seinen Gedanken nannte.

Vielleicht sollte er eine andere Haltung ihr gegenüber einnehmen, sich gütig und verständnisvoll geben. Aber dazu hätte er sich verstellen müssen, und da er das in seinem bisherigen Leben noch nie nötig gehabt hatte, wollte er auch jetzt nicht damit anfangen. Es schien ihm sinnlos, Robertas wegen Theater zu spielen. Außerdem war er nicht sicher, ob er es überhaupt könnte oder ob sie ihn nicht vielleicht gleich durchschauen würde.

Robertas Rückkehr riß ihn aus seinen Gedanken. Sie ging nicht zum Auto, sondern lief ihm entgegen; ihr blondes Haar wehte unter ihrer Pelzmütze hervor. »Ist das nicht fix gegangen?« rief sie, Beifall heischend.

»Hoffentlich hast du es auch geschnallt«, erwiderte er.

»Du könntest mich auch mal loben.«

»Nichts lieber als das. Ich warte nur auf die passende Gelegenheit.«

Sie hängte sich bei ihm ein. »Ach, sei doch nicht so!«

Er ließ sie in sein Auto steigen und setzte sich dann hinters Steuer.

»Übrigens . . . ich habe über dich nachgedacht«, sagte sie nach einer Weile.

»Wann?«

»Vorhin.«

»Während du dir die Aufgaben erklären lassen hast?«

»Da auch. Ich kann nämlich an verschiedene Probleme gleichzeitig denken. Du nicht?«

»Ich nehme mir lieber eins nach dem anderen vor und dann gründlich.«

»Pedant!«

Danach schwieg sie und schien darauf zu warten, daß er ihr eine Frage stellte. Aber er tat ihr den Gefallen nicht.

Nach kurzer Zeit fing sie wieder von selber an. »Also ich habe mir überlegt, Schlagertexte machen ist ja gut und schön. Vielleicht verdienst du auch wirklich genug damit . . . für dich alleine, meine ich . . «

»Ich bin durchaus imstande, eine Familie zu ernähren«, unterbrach er sie und ärgerte sich im gleichen Augenblick, daß er sich hatte provozieren lassen.

»Na schön. Ich will dir glauben.«

»Wie reizend von dir!«

»Sei doch nicht immer gleich so eklig! Eigentlich wollte ich dir was ganz anderes sagen. Ich finde einfach, daß Geld allein nicht wichtig ist. Es kann dir doch nicht genügen, einfach nur Schlagertexte zu machen.«

»Da ›einfach‹ dein Lieblingswort zu sein scheint, möchte ich dich darauf aufmerksam machen, daß das so einfach wiederum auch nicht ist.«

»Das habe ich ja gar nicht behauptet.«

»Es hat aber so geklungen.«

»Vielleicht ist es ja schwierig, wenn ich mir auch nicht vorstellen kann, wieso.«

»Dann versuch's doch ›einfach‹ . . .« Er sprach das Wort mit Anführungsstrichen aus, ». . . mal selber.«

»Wenn ich nicht so viel für die Schule zu tun hätte . . .«

»Aha.«

»Du läßt mich nicht aussprechen«, beklagte sie sich.

»Ist mir gar nicht aufgefallen.«

»Jedenfalls hörst du mir nicht richtig zu. Ich versuche dir die ganze Zeit klarzumachen, daß es kein Beruf für einen Mann ist ... für einen Mann wie dich ... einfach nur Schlagertexte ... entschuldige, jetzt habe ich wieder ›einfach‹ gesagt, aber ich habe es auch so gemeint ... einfach nur Schlagertexte zu machen. Du solltest etwas Richtiges tun.« Aufatmend lehnte sie sich zurück.

»Was, zum Beispiel? Elektrische Leitungen verlegen? Mauern, tischlern, drechseln? Einen Bauernhof bewirtschaften? Straßen bauen?«

»Mußt du mich denn immer verarschen?«

»Ich möchte nur wissen, worauf du hinauswillst.«

»Daß du mehr kannst, als nur Texte schreiben.«

»Das weiß ich selber.«

»Und warum tust du es dann nicht?«

»Ich habe schon damit angefangen«, erklärte er und bereute es sofort.

»Womit?«

»Du wirst es schon merken.«

»Nein, sag's mir! Sag's mir jetzt! Womit hast du angefangen?«

»Das habe ich nur so dahergesagt.«

»Aus Angabe? Ist ja nicht wahr! Laß mich raten! Zu komponieren? Nein, das wäre dir eher eingefallen. Ein Theaterstück? Ist es das?«

»Nein.«

»Dann ein Roman? Ja, das ist es! Leugne nicht, ich sehe es dir an der Nasenspitze an. Es ist ein Roman, nicht wahr? Und wovon handelt er? Von dir und Julia?«

»Nein.«

»Wovon dann?«

»Science-fiction.«

»Toll! Erzähle! Es muß doch eine Story geben?«

»Gibt es. Er spielt im Jahr dreitausend und schildert,

wie es dann auf der Welt aussehen wird, nach den heutigen wissenschaftlichen Erkenntnissen. Aber jetzt hör auf zu bohren, mehr verrate ich dir nicht. Aber ich verspreche dir, du kriegst das erste gedruckte Exemplar mit persönlicher Widmung.«

»Ich! Nicht Julia?«

»Du.«

»Weiß sie überhaupt davon?«

»Ich habe bisher noch nicht mit ihr darüber gesprochen. So wichtig ist es ja nun auch wieder nicht.«

Roberta hatte schon den Mund aufgetan, um ihm zu widersprechen, besann sich dann aber und sagte nichts. Sie genoß es, mehr über Johannes Herder zu wissen als ihre Mutter, und nahm sich vor, die Sache so lange für sich zu behalten wie irgend möglich und dann bei einer besonderen Gelegenheit damit herauszuplatzen.

Sie wollte ihren Triumph auskosten.

Aber schon wenig später, als sie zusammen am Kaffeetisch saßen, hielt sie es nicht mehr aus – außerdem, sagte sie sich, bestand ja die Gefahr, daß er selber es Julia erzählen könnte. Also sagte sie, so beiläufig wie möglich, während sie ein Stückchen Süßstoff in ihre Tasse plumpsen ließ: »Wie findest du's eigentlich, Julia, daß Hans an einem Buch schreibt?«

Er erkannte sofort ihre Absicht, Unfrieden zu stiften, und brüllte sie an: »Robsy!«

Sie lächelte unschuldsvoll: »Ist was?«

»Und ich Idiot habe mir einreden wollen, daß ich netter zu dir sein müßte!«

»Ich verstehe gar nichts«, sagte Julia und blickte von ihrer Tochter zu ihrem Geliebten.

»Ich erklär's dir, Julia! Halt jetzt die Goschen, Robsy, oder du fängst dir eine!«

Roberta duckte sich, als hätte sie ernstlich Schläge zu befürchten. »Julia, bitte, laß ihn nicht . . .«

»Sei still!« fuhr er sie an. »Julia, es geht um folgendes: Deine Tochter hat aus mir rausgekitzelt, daß ich einen Roman zu schreiben begonnen habe . . .«

»Ja«, schrie Roberta dazwischen, »und er hat mir das erste Exemplar versprochen! Mit Widmung!«

»Du schreibst ein Buch?« fragte Julia. »Du hast mir noch nichts davon erzählt?« Ihr Herz krampfte sich zusammen.

»Das war's ja, was ich gerade mit dir feiern wollte. Gestern habe ich den Vertrag mit einem Verlag gemacht. Aber du wolltest ja nicht, daß ich komme . . . und irgendwie ist es dann untergegangen.«

Julia fand es lächerlich, daß sie einen solch heftigen Schmerz empfand. »Ja, ich verstehe«, sagte sie mit scheinbarer Gelassenheit.

»Es tut mir leid«, sagte er und faßte über den Tisch nach ihrer Hand, »natürlich hättest du es als erste erfahren sollen.«

»Das macht doch nichts«, behauptete sie und verstand nicht, wieso sie nicht imstande war, ihrem Zorn und ihrer Enttäuschung Ausdruck zu geben.

»Doch, sehr viel sogar!« widersprach er. »Was mußt du jetzt von mir denken! Ich habe mich wie ein Idiot von deiner Tochter reinlegen lassen, und sie hat natürlich nichts Besseres zu tun, als ihren Trumpf gleich auszuspielen.«

»Also hat Robsy einen Fehler gemacht?« fragte Julia mit einer Sanftmut, die verletzender war als böse Worte.

»Ich wußte doch nicht, daß es ein Geheimnis sein sollte!« behauptete Roberta. »Hättest du mir ein Wort davon gesagt, hätte ich es natürlich für mich behalten.«

»Kanaille!«

»Sag ihm, daß er nicht so mit mir reden soll, Julia! Ich hab doch nichts Böses gewollt.«

»Natürlich nicht, Liebling«, stimmte Julia ihr zu, »das weiß ich doch.«

»Du bist wirklich nicht zu retten!« stieß Johannes Herder hervor. »Merkst du denn nicht, was für ein Spiel die Kleine mit uns treibt?«

»Ich habe doch nur gesagt . . .« versuchte Roberta sich zu verteidigen.

»Es ist schon gut«, sagte Julia, »seid jetzt ruhig, alle beide. Es besteht doch gar kein Grund zur Aufregung. Außerdem läßt sich nichts ungeschehen machen, und wenn ihr noch so sehr schreit.«

»Verzeih mir, Julia!« bat er. »Kannst du mir noch einmal verzeihen?«

Sie lächelte ihm zu. »Natürlich. Ich weiß selber nicht, warum ich so empfindlich reagiert habe.«

»Hast du ja gar nicht.«

Ihr Lächeln vertiefte sich. »Ich hab's mir nicht anmerken lassen.«

»Meine tapfere Julia!« Er stand auf und zog sie in seine Arme.

»Euer Geturtel ist widerlich!« schrie Roberta und sprang so heftig auf, daß der Stuhl hinter ihr umkippte. »Könnt ihr euch nicht zusammennehmen?«

»Heb den Stuhl auf!« forderte Julia, ohne den Blick von Johannes Herder zu lösen.

»Ich denke ja nicht daran!« Roberta stürmte aus dem Zimmer.

»So etwas Albernes«, sagte Julia.

»Nimm es nicht zu leicht!« sagte er. »Sie will uns auseinanderbringen.«

»Doch nicht mit solchen Mitteln!«

»O ja. Ich weiß es, Julia, ich bin mir ganz sicher.«

»Und wenn es so wäre . . . sie kann uns doch nichts anhaben.«

»Nicht, solange du mich liebst.«

»Ich liebe dich sehr, sehr, sehr.«

»Obwohl ich ...«

Sie verschloß ihm den Mund mit Küssen.

Das Gespräch mit Lizi Fakosch verlief weit weniger erfreulich, als Julia es sich vorgestellt hatte. Vielleicht, dachte sie, lag es auch an ihr selber. Die Aufregungen des Tages hatten sie abgelenkt, und sie brachte nicht mehr die Überzeugungskraft auf, die sie nach ihrer Unterhaltung mit Dr. Kupesch in sich gefühlt hatte. Es fing schon damit an, daß Lizi nicht einsehen wollte, warum sie dem Verkehrsverein beitreten sollten. »Aber da wird ja doch nur groß getönt, das kennt man schon«, sagte sie.

»Lizi, der Verkehrsverein hat finanzielle Mittel. Er verfügt nicht nur über die Mitgliedsbeiträge, sondern er bekommt auch einen beachtlichen Zuschuß von der Stadt.«

»Davon kriegen wir doch keinen Pfennig.«

»Wenn ihr euch erst in den Vorstand vorgeboxt habt, dann sicher.«

»Du willst behaupten, wir könnten einen Zuschuß kriegen?«

»Das natürlich nicht.«

»Na also.«

»Aber ihr könntet euch einen guten Platz in den Prospekten sichern.«

Lizi zuckte verächtlich mit der Schulter. »Ach was, Prospekte!«

Danach mochte Julia die Anregungen von Dr. Kupesch gar nicht mehr weiter vortragen. »Ich habe dir alles aufgeschrieben«, sagte sie, öffnete ihre Handtasche und nahm einige zusammengefaltete, säuberlich getippte Bogen heraus, »du solltest das alles mal in Ruhe mit deinem Mann besprechen.«

Lizi entfaltete die Papiere und überflog sie. »Kräfte aus dem Kurhaus übernehmen ... das ist ja lachhaft.«

Julia versuchte ruhig zu bleiben. »Ja, natürlich, wenn ihr genügend habt.«

»Kupesch versucht nur, seine Leute unterzubringen.«

»Es sind nicht seine Leute, Lizi. Er hat mit dem Kurbetrieb gar nichts zu tun.«

Lizi legte die Bogen aus der Hand. »All dieses Gequassel!« sagte sie. »Unser Problem ist, daß wir zu wenig Kapital haben.«

Beinahe hätte Julia gesagt: Das hättet ihr euch vorher überlegen müssen! Aber sie verbiß es sich und meinte statt dessen: »Wenn ihr genügend Gäste hättet, sähe die Situation doch anders aus.«

»Ja, sicher.«

»Alles, was Doktor Kupesch und ich uns überlegt haben, sind Möglichkeiten, wie ihr an Gäste kommt.«

»Und der Verkehrsverein an neue Mitglieder.«

»Lizi! Das glaubst du doch nicht im Ernst?«

»Und warum nicht?« Lizi trommelte auf den achtlos beiseite geschobenen Papieren. »Darauf läuft's doch hinaus.«

»Was sollte ich für ein Interesse haben, neue Mitglieder zu werben?«

»Du bist doch so eine große Nummer im Verkehrsverein, heißt's immer. Vielleicht hoffst du, dadurch noch ein bißchen mehr Einfluß zu gewinnen.«

»Na und? Was könnte mir schon mein Einfluß im Verkehrsverein nützen? Ich vermiete ja nicht einmal. Mir geht es immer nur um unsere Stadt, und es ist doch nun einmal so, daß die zum größten Teil von den Kurgästen lebt.«

»Wenn wir wenigstens die Zufahrtsstraße anständig geräumt kriegten!«

»Dafür ist weder der Verein zuständig, noch die Stadt. Ich hab dir aufgeschrieben, an wen ihr euch wenden müßt.«

»Als wenn uns das was nützte!«

Julia rührte in ihrer Kaffeetasse. »Und was hältst du von der Idee, im Winter nur den kleinen Raum mit dem Kamin offenzuhalten?«

»Liest sich gut. Aber was soll ich mit den Angestellten machen? Dann wäre die Hälfte überflüssig, und wenn Hochbetrieb ist, habe ich sowieso zu wenig.«

»Vielleicht könntest du ihnen bezahlten Urlaub geben.«

»Wovon, Julia, wovon?«

»Oder du verkleinerst erst mal grundsätzlich, entläßt einen Teil deiner Angestellten. Dadurch würdest du erhebliche Unkosten sparen. Natürlich müßtest du erst durchrechnen, ob es sich dann noch rentiert.«

»Bestimmt nicht.«

»Wenn du dich in die Küche stellst und Karl serviert, könnt ihr gewiß davon leben.«

Lizi warf ihr einen wütenden Blick zu. »Du hast vielleicht Begriffe!«

»Ich verstehe nichts von deinem Geschäft . . .«

»Wenn du's nur einsiehst!«

»Ich sage einfach alles, was mir dazu einfällt. Mehr kann ich nicht tun.«

Die beiden Frauen saßen sich eine ganze Weile lang stumm gegenüber.

»Oder«, sagte Julia endlich, »ihr versucht einen Kredit aufzutreiben und vergrößert.«

»Meinst du, wir sollen Reisegruppen abspeisen?«

»Auch das wäre gar nicht so schlecht. Du weißt doch, daß es heutzutage kaum noch ein Hotel gibt, das auf Gruppenreisende verzichten kann. Doch daran habe ich nicht gedacht. Ich habe mir was anderes überlegt. Zu einem guten Essen, wie ihr es bietet, gehört doch auch, daß man gut trinkt. Aber das können sich eure Gäste nicht erlauben, weil sie ja immer an die Rückfahrt denken müssen, ob nun nach Eysing, nach Rosenheim, Traunstein oder München. Also werden viele es vorziehen, ein Lokal aufzusuchen, das sie mit einem öffentlichen Verkehrsmittel, einem billigen Taxi oder zu Fuß erreichen können. Wenn ihr Übernachtungsmöglichkeiten bieten könntet, sähe die Sache anders aus. Ich könnte mir vorstellen, daß es für manche Paare reizvoll sein könnte, ein Wochenende in der *Alten Mühle* zu verbringen.«

»Eine Absteige für Liebespaare also?«

Julia blickte ihr offen in die Augen. »Das auch. Warum nicht? Was wäre schlecht daran? Natürlich müßten sie erwachsen sein und Geld haben.«

»Das sind doch nur Fantastereien!« Lizi zerkrümelte einen Rest Baumkuchen mit den Fingerspitzen auf ihrem Teller. »Alle kommen mit irgendwelchen Ratschlägen ... die Bankleute, die von der Brauerei, Karls alter Chef ... aber was wir brauchen, ist wirkliche Hilfe.«

»Ich könnte eine Hypothek auf mein Haus aufnehmen.«

Lizi richtete sich mit einem Ruck auf. »Das würdest du tun?«

»Ja.«

»Das ist das erste erbauende Wort, das ich seit langem gehört habe!«

»Natürlich würde ich euch das Geld nicht schenken. Ihr müßtet die üblichen Zinsen zahlen und mir ... nein, ich versteh ja nichts davon ... einem Menschen meines Vertrauens Einblick in eure Bücher geben.«

»Du bereust dein Angebot schon!«

»Nein. Aber ich möchte eine klare, geschäftliche Vereinbarung haben. Ich habe das Haus von meiner Mutter geerbt und will es an meine Kinder weitergeben. Ich will mein Geld nicht verlieren.«

Lizi sank wieder in sich zusammen und nahm das

Spiel mit den Kuchenkrümeln auf. »Du hast natürlich recht«, gab sie zu.

»Hattest du gedacht, daß ich es dir einfach so überlassen würde?«

»Nicht einfach so, aber ohne Formalitäten . . . nachdem wir uns schon so lange kennen.«

»Nein, Lizi. Ich bin keine Geschäftsfrau. Aber ich muß doch sicher sein, daß ich mein Geld gut anlege und daß euer Restaurant kein Faß ohne Boden ist. Also überleg's dir.«

»Ich werde es mit meinem Mann besprechen.«

»Gut.«

»Wieviel könntest du uns denn geben?«

»Das müßte ich erst mit der Bank besprechen. Soviel ich weiß, gäbe es da verschiedene Möglichkeiten. Ihr könntet sicher einen ziemlich hohen Kredit bekommen, wenn ich mit meinem Haus für euch die Bürgschaft bei der Bank übernehme. Dann müßtet ihr aber natürlich selber für die Zinsen aufkommen. Oder ich leihe mir selber das Geld, dann dürften die Zinsen nur so hoch sein, daß ich sie selber zahlen und den Kredit im Notfall in einigen Jahren abgestottert habe.«

»Und du willst keine Geschäftsfrau sein!« rief Lizi erbost, wenn auch nicht ohne eine gewisse Hochachtung.

»Wenn ich eine Geschäftsfrau wäre«, erklärte Julia, »würde ich gar nicht daran denken, Geld in ein so wackliges Unternehmen zu stecken.«

»Danke«, sagte Lizi pikiert.

»Aber so ist es doch. Jedenfalls muß ich es so sehen.« Julia winkte die Serviererin herbei. »Zahlen, bitte! Zusammen.«

»So schlecht bei Kasse bin ich nun doch nicht, daß ich mir nicht einmal eine Tasse Kaffee und ein Stück Kuchen leisten könnte!« protestierte Lizi.

»Dann zahl' du für mich mit. Tut mir leid, Lizi, ich

bin jetzt etwas spät dran. Du läßt dann von dir hören, ja?« Julia legte ein Geldstück auf den Tisch.

Als Julia wieder auf der Straße stand, fühlte sie sich wie befreit. Sie hatte die beste Absicht gehabt, Lizi zu helfen. Sie wäre sogar bereit gewesen, in ihrem Restaurant mitzuarbeiten. Aber sie hatte im Gespräch den Eindruck gewonnen, daß Lizi nicht an Ratschlägen, sondern nur an persönlicher Hilfe gelegen war. Sie brauchte einfach nur Geld, und um es zu kriegen, wäre ihr jedes Mittel recht gewesen. Ohne Formalitäten, wie sie es ausgedrückt hatte, hätte sie sofort jeden Betrag angenommen. Natürlich nicht in betrügerischer Absicht, sondern in der Überzeugung, daß sie ihn eines Tages schon zurückzahlen können würde. Aber keinen Augenblick hatte sie daran gedacht, welches Risiko sie Julia damit aufgebürdet hätte.

Wenn es dann schiefgegangen wäre, würde sie einfach gesagt haben: »Pech!« Und vielleicht noch: »Ich habe ja viel mehr verloren als du.«

Julia tat es leid, daß sie Lizi enttäuscht hatte, und es schmerzte sie, daß die Freundin wahrscheinlich dachte: Wenn es um Geld geht, endet die Freundschaft.

Obwohl sich Julia das alles sagte, war sie doch mit der Rolle, die sie selber gespielt hatte, gar nicht zufrieden. Sie nahm sich vor, sich nicht wieder in anderer Leute Angelegenheiten hineinziehen zu lassen.

Ralph hatte seit jenem Abend in München, an dem sie sich alle getroffen hatten, mehrmals angerufen. An einem Nachmittag Anfang März kam er dann zu Besuch. Julia hatte einen Teig vorbereitet, und Roberta erhitzte das Waffeleisen, als sie in der kleinen Küche zusammensaßen. Julia filterte Kaffee. Es hätte eine gemütliche Stunde im Familienkreis werden sollen. Aber Ralph war sichtlich nervös.

»He, was ist los mit dir?« fragte Roberta. »Jetzt rauchst du schon die dritte Zigarette! Warte doch wenigstens, bis der Kaffee fertig ist!«

»Ja, das finde ich auch«, sagte Julia.

Ralph brauste auf, wie es sonst gar nicht seine Art war. »Bildet ihr euch ein, ich bin zu euch rausgefahren, um an mir herumerziehen zu lassen?«

»Wir werden doch wohl wenigstens noch sagen dürfen, was wir denken«, erwiderte Roberta.

»Ich habe es längst aufgegeben, dich erziehen zu wollen«, erklärte Julia.

»Kommt mir aber nicht so vor.«

»Nur weil uns deine blödsinnige Pafferei auf die Nerven geht? Bei dir piept's wohl.« Roberta ließ einen Löffel Teig in das zischende Waffeleisen fließen, wartete, bis er sich ein wenig verlaufen hatte, und klappte es dann zu. »Nun sag schon, was für ein Floh hat dich gebissen?«

»Es wäre mir lieber, du ließest mich mit Julia allein.«

»Ausgerechnet jetzt?«

»Ich mach das schon«, sagte Julia. »Ehe Ralph nicht Dampf abgelassen hat, haben wir keine ruhige Minute!«

»Ihr mit euren blöden Geheimnissen!« Maulend erhob sich Roberta.

Julia lächelte ihr ermutigend zu. »Wir rufen dich«, versprach sie. Sie war sicher, daß das Mädchen lauschen würde, nahm es ihr aber nicht übel.

Ralph wartete nur, bis sich die Tür hinter seiner Schwester geschlossen hatte, dann platzte er auch schon heraus: »Warum hast du mir nicht gesagt, daß Albert bei dir war?«

»Weil er mich darum gebeten hat.« Julia schenkte sich und Ralph Kaffee ein, stellte die Kanne auf den Tisch und setzte sich neben das Waffeleisen.

»Und auf so was läßt du dich ein?«

»Ich habe ihm versprochen, dir nichts zu erzählen, falls du mich nicht danach fragst. Was ist so schlimm daran?«

»Daß du dich mit ihm verbündet hast.«

»Das habe ich nicht getan.«

»Doch, du hast . . .«

»Ich habe gar nichts. Du solltest lieber deinem Doktor Klinger Vorwürfe machen. Er ist ungebeten hier bei mir erschienen . . .«

». . . und du hast die Gelegenheit wahrgenommen, seine Partei zu ergreifen!«

»Wieso das?«

»Du hast ihm gesagt, daß du auch ganz dagegen bist, daß ich Reiseleiter werde!«

Julia sah ihn aus großen Augen an. »Hat er dir das erzählt?«

»Ja! Wahrscheinlich hat er dir versprochen, sich nicht auf dich zu berufen . . .«

»Stopp, Ralph!« sagte Julia energisch. »Du spinnst dir da eine Geschichte zusammen, die von Anfang bis Ende nicht stimmt. Warum soll Robsy das übrigens nicht hören? Komm rein, Robsy, ich habe keine Lust zum Waffeln backen.«

Kaum hatte sie es ausgesprochen, kam Roberta auch schon wieder herein.

Julia überließ ihr den Platz am Waffeleisen. »Dein Doktor Klinger hat dich angelogen«, erklärte sie, »ich habe ihm ausdrücklich gesagt, daß ich gegen deinen Plan nichts einzuwenden habe. Das hättest du doch wissen müssen. Du hast mir das vor einiger Zeit schon mal erzählt, und ich war einverstanden. Warum sollte ich so plötzlich meine Meinung geändert haben? Ganz davon abgesehen, daß ich dir längst nichts mehr zu sagen habe und das auch Doktor Klinger klargemacht habe.«

»Du willst also behaupten, er hat mich angelogen?«

»Es sieht so aus«, sagte Julia.

Roberta öffnete das Eisen, nahm mit einer Gabel die knusprige, goldbraun glänzende Waffel heraus, legte sie auf einen Teller und goß ein zweites Mal Teig ein.

»So ein Schweinehund!«

Julia schüttelte den Kopf. »Nein, das ist er, glaube ich, nicht. Er hat nur Angst, dich zu verlieren.«

»Du sagst das so, als wenn ich sein Besitz wäre.«

»Sei mir nicht böse, aber ich hatte den Eindruck, daß er dich eingekauft hat.«

»Genau das bildet er sich ein! Aber ich bin freiwillig zu ihm gekommen, freiwillig, und ich kann bleiben oder gehen, ganz wie es mir paßt!«

Roberta zerteilte die fertige Waffel in fünf herzförmige Teile und bot Julia und Ralph an. Aber beide schüttelten den Kopf, und Ralph griff wieder zu seinen Zigaretten. Auch Julia nahm sich eine, und mit automatischer Höflichkeit gab er ihr Feuer.

»Na, denn nicht!« Roberta biß in das Gebäck. »Mir schmeckt's jedenfalls.«

»Daß er dich nicht mit Gewalt halten kann«, sagte Julia, »ist ihm sicher auch klar. Deshalb hat er es mit einer List versucht.« Nicht ohne Bitterkeit fügte sie hinzu: »Er hat bloß nicht einkalkuliert, daß mein Urteil dir gar nichts bedeutet.«

»Das stimmt nicht, Julia!« behauptete er. »Sonst hätte ich mich ja nicht so aufgeregt, als er mir weismachen wollte, daß du auf seiner Seite stündest.«

»Was erlogen war«, sagte Julia.

»Wenn du Reiseleiter werden willst«, fragte Roberta, genüßlich kauend, »schmeißt er dich dann raus?«

»Das denn doch nicht. Aber bei jeder Heimkehr würde es dieselben Szenen geben, und das könnte ich nicht ertragen.«

»Dann such dir doch ein eigenes Zimmer.«

»Ich hatte gedacht, ich könnte . . .« Ralph blickte Julia flehend an.

Es hatte eine Zeit gegeben, da Julia ihm spontan und ohne zu überlegen angeboten hätte, zu ihr zurückzukehren. Sie erinnerte sich sogar daran, daß sie ihm früher einmal versprochen hatte, immer und jederzeit für ihn da zu sein. Jetzt aber fürchtete sie, daß Ralphs Rückkehr nur neue Komplikationen in ihr Leben bringen würde, und sie schwieg.

»He, du möchtest wohl dein altes Zimmer wiederhaben?« fragte Roberta.

»Wenn es irgend möglich wäre . . . ja!«

»Aber weißt du denn nicht, daß Johannes Herder hier einziehen will?«

»Das glaube ich nicht!« erwiderte er. »Nein, das wäre doch ganz unmöglich.«

Julia drückte ihre Zigarette aus. »Wieso unmöglich? Ich finde, es wäre die natürlichste Sache der Welt.«

»Und was ist mit deinem guten Ruf?«

»Wäre es denn so verwerflich, wenn ich einmal nicht an meinen Ruf, sondern an mein Glück denken würde?«

»Ich verstehe«, sagte Ralph, »ihm sind die Moneten ausgegangen, und jetzt sucht er bei dir Unterschlupf. So was Ähnliches hatte ich von Anfang an erwartet. Deshalb ist er also hinter dir her.«

»Ralph!« sagte sie scharf; sie sah ihn an, sein hübsches ebenmäßiges Gesicht mit den schrägen grünen Augen unter den langen seidigen Wimpern, und noch nie war er ihr so fremd gewesen. Er reagierte unsensibler, als es sonst seine Art war. »Du solltest ihn fallenlassen, Julia, aber sofort. Ein Bratkartoffelverhältnis hast du nicht nötig. Wenn du dich darauf einläßt, hast du im Nu Haus und Hof verloren.«

»Ich glaube, ich muß da etwas richtigstellen, Ralph«, sagte Julia beherrscht und, als er sie unterbrechen wollte: »Halt den Mund, jetzt bin ich dran! Erstens einmal hat Hans es nicht nötig, bei mir Unterschlupf zu suchen. Er verdient genug Geld, um eine Familie zu ernähren . . .«

Ralph konnte nicht schweigen: »Sagt er!«

»Ja, das sagt er, und es ist wahr. Jetzt sei doch mal endlich still, Ralph! Zweitens kann ich ihn hier gar nicht einziehen lassen, da ich ihn sonst heiraten müßte, was er liebend gern möchte. Aber ich werde weder das eine, noch das andere tun können, weil Roberta behauptet, daß sie es nicht erträgt.«

»Na, Gott sei Dank, das erste vernünftige Wort, das ich von dir höre! Dann kann ich ja kommen.«

»Du findest es also ganz selbstverständlich, daß ich verzichte . . . um Robsys Gefühle zu schonen und damit du wieder einziehen kannst?«

»Was heißt hier verzichten? Du verlierst ja nichts, im Gegenteil. Der Untyp hier in unserem Haus, womöglich noch als dein Ehemann! Er würde dich in kürzester Zeit unglücklich machen.«

»Und was ist mit euch beiden? Bildet ihr euch etwa ein, ihr macht mich glücklich?«

»Aber wir sind deine Kinder!« riefen beide wie aus einem Mund, sahen sich an und lachten mit der Unbekümmertheit ihrer Jugend.

»Das ist also eure Entschuldigung für euren Egoismus«, sagte Julia bitter.

»Erlaube mal!« rief Ralph. »Wir brauchen uns doch wohl nicht dafür zu entschuldigen, daß wir es gut mit dir meinen?«

»Tut ihr das wirklich? Ihr denkt doch nur an euch. Als ihr noch klein wart, habe ich das als selbstverständlich empfunden . . . Nein, da wart ihr noch gar nicht so, ihr wart lieb und nett und habt versucht, mir Freude zu machen . . . Aber inzwischen treibt euer Egoismus die tollsten Blüten.«

Roberta protestierte. »Ist ja gar nicht wahr!«

»Von dir will ich jetzt nicht sprechen. Aber du, Ralph, du bist von hier ausgezogen, weil es dir so paßte, und es war dir ganz egal, was ich dabei empfand, und jetzt kommst du zurück, weil du einen Stützpunkt suchst, und du denkst, es müßte mir einfach recht so sein.«

»Schließlich ist es mein Elternhaus.«

»Ja, das ist es«, gab Julia zu.

»Und ich dachte, du würdest dich freuen, daß ich wieder hier leben will.«

»Hier leben nennst du das? Tatsächlich willst du doch in der Welt herumkutschieren und nur nach Hause kommen, um zwischendurch mal Atem zu holen.«

»Was ist schlecht daran? Der Mann muß hinaus ins feindliche Leben, das haben wir doch schon in der Schule gelernt. Aber hier ist mein Zuhause, und wenn ich frei habe, werden wir es wieder gemütlich miteinander haben wie in den alten Zeiten.«

»Ich freu mich schon«, behauptete Roberta und schien vergessen zu haben, wie eifersüchtig sie immer auf den Bruder gewesen war und wie froh, als er sie damals verlassen hatte; jetzt sah sie in ihm wieder den Bundesgenossen gegen die Pläne ihrer Mutter.

Ralph drückte seine Zigarette aus. »Jetzt laß mich auch mal probieren!«

Roberta fischte eine frische Waffel aus dem Eisen und legte sie auf seinen Teller. »Für dich! Aber verbrenn dir nicht die Pfoten!« Sie füllte eine neue Ladung Teig ein.

»Hm, wunderbar!« Ralph hatte sich ein Stück abgebissen und kaute. »Eines steht fest: Niemand kann so gute Waffeln backen wie ihr beide.«

»Auch was wert«, sagte Julia.

»Sehr viel sogar. Du kochst so gut, daran hat Alberts Haushälterin nie tippen können, und überhaupt . . .«

Roberta unterbrach ihn schmunzelnd. »Niemand kann deine Hemden so bügeln wie Julia!«

»Das habe ich nicht sagen wollen!«

»Hoffentlich nicht, denn das kommt nicht mehr in Frage«, erklärte Julia, »wenn du unbedingt Oberhemden tragen mußt, dann gib sie gefälligst in eine Wäscherei.«

»Oder bügle sie dir selber!« warf Roberta vergnügt ein.

»Aber natürlich! Anders habe ich es mir gar nicht gedacht . . . Ich meine, natürlich werde ich meine Hemden in die Wäscherei geben. Mit so was würde ich dich doch niemals mehr belasten, Julia!«

Julia dachte, daß es darauf, ihm hin und wieder mal ein Hemd zu bügeln, auch nicht ankäme, aber sie sagte: »Sehr einsichtig.«

»Mach nicht so ein Gesicht, Julia! Eigentlich müßtest du dich doch freuen, daß es mit Albert aus ist.«

»Warum?«

»Das weißt du doch! Weil er mich tyrannisiert hat . . .«

»Nein, das meine ich nicht. Warum ich mich freuen sollte, möchte ich wissen?«

»Gib zu, dir hat der Umgang doch nie gepaßt.«

»Die große Frage ist nur, ob du einen besseren finden wirst.«

Ralph ließ das Stück Waffel, das er gerade zum Mund führen wollte, wieder sinken. »Warum sagst du so was?«

»Weil ich mich allmählich daran gewöhne, von euch enttäuscht zu werden.«

»Hältst du mir immer noch vor, daß ich kein Abitur gemacht habe? Daß ich nicht in Vaters Fußstapfen getreten bin?«

»Das habe ich längst verschmerzt. Aber ihr beide seid doch jetzt erwachsen ... auch du, Robsy, wenn auch nicht den Jahren nach. Ihr habt eure Erfahrungen gemacht. Warum wollt ihr mir nicht das gleiche Recht zugestehen? Warum hört ihr nicht auf, mich zu bevormunden? Mich mit Beschlag zu belegen?«

»Weil wir dich liebhaben«, behauptete Roberta.

»Weil du so weltfremd bist«, sagte Ralph, »doch, das bist du, du brauchst mich gar nicht so anzusehen. Wer, wie du, immer in einer kleinen Stadt gelebt hat, behütet, ohne finanzielle Sorgen, der weiß gar nicht, wie es wirklich zugeht. Du bist einem Typen wie diesem Johannes Herder einfach nicht gewachsen, kannst es gar nicht sein. Der ist doch mit allen Wassern gewaschen, der kennt sich aus.«

»Er liebt mich.«

»Glaub doch das nicht! Ein Typ wie der kann Mädchen haben, soviel er will.«

»Das sagt er selber ...«

»Da hast du es!«

»Aber deshalb kann er mich doch lieben!«

»Julia! Wenn du nur ein klein wenig realistischer wärst, würde ich mir weniger Sorgen um dich machen. Warum fragst du dich nicht, was dieser Typ wirklich von dir will? Du behauptest, auf Geld wäre er nicht aus. Gut, unterstellen wir das mal. Aber worauf dann? Zugegeben, du siehst gut aus, du hast Charme, du bist bezaubernd. Aber du bist doch Jahre älter als er, und du lebst in einer ganz anderen Welt. Also kann es ihn doch nur reizen, daß du anders bist als die Mädchen, die er sonst kennt, die ihm zufliegen, die keine bürgerlichen Hemmungen kennen. Du bist was ganz Neues für ihn, eine anständige Frau, Witwe eines Amtsgerichtsrats. Du bist ein Experiment für ihn, nichts weiter. Vielleicht meint er es gar nicht böse. Aber wie es bei Experimenten meist so geht . . . am Ende wird er dich zerstören.«

Obwohl Julia wußte, daß Ralph im Unrecht war, hatten seine Worte sie doch betroffen gemacht. Er hatte an ihre geheimsten Zweifel gerührt. Deshalb wußte sie nicht sogleich etwas zu erwidern.

Ralph trumpfte auf: »Und davor, geliebte Julia, wollen wir dich schützen. Siehst du jetzt ein, daß du unrecht hast, uns Vorwürfe zu machen?«

Julia zwang sich zu einem Lächeln. »Am Ende muß ich euch wohl noch dankbar sein.«

»Du hast es erfaßt.«

»Ich bin ganz Ralphs Meinung«, sagte Roberta, »du weißt, ich mag Hans irgendwie, man kann Spaß mit ihm haben und so . . . aber es ist ihm nicht zu trauen.«

Julia blickte in die ernsthaften, scheinbar so aufrichtigen Gesichter ihrer Kinder, und am liebsten hätte sie laut geschrien. Ihre Sehnsucht nach dem Geliebten wurde übermächtig. Sie stand auf. »Ich werde ihn jetzt anrufen.«

»Was willst du?« fragte Ralph in einem Ton, als traute er seinen Ohren nicht.

»Du hast mich genau verstanden. Ich werde Johannes Herder jetzt anrufen und ihm sagen, daß ich übers Wochenende zu ihm komme. Du kannst mich zu ihm fahren.«

»Das werde ich nicht!« Er war aufgesprungen.

»Dann nehme ich mir eben ein Taxi.«

»Jetzt siehst du, wie sie ist«, sagte Roberta, »völlig unzurechnungsfähig.«

»Ihr könnt mir gestohlen bleiben!« rief Julia. »Alle beide!« Sie rannte zum Telefon. »Seht doch zu, wie ihr allein klarkommt, ihr Besserwisser . . .«

»Also mach schon, Ralph«, sagte Roberta, »versprich ihr, daß du sie fährst. Sonst schnappt sie noch völlig über.«

»Das mutest du mir zu? Ich soll sie höchstpersönlich zu diesem Typen bringen!«

Robertas erstaunlicher Großmut entpuppte sich als reine Gehässigkeit.

»Nun warte es doch erst mal ab! Vielleicht ist er nicht da. Vielleicht kann er sie gar nicht brauchen.«

Aber Johannes Herder war da, und er freute sich, daß sie kommen wollte. Ralph fuhr sie nach München, sprach aber nur das Nötigste mit ihr. Julia war es ganz recht, denn sie verspürte ebenfalls keine Lust, sich mit ihm zu unterhalten.

Erst drei Tage später brachte Johannes Herder Julia zurück nach Hause. Sie hatten eine wunderbare Zeit miteinander verbracht; Julia hatte nicht einmal ein schlechtes Gewissen, Roberta allein gelassen zu haben, denn die hatte sich noch vor ihrer Abfahrt eine Freundin eingeladen. So unbeschwert und glücklich hatte sich Julia seit langem nicht mehr gefühlt, und mehr und mehr wurde ihr klar, daß sie zu Johannes gehörte. Es würde alles gut werden, denn Roberta schien endlich vernünftig geworden zu sein. Oder täuschte sie sich?

Mitte der Woche rief er an, als Roberta in der Schule war. »Geht es dir gut?« fragte er.

»Ich habe Sehnsucht nach dir«, sagte sie nur.

»Ich erst mal. Ich hätte nie geglaubt, daß mir eine Frau so fehlen könnte.«

»Das zu hören ist eine kleine Entschädigung.«

»Du, ich habe zwei Karten für den ›Rosenkavalier‹ am Donnerstag.«

»Herrlich!«

»Du kommst also?«

»Auf Biegen und Brechen.«

»Vielleicht kannst du noch einen Tag dranhängen? Daß du erst am Samstagmorgen zurückfährst?«

Julia zögerte. »Ich werd's versuchen.«
»Das klingt nicht sehr überzeugend.«
»Ich habe ein schlechtes Gewissen, wenn ich Roberta schon wieder allein lasse.«
»Sie ist groß genug, auf sich aufzupassen.«
»In Eysing wird neuerdings darüber gemunkelt, daß schon Schüler Drogen nehmen.«
»Für so was ist Robsy nicht der Typ.«
»Gibt's dafür einen bestimmten Typ?«
»Junge Leute, die mit dem Leben nichts anzufangen wissen, die an nichts mehr Spaß haben, sich langweilen, mit ihren Schwierigkeiten nicht fertig werden, sich aufgeben. Aber das alles trifft auf deine Tochter nicht zu. Sie ist ein unverschämtes Biest, aber sie ist eher eine Kämpferin.«
»Trotzdem, Hans. Sie wäre dazu imstande. Nur um mich zu strafen.«
»Laß sie doch ruhig ein bißchen haschen.«
»Die haut sich auch eine Spritze Heroin hinein. Unter dem Motto: Mutter ist schuld.«
Er lachte.
»Du findest das auch noch komisch?«
»Ich hab nun mal was übrig für Schwarzen Humor. Aber Donnerstag kommst du? Ich kann mich drauf verlassen?«
»Sie wird beleidigt sein, daß du keine dritte Karte besorgt hast.«
»Sag ihr, es wäre unmöglich gewesen. Die Vorstellung ist völlig ausverkauft.«
Als Roberta nach Hause kam, war sie gestreßt, wie meist nach der Schule – oder sie tat auch nur so, um bemitleidet und bewundert zu werden. Aber sie schien gut gelaunt und plauderte munter drauflos, Freundinnen, Klassenkameraden und Lehrer schonungslos und spöttisch kritisierend.
Julia übernahm die Rolle der Vertrauensperson, gab

sich interessiert, versuchte ihr Urteil zu mildern und mußte doch über ihre Bosheiten lachen. Es fiel ihr schwer, aber sie wartete, bis die Schulaufgaben erledigt waren, bevor sie auf ihr eigenes Thema zu sprechen kam.

»Hans hat angerufen«, begann sie.

Sofort setzte Roberta eine süffisante Miene auf. »Wie reizend von ihm.«

»Er hat zwei Karten für die Oper besorgt.«

»Für uns?« fragte Roberta, nicht gerade begeistert.

»Nein. Für mich und für ihn.«

Erst jetzt war das Mädchen alarmiert. »Und mich wollt ihr nicht mitnehmen?«

»Er hat nur mit Mühe und Not diese beiden Karten bekommen, und du machst dir doch gar nichts aus Musik.«

»Wie kannst du das behaupten?«

»Du hast mich doch noch nie in ein Konzert begleitet.«

»Oper ist doch was anderes. Da gibt es was zu sehen, Handlung ... Doch, ich möchte unbedingt mit. Was für eine Oper ist es denn?«

»Der ›Rosenkavalier‹ von Richard Strauss.«

»In den wollte ich immer schon mal gehen.«

»Robsy«, sagte Julia leichthin, »das wirst du auch, ganz bestimmt. Du wirst noch so oft Gelegenheit haben ...«

»Ich lasse mich nicht einfach abschieben!«

»Davon kann keine Rede sein. Ich sagte dir doch, er hat nur zwei Karten kriegen können. Die Vorstellung ist völlig ausverkauft.«

»Das wollen wir doch mal sehen!« Roberta sprang auf und lief in die Diele hinaus. Als Julia ihr nachkam, hatte sie den Telefonhörer schon in der Hand.

»Willst du beim Nationaltheater anrufen? Das kannst du dir sparen. Hans schwindelt nicht.«

»Ich rufe ihn an.«

»Ach so.« Julia wäre gern geblieben und hätte zugehört, aber sie erinnerte sich, wie sehr es ihr selber auf die Nerven ging, wenn Roberta ihre Telefonate mithörte. Also zog sie sich in die Küche zurück, um die Vorbereitungen für das Abendessen zu treffen, und schloß die Tür hinter sich.

Aber einige Satzfetzen drangen doch zu ihr: »Aber du mußt ... es muß einfach möglich sein ... Wenn du nur willst ... bitte, bitte ... Sei nicht so gemein ...« Das Gespräch dauerte – Julia sah immer wieder auf die Uhr – eine gute Viertelstunde. Dann kam Roberta in die Küche, mit strahlender Siegermiene. »Er wird's möglich machen!« verkündete sie.

»Tatsächlich?«

»Ja. Weißt du, die Portiers der großen Hotels haben immer Karten in Reserve. Die kosten dann ein paar Mark mehr, aber was macht das schon.«

»Du mußt es ja nicht bezahlen.«

»Aber, Julia, freust du dich denn gar nicht?«

Um Robertas Gefühle nicht zu verletzen, war sie wieder einmal nahe daran zu heucheln, erklärte dann aber: »Um die Wahrheit zu sagen: Nein. Ich wäre gerne mal mit Hans allein ausgegangen.«

»Glaubst du, es ist lustig, hier allein herumzuhängen, während ihr euch amüsiert?«

»Nicht ein einziges Mal kannst du für mich auf etwas verzichten?«

»Warum sollte ich?«

»Mir zuliebe.«

»Du tust es ja auch nicht. Du hast keinen Augenblick an mich gedacht, als du Hans eingeredet hast ...«

»Das habe ich gar nicht!«

Roberta überschrie ihre Mutter. »... nur zwei Karten zu besorgen!«

»Das ist einfach nicht wahr! Es war seine Idee . . .«

»Seine Idee, mich loszuwerden? Nein, das glaube ich nicht. Die Idee ist von dir gekommen! Ach, das sieht dir ja so ähnlich. Karten sind also genug da, aber du hattest diese grandiose Idee!«

»Nein, nein, es war ganz anders!«

»Und wieso erklärt er mir jetzt, daß er noch eine dritte Karte auftreiben wird?«

»Das weiß ich nicht.«

»Wahrscheinlich hatte er von Anfang an drei Karten, und du hast ihm eingeredet . . .«

»Nein!«

»Na, wir werden ja sehen.«

Versöhnlich legte Julia ihrer Tochter die Hand um die Schulter. »Bitte, Robsy, glaub mir doch!«

Roberta wehrte sich nicht gegen den zärtlichen Griff, sah Julia aber aus zusammengekniffenen Augen böse an. »Was? Daß es nicht dein Einfall war? Glaubst du, das macht die Sache sehr viel besser? Wenn du mich wirklich so lieb hättest, wie du immer behauptest, dann hättest du ihn gedrängt, eine dritte Karte zu besorgen!« Julia ließ ihre Hand sinken. »Ach, Robsy, das habe ich dir doch schon erklärt, und du weißt es überdies selber ganz genau. Du warst doch auch schon mal verliebt. Wie hätte es dir da gepaßt, wenn ich immer hätte dabeisein wollen?«

»Das war was ganz anderes.«

Julia seufzte.

»Du mochtest Tobby nicht. Du hast ihn von Anfang an abgelehnt, und das hat er natürlich gespürt. Wenn du nicht so zu ihm gewesen wärst, wäre wahrscheinlich sogar alles anders gekommen.«

»Was fantasierst du dir da jetzt zusammen? Das kann doch nicht dein Ernst sein?«

»Wer will schon eine Schwiegermutter, die einen nicht leiden kann? Aber lassen wir die alten Geschichten. Ich bin froh, daß ich Tobby nicht geheiratet habe. Er war ja wirklich nur ein grüner Junge.«

»Gut, daß du das wenigstens zugibst. Also habe ich dir doch nicht dein Lebensglück zerstört.«

»Aber zwischen dir und mir und Hans liegen die Dinge doch ganz anders. Ich mag ihn, und er mag mich auch. Sehr sogar. Vielleicht mehr als dich.«

Nach dieser Eröffnung sah Julia ihre Tochter einen Augenblick sprachlos an.

»Wußtest du das etwa nicht?« fragte Roberta lächelnd.

»Du mußt verrückt sein, so etwas zu behaupten.«

»Nein, du bist verrückt! Zu glauben, daß ein so junger Mann dich lieben könnte.«

»So jung ist er ja gar nicht mehr.«

»Jedenfalls Jahre jünger als du. Es ist doch nur natürlich, daß er sich mehr zu mir hingezogen fühlt.«

Julia lachte, merkte aber selber, daß es hohl klang. »Dann hätte ich wohl besser daran getan, euch beide zusammen in die Oper zu schicken und selber zu Hause zu bleiben?«

»Aber wieso denn? Wir verstehen uns doch gut zu dritt.«

»Sehr edel von dir, das zuzugeben.«

»Ich habe doch von Anfang an nichts anderes sagen wollen. Wenn du mich nicht auszuschalten versuchst, tue ich es auch nicht.«

»Obwohl er dich lieber hat als mich?«

»Das weiß er wahrscheinlich selber noch nicht. Man muß ihm Zeit lassen.«

»Er wird sich totlachen, wenn ich ihm das erzähle.«

»Das wirst du nicht«, erklärte Roberta sehr ruhig.

»Kannst du mir einen einzigen Grund nennen, warum ich es für mich behalten sollte?«

»Weil es gefährlich ist, schlafende Hunde zu wekken.«

Zum ersten Mal stieg in Julia eine Ahnung auf, daß Robertas Eifersucht nicht nur ihr galt, die sie zu verlieren fürchtete, sondern vielleicht sogar mehr Johannes Herder, den sie erobern wollte. Aber sie verwarf diesen Gedanken sofort, denn die Vorstellung, daß die eigene Tochter ihr den Freund auszuspannen versuchte, erschien ihr denn doch zu ungeheuerlich.

Mutter und Tochter fuhren am Nachmittag mit dem Zug nach München, und Johannes Herder holte sie am Hauptbahnhof ab. Er nahm zuerst Julia in die Arme, danach, wenn auch flüchtiger, Roberta. Er hatte das immer so gehalten, aber erst jetzt störte es Julia. Sie fand, daß er sich dem Mädchen gegenüber ein wenig zurückhaltender hätte verhalten sollen, ließ es sich aber nicht anmerken.

Er fuhr mit den beiden Frauen in die Innenstadt, stellte sein Auto in die Tiefgarage am Max-Joseph-Platz unter und brachte sie dann zu Fuß zum *Hotel Vier Jahreszeiten*. An der Garderobe wechselten Julia und Roberta die Schuhe. Es war immer noch sehr kalt, deshalb hatten sie unterwegs Stiefel getragen und ihre Pumps in einer leichten Segeltuchtasche mitgenommen.

Mutter und Tochter hatten sich sehr schön gemacht. Roberta hatte sich, wie es ihrem Geschmack entsprach, auffallend geschminkt, aber auch Julia hatte Lidschatten, Wimperntusche und Lippenrot benutzt, ja, sich sogar ein wenig Rouge auf die Wangen gelegt. Sie trug ein Kleid aus brauner Seide, Roberta ein blau-rot schillerndes, fast durchsichtig wirkendes Gewand. Johannes Herder bewunderte beide gebührend und erklärte, wie stolz er sich fühlte, sich mit ihnen sehen lassen zu dürfen.

Julia nahm seine Schmeicheleien mit lächelnder Skepsis entgegen – sie war sicher, daß er sehr viel elegantere und auffallendere Frauen kannte –, aber Roberta strahlte bei seinen Worten auf und drehte sich vor ihm wie ein Mannequin. Die Garderobiere schmunzelte, und Julia fragte sich, was sie wohl denken mochte, fand aber selber ihr Interesse an der Meinung anderer Leute spießig.

Roberta hakte sich bei Johannes Herder ein, als sie zur Bar gingen, und Julia blieb nichts anderes übrig, als einen Schritt hinter den beiden herzutrotten. Unwillkürlich stellte sie fest, daß Roberta nur einen halben Kopf kleiner war als er, und sie gut zueinander paßten, jedenfalls von hinten.

Am Eingang der schummrigen Bar löste er sich von dem Mädchen, sah sich nach einem freien Tisch um, ließ Roberta stehen, nahm Julia bei der Hand und führte sie hinein.

Die Bar war voll besetzt, das Publikum durchweg gepflegt. Schlanke, livrierte Kellner eilten von Tisch zu Tisch, servierten Drinks und Schälchen mit Oliven und Salzmandeln.

Roberta genoß die Atmosphäre. »Ich bin ja so froh, Hans«, sagte sie und legte wie zufällig die Hand auf seinen Arm, »daß du doch noch eine dritte Karte bekommen hast.«

»Sei nur nicht enttäuscht«, erwiderte er mit verhaltenem Spott, »es gab nur noch Platz im zweiten Rang.«

»Ich sitze nicht bei euch?« Roberta zog enttäuscht ihre Hand zurück.

»Das hat sich leider nicht machen lassen.«

»Du hättest von Anfang an auf drei Karten bestehen sollen.«

»Ich wußte gar nicht, daß du ein solcher Opernfan bist.«

»War ich bisher auch nicht. Aber man muß sich doch entwickeln.«

»Ein kluges Wort.«

»Vielleicht könnten wir in den Pausen tauschen?«

Weder Johannes Herder noch Julia hatten die Absicht, auf diesen Vorschlag einzugehen, und zum Glück kam in diesem Augenblick der Kellner, fragte nach ihren Wünschen und enthob sie so einer Antwort. Johannes Herder bestellte zwei Gin Tonic für sich und Julia, für Roberta nur ein Tonic.

»Keinen Gin für mich?« schmollte sie. »Ich bin kein Kind mehr, Hans.«

»Zum Essen kriegst du ein oder zwei Glas Wein, das sollte genügen.«

»Du hättest mich wenigstens fragen können«, meinte Roberta, verzichtete aber darauf, auf ihrem Wunsch zu bestehen, denn sie wußte aus Erfahrung, daß sie, wenn sie etwas Starkes trank, rote Flecken im Gesicht bekam, und sie wollte doch so schön wie nur möglich sein.

Johannes Herder wechselte das Thema. »Es dauert nicht mehr lange, dann haben wir Frühling«, sagte er.

»Davon merkt man im Moment noch nichts.«

»Aber man weiß es«, erwiderte er lächelnd, »und wenn ich mich recht erinnere, hatten wir dir zum Frühjahr ein neues Mofa versprochen.«

»Oh, das brauche ich nicht mehr.«

Julia und Johannes Herder waren überrascht.

»Das heißt«, sagte Roberta, »wenn du mir das Geld geben könntest, Hans, wäre es riesig.«

»Noch bin ich es, die für deine Bedürfnisse aufkommt«, sagte Julia, und es klang schärfer, als es beabsichtigt war.

»Wenn er es mir aber doch zahlen will? Sei froh, daß du was sparen kannst.«

»Wofür brauchst du denn das Geld?« fragte er.

»Fahrstunden! Mit achtzehn will ich meinen Führerschein machen.«

»Das höre ich zum erstenmal«, sagte Julia.

»Aber das ist doch selbstverständlich. Jeder Mensch macht heute mit achtzehn den Führerschein. Ralph doch auch.«

Johannes Herder grinste. »Und als nächstes kommt dann das eigene Auto?«

»Brauche ich gar nicht. Ich nehme einfach Ralphs Kiste. Der kann sie ja doch nicht auf seine Reisen mitnehmen.«

Er blickte Julia fragend und ein wenig vorwurfsvoll an, und sie beeilte sich, ihm die veränderte Situation zu erklären.

»Warum erfahre ich das erst jetzt?« fragte er.

»Ist es dir nicht recht?«

»Du kannst dich deinen Kindern gegenüber verhalten, wie du magst, aber ich finde, du hättest es mir erzählen sollen.«

»Ich bin nicht dazu gekommen. Es ergab sich irgendwie keine Gelegenheit.«

»Wahrscheinlich hatte Julia Angst, daß du Einspruch erheben könntest«, sagte Roberta zuckersüß.

Der Kellner brachte die Getränke.

»Red keinen Unsinn«, wies Johannes Herder das Mädchen zurecht, »deine Mutter ist ein freier Mensch. Sie kann tun und lassen, was sie will, und ganz besonders, was ihre Kinder betrifft.«

Roberta nuckelte an ihrem Strohhalm und sah ihn von unten herauf an. »Aber jetzt kannst du nicht mehr in Ralphs Zimmer ziehen.«

»Diesen Plan haben wir ohnehin längst ad acta gelegt.«

»Dann braucht ihr euch doch auch nicht zu streiten!«

»Es tut mir leid, Hans«, sagte Julia, »ich sehe ein, ich hätte es dir gleich sagen sollen.«

»So wichtig ist es ja nicht!« Er hob sein Glas. »Trinken wir auf unsere Liebe! Cheerio!«

Sie stießen an. Roberta trank nicht mit.

»Ob Ralph so ohne weiteres damit einverstanden sein wird, daß du seinen Wagen benutzt?« fragte Julia.

»Das werd ich ihm schon beibiegen«, erklärte Roberta voller Zuversicht.

Als die anderen schwiegen – das Bedürfnis, miteinander allein zu sein, überfiel Julia und Johannes Herder in diesem Augenblick übermächtig und raubte ihnen die Sprache –, fragte sie irritiert: »Ihr seid doch damit einverstanden?«

»Warum denn nicht?« fragte er, und seine Stimme klang rauh.

»Es wäre doch auch nur gut für euch! Ich könnte Julia dann viel leichter mal nach München fahren.«

Er faßte unter dem Tisch nach Julias Hand und drückte sie heftig.

»Und auch ich würde dann viel freier sein«, fuhr Roberta fort, »ohne Auto ist man doch heutzutage nur ein halber Mensch.«

»Natürlich bezahle ich dir deine Fahrstunden«, sagte Julia mühsam.

»Ich hätte das Geld lieber von Hans.«

»Das versteh ich nicht.«

»Dir bin ich doch sowieso schon verpflichtet. Hans kann ruhig mal was für mich tun.«

»Noch bin ich nicht dein Stiefvater.«

Roberta lachte. »Und wirst es auch nie werden! Als Stiefvater kann ich mir dich nicht vorstellen. Aber du bist doch mein Freund.«

Sie merkte, daß sie zu weit gegangen war, und fügte hastig hinzu: »Unser Freund, meine ich, und du verdienst ja auch genügend Zaster, jedenfalls tust du so.«

»Es spielt gar keine Rolle, wie viel oder wie wenig Hans verdient«, sagte Julia, »ich bin deine Mutter, und ich komme für deine Ausgaben auf.«

»Aber Ralph durfte sich von Doktor Klinger aushalten lassen?«

»Von ›aushalten lassen‹ kann keine Rede sein. Ralph hat immer selbst verdient.«

»Aber du wirst doch zugeben, daß auch Doktor Klinger einiges für ihn getan hat.«

»Das habe ich immer für falsch gehalten, und daraus habe ich auch nie ein Hehl gemacht.«

»Aber du hast nicht protestiert wie bei mir!«

»Doktor Klinger ist ja auch nicht mein Freund.«

»Also das macht den Unterschied? Daß du Hans für dich in Beschlag nehmen willst?«

»Nun aber mal sachte!« mahnte er. »Die Leute von den Nebentischen gucken schon zu uns herüber. Wir wollen doch kein Aufsehen erregen.«

»Die Leute, immer die Leute! Was gehen die uns an? Du bist genau wie Julia!«

»Kann schon sein«, sagte er, beugte sich zu Julia und gab ihr einen raschen Kuß auf die Wange, »deshalb passen wir ja auch so gut zusammen.«

»Ihr seid ekelhaft!«

»Mir scheint, wir hätten dich doch zu Hause lassen sollen, wie ich es anfangs vorgehabt habe.«

Roberta zuckte zusammen, wollte aufbegehren, besann sich dann aber eines Besseren und lenkte ein. »Seid mir nicht böse, ich hab's nicht so gemeint. Es ist bloß mein Temperament, das mit mir durchgeht. Manchmal weiß ich gar nicht mehr, was ich sage.«

»Dann solltest du dir angewöhnen, bis zehn zu zählen, bevor du den Mund aufmachst.«

Sie schenkte ihm ein verschwörerisches Lächeln. »Werd ich in Zukunft tun. Danke für den Rat! Mal sehen, was dabei herauskommt.«

»Schlechter«, sagte Julia, »kann dein Benehmen unmöglich werden.«

Roberta schoß ihrer Mutter einen wütenden Blick

zu, senkte dann aber die Lider und sagte gepreßt: »Deine Erziehung.«

Johannes Herder drückte seinen Begleiterinnen links und rechts eine Hand auf das Knie und mahnte: »Nun aber friedlich, meine Damen, ganz friedlich! Wir wollen doch einen schönen Abend miteinander verbringen.«

Julia fühlte sich zu unrecht getadelt und schwieg.

Roberta hatte ganz schnell ihre Hand auf die des Mannes gelegt. »Ich wollte dich nicht ärgern, Hans«, sagte sie mit einem entwaffnenden Lächeln, »wirklich nicht.« Sie beobachtete ihn unter ihren künstlich verlängerten Wimpern her und stellte mit Genugtuung fest, daß er verlegen wurde.

»Schon gut«, sagte er und zog seine Hände zurück.

»Wir sollten austrinken und zahlen«, schlug Julia vor und verriet mit keiner Miene, daß sie das kleine Zwischenspiel bemerkt hatte.

»Eine gute Idee.« Johannes Herder winkte dem Kellner. »Ich habe einen Tisch im *Walterspiel* bestellt. Wir wollen doch noch in aller Ruhe essen.«

Während der exzellenten kleinen Mahlzeit – alle drei hatten sich für eine klare Suppe mit Morcheln und für Hummer Americaine entschieden – fiel kein böses oder gar lautes Wort. Außenstehende mußten sie für eine glückliche kleine Familie halten. Aber Julia fühlte nur zu deutlich, daß der Friede nur gewahrt blieb, weil jeder vermied, ein persönliches Thema anzuschneiden. Sie fragte sich, ob auch Johannes Herder das Gezwungene der Unterhaltung spürte und darunter litt wie sie. Roberta traute sie nicht genügend Feingefühl zu, um sich der unnatürlichen Situation bewußt zu werden. Als sie endlich aufbrachen – für ein Dessert blieb keine Zeit mehr –, war sie erleichtert.

Der Bürgersteig der Maximilianstraße war stellenweise leicht vereist, so daß es nur natürlich war, daß sich die beiden Frauen links und rechts bei Johannes Herder einhängten. Roberta trug die Tasche mit den Stiefeln. Sie lachte viel und unbefangen und gab sich ein wenig beschwipst. Julia war dankbar, daß er auf ihre Neckereien nicht einging.

Auch Roberta fiel es endlich auf. »Mann, bist du stur!« beschwerte sie sich. »Was hast du nur?«

»Ich bereite mich auf die Oper vor«, behauptete er und steckte zärtlich seinen Zeigefinger in Julias Handschuh.

»Wieso denn das?«

»Weil man ein Kunstwerk nur würdigen kann, wenn man in der richtigen Stimmung ist.«

»Ach so«, sagte Roberta, ein wenig ernüchtert.

Bis zum Nationaltheater waren es nur wenige hundert Meter. Als sie vor dem in alter Pracht wieder errichteten Gebäude ankamen, strömten schon die Besucher über die breite Freitreppe ins Haus. Drinnen summte ein gedämpftes, aber dennoch erregendes Stimmengewirr. Wolken von Parfüm schwängerten die Luft. Viele Damen waren in langen Abendkleidern erschienen, und manche trugen so viel Schmuck, wie sie nur eben hatten unterbringen können.

Roberta war beeindruckt. »Ein toller Haufen!« sagte sie, als Johannes Herder ihrer Mutter und ihr aus den Mänteln geholfen hatte. »Gut, daß wir Zeit haben, uns noch etwas umzusehen.«

»Das kannst du tun«, sagte Johannes Herder, »aber achte auf das Klingeln. Beim dritten Mal mußt du auf deinem Platz sitzen, sonst kommst du nicht mehr rein.« Er gab ihr ihre Karte.

»Und ihr?«

»Wir suchen schon mal unsere Plätze.«

»Warum?«

Statt ihr zu antworten, lächelte er ihr nur zu. »Bis

zur Pause dann. Wir treffen uns hier, an der gleichen Stelle.« Er reichte Julia den Arm und führte sie fort.

»Das war hart«, sagte Julia.

»Anders versteht sie es nicht.«

»Warum hast du ihr überhaupt eine Karte besorgt?«

»Warum, warum? Du kennst sie doch. Sie hat mich derart belatschert . . .«

Julia lachte. »Und mir wirfst du vor, daß ich nicht mit ihr fertigwerde.«

»Nie mehr, Julia, das schwöre ich dir. Sie ist wirklich ein zäher Brocken.«

»Sie bildet sich ein, du hättest sie lieber als mich.«

Unwillkürlich blieb er stehen. »Das kann sie doch nicht glauben!«

»Jedenfalls hat sie es mir gesagt.«

»Nur um dich zu ärgern.«

»Ich weiß nicht, Hans.« Mit Überwindung fügte sie hinzu: »Ich fürchte, sie ist ein wenig verknallt in dich.«

»Ist sie nicht.« Er legte seine Hand unter ihren Ellbogen und führte sie weiter. »Aber sie würde mich dir liebend gern ausspannen, das habe ich dir schon einmal gesagt.«

»Also doch!«

»Nein, Julia. Versteh das richtig. Sie macht sich nicht wirklich etwas aus mir, sie möchte dir nur beweisen, daß auf mich kein Verlaß ist, daß ich dich nicht liebe. Dann hätte sie dich wieder ganz für sich. Natürlich nur, bis sie selber einen Freund gefunden hat. Dann kannst du sehen, wo du bleibst.«

»So egoistisch kann sie doch nicht sein.«

»Verlaß dich drauf, sie ist es. Jetzt hör mal, Julia, ich glaube, ich habe eine Idee . . . lassen wir doch den *Rosenkavalier* Rosenkavalier sein und verdrücken uns, ja?«

»Und Robsy?«

»Sie wird denken, daß wir uns in der Pause verpaßt haben.«

»Aber sie kann vom Rang aus sehen, ob wir im Parkett sitzen oder nicht.«

»Stimmt. Schade. Daran habe ich nicht gedacht.«

»Sie würde sich in ein Taxi werfen und zu deiner Wohnung fahren.«

»Du hast recht. Arme Julia.«

»Wir beiden Armen.«

»Wahrscheinlich leide ich mehr als du«, gab er zu, »denn du bist es gewöhnt, und ich war bisher ein freier Mann.«

»Es wird vorübergehen«, sagte Julia, »wir brauchen nur Geduld.«

Sie hatten den Zuschauerraum erreicht, nahmen ihre Plätze ein und sprachen leise miteinander, während das Haus sich füllte.

Die Musiker kamen einer nach dem anderen in den Orchestergraben, und das Stimmen der Instrumente erzeugte jene erregende Erwartung, die Julia so sehr liebte. Sie ergriff die Hand ihres Freundes, fühlte seinen warmen, festen Druck und atmete tief durch. Der Dirigent trat zum Pult und nahm, sich verbeugend, Beifall entgegen. Die Lichter erloschen. Das stürmische Orchestervorspiel ergriff Julia und riß sie mit, hinaus aus der Enge ihres kleinen Lebens und ihrer alltäglichen Not. Sie spürte das Geheimnis einer großen Leidenschaft.

Dann ging der Vorhang auf und enthüllte das reiche Boudoir der Marschallin. Nicht mehr ganz jung und doch sehr schön, beherrschte sie die Szene und ihren jungen Freund Quinquin. Julia hatte die Oper seit Jahren nicht mehr gesehen, und es war ihr, als würde sie jetzt erst diese Frau und ihre Beziehung zu dem so viel jüngeren Liebhaber ganz verstehen, die lächelnde Weisheit, mit der sie seine Ovationen entgegennahm, und in der doch schon der unvermeidliche Schmerz der Trennung vorgezeichnet war. Sie lauschte und beobachtete hingerissen, und als die Sängerin ihren Monolog über das unerbittliche Schicksal des Alterns vortrug, schnitt es ihr mitten ins Herz.

»Tränen?« fragte Johannes Herder erstaunt und leicht belustigt, als es wieder hell im Zuschauerraum wurde; er nahm sein Taschentuch und betupfte ihr behutsam die Wangen.

»Es war so ... ergreifend!« sagte sie, während um sie herum der Beifall tobte.

»Der *Rosenkavalier* ist eine Komödie«, erinnerte er sie lächelnd, »eine musikalische Komödie.«

»Trotzdem ... mich hat's ergriffen.« Während sie sich langsam durch die Reihe dem Ausgang zuschoben, fragte sie: »Wie alt wird sie wohl sein, die Marschallin? Wie alt hat Hofmansthal sie sich gedacht?«

»Dreißig, nehme ich an.«

»Was?« fragte sie überrascht. »Aber das ist doch noch jung.«

»Damals nicht. Damals starben die Leute ja auch viel früher als heute.«

»Dann steht's mir also noch bevor, daß Gott mich zusehen läßt, wie ich alt werde.«

Er küßte sie rasch in den Nacken. »Du wirst eine wunderschöne alte Dame werden, Liebling!«

Roberta war gar nicht ergriffen. »So ein Quatsch!« sagte sie. »Ich finde es einfach blöd, daß ein Mädchen einen Mann spielt! Dieser Quinquin ist doch ein Mädchen, nicht wahr? Und daß er ... nein, daß sie sich dann auch noch als Zofe verkleidet und also einen Jungen spielen muß, der ein Mädchen darstellt.«

»Das ist höchst raffiniert«, sagte Johannes Herder.

Aber Roberta beharrte: »Wenn der Quinquin wenigstens ein Mann wäre ...«

»Richard Strauss brauchte die Mädchenstimme«, sagte Julia, »einen lyrischen Alt oder einen Mezzosopran.«

»Davon versteh ich nichts«, gab Roberta zu.

»Scheint mir auch so«, sagte Johannes Herder und zupfte sie am Haar. Unwillig wendete sie den Kopf. »Außerdem finde ich es scheußlich, wenn man sich vorstellt, daß dieser nachgemachte Junge mit der alten Scharteke geschlafen hat!«

Obwohl sie kein Echo fand und Julia nicht einmal Lust hatte, ihr zu widersprechen, zog Roberta weiter über das Stück her und gab sich erst zufrieden, als Johannes Herder ihr Vanilleeis mit heißer Himbeersauce vom reichhaltigen *Käfer*-Buffet besorgt hatte. Julia und er tranken einen Cognac.

»Vielleicht«, sagte Roberta, während sie sich die Lippen leckte, »bekomme ich es auch von da oben gar nicht richtig mit.«

Weder Julia noch Johannes erkundigten sich, was sie damit meinte.

Roberta ließ sich nicht entmutigen. »Im Parkett hat man bestimmt einen ganz anderen Eindruck.«

»Nein«, sagte Julia, »das glaube ich nicht. Ich habe viele Opern vom Rang aus gesehen, als junges Mädchen sogar vom Stehplatz.«

»Trotzdem finde ich, wir sollten mal tauschen.« Da sie keine Antwort bekam, wandte sie sich direkt an ihre Mutter. »Da dir's nichts ausmacht, kannst du dich doch mal nach oben setzen.«

»Kommt nicht in Frage«, erklärte Johannes Herder kurz und bündig.

»Dann tausch du doch mit mir! Sonst spielst du immer den großen Kavalier . . .«

»Nein«, sagte Julia, »und jetzt hör auf damit. Du kannst froh sein, daß wir dich überhaupt mitgenommen haben.«

Sie blieben hart, aber es war nicht einfach. Julia und Johannes Herder waren froh, als die Klingel sie wieder in den Zuschauerraum zurückrief.

In der zweiten Pause wurde Roberta noch massiver. »Wenn jetzt nicht einer von euch mit mir tauscht, dann gehe ich!« erklärte sie. »Es ist mir einfach zu blöd, da oben mutterseelenallein rumzusitzen.«

»Mutterseelenallein!« neckte Johannes Herder sie. »Unter Hunderten von Menschen! Das bringst auch nur du fertig.«

»Bitte, bitte, Julia, tausch doch mit mir! Was macht's dir denn schon aus!«

Julia war drauf und dran nachzugeben, aber ein Blick aus Johannes Herders Augen machte ihr deutlich, daß sie nicht mit seinem Verständnis rechnen konnte. »Nein!« sagte sie und klammerte sich an seine Hand.

»Dann gehe ich!«

»Ganz wie du willst!« sagte Johannes Herder. »Komm, holen wir deine Garderobe.«

»Ihr wollt mich loswerden!«

»Nein. Du bist es, die gehen will. Fahr ruhig schon mal nach Hause. Ich spendiere dir auch das Geld für ein Taxi zum Bahnhof.«

»Das könnte dir so passen!«

»Was ist denn nun? Entweder Hü oder Hot.«

»Wenn ich schon nach Hause fahren soll, dann kommt Julia mit.«

»Tut sie nicht.«

»Warum auch?« sagte Julia. »Ich bleibe bis zum Ende.«

»Da du dich zu langweilen scheinst, mache ich dir einen Vorschlag zur Güte, Robsy«, sagte Johannes Herder, »warte gegenüber auf uns im *Spatenhaus.* Nach der Vorstellung holen wir dich dort ab.«

Damit zeigte sich Roberta, wenn auch murrend, einverstanden. Sie hatte den Opernbesuch tatsächlich als Strapaze empfunden, und da sie die Mutter und ihren Geliebten nicht hatte auseinanderbringen können, war sie erleichtert, daß ihr wenigstens der Rest erspart blieb.

Als Johannes Herder ihr an der Garderobe in den Mantel half, sagte sie: »Du nimmst zu viel Rücksicht auf Julia.«

»Kann ich nicht finden.«

»Wenn du ihr zugeredet hättest, hätte sie bestimmt mit mir getauscht.«

»Warum sollte ich?«

Sie blickte ihn mit großem Augenaufschlag an. »Ich weiß, wie gerne du neben mir gesessen hättest!«

»Das ist ein gewaltiger Irrtum, mein Mädchen! Also dann, bis nachher! Mit den Schuhen kommst du wohl allein zurecht.« Er eilte davon.

Roberta lächelte zufrieden in sich hinein. Sie fand, daß ihre Behauptung ihn verwirrt hatte, und das war schon etwas wert. Eines Tages, dessen war sie sicher, würde er schon darauf kommen, daß Julia zu alt für ihn war.

Die Zeit, so glaubte sie, arbeitete gegen ihre Mutter und für sie.

Julia konnte sich während des dritten Aufzugs weder auf die Musik noch auf die Handlung konzentrieren; sie konnte ihre Gedanken nicht von Roberta lösen, die jetzt allein im Wirtshaus saß – wenn sie überhaupt dorthin gegangen war. Es war dem Mädchen durchaus zuzutrauen, daß sie nach Schwabing gefahren war, und wenn auch nur, um sie zu ängstigen.

Johannes Herder hätte sie ausgelacht, wenn er von ihren Ängsten erfahren hätte, und das Bewußtsein, daß er sie nicht verstehen konnte, verstärkte noch Julias Qual. Es war ihr, als könnten die gespenstischen

Karnevalsgestalten, die in dem Wiener Vorstadtbeisel aus ihren Verstecken unter ohrenbetäubendem musikalischem Lärm hervorbrachen, den lüsternen Baron nicht so sehr verspotten und erschrecken, wie sie selber. Am liebsten hätte sie Augen und Ohren verschlossen und sich weit weg gewünscht. Im endgültigen Verzicht der Marschallin auf ihre Liebe lag für sie auch kein Trost. Als der Vorhang sich senkte, fühlte sie sich wie erschlagen.

»Bitte, laß uns gehen!« bat sie, noch bevor der Beifall aufbrandete.

»So bald es möglich ist«, versprach er.

Aber sie mußten abwarten, bis der Sturm der Begeisterung sich ein wenig gelegt hatte und die ersten Zuschauer ihre Plätze verließen. Dann drängten auch sie hinaus, obwohl sie damit den Unwillen einiger Unentwegter auf sich zogen. In ihrer Garderobe nahm sie sich nicht einmal Zeit, ihre Stiefel anzuziehen.

»Das mache ich später«, sagte sie mit einem entschuldigenden, leicht verkrampften Lächeln, »wir können doch durch die Garage gehen.«

Er durchschaute sie. »Julia, Julia, wann wirst du endlich gescheit?«

»Du hast nie Kinder gehabt«, verteidigte sie sich.

»Aber eine Mutter! Und wenn die sich, als ich siebzehn war, so um mich gesorgt hätte, wäre ich auf und davon gegangen, verlaß dich drauf.«

»Du warst ein Junge. Ralph habe ich ja auch ziehen lassen.«

»Aber nach was für Kämpfen.«

»Du hast es doch gar nicht miterlebt.«

»Trotzdem kann ich es mir lebhaft vorstellen.«

»Du irrst dich vollkommen.« Julia konnte kaum an sich halten, ihm ins Tiefgeschoß vorauszueilen.

Er zog ihre Hand durch die Beuge seines Armes, und sie war dankbar, daß er große Schritte machte.

»Wollen wir wetten, daß wir sie ganz unbeschadet vorfinden?« schlug er vor.

»Über so was wette ich nicht.«

»Na schön, wenn sie da ist, zahlst du mir nichts, wenn sie nicht da ist, spendiere ich eine Flasche Champagner.«

»Das wäre ein schöner Trost!« sagte sie mit einem Seitenblick auf sein Gesicht, dessen heitere Gelassenheit sie aufregte.

»Guck mich nicht so an wie eine gereizte Löwenmutter!« sagte er und zog sie enger an sich. »Ich bin ganz, ganz sicher, daß alles in Ordnung ist.«

Das *Spatenhaus* war sehr viel voller, als Roberta erwartet hatte; auf den ersten Blick schienen alle Tische unter den schönen alten Gewölben besetzt. Nur zögernd war Roberta tiefer in den Raum vorgedrungen und hatte sich schon nach wenigen Schritten vor einer Serviererin mit einem voll beladenen Tablett in Sicherheit bringen müssen.

Sie war stehengeblieben und hatte überlegt. Wenn sie jetzt einfach ging, würde sie Julia einen schönen Schrecken einjagen. Recht geschähe es ihr! Und auch Johannes Herder. Es war seine Idee gewesen, daß sie hier warten sollte. Sie brauchte nur ein anderes Lokal hier in der Nähe zu suchen und erst eine halbe Stunde nach Schluß der Oper in der Tiefgarage auftauchen. Das wäre Strafe genug für die beiden. Die Situation bot ihr selber die schönste Entschuldigung.

Schon wollte sie sich wieder zum Ausgang wenden, als plötzlich ein junger Mann vor ihr stand.

Mit einer leichten Verbeugung fragte er: »Wollen Sie sich nicht zu mir setzen?« und fügte nach diesem forschen Anfang etwas unsicherer hinzu: »Ich meine . . . ich wollte nur sagen, an meinem Tisch ist noch Platz.«

Roberta war zuerst so überrascht, daß sie kein Wort herausbrachte.

»Bitte!« sagte der junge Mann.

Blitzschnell überlegte Roberta, daß es für Julia und für Hans eine vielleicht noch wirkungsvollere Strafe sein würde, wenn sie sie hier nicht brav und allein, sondern in Gesellschaft antreffen würden. Übrigens sah der Mann gar nicht übel aus, schwarzes glattes Haar, blaue Augen, sehr schlank, bestimmt nicht älter als dreißig. Er trug einen korrekten grauen Flanellanzug, der zwar von der Stange kam – als Schwester eines eleganten Bruders hatte sie einen Blick dafür –, aber bestimmt nicht billig gewesen war. »Eigentlich wollte ich gehen«, sagte sie.

»Das habe ich beobachtet«, sagte er lächelnd.

»Ich habe Sie überhaupt nicht gesehen.«

»Kunststück! Ich sitze da drüben ... hinter der Säule.«

Sie zog sich die Handschuhe aus, stopfte sie in die Taschen, nahm ihr Kopftuch ab und ließ sich aus dem Mantel helfen. Der Tisch hinter der Säule auf einem niedrigen Podest war von einer hölzernen Eckbank umgeben, die höchstens für drei Personen Platz bot.

Roberta setzte sich so, daß zwischen ihr und dem Fremden so viel Raum wie möglich blieb.

Er hatte ein halb geleertes Glas vor sich stehen. »Auch ein Bier?« fragte er. »Oder möchten Sie was essen?«

»Ein Bier wäre ganz recht«, sagte sie und hoffte, daß es sich mit dem Eis und den Himbeeren in ihrem Magen vertragen würde, aber sie wußte nicht, was sie sonst hätte zu sich nehmen können.

Dem Mann gelang es, die Kellnerin auf sich aufmerksam zu machen und seine Bestellung aufzugeben. Roberta empfand die Situation als unbehaglich und hielt den Blick auf die hölzerne Tischplatte gerichtet.

»Sie sind mir doch nicht böse, daß ich Sie angesprochen habe?« fragte er.

»Warum sollte ich?«

»Na ja, es gehört sich nicht.«

»Es war sehr freundlich von Ihnen, mir einen Platz anzubieten.«

»Um die Wahrheit zu sagen: Ich habe mich gelangweilt.«

»Warum sind Sie dann nicht einfach nach Hause gegangen?«

»Ich bin verabredet.«

Allmählich erwachte in Roberta fast gegen ihren Willen ein gewisses Interesse. »Hier?« fragte sie.

»Vor dem Theater. Ich muß jemanden abholen.«

»Ach so«, sagte Roberta und konnte nicht verhindern, daß es enttäuscht klang; nun würden Julia und Hans sie wohl doch nicht in männlicher Gesellschaft antreffen.

»Eigentlich hätte ich mit in die Oper gehen sollen«, fuhr der junge Mann fort, »aber das konnte ich mir gerade noch abschminken. Man darf das ja eigentlich nicht laut sagen, weil einen sonst alle Welt für einen Banausen hält. Aber ich hasse dieses Musiktheater.«

»Ich auch.«

»Ist das wahr?«

»Ja. Ich war drin, aber ich bin nach dem zweiten Aufzug abgehauen.«

»Endlich eine verwandte Seele! Jetzt weiß ich, warum Sie mir gleich so sympathisch waren!«

Roberta lachte. »Kennen Sie den *Rosenkavalier*?«

»Hab einiges darüber gehört.«

»Also, ich finde es einfach blöd, daß der Liebhaber von einer Frau gespielt wird. Er ist tatsächlich eine Frau, aber wir sollen denen abnehmen, daß es ein

Mann ist, und dann verkleidet er ... also sie ... sich noch als Zofe Mariandl, und dieser gräßliche alte Baron fällt auch noch drauf herein, was man sehr komisch finden soll, wobei es doch eigentlich gar nicht komisch ist, weil er ja kein er, sondern offensichtlich eine Frau ist.«

»Klingt einigermaßen verwirrend.«

»Ist es auch.«

Die Kellnerin stellte zwei Gläser Helles auf den Tisch und markierte seinen Bierfilz.

»Na, denn Prost!« sagte er. »Für mich gehört ein gutes Bier zu den wahren Genüssen des Lebens!«

»Das Vanilleeis mit heißen Himbeeren war auch nicht schlecht.«

»Sind Sie deshalb in die Oper gegangen?«

»Nein. Ich wollte gern. Ich hatte es mir nicht so grauslich vorgestellt. Schon allein, daß die alles singen und immerzu wiederholen müssen.«

»Jetzt tut's mir direkt leid, daß ich nicht drin war.«

»Aber wieso denn?«

»Dann könnte ich mitreden.«

»Na, Sie haben doch sicher schon mal eine Opernaufnahme gehört ... auf Schallplatte oder Kassette.«

»Eher nein.«

»Woher wollen Sie dann so genau wissen, daß Sie keine Opern mögen?«

»Genau darüber ärgere ich mich ja gerade. Mit Ihnen zusammen hätte es mir vielleicht Spaß gemacht.«

»Dann wären wir sicher schon in der ersten Pause gegangen.« Sie lachten im schönsten Einverständnis.

»Hören Sie mal«, sagte er, »ich glaube, ich sollte mich vorstellen ... Erwin Kirsch, Diplomingenieur.«

»Klingt gut.«

Er zog seine Brieftasche. »Hier ... da haben Sie meine Karte ... rechts steht meine private Telefonnummer. Und wie heißen Sie?«

»Roberta Severin«, sagte Roberta mehr aus Höflichkeit als aus Interesse.

Sie las die Karte und wollte sie ihm wieder zurückgeben.

»Nein, behalten Sie sie, bitte. Vielleicht haben Sie ja mal Lust, mich anzurufen.«

»Ich wohne gar nicht in München.«

»Nicht?«

Sie hatte bis zu diesem Moment nicht vorgehabt, ihm irgend etwas über sich zu erzählen; zu ihrer eigenen Verwunderung tat sie es jetzt aber doch: »Ich wohne in Bad Eysing bei meiner Mutter, und gehe noch zur Schule.«

»Gymnasiastin. Wenn ich das gewußt hätte, hätte ich bestimmt nicht gewagt, Sie anzusprechen.«

»Wieso denn nicht?«

»Na, wissen Sie, so behütete Mädchen . . .«

»Wie kommen Sie darauf, daß ich behütet bin?«

»Sind Sie es nicht?«

»Meine Mutter läßt mir jede Freiheit.«

»Und nutzen Sie sie aus?«

»Nein«, gab sie zu, »das nicht.«

»Bravo!«

»Ich muß mich doch um meine Mutter kümmern. Sie ist sonst ganz allein.«

»Hat sie denn keinen Freund?«

»Das ist es ja gerade. Sie fällt immer auf die falschen Männer herein.«

»Arme Roberta.«

»Sagen Sie lieber: ›Arme Julia‹.«

»Ich denke, Sie heißen Roberta?«

»Julia ist meine Mutter. Sie kann einem wirklich leid tun.«

»Finde ich nicht. Wer eine Tochter hat wie Sie!«

Sie plauderten miteinander wie zwei alte Bekannte, aber eigentlich, empfand Roberta, war es noch schöner, eben weil sie nichts voneinander wußten und sich noch viel zu sagen hatten. Dennoch wurde sie allmählich nervös, weil sie spürte, wie die Zeit verrann. Sie mußte sich zwingen, nicht auf die Uhr zu sehen, weil sie ihn nicht darauf aufmerksam machen wollte, daß es für ihn vielleicht schon Zeit zum Gehen war. Unauffällig behielt sie aber immer die Eingangstür im Blickwinkel.

»Da ist sie!« rief sie plötzlich.

»Wer?«

»Meine Mutter! Sie ist gerade reingekommen!« Sie zerrte an seinem Arm, so daß er sich zu ihr beugte und an der Säule, die die Sicht verdeckte, vorbeischauen konnte.

»Und neben ihr? Ist das der unmögliche Mann?«

»Ja.«

»Sieht aber ganz passabel aus.«

»Aufs Aussehen kommt's doch nicht an, sondern auf den Charakter.«

»Wie wahr.«

»Jetzt suchen sie mich! Merken Sie, wie sie nervös werden?«

»Dann winken Sie sie doch her!« Er stand auf und machte ihr den Platz frei. »Rutschen Sie raus!«

Roberta hätte das Spiel gern noch länger genossen, aber sie sah ein, daß es unmöglich war.

Johannes Herder sah sie zuerst, er stieß Julia an, deren Gesicht vor Erleichterung aufstrahlte, und dann kamen sie beide zu dem kleinen Tisch.

»Das ist Herr Kirsch«, sagte Roberta, »er hat mir Gesellschaft geleistet.«

»Wie nett«, sagte Julia und verbarg ihr Befremden hinter einem Lächeln.

»Ist die Oper etwa schon aus?« fragte Erwin Kirsch alarmiert. »Herrje, dann hab ich mich verplaudert.« Er griff sich seinen Mantel.

»Halb so schlimm«, sagte Johannes Herder, »wir sind mit den ersten raus. Die Unentwegten werden jetzt noch applaudieren.«

»Trotzdem, ich muß . . .« Erwin Kirsch unterbrach sich und wandte sich Roberta zu. »Sehen wir uns wieder, Fräulein Severin?«

»Wer weiß«, erwiderte sie achselzuckend.

Sie sahen ihm nach, wie er die Kellnerin anhielt, zahlte und durch die mit einem schweren Ledervorhang geschützte Tür hinausstürmte.

»Netter Bursche«, sagte Johannes Herder beiläufig, »möchtest du noch etwas trinken, Julia?«

»Sei mir nicht böse, mich zieht's nach Hause.«

»Schade, daß ihr nicht in München übernachtet«, sagte er höflich.

»Machen wir am Wochenende!« stimmte Roberta sofort zu. »Aber morgen früh ist Schule.«

Johannes Herder vergewisserte sich, daß der junge Mann Robertas Bier gezahlt hatte, und dann gingen sie sofort.

Roberta erwartete, daß Johannes Herder sie auf der Fahrt zum Hauptbahnhof mit ihrer Eroberung necken würde. Aber er tat nichts dergleichen; das Thema war ihm zu heiß.

Julia war bestürzt, daß ihre Tochter sich von einem Fremden hatte ansprechen und sogleich einladen lassen. Doch hielt sie es für unklug, ihren Gefühlen Ausdruck zu geben. Die Angelegenheit war ja harmlos genug gewesen, sagte sie sich, und sie wollte zu den ohnehin bestehenden Spannungen keine neuen hinzufügen. Auch war sie ehrlich genug, sich selber zuzugeben, daß sie es als Erleichterung empfinden würde, wenn Roberta sich wieder einmal für einen jungen Mann erwärmt hätte, und sie schämte sich über ihren Egoismus. Noch vor kaum einem Jahr hatte die Vorstellung, daß ihre Tochter sich verliebt hatte, sie sehr bestürzt, und sie hatte alles darangesetzt, sie vor Erfahrungen, guten und bösen, denen sie noch nicht gewachsen gewesen war, zu schützen.

Es war ihr geradezu unheimlich, wie schnell und wie grundlegend sich ihre Einstellung geändert hatte. Lag es daran, daß Roberta inzwischen fast achtzehn war? Der Hauptgrund war – das gestand sie sich selber ein –, daß sie selber frei sein wollte für ihre Liebe. Sie fühlte sich schlecht.

Später saßen sie sich, wie so oft in den vergangenen Jahren, in einem Abteil Erster Klasse gegenüber, während der Eilzug durch die Nacht nach Bad Eysing brauste. Sie waren allein und hatten, um die Augen zu schonen, die Beleuchtung ausgeschaltet. Nur das blaue Notlicht brannte.

»Ich freue mich auf mein Bettchen«, sagte Roberta und kuschelte sich in ihre Ecke.

»Ja, ich auch.«

»Das nächste Mal übernachten wir aber wirklich in München.«

»Ja«, sagte Julia; sie mochte ihrer Tochter nicht erklären, daß sie keine Sehnsucht hatte, eine ähnliche Fahrt nach München allzu bald zu wiederholen.

Roberta wußte sehr wohl, daß sie Julia den Abend verdorben hatte, und suchte nach einer Entschuldigung. »In einem Theaterstück«, sagte sie, »wäre ich bestimmt bis zum Ende geblieben.«

Julia schwieg.

»Ich konnte es nicht länger aushalten, verstehst du das denn nicht? Wenn ich wenigstens mit euch zusammen gesessen hätte!«

»Na, jedenfalls hast du ja auf diese Weise eine Bekanntschaft gemacht!« stellte Julia fest.

»Bist du mir böse deswegen?«

»Ich fand es ein bißchen plötzlich, das ist alles.«

»Aber es war kein anderer Platz frei. Ich wollte schon gehen . . . Wäre das besser gewesen?«

»Nein.«

»Da siehst du.«

Julia schloß die Augen.

»Übrigens . . . er ist Diplomingenieur!«

»Hat er dir das gesagt?«

»Er hat mir seine Karte gegeben.«

»Und hat er deine Adresse?«

»Ich habe ihm meinen Namen gesagt. Und daß wir in Eysing wohnen.«

»Dann wird er dich sicher anrufen.«

»Wie kommst du darauf?«

»Nun, er schien doch sehr angetan.«

»Er vielleicht von mir . . . aber ich nicht von ihm.«

Julia öffnete die Augen. »Hat er dir nicht gefallen?«

»Oh, er war ganz nett. Aber das besagt doch nichts. Es gibt viele ganz nette Menschen, nicht wahr?«

»Ja.«

»Ein bißchen nett sein, ist für mich kein Grund, ihn wiederzusehen . . . falls er sich überhaupt meldet.«

»Das ist deine Entscheidung.«

»Außerdem hasse ich das ganze Theater!« sagte Roberta heftig. »Ich kenne dich ja. Du würdest verlangen, daß ich ihn dir vorstelle . . .«

»Das hast du ja schon.«

»Als wenn du dich damit begnügen würdest! Du würdest verlangen, daß er dir seine Aufwartung macht, du würdest ihn nach seinem Beruf, seiner Familie, seinen Chancen fragen . . .«

»Nein, Roberta, das würde ich nicht.«

»Aber bei Tobby hast du es getan! Und wie genau du ihn unter die Lupe genommen hast!«

»Das war etwas anderes.«

»Kannst du mir vielleicht mal erklären, wieso?«

»Damals warst du noch jünger. Ich war besorgt um dich.«

»Heute bist du das nicht mehr?«

»Doch, ja, natürlich.«

»Aber eben hast du gesagt . . .«

»Robsy, bitte! Du willst doch hoffentlich nicht gerade jetzt einen Streit mit mir anfangen. Es ist ein Unterschied, ob ein Mädchen sechzehn oder ob es fast erwachsen ist, auch wenn du das nicht einsiehst. Ich jedenfalls verspreche dir, daß du diesen jungen Mann von mir aus treffen kannst, wann, wie und wo es dir gefällt.«

Nach einem tiefen Atemzug sagte Roberta: »So ist das also!«

Julia hütete sich zu fragen, wie sie das meinte.

»Du willst mich loswerden!« stieß Roberta hervor.

»Nicht schon wieder!«

»Aber es ist doch wahr, gib es zu! Noch vor einem Jahr warst du superbesorgt um mich! Und jetzt auf einmal ist es dir egal, mit wem ich rumziehe! Hauptsache, ich bin dir nicht mehr im Wege.«

Julia richtete sich auf. »Wundert dich das? Ich habe einen Freund, den ich liebe. Aber mir erklärst du, daß du ihm besser gefällst! Du möchtest uns so selten wie möglich miteinander allein lassen. Du hängst dich an uns wie eine Klette. Selbst in den *Rosenkavalier* mußtest du uns begleiten, obwohl Oper für dich das Allerletzte ist. Statt durchzuhalten, saust du auf und davon, obwohl du genau weißt, wie sehr mich das beunruhigt. Dann läßt du dich, nur um mich zu ärgern, von einem wildfremden Menschen ansprechen . . .«

»Das ist nicht wahr!« schrie Roberta dazwischen. »Nicht um dich zu ärgern! Es hat sich einfach so ergeben!«

»Mag sein. Aber du wußtest genau, daß es mich

schockieren würde. Trotzdem hast du es geschehen lassen. Oder, sind wir mal ehrlich, gerade deshalb! Und da wundert es dich, daß ich aufatmen würde, wenn ich dich in festen Händen wüßte?«

»Du willst mich verkuppeln, gib es doch zu! Hätte ich dir doch nicht gesagt, daß er Diplomingenieur ist! Das sticht dir natürlich in die Nase. Tobby war dir nicht gut genug ... nur ein Verkäufer, iiih! Aber ein Diplomingenieur, das wäre schon was Besseres!«

»Du bist sehr ungerecht, Robsy. Du weißt genau, daß ich Tobby sehr wohl akzeptiert habe. Darf ich dich daran erinnern, daß ich zu allem ja und amen gesagt habe? Er war es, der dich enttäuscht hat, der dich nicht heiraten wollte ...«

»Du bist gemein!«

»Ist es denn so abwegig, daß ich froh sein würde, wenn du endlich einen Freund fändest, der zu dir paßt?«

»Und was ist mit dir?« schrie Robsy. »Warum siehst du dich nicht endlich nach einem Mann um, der zu dir paßt? Warum klammerst du dich an einen, der so viel jünger ist als du? Der sich einen Witz aus dir macht? Der ...«

»Roberta! Jetzt ist es aber genug!«

»Du darfst mir alles an den Kopf werfen, was dir gerade einfällt«, sagte das Mädchen, wenn auch in gemäßigterem Ton, »aber ich ...«

»Schluß jetzt! Ich will kein Wort mehr hören.«

»Wenn er dich liebte, meinst du, er hätte dich dann im Zug nach Hause fahren lassen? Nein, er hätte dich im Auto gebracht. Früher hat er das ja auch getan. Aber du willst ja einfach nicht sehen, wie die Dinge liegen. Du hältst dich immer noch für die bezaubernde, die unwiderstehliche Julia. Dabei bist du fast vierzig, eine alte Frau! Ach, wenn du doch endlich aufhören würdest, dich lächerlich zu machen!«

Julia preßte die Lippen zusammen und nahm sich vor, kein Wort mehr zu sagen, aber sie konnte ihre Ohren vor dem Redestrom ihrer Tochter nicht verschließen.

Erst als der Zug nach Bad Eysing einfuhr, beugte Roberta sich vor, legte ihr die Hand auf das Knie und sagte in verändertem Ton abbittend: »Tut mir leid, Julia. Ich war wütend. Ich hab das alles nicht so gemeint.«

Früher hätte Julia gesagt: Schon gut, Liebling, ich versteh dich ja. Vergessen wir es! Jetzt aber mochte sie nicht mehr so ohne weiteres verzeihen.

»Du hast mich sehr verletzt«, erklärte sie, »und du wolltest es. Glaub nur nicht, daß du das mit einer läppischen Entschuldigung wieder gutmachen kannst.«

Die Fahrt vom Bahnhof bis zur Akazienallee verlief schweigend.

Am nächsten Morgen sah alles anders aus. Man kann nicht miteinander leben, ohne miteinander zu sprechen. Zwar gibt es Menschen, die das fertigbringen, aber die Qual, die sie dadurch sich selber und dem Partner zufügen, ist unbeschreiblich. Weder Julia noch Roberta vermochten ihr feindseliges Schweigen durchzuhalten.

Schon auf dem Weg ins Bad schenkte Roberta der Mutter ein vages Lächeln, beim Frühstück plauderte sie über Belanglosigkeiten, und nolens-volens ging Julia auf ihren Ton ein. Beim Mittagessen schien es, als hätten sie wieder zu ihrer normalen Beziehung zurückgefunden.

Ralph rief an und berichtete, daß das ABR ihm die ersehnte Stellung als Reiseleiter bei einem bedeutenden Touristikunternehmen vermittelt hatte. Er sagte, daß er sich daraufhin entschlossen hätte, sofort bei

Dr. Klinger auszuziehen, obwohl seine erste Tour erst Anfang März beginnen sollte.

Als Julia diese Mitteilung nur sehr kühl aufnahm, rang er sich dazu durch, sich zu entschuldigen. Er gab zu, sich schlecht benommen zu haben, und Julia, wie immer, verzieh ihm.

»Ich weiß selber nicht, was neulich in mich gefahren ist«, behauptete er, »aber schuld ist nur, daß ich dich so liebhabe und besorgt um dich bin und nicht will, daß du dich wegwirfst.«

»Reden wir nicht mehr darüber«, bat Julia.

»Darf ich kommen?«

»Unter einer Bedingung: Du mußt versprechen, mir meine Freiheit zu lassen und mir keine Szenen mehr zu machen!«

»Aber das ist doch klar, Julia! Schließlich bist du ein erwachsener Mensch.«

»Es freut mich, wenn du das endlich einsiehst.«

Am Samstag darauf zog er mit Sack und Pack ein. Roberta erbot sich, mehr aus Neugier, als aus schwesterlicher Liebe, ihm beim Einrichten zu helfen.

Später riefen sie Julia herein. Sein Zimmer war schon fast wieder eingeräumt. Nur das Bett war noch nicht bezogen, und auf der Matratze stapelten sich Stöße von sorgfältig zusammengelegten Oberhemden und farbigen Slips. Auf dem Boden standen offene, bereits ausgeleerte Koffer.

»Na, wie gefällt's dir, Kleine?« fragte Ralph und legte ihr den Arm um die Schulter. »Es ist alles ganz wie früher.«

Aber das stimmte nicht. Die Poster, die er an die Wände geheftet hatte, zeigten keine Segelschiffe mehr, sondern Sehenswürdigkeiten aus aller Welt: den Grand Cañon bei Sonnenaufgang, die Pyramiden und eine indische Moschee. Und die Steinsammlung, auf die er früher so stolz gewesen war, fehlte gänzlich.

Julia mochte nicht fragen, was mit ihr geschehen war, es interessierte sie auch nicht, denn sie war nicht von wirklichem Wert gewesen. Jedenfalls war nicht zu übersehen, daß Ralph sich geändert hatte; er war ein Mann geworden.

Vielleicht, dachte Julia, vielleicht habe ich ihn doch falsch eingeschätzt. Vielleicht könnte ich ihm Robsy anvertrauen. Sie versuchte, die Veränderung des Zimmers einzuschätzen.

»Es sieht erwachsener aus«, sagte sie.

Er lachte. »Heute würde ich mich natürlich anders einrichten. Aber es ist nett, hier wieder einzuziehen. Es ist, als könnte man die Zeit zurückdrehen.«

»Möchtest du das denn?«

»Nur ja nicht! Ich war ziemlich unglücklich damals.«

»Meine Schuld?«

Er küßte sie auf die Wangen. »Keines Menschen Schuld. Ich glaube, alle Kinder sind unglücklich. Aber seltsamerweise beneidet man sie als Erwachsener eben doch.«

Roberta, die vor dem Schrank gekniet und seine Schuhe eingeräumt hatte, richtete sich auf. »Was soll nun mit den Hemden?« fragte sie. »Du wolltest dir die besten aussuchen.«

»Ja, stell dir vor, Julia«, sagte er, »auch von meinen geliebten Oberhemden bin ich abgekommen. Als Reiseleiter ist man mit kleinem Gepäck unterwegs. Da tun's T-Shirts, die man notfalls auch selber waschen kann. Du brauchst also keine Angst zu haben, für mich wieder am Bügelbrett stehen zu müssen.«

»Das hätte ich so und so nicht mehr getan.«

»Diese Bemerkung war jetzt ganz unnötig.«

»Du hast recht. Entschuldige.«

»Oder hast du etwa deinem Macker versprochen, dir nichts mehr gefallen zu lassen?«

»Wenn du von Johannes Herder sprichst . . .«
»Klar erkannt!«
». . . dann, bitte, in einem anderen Ton!« Sie blickte ihm fest in die Augen.

Er hielt ihrem Blick nur kurze Zeit stand. »Okay, Ma'am. Wie du befiehlst.«

»Könnten wir nicht Freunde sein?« fragte sie bittend. »Wie in alten Zeiten?«

»Wir waren nie Freunde. Du hast das gedacht. Aber wir waren immer nur deine Kinder.«

»Aber jetzt seid ihr doch groß.«

»Ja, vielleicht sogar eine Nummer zu groß für dich.« Er wandte sich seiner Schwester zu. »Hast du einen Pappkarton? Da könnten wir die aussortierten Hemden reintun. Was meinst du, sollen wir sie auf den Dachboden bringen oder gleich der Heilsarmee schenken?«

»Ich würde das Rote Kreuz vorschlagen. Die kleinen Vietnamesen werden deine Hemden sicher zu schätzen wissen. Bis du wieder dazu kommst, sie zu tragen, sind sie doch längst altmodisch geworden.«

Julia ließ die beiden allein. Ralphs Feindseligkeit, sobald auch nur der Gedanke an Johannes Herder auftauchte, war nicht zu überhören gewesen. Die Verständigung, auf die sie eine Sekunde lang gehofft hatte, würde niemals möglich sein.

Der Abend verlief dennoch harmonischer, als Julia gedacht hatte. Ralph zeigte sich von seiner besten Seite. Wenn er wollte, konnte er charmant und witzig sein, und er brachte Mutter und Schwester mehr als einmal zum Lachen.

Am Sonntagmorgen fuhr er mit ihnen zur Tennishalle, hatte sogar für sich selber seine alten Tennisschuhe, ein weißes Polohemd und eine weiße Flanellhose vorgekramt und spielte erst mit Julia, dann mit

Roberta, die er beide schlug, weil er kräftiger war als sie. Julia war stolz auf ihn, fast wie in alten Zeiten, sie bewunderte die Eleganz seiner Bewegungen und wie schnell er seinen Stil fand, obwohl er wenig oder gar keine Übung mehr hatte. Sie rechnete es ihm hoch an, daß er überhaupt mitmachte. Sie wußte, daß er es nur ihr zuliebe tat, denn er selber machte sich gar nichts aus dem weißen Sport und wäre wohl lieber länger im Bett geblieben.

Als sie sich wieder umgezogen hatten, schlug er vor, zum *Rathauskeller* zu fahren.

Julia war überrascht. »Jetzt? Aber es ist doch fast Mittag.«

Er lächelte unergründlich. »Dann essen wir eben später. Ich habe Lust auf einen Frühschoppen.«

»Durst habe ich auch«, stimmte Roberta ihm zu.

Julia wußte, daß eine Absicht hinter diesem Vorschlag stecken mußte, und er war ihr nicht ganz geheuer.

»Komm, sei nicht so!« sagte er. »Laß uns doch den Spaß.«

Also gab sie nach.

Ralph hatte ein schlechtes Gewissen, und deshalb war er bemüht, wieder gutzumachen. Er hatte gar nichts gegen Johannes Herder persönlich, den er ja auch kaum kannte, und er hätte es Julia gern erklärt. Aber er fürchtete, daß er nur wieder den falschen Ton anschlagen würde. Ihm war, ganz allgemein, die Vorstellung seiner Mutter in den Armen eines Mannes, irgendeines Mannes, schmerzhaft, ja, geradezu unerträglich. Als sie noch jünger gewesen war, hatten sie Debatten darüber gehabt, und er hatte eingesehen, daß er im Unrecht war. Aber jetzt, da sie fast vierzig war, sprach alles in ihm ihr das Recht auf Sex ab. Er wollte seine Mutter so haben, wie er sie als Junge gesehen hatte, als ein keusches geschlechtsloses Wesen.

Er wünschte sich weiße Fäden in ihr Haar und Falten in ihr Gesicht, weil er sie dann nur um so mehr lieben würde. Er fand es recht langweilig zu Hause, aber er war bereit, hin und wieder seine Freizeit der Mutter zu opfern, wenn sie dafür auf ihre Liebesgeschichten, die er zutiefst geschmacklos fand, verzichtete.

Das war es, was er empfand, ohne es in Worte kleiden zu können. In einem entfernten Winkel seines Bewußtseins erkannte er auch, daß seine Empfindungen vom Egoismus geprägt waren, aber das wollte er vor sich selber nicht wahrhaben. Julia sollte sich endlich in die Rolle einer Frau finden, die nichts mehr vom Leben zu erwarten hatte, wünschte er, vielleicht noch die Erfolge ihrer Kinder und eines Tages das Glück, Enkel zu haben.

Wie er erwartet hatte, trafen sie im *Rathauskeller* nicht nur auf den alten Kinderarzt Dr. Opitz mit Frau, sondern auch auf Dr. Kupesch – er war allein gekommen – und andere Honoratioren der kleinen Stadt. Sie alle hatten ihn noch als Jungen gekannt, lange nicht mehr gesehen und ließen sich von der männlichen Sicherheit seines Auftretens beeindrucken. Genau das hatte er erreichen wollen: Julia sollte stolz auf ihn sein.

Er erzählte von seinen Lehrjahren beim Amtlichen Bayerischen Reisebüro, von dem guten Abschluß, den er gemacht hatte, und von seinen Plänen für die Zukunft. »Den Reiseleiter«, erklärte er, »spiele ich natürlich nur vorübergehend, um die Welt kennenzulernen, aber dann strebe ich Prokura an.«

Eine kleine Peinlichkeit ergab sich, als Studienrat Dr. Dieter Sommer erschien, begleitet von seiner jungen, hochschwangeren Frau. Er hatte mit Julias Anwesenheit nicht gerechnet und wußte nicht, ob er sie schneiden oder begrüßen sollte. Sie hatten sich einmal sehr geliebt, bis Julia ihn der Kinder wegen aufgegeben hatte. Alle hatten von dieser Beziehung gewußt oder sie doch wenigstens geahnt und warteten nun, ohne es sich anmerken zu lassen, gespannt, wie die Begegnung verlaufen würde.

Dieter Sommer stand noch unsicher und verdüstert auf der Schwelle.

Seine junge Frau, die nicht wußte, um was es ging, fragte: »Aber was hast du denn?«

Die Herren am Stammtisch sprachen lauter als gewöhnlich, um ihre Neugierde zu überspielen.

Ralph meisterte die Situation; er sprang auf und trat auf die beiden zu. »Hallo, Herr Studienrat! Wollen Sie sich nicht zu uns setzen?«

Diese Begrüßung, die fast einem Angriff glich, kam für Dieter Sommer so überraschend, daß er nur etwas Unverständliches murmeln konnte.

»Nun sagen Sie bloß nicht, daß Sie mich nicht mehr erkennen! Ich bin sechs Jahre lang Ihr Schüler gewesen.«

»Doch, natürlich, ich weiß ... Sie waren der ... Dieter Sommer räusperte sich.

»Ralph Severin! Sie werden lachen: Ich bin es immer noch.«

Nur Ini Sommer fand es komisch. Sie reichte Ralph die Hand: »Freut mich, Sie kennenzulernen!« Sie musterte den eleganten jungen Mann mit deutlichem Wohlgefallen. »Ein Ehemaliger sind Sie also?«

»Setzen Sie sich doch zu uns, gnädige Frau!« Er half ihr aus dem Mantel.

»Eigentlich sind wir nur auf einen Sprung gekommen«, sagte Dieter Sommer, störrisch wie ein Pferd, das die Hürde verweigert.

»Wir doch auch! Julia hat uns etwas Köstliches zu Mittag versprochen. Ich glaube, Sie kennen doch meine Mutter?«

»Ja«, Dieter Sommer räusperte sich, »natürlich.«

»Das wäre ja auch noch schöner. Meine Schwester hat, soviel ich weiß, auch Unterricht bei Ihnen.« Ralph führte Ini Sommer zum Tisch. »Julia, darf ich dir Frau Studienrat Sommer vorstellen?«

Ini Sommer spürte seine Ironie nicht. »Einfach Sommer«, stellte sie richtig, »nicht Studienrat. Nur mein Mann . . .«

»Keine falsche Bescheidenheit, gnädige Frau, Sie haben ihn doch . . .« begann Ralph.

Ein Blick seiner Mutter brachte ihn zum Schweigen. »Wir sind uns, glaube ich, schon einmal begegnet«, sagte sie.

»Ich erinnere mich nicht.«

Dieter Sommer war seiner Frau widerstrebend gefolgt; ohne Julia anzusehen, murmelte er einen Gruß.

Seit ihrer Trennung siezten sie sich wieder, was sie ziemlich albern fand, von sich aus aber nicht ändern wollte. »Guten Tag, Herr Sommer!« sagte Julia fröhlich. »Nur keine Angst, ich werde Sie nicht nach Robertas Leistungen fragen . . . nicht an einem Sonntagmorgen. Außerdem weiß ich schon selber, wie es damit steht.«

»Na ja«, sagte er.

Ralph lachte. »Ein sehr treffender Kommentar!«

Ini Sommer blickte nun doch etwas unbehaglich von ihrem Mann zu Julia, die zwar fast zwanzig Jahre älter als sie selber war, und doch so vital wirkte. Ihr machte die Schwangerschaft schwer zu schaffen, ihr Körper hatte zu viel Wasser aufgenommen, ihre Beine waren dick geworden und ihr Gesicht etwas aufgedunsen. Außerdem hatte sie versäumt, ihr Haar nachzublondieren, und der dunkle Scheitel war deutlich sichtbar.

Julia mochte sich nicht an ihrer Verlegenheit weiden. »Wir waren gerade im Begriff zu gehen«, sagte sie, »bitte, ruf doch den Kellner, Ralph!« Sie stand auf. »Vielleicht sehen wir uns ein andermal.«

»Wäre nett«, sagte Dieter Sommer lahm.

Ralph gelang es, rasch zu zahlen, und sie hatten einen guten Abgang.

Draußen, schon auf der steinernen Treppe zur Straße hinaus, prusteten sie los.

»Du hättest ihn nicht an unseren Tisch lotsen sollen!« sagte Julia, als sie sich einigermaßen gefaßt hatte.

»Was denn sonst? Der Kerl war drauf und dran, sich auf der Stelle umzudrehen und zu gehen!«

»Und so was hast du mal geliebt!« meinte Roberta.

»Bestimmt wäre er nicht so geworden, wenn wir zusammengeblieben wären.«

»Er war schon immer ein bornierter Affe«, behauptete Ralph, »nur hast du das nicht gesehen.«

»Woher kennst du seine Frau?« wollte Roberta wissen.

Julia erzählte, sehr komisch mit echten und erfundenen Details, wie Ini, damals noch unverheiratet und Apothekenhelferin, in Lizis Boutique aufgetaucht war und sie auf der Suche nach einem einmaligen reizvollen Kleidungsstück das Unterste hatte zuoberst räumen lassen.

Noch als sie ihr Haus betraten, lachten sie darüber.

Der Tag verlief weiter fröhlich und erfreulich, bis das Telefon schrillte. Julia und ihre Kinder tranken gerade Kaffee im Wohnzimmer.

»Geh schon!« sagte Ralph. »Das wird dein Beschäler sein.«

Julia sah ihn mit großen Augen an; sie verstand den Ausdruck gar nicht, merkte aber an der Art, wie sich sein hübscher Mund verzerrte, daß er etwas Häßliches bedeutete.

»Er meint, es ist Johannes Herder«, übersetzte Roberta.

Julia straffte die Schultern. »Zum letzten Mal, Ralph: Ich verbiete dir, in diesem herabsetzenden Ton über meinen Freund zu sprechen. Wenn du dir das nicht merken kannst, ist kein Platz für dich in meinem Haus.«

»Kannst du denn keinen Spaß verstehen?«

»In diesem Punkt nicht! Außerdem nehme ich dir nicht ab, daß es witzig gemeint war.«

Das Telefon läutete weiter.

»Will denn nicht endlich eine von euch an den Apparat gehen?«

»Ich mach's schon.« Roberta lief in die kleine Diele, nahm den Hörer ab und meldete sich; nach einigen wenigen Sätzen zog sie die Wohnzimmertür hinter sich ins Schloß.

Julia und Ralph saßen sich stumm gegenüber.

»Jetzt habe ich alles verdorben, wie?« fragte er.

»Ja«, erwiderte sie ruhig, und es wurde ihr bewußt, daß ihr das heitere und herzliche Gehabe, das er zur Schau gestellt hatte, von Beginn an unheimlich gewesen war.

»Dabei habe ich mich so zusammengenommen.«

»Schlimm genug, daß du das mußtest.«

»Julia!«

Sie hätte ihm einiges sagen mögen, aber sie verzichtete darauf, weil sie begriff, daß kein Wort diesen Konflikt lösen konnte. Ralph war außerstande, so liebevoll zu ihr zu sein, wie er es in seiner Knabenzeit gewesen war, und auch da, erinnerte sie sich, war er es nur gewesen, wenn kein Mann in ihrem Leben eine Rolle gespielt hatte.

»Verzeih mir noch einmal!« bat er.

»Verzeihen werde ich dir immer wieder, aber das heilt die Wunden nicht, die du mir schlägst.«

Er lachte, aber es klang nicht froh. »Himmel, wie pathetisch! Nur weil ich deine törichte Liebelei nicht ernst nehme?«

»Ich liebe Johannes Herder.«

»Das bildest du dir ein! Es wird ein böses Erwachen geben. Vielleicht ist es ganz gut, daß ich versuche, dich ein bißchen abzuhärten.«

Sie warf ihm einen so zornigen Blick zu, wie er ihn noch nie an ihr gesehen hatte, und er erschrak und biß sich auf die Lippen. Danach gab es nichts mehr zu sagen. Die Kluft zwischen ihnen war weit aufgerissen, und es gab keine Brücke, die hinüberführte.

Beide atmeten auf, als Roberta zurückkam. Julia bemühte sich, eine gelassene Miene aufzusetzen, aber das war ganz unnötig, denn Roberta war so mit sich selber beschäftigt, daß sie nicht einmal Tränen auf dem Gesicht ihrer Mutter bemerkt hätte.

Auch Ralph mimte den Unbefangenen. »Na, wer war's?« fragte er.

»Kennst du doch nicht.« Mit einem Plumps ließ sie sich in ihren Sessel fallen und streckte die Hand aus. »Gibst du mir eine Zigarette?«

»Du rauchst?«

»Nur bei besonderen Gelegenheiten.«

Julia sah zu, wie er ihr sein goldenes Etui hinschob – ein Geschenk Dr. Klingers, das anscheinend die Gnade vor seinen Augen nicht verloren hatte – und das dazu passende Feuerzeug anknipste. Roberta war bemüht, sich die Allüren einer großen Dame zu geben, paffte aber ziemlich ungeschickt und blickte die Mutter unter ihren dicht getuschten Wimpern herausfordernd an.

Julia übersah es. Es war noch nicht lange her, daß sie Einspruch erhoben hätte. Sie selber hatte sich das Rauchen abgewöhnt, um ihrer Tochter kein schlechtes Beispiel zu geben. Auf einmal interessierte es sie nicht mehr, ob Roberta rauchte oder nicht, ja, sie erschrak fast darüber, wie gleichgültig ihr das jetzt war.

Obwohl niemand sie drängte, konnte Roberta ihr Geheimnis nicht lange für sich behalten. »Es war Erwin Kirsch«, sagte sie bedeutungsvoll.

»Wer?« fragte Ralph.

»Ein junger Mann, den ich neulich kennengelernt habe.«

»Ach so! Einer von deinen Bubis!«

»Es ist absolut kein Bubi! Bitte, Julia, sag's ihm! Er ist Diplomingenieur.«

»Da legst di nieder!« sagte Ralph in einem Bayerisch, das nicht echt klang, weil sie es zu Hause nicht gesprochen hatten und es auch gar nicht zu ihm paßte. »Und was will dieser Dipl.-Ing. von dir?«

»Was schon?« Roberta stieß eine Wolke Rauch durch die Nase. »Sich mit mir treffen, natürlich.«

»Na und?«

»Ich habe ›nein‹ gesagt.«

»Und warum?«

»Erstens weil du zu Besuch bist . . .«

»Besuch kann man das wohl kaum nennen, ich werde ja bei euch bleiben.«

»Aber doch nicht dauernd! Und zweitens . . . Ich interessiere mich nicht für den Typ.«

»Da kommt's heraus! Wahrscheinlich hat er 'nen Buckel und ein Holzbein.«

»Das ist nicht wahr! Bitte, Julia, sag du ihm, daß es nicht wahr ist.«

»Er sieht ganz gut aus«, erklärte Julia lustlos, »und ich weiß eigentlich nicht, was du gegen ihn hast.«

»Muß man denn gleich gegen jemanden was haben, bloß weil man sich nicht für ihn interessiert?«

»Nein.«

»Julia träumt davon, daß ich mich in ihn verliebe«, sagte Roberta zu ihrem Bruder in einem Ton, als würde es sich um ein fachmännisches Urteil handeln, »damit sie endlich freie Bahn hat.«

»Das leuchtet ein.«

»Ihr seid unausstehlich«, sagte Julia und wollte aufstehen.

Aber das ließen ihre Kinder nicht zu.

»Komm, bleib!« sagten sie. Und: »Trink doch wenigstens deinen Kaffee aus! Wir wollten dich doch nicht ärgern.«

»Ihr tut die ganze Zeit nichts anderes.«

»Das kommt dir nur so vor.« Ralph sprang auf. »Ich hole dir einen Cognac, warte nur, dann fühlst du dich gleich besser.«

»Ich werde mich schon mal mit ihm treffen«, verkündete Roberta, »aber nicht sofort. Man darf es den Männern nicht zu leicht machen.«

Julia schien es, als ob auch diese Bemerkung auf sie gemünzt wäre, aber sie zog es vor, das zu überhören.

Ralph kam mit dem Cognac. »Also gefällt er dir doch?«

»Na ja. Er reißt mich nicht gerade vom Stuhl, wenn ihr versteht, was ich meine. Ich könnte mich nicht in ihn verlieben. Aber es würde doch ganz nett sein, endlich mal männliche Gesellschaft zu haben . . .«

Ralph hielt Julia das Glas entgegen. Ihre Blicke trafen sich kurz, dann nahm sie ihm das Glas aus der Hand, trank einen Schluck und stellte es auf den Tisch.

»Laß ihn nicht zu lange zappeln«, riet er.

»Ich weiß, wie man mit Männern umgeht«, behauptete Roberta, »spar dir deinen Atem!«

Julia hörte das Gerede ihrer Kinder, aber sie nahm es nicht wirklich auf. Sie wünschte sich, weit fort zu sein, wenn schon nicht bei dem Mann, den sie liebte, dann doch wenigstens allein.

Die Spannung zwischen Julia und ihrem Sohn blieb bestehen. Obwohl sie beide bemüht waren, sie durch Höflichkeit zu überspielen, war sie ihnen doch jeden Augenblick bewußt.

So war sie froh, als er endlich abreiste, und sie verbarg es nicht.

»Gut, daß er weg ist«, sagte Roberta, »wir beide allein haben es doch viel schöner.«

Julia äußerte sich nicht.

»Für dich war es sicher noch viel schwerer als für mich«, fuhr das Mädchen fort, »ich war wenigstens den halben Tag in der Schule. Außerdem bist du das Zusammenleben mit einem Mann nicht mehr gewohnt. Du könntest es auf die Dauer mit Hans auch nicht aushalten.«

Auch darauf ging Julia nicht ein.

»Du denkst, ich rede nur so daher, aber ich weiß, was ich sage. Auch wenn man jung ist, ist es wahrscheinlich nicht leicht, mit einem Mann zusammen zu leben. Aber man kann sich eben doch leichter umstellen und anpassen und so weiter. Aber du bist inzwischen doch schon solch eine Eigenbrötlerin geworden . . .«

Jetzt konnte es Julia nicht länger aushalten. »Ich bitte dich, Schluß damit!«

»Ich hab's nur gut gemeint.«

»Du gehst mir auf den Wecker.«

»Julia! Das ist aber nun ein Ausdruck, der überhaupt nicht zu dir paßt!«

»Verdammt noch mal! Laß mich gefälligst reden und denken und leben, wie ich will, und hör auf, an mir herumzukritisieren und mich mit guten Ratschlägen einzudecken. Das tu ich ja auch nicht bei dir.«

»Tust du doch!«

Julia mochte sich nicht streiten. »Nun, dann wollen wir uns beide Mühe geben, das zu ändern.«

Der Winter wollte nicht enden. Die Tage blieben grau. Selbst Anfang März schneite es noch, und es war kein schöner Schnee. Er ging in Graupel über und in Regen und wurde dann nachts wieder weiß. Zuweilen fror es stark, und die Straßen waren gefährlich glatt.

Julia und Johannes Herder trafen sich, so oft es möglich war, aber sie hatte es nicht gern, wenn er im Auto zu ihr unterwegs war. Obwohl sie es nicht aussprach, fürchtete sie doch immer, es könnte ihm etwas zustoßen. So lief es meist darauf hinaus, daß sie einmal in der Woche zu ihm nach München fuhr.

Er empfing sie immer voll Freude; sie verbrachten einen schönen Abend zusammen – meist allein, manchmal aber auch mit seinen Freunden, mit denen er sie allmählich bekannt machte – und eine wundervolle Nacht. Aber am nächsten Morgen, das spürte sie sehr deutlich, zog es ihn dann immer stärker an seinen Schreibtisch und an seine Arbeit.

Er leugnete es auch nicht.

»Wenn wir zusammenleben könnten«, sagte er, »wäre alles ganz anders. Ich würde bestimmt doppelt so gut arbeiten, wenn ich wüßte, daß du da bist. Und die paar Stunden könntest du dich bestimmt allein beschäftigen.«

Julia schwieg dazu, aber es wurde ihr bewußt, daß es ihr nicht genügen würde, an der Seite ihres Geliebten dahinzuleben. Er brauchte sie ja nicht wirklich. Zum erstenmal in ihrem Leben empfand sie, daß Liebe allein nicht genug war. Sein Leben hatte einen Inhalt, aber sie fühlte sich oft wie ausgebrannt und zergrübelte sich darüber, wie es weitergehen sollte.

Einmal kam er wieder ganz überraschend an einem Vormittag zu ihr. »Verzeih«, bat er, »aber ich habe es einfach nicht ausgehalten. Ich mußte zu dir.«

Sie warf sich in seine ausgebreiteten Arme. »Was gibt's da zu verzeihen? Ich bin ja so glücklich.«

»Ich dachte, du hättest es nicht gern, wenn man dich überrascht.«

»Jetzt doch!«

»Da soll sich einer auskennen!«

Aber er verstand sehr gut, daß sie genausoviel Sehnsucht gehabt hatte wie er, und sie waren sehr glücklich miteinander.

Später sagte er: »Weißt du, auf was ich jetzt Lust hätte? Auf einen schönen starken Kaffee.«

»Den kannst du haben.«

Sie tranken ihn im Wohnzimmer.

»Was ist eigentlich aus diesem jungen Mann geworden«, fragte er, »diesem Erwin Kirsch?«

»Er bemüht sich um Robsy, aber sie scheint sich nicht wirklich für ihn zu interessieren.«

»Schade!«

»Ich finde, das spricht für sie, daß sie sich nicht dem ersten Besten in die Arme wirft, bloß um nicht mehr allein zu sein.«

»Er machte doch einen ordentlichen Eindruck.«

Sie strich ihm zärtlich durch das Haar. »Wir dürfen diese Geschichte nicht künstlich vorantreiben, Lieber. Verlang das nicht von mir. So egoistisch bin ich denn doch nicht.«

»Denk doch mal an mich!«

»Das tue ich dauernd. Aber es läuft uns doch nichts davon.«

»Wir verplempern die besten Jahre unseres Lebens.«

Sie lachte. »Du hast deine besten Jahre bestimmt noch vor dir! Und außerdem . . . vielleicht wären wir einander schon überdrüssig, wenn wir immer beisammen sein könnten, ganz ungehindert.«

»Ist das dein Ernst?«

»Jetzt sei nicht gleich beleidigt. Du weißt genausogut wie ich, wie schnell aus Liebe Gewohnheit wird.«

»War das in deiner Ehe so?«

»Nein. Ich weiß nicht. Damals war alles ganz anders ... Ich war anders, glaube ich. Die Liebe hat mir gar nicht so viel bedeutet ... nicht so, wie jetzt mit dir. Ich war glücklich, einen Mann zu haben, meine Kinder, eine eigene Familie, meinen Haushalt. Wenn Robert alles hingeworfen hätte und von mir verlangt hätte, mit ihm etwas anderes anzufangen, vielleicht ins Ausland zu gehen, ich glaube nicht, daß ich es getan hätte.«

»Und mit mir würdest du gehen?«

»Bis ans Ende der Welt.«

»Dann tun wir's doch! Wir lassen alles hinter uns ... Ich kann überall arbeiten ...«

»Hans, bitte, nun übertreib doch nicht!«

»Dann hast du es nur so dahingeredet?«

»Nein, Hans. Es liegt mir wirklich nichts mehr an Bad Eysing, an meinem Haus, meiner Sicherheit ... Nicht einmal mehr sehr viel an Ralph und Robsy. Aber deshalb kann ich die beiden nicht einfach im Stich lassen. Ralph vielleicht, er ist erwachsen, aber Robsy braucht mich noch.«

»Wie lange?«

»Das fragst du mich dauernd.«

»Weil ich nie eine gescheite Antwort kriege.«

»Bis zu ihrem Abitur.«

»Das sind noch zwei Jahre!«

»Du rechnest falsch. Die dreizehnte Klasse dauert ja kein ganzes Jahr. So um Pfingsten nächstes Jahr wird sie die Prüfungen hinter sich haben, das sind alles in allem höchstens fünfzehn Monate.«

»Und danach?«

»Ziehe ich nach München.«

»Ja, und Robsy zieht auch nach München, weil sie dort studieren will, und das ganze Theater fängt wieder von vorne an.«

»Nein, ich verspreche dir . . .«

»Das glaubst du doch selber nicht. Das Töchterlein wird argumentieren: ›Wenn man schon nach München zieht, warum denn nicht zusammen? Das ist praktischer und billiger!‹ Und sie kann ja auch gar nicht studieren, wenn die liebe Mutter ihr nicht dabei hilft, sie ist ja so ein Dummerle. Vielleicht wirst du dich sogar selber einschreiben lassen und mit ihr zusammen studieren. Es ist ja heutzutage große Mode, daß reifere Damen sich in ein Studium stürzen, um sich selbst zu verwirklichen.«

»Das ist vielleicht«, sagte Julia, »gar keine schlechte Idee.«

»Julia!« schrie er.

»Ich meine natürlich nur das Studieren. Wir könnten zusammenziehen, du und ich und ganz ohne Robsy. Natürlich brauchten wir eine größere Wohnung. Dann könnte ich studieren.«

»Julia, warum heiratest du mich nicht?«

»Versteh doch! Du hast mir selbst einmal geschrieben . . .«

»Fang nicht wieder damit an! Damals kannte ich dich kaum. Aber jetzt möchte ich, daß du meine Frau wirst.«

»Warum?«

»Weil ich dich liebe und dich für mich haben will.«

»Und ich soll auf Zehenspitzen durch die Wohnung gehen, während du arbeitest, und für dich dasein, wenn du Zeit für mich hast?«

»Du willst mich also nicht heiraten?«

»Nein.«

»Das ist also deine große Liebe!«

»Liebe hat doch mit Heiraten gar nichts zu tun. Hans, wir sind beide erwachsene Menschen, mehr als erwachsen kann man wohl sagen. Wir sind frei . . . Sobald Robsy ihr Abitur hat, werde ich ganz frei sein.

Wir haben beide eine gesicherte Existenz, und wir sind unabhängig. Warum sollen wir uns da Fesseln auflegen? Sag mir, warum?«

»Weil ich Angst habe, dich zu verlieren«, gestand er.

»Wenn die Liebe zerbricht, nutzt die Ehe auch nichts mehr, im Gegenteil, sie macht alles noch schmerzhafter.«

»Dann möchte ich nur mal wissen, warum die Menschen überhaupt heiraten.«

»Um eine Familie zu gründen, Hans. Aber das wollen wir doch nicht. Wenn du Kinder haben möchtest, mußt du dich nach einer anderen Frau umsehen. Dazu bin ich nun wirklich zu alt.«

»Wer redet denn von Kindern!«

»Nur dann hätte eine Ehe Sinn. Oder wenn wir hier in Eysing bleiben möchten. Da wäre es schwierig, unverheiratet miteinander zu leben. Aber in München, ich bitte dich, wer fragt denn da nach dem Trauschein? Mach jetzt doch nicht alles komplizierter, als es ohnehin ist. Ich sehe mein Ziel ganz fest vor Augen: Robsy durchs Abitur bringen, dann nach München ziehen, entweder in eine eigene Wohnung oder zu dir, auf alle Fälle ohne meine Tochter! Und dann etwas Vernünftiges anfangen.«

»Das einzig Vernünftige wäre, du würdest meine Frau.«

»Das würde mich nicht ausfüllen, verstehst du das denn nicht? Ich fühle mich nicht ausgelastet, Hans, auch hier nicht, schon seit langem nicht mehr. Meine einzige wirkliche Aufgabe besteht darin, mit Robsy für die Schule zu lernen, alles andere, diesen klitzekleinen Haushalt, mache ich doch mit links. Und der Verkehrsverein, ja, der macht mir nach wie vor Spaß, aber auf die Dauer kommt man sich doch ziemlich dumm vor, für nichts und wieder nichts zu arbeiten.

Alle anderen versuchen, Vorteil aus ihrer Mitgliedschaft im Vorstand zu schlagen. Selbst Doktor Kupesch geht es um sein Ansehen in der Stadt.« Nach einem tiefen Atemzug fügte sie hinzu: »Ich glaube, ich würde furchtbar gern studieren.«

»Und ich Trottel habe dich darauf gebracht!«

Sie lachte. »Typisch männliche Einbildung. Meinst du, du könntest mich von einer Sekunde zur anderen mit so einer Idee anstecken? Natürlich habe ich schon oft daran gedacht. Nur hatte ich nicht den Mut, es auszusprechen.«

»Was für ein Studium?«

Sie war ihm dankbar, daß er darauf verzichtete, die Gegenargumente aufzuzählen, die ihr selber nur allzu gut bekannt waren. »Germanistik«, sagte sie, »Geschichte, Philosophie.«

»Und was willst du damit anfangen?«

»Das überlege ich mir, wenn ich mein Studium hinter mich gebracht habe. Jetzt kommt es mir erst darauf an, mein Wissen zu erweitern.«

»Du traust dir allerhand zu.«

»Und warum auch nicht? Durch das Lernen mit Robsy mache ich ja quasi mein Abitur ein zweites Mal. Warum soll ich dann nicht genau wie sie studieren können?«

»Also doch ihr beide zusammen.«

»Überhaupt nicht. Robsy will ja Ärztin werden, falls ihr Abschluß gut genug ausfällt, oder Rechtsanwältin, wozu sie meiner Meinung nach besser geeignet ist.«

»Du meinst, ihr fehlt das Talent zur tätigen Menschenliebe?«

»Vielleicht tue ich ihr unrecht. Aber so ähnlich kommt es mir vor.«

»Du hast also schon ganz feste Pläne, und ich muß erst durch einen Zufall davon erfahren.«

»Es sind nur so Vorstellungen, weißt du. Man mag

doch nicht gerne über Dinge sprechen, solange sie noch nicht spruchreif sind. Jedenfalls bin ich sehr froh, daß du es jetzt weißt und daß du einverstanden bist.«

»Bin ich das wirklich?«

»Aber ja. Du mußt doch einsehen, daß das viel besser wäre, als wenn ich dumm und beschäftigungslos bei dir herumsäße und mich dann vielleicht wieder aus lauter Frust von Robsy einspannen lassen würde. Wenn ich mein eigenes Studium habe, wird das ja unmöglich.«

Er küßte sie auf die Stirn. »Also gut, dann werde ich mich sofort nach einer passenden Wohnung umsehen. Du brauchst natürlich einen eigenen Raum zum Studieren und ich einen zum Dichten, ein gemeinsames Schlafzimmer . . .«

»Lieber nicht!« warf sie ein.

Er sah sie fragend an.

»Dazu sind wir beide schon zu erwachsen und haben zu lange allein gelebt. Es wird uns beiden nicht liegen, noch im Schlaf aufeinander Rücksicht zu nehmen. Wenn wir erst zusammenleben, können wir uns doch lieben, wann wir wollen.«

»Und wo wir wollen?« neckte er sie. »Vielleicht hast du es im Badezimmer lieber?«

»Ach, hör auf! Jetzt werde ich auch noch rot. So was Dummes.«

»Es steht dir wunderbar!«

»Ich sollte nicht mehr wie ein kleines Mädchen reagieren. Nein, wirklich nicht.« Sie erhob sich. »Aber mußt du nicht jetzt gehen?«

»Warum kann ich nicht einfach bleiben?«

»Natürlich kannst du«, erwiderte sie erstaunt.

»Ich habe die Kleine so lange nicht mehr gesehen.«

»Falls du Sehnsucht nach ihr hast . . .«

»Quatsch! Es scheint mir nur irgendwie unnatürlich, ihr dauernd so krampfhaft aus dem Weg zu gehen.« Er blickte sich um. »Nichts verrät uns. Ich könnte sehr gut gerade erst gekommen sein.«

»Ganz wie du willst«, stimmte sie zu, konnte aber nicht verhindern, daß ihre Stimme irritiert klang.

»Dann können wir ihr doch auch gleich von unseren Plänen erzählen.«

»Nein, nicht jetzt!« erklärte sie entschieden. »Sie braucht es jetzt noch nicht zu erfahren, und wenn, dann nicht aus deinem, sondern aus meinem Mund. Du weißt genau, daß es ihr nicht passen wird . . .«

»Lassen wir es drauf ankommen!«

»Nein. Bis zum Abitur will ich ihr jede Beunruhigung fernhalten.«

»Und dann willst du sie sozusagen vor vollendete Tatsachen stellen?«

»Ja.«

»Ich bezweifle, daß das richtig ist.«

»Es ist jedenfalls erheblich besser, als jetzt einen Krach heraufzubeschwören, es auf eine Kette von Szenen und Auseinandersetzungen ankommen zu lassen, die zu nichts führen können. Mein Entschluß steht fest.«

»Gib lieber zu: Du hast Angst, schließlich doch nachzugeben.«

»Um des lieben Friedens willen, ja. Es liegt mir soviel daran, daß sie gut durch diese letzten beiden Schulklassen kommt. Aber sie wird ausflippen, wenn sie jetzt schon erfährt, daß ich entschlossen bin, zu dir zu ziehen. Also müßte ich sie dann doch belügen, um sie zu beruhigen, und das will ich nicht. Wozu auch? Das alles ist ja ganz unnötig, wenn wir jetzt noch eine Weile den Mund halten.«

»Ich sehe es zwar nicht ein, aber ich beuge mich deinem Befehl.«

»Du hast gerne Krach, wie?«

»Mit Robsy allemal. Dem Biest bin ich immer noch gewachsen.«

»Aber ich nicht, und du mußt auch nicht mit ihr zusammen leben.«

»Vielleicht hast du ja recht«, räumte er ein, »also werde ich jetzt verschwinden.«

»Ich fürchte, dazu ist es zu spät. Komm lieber mit in die Küche und laß uns sehen, was wir für uns drei kochen können.«

Wenig später kam Robsy nach Hause, und sie begrüßte Johannes Herder stürmisch. »Wie schön, daß du dich endlich mal wieder blicken läßt!«

Julia fragte sich, ob sie tatsächlich so naiv war oder ob sie es nur spielte. Die beiden plänkelten miteinander herum, und Julia fühlte sich ein wenig ausgeschlossen. Jedenfalls verriet er nichts von ihren Zukunftsplänen. Dennoch war sie erleichtert, als er sich nach dem Kaffee verabschiedete.

Die Skatabende, die Julia und ihre Freundinnen früher regelmäßig zusammengeführt hatten, fanden jetzt nur noch sporadisch und ausnahmsweise statt, und nie wollte die entspannte, ja ausgelassene Stimmung von einst aufkommen.

Julia wußte, daß das auch an ihr selber lag; sie war innerlich schon auf dem Absprung in ein neues Leben. Die Hauptschuld jedoch trug Lizi, die außerstande war, ihre Sorgen abzuschütteln. Auf Julias Angebot kam sie nie mehr zurück, und Julia vermied es, von sich aus dieses Thema anzuschneiden. Sie verbiß es sich sogar, danach zu fragen, ob und wieweit die Fakoschs auf Dr. Kupeschs Ratschläge eingegangen waren. Agnes war auch nicht mehr die alte; so ausgeglichen und ausgleichend sie früher gewesen war, so launenhaft und gereizt war sie in letzter Zeit.

An einem Montagabend Mitte März trafen sie sich noch einmal in Agnes Kasts Wohnung. Aber das Vergnügen dauerte nur kurz.

Nachdem Lizi einen Grand mit Vieren, Schneider und Schwarz angesagt und verloren hatte, warf sie die Karten mißmutig auf den Tisch.

»Tut mir leid«, sagte sie, »ich kann mich heute nicht konzentrieren.«

»Das war doch einfach Pech«, sagte Julia.

»Du hättest dir ausrechnen können, daß wir einen Stich bekommen mußten«, meinte Agnes.

»Ach, laßt mich doch mit eurem blöden Skat in Ruhe!« fauchte Lizi.

»Ganz wie du willst.« Agnes sammelte die Karten ein. »Dann machen wir eben Schluß für heute.«

Noch nie zuvor hatten sie, wenn eine von ihnen die Lust verlor, aufgehört, ohne wenigstens noch eine letzte Runde zu spielen, und Julia machte, ohne daß sie es merkte, ein erstauntes Gesicht.

Lizi fühlte sich bemüßigt, sich zu verteidigen. »Ist doch wahr! Wenn ich nur an die Heimfahrt denke! Die Straße wird glatt wie eine Eisbahn sein. Die Stadt kümmert sich ja nicht um uns.« Sie erhob sich.

Julia vergaß ihren guten Vorsatz, sich nicht mehr einzumischen. »Aber, Lizi«, begann sie, »ich habe dir doch erklärt . . .«

»Deine lächerlichen Erklärungen nutzen mir gar nichts!«

»Dann eben nicht!« sagte Julia. »Auf Wiedersehn, Lizi. Fahr vorsichtig.« Sie wollte aufstehen.

Agnes legte ihr mit leichtem Druck die Hand auf die Schulter. »Du bleibst noch einen Augenblick, ja?«

»So ist's recht!« sagte Lizi. »Damit ihr tüchtig über mich lästern könnt.«

»Genau das haben wir vor«, gab Agnes ungerührt zurück, zwinkerte Julia zu und begleitete Lizi hinaus.

»Sie ist böse auf mich«, sagte Julia, als Agnes zurückkam.

»Sie ist wütend auf Gott und alle Welt und am meisten wohl auf sich selber.«

»Ich glaube, ich habe sie enttäuscht«, sagte Julia und erzählte von jenem Gespräch im *Café Aumüller*. »Freundschaftlicher wäre es wohl wirklich gewesen, ich hätte ihr das Geld ohne weiteres gegeben«, kritisierte sie sich selber, »aber dazu konnte ich mich nicht durchringen.«

»Das konnte sie doch nicht im Ernst von dir erwarten«, sagte Agnes.

»Hättest du es denn getan?«

»Ich bin keine Kapitalistin.«

»Aber wenn du das Geld hättest . . .«

»Natürlich nicht«, gab Agnes zu, »so geht es nun mal auf dieser Welt: Jeder ist sich selbst der Nächste.«

»Vielleicht hätte ich es doch tun sollen.«

»Nein, Liebchen, aber du solltest ihr auch nicht übelnehmen, daß sie es haben wollte.«

»Das hat mich tatsächlich ein bißchen geärgert.«

»Habe ich mir gedacht. Aber wenn einem das Wasser bis zum Hals steht, greift man buchstäblich nach jedem Strohhalm. Du kannst dich in so eine Situation natürlich nicht hineinversetzen.«

Julia überhörte die Spitze. »Steht es so schlimm?« fragte sie.

»Sagt man jedenfalls. Aber da kann niemand helfen. Die Idee, aus der *Alten Mühle* ein Luxusrestaurant zu machen, war von vornherein falsch. Es ist komisch, daß die Brauerei sie nicht gewarnt hat. Aber vielleicht hat sie es ja getan. Lizi war immer schon ein bißchen starrköpfig.«

»Ihr Mann hätte es doch wissen müssen.«

»Der Fakosch? Der wollte seinen Traum verwirklichen. Bei einem Mann ist so was verzeihlich.«

»Lizi tut mir so leid.«

»Das sagt sich leicht.«

»Dauernd machst du mir Vorwürfe! Warum gerade mir? Ich habe jedenfalls versucht, etwas für sie zu tun. Es ist nicht meine Schuld, daß sie was anderes erwartet hatte. Aber was ist mit dir?«

»Ich heuchle auch kein Mitleid.«

»Verdammt, Agnes, warum bist du so häßlich zu mir?«

»Das bist du nicht gewohnt, wie? Mein armes, sensibles, kleines Mäuschen.«

Jetzt sprang Julia auf. »Dann gute Nacht. Ich habe keine Lust, mich von dir herunterputzen zu lassen.«

»Nein, bleib! Ich muß dir was sagen. Trinkst du noch einen Cognac mit mir zusammen? Komm, sträub dich nicht. Du hast ja keinen Heimweg.« Agnes schenkte noch einmal ein, hob ihr Glas und prostete Julia zu. »Du weißt, ich habe immer gern hier gewohnt ...«

»Ja, und?«

»Was man auch gegen dich sagen kann: Du bist das Ideal einer Hausbesitzerin ...«

»Danke«, sagte Julia irritiert, weil sie solche Ansprachen nicht gewohnt war.

»... deshalb fällt es mir doppelt schwer, dir zu kündigen.«

»Was?« fragte Julia verblüfft.

»Wenn du ein bißchen mehr über andere Leute nachdenken würdest, könnte dich das nicht überraschen. Seit die Kinder fort sind, ist die Wohnung hier zu groß für uns geworden ... und auch zu teuer.«

»Du möchtest, daß ich mit der Miete runtergehe?«

»Nein, das wäre unverschämt. Günther und ich wissen gut, daß wir hier sehr günstig gewohnt haben. Die Mieten sind ja inzwischen gestiegen. Du hast nie daran gedacht, sie zu erhöhen, und wir haben es dir auch nie angeboten, weil wir ja wußten, daß du es nicht nötig hast.«

Ich bin also wieder einmal die Dumme, dachte Julia, sprach es aber nicht aus.

»Günther hofft, daß er das alte Haus am Hauptplatz kaufen kann, die Nummer vier, in dem wir unseren Laden haben.«

»Und ich dachte, eure Geschäfte gingen so schlecht!«

»Mäßig, sehr mäßig, Liebchen, das stimmt. Wir kaufen das Haus aus Ersparnisgründen, damit wir später keine Miete mehr zu zahlen brauchen.«

Die Logik leuchtete Julia nicht ein, aber sie schwieg, weil sie sich nicht zanken wollte.

»Der alte Loderer, der Besitzer, ist ja gestorben, und das Haus fällt an eine Erbengemeinschaft, die möglichst rasch Bargeld sehen will. Deshalb ist es verhältnismäßig billig zu kriegen. Natürlich müssen wir uns über und über verschulden, aber Günther hat es durchgerechnet, es ist zu machen. Nur die Wohnung hier können wir uns dann nicht mehr leisten, sondern wir müssen notgedrungen in unser Haus ziehen.«

»Mir kommen die Tränen.«

»Meinst du etwa, ich zöge gerne hier aus? Glaubst du, daß es sich in einer kleinen, dunklen, lauten Wohnung am Hauptplatz so leben läßt wie hier in der Akazienallee? Ach, du hast ja keine Ahnung.«

»Wann wollt ihr ausziehen?« fragte Julia.

»Wenn unser Mietvertrag mit dir abläuft, Ende des Jahres also.«

»Oh, was den Vertrag betrifft, bin ich gerne bereit . . .«

»Ich weiß, daß du die Wohnung mit Kußhand jederzeit wieder vermieten kannst. Trotzdem: Nett von dir, daß du uns entgegenkommen würdest. Aber es muß ja auch noch dies und das am Haus gerichtet werden, damit wir einziehen können, ganz davon abgesehen, daß der Kauf erst mal über die Bühne gehen muß. Also bleiben wir doch bis Ende Dezember.«

»Keine schöne Zeit zum Umziehen.«

»Ist ja nur am Ort.« Agnes leerte ihr Glas. »Natürlich richten wir dir die Wohnung hier vorher so her, daß du sie gleich zum ersten Januar wieder vermieten kannst.«

»Das ist nett von euch«, sagte Julia abwesend.

»Ist doch nur unsere Pflicht.«

Julia spielte mit ihrem Glas. »Nun wird sich also noch mehr ändern.«

»Mach kein Drama daraus. Ich ziehe ein paar Ecken weiter. Was soll's schon? Wir bleiben doch die alten.«

Julia spürte, daß es nicht so war. Schon jetzt hatte sich sehr viel zwischen sie und Agnes, zwischen Lizi und sie geschoben. Die Freundschaft, in der sie in all den Jahren einen Halt gesehen hatte, war doch nur sehr oberflächlich gewesen, wie sie jetzt erkennen mußte. Einer Belastung hatte sie nicht standgehalten. Wenn Agnes nicht mehr im gleichen Haus lebte, würden sie sich in Zukunft wohl kaum noch sehen. Aber es war sinnlos, das Agnes zu sagen. Wahrscheinlich wußte sie es ohnehin selber.

»Nun mach nicht so ein Gesicht!« mahnte Agnes.

»Tu ich das?« Julia lächelte. »Ich habe nur nachgedacht.«

»Worüber denn?«

»Nur so. Im allgemeinen.«

»Du brauchst keine Angst zu haben. Wenn du Trost brauchst, weißt du ja, wo ich bin.«

»Wieso Trost?«

»Wenn diese Geschichte mit dem jungen Mann aus München in die Brüche geht.«

»Vorläufig sieht es nicht so aus.«

»Für dich nicht. Das will ich dir glauben.«

»Du kannst dich mit Robsy zusammentun. Die unkt auch dauernd.«

»Kluges Kind.«

»Früher hast du nicht so über sie gedacht.«

»Es ist nicht ihre Schuld, daß sie unerzogen bis zur Unerträglichkeit ist.«

»Danke.«

Agnes streckte rasch die Hand aus und legte sie Julia auf den Arm. »Sei mir nicht böse. Ich weiß selber nicht, warum ich so unausstehlich bin.«

»Ich nehm's nicht tragisch.«

»Mir fällt die Umstellung auch nicht leicht, weißt du, und ich habe blödsinnigerweise ein schlechtes Gewissen dir gegenüber. Ich kann verstehen, wenn du dich im Stich gelassen fühlst. Aber du wirst schon nicht vereinsamen.«

Julia begriff sehr wohl, daß dies der Moment gewesen wäre, Agnes endlich von ihren eigenen Plänen zu erzählen. Jetzt zu schweigen, kam einer Lüge sehr nahe. Aber sie konnte sich nicht mitteilen. Früher hatte sie immer alles mit der Freundin beredet, und es hatte sie auch nicht gestört, wenn Agnes ihr in vielem widersprochen hatte. Sie hatte ihre Ratschläge zwar selten befolgt, sie sich aber doch angehört. Aber sie war so sicher, Agnes würde nicht das mindeste Verständnis für sie haben, sie nur warnen oder, noch schlimmer, verspotten, daß sie sich nicht überwinden konnte, sich ihr anzuvertrauen.

»Mach dir meinetwegen keine Gedanken«, sagte sie deshalb nur, »ich bin mit ganz anderen Situationen fertig geworden.«

»Ja. Du bist zäher als man glaubt.«

»Jetzt bin ich vor allem müde.« Julia zog sich aus ihrem Sessel hoch. »Sehen wir zu, daß wir in die Betten kommen.«

Agnes nahm sie, wie es ihre Gewohnheit war, flüchtig in die Arme und küßte sie auf beide Wangen. »Gute Nacht, Liebchen, und laß dir keine grauen Haare wachsen. Es wird schon alles werden!«

Endlich wurde es doch Frühling. Zwar blieb es immer noch kalt, aber der schneidende Ostwind trieb die grauen Wolken fort, und am Himmel stand eine goldene Sonne. Wenn sie auch noch keine rechte Kraft zu haben schien, die Erde zu wärmen, so verzauberte sie sie doch mit gleißendem Glanz.

Julia gewöhnte es sich an, morgens lange Spaziergänge durch den Kurgarten zu machen. Die Bewegung tat ihrem Körper gut, und das sprießende Grün erfreute ihre Augen. Wenn Johannes Herder sie besuchte, fuhren sie aus der Stadt hinaus und wanderten durch das schöne Voralpenland. Einmal holten sie Roberta von der Schule ab und kehrten zu einem Mittagessen in der *Alten Mühle* ein. Sie waren nicht die einzigen Gäste, das Essen war gut, Karl Fakosch bediente sie persönlich, und Johannes Herder machte bewußt eine große Zeche. Julia hatte das Gefühl, daß es auch hier draußen aufwärtsging. Aber Lizi ließ sich nicht sehen.

Jeden Morgen, wenn Julia Ralphs Zimmer lüftete, tat sie einen Blick aus dem Fenster und bewunderte die Magnolie, die schon ihre dicken, klebrigen Knospen ansetzte.

Eines Tages kam Roberta später als sonst zum Mittagessen nach Hause und verkündete vergnügt: »Es ist soweit! Der Winter ist vorbei, das wirst du doch zugeben. Heute nachmittag melde ich mich in der Fahrschule an. Einverstanden?«

Julia hatte ihre Tochter mit der Fahrerei nicht beginnen lassen wollen, solange die Straßenverhältnisse schlecht waren.

»Ja, sicher«, sagte sie jetzt.

»Na, Gott sei Dank! Ich hatte schon gedacht, du hättest wieder was einzuwenden.«

»Nein, das nicht . . .«

»Aber?«

Julia ärgerte sich über sich selber, daß es ihr so schwerfiel, einen einfachen und logischen Vorschlag zu machen. »Ich werde mitkommen«, sagte sie.

»Aber, Julia! Ich bin doch kein kleines Kind mehr!«

»Du verstehst mich falsch. Vielleicht habe ich mich auch dumm ausgedrückt.« Sie sah ihrer Tochter entschlossen in die Augen. »Ich möchte auch Fahrunterricht nehmen.«

»Du? Dazu bist du doch viel zu alt.« Roberta sagte es nicht boshaft, sondern brachte es ganz überzeugt vor, wie eine Tatsache, an der nun einmal nicht zu rütteln war.

Julia hatte zwar keine Begeisterung erwartet, aber doch nicht diese Art von Widerstand. »Es haben schon viel ältere Leute als ich noch das Autofahren gelernt.«

»Fragt sich nur, wie. Außerdem waren sie wahrscheinlich technisch begabter.«

»Ich kann es doch wenigstens versuchen.«

»Rausgeschmissenes Geld.«

»Na, immerhin ist es noch mein Geld«, sagte Julia, schärfer als es sonst ihre Art war, »und ich kann es mit beiden Händen zum Fenster hinauswerfen, wenn es mir paßt.«

»Kannst du nicht. Ich würde dich entmündigen lassen.« Sie merkte, wie Julia zusammenzuckte, und fügte hinzu: »Ich weiß, das klingt brutal, aber es ist nun mal so. Ich könnte doch nicht zulassen, daß du ohne jeden Verstand Haus und Hof verjubelst. Schon in deinem Interesse müßte ich dich daran hindern.«

»Ich will ja nichts verjubeln, das weißt du ganz genau. Ich will schlicht und einfach fahren lernen, und das ist doch wohl mein gutes Recht.«

»Du kannst es nicht, Julia, glaub mir doch! Du würdest dich höchstens blamieren. Wozu willst du dir das antun?«

»Ralph hat die Prüfung auch nicht auf Anhieb geschafft.«

»Das war Pech, aber es besagt doch nichts. Du packst es nie!«

»Lassen wir es drauf ankommen.«

»Aber wozu, Julia? Wozu? Was versprichst du dir davon? Bisher hast du dich niemals nach einem Auto gesehnt, und bald brauchst du es weniger denn je. Wenn ich erst meinen Führerschein habe, werde ich dich kutschieren, wohin du willst.«

»Das ist nicht das gleiche.«

»Sicher nicht. Aber erklär mir mal, was du mit einem Auto machen willst?«

»Ich habe nicht von einem Auto gesprochen, sondern von einem Führerschein.«

»Das kommt nun wirklich aufs selbe hinaus.«

»Ich könnte mir genauso gut wie du Ralphs Auto ausleihen.«

»Aber wozu? Ich verstehe dich einfach nicht. Du hast doch bisher immer behauptet, daß bei uns alles so nahe beisammen liegt, daß man überhaupt kein Auto braucht.«

»Mit dem Auto würde ich bequemer nach München kommen.«

»Aber da bring ich dich hin. Jederzeit.«

So ging es noch eine Weile hin und her, bis Julia wieder einmal nachgab. Tatsächlich lag ihr gar nicht so viel an einem eigenen Führerschein. Es war nicht so, daß sie Angst davor gehabt hätte, sich ans Steuer zu setzen, aber sie glaubte, daß sie in München kein Auto mehr brauchen würde. Dort gab es öffentliche Verkehrsmittel genug.

Außerdem widerstrebte es ihr, sich aufzudrängen.

Roberta hatte ihr allzu deutlich zu verstehen gegeben, daß sie sie nicht dabeihaben wollte. Das nahm Julia schließlich jegliche Lust.

Schweigend setzten sie das Mittagessen fort.

Als die Teller leer waren, fragte Roberta: »Du bist mir doch nicht böse?«

»Doch«, erwiderte Julia.

Einen Augenblick war Roberta so verblüfft, daß sie nichts mehr sagen konnte; eine solche Antwort hatte sie von ihrer Mutter nie bekommen. Dann, als sie sich wieder gefaßt hatte, sprang sie auf und rief empört: »Du willst mich nicht verstehen!«

»Ich verstehe dich nur allzu gut. Du willst keine Rücksicht auf mich nehmen, aber selber deine Freiheit haben, zu tun, was du willst.«

»Nur weil ich den Führerschein machen will? Aber das hattest du mir doch schon lange versprochen!«

»Nein. Weil du mich daran hinderst, es auch zu versuchen.«

»Ich dich hindern? Als wenn ich das könnte! Du kannst doch tun und lassen, was du willst. Von mir aus: Mach dich ruhig zum Narren!«

»Du hast mir den Spaß daran verdorben.«

Roberta legte ihrer Mutter den Arm um die Schulter und küßte sie auf die Schläfe. »Nun setz bloß keine so tragische Miene auf, Julia! Du weißt genau, daß Autofahren überhaupt nicht zu dir paßt. Ich verstehe gar nicht, wie du darauf verfallen bist. Wahrscheinlich nur, um mich zu ärgern.« Sie richtete sich auf und lachte. »Aber ich bin nicht so empfindlich wie du. Ich löffle den Teller auch leer, wenn du hineingespuckt hast. Also, bis nachher, Julia! Ich sause jetzt los!«

Fort war sie.

Ihr unverschämter Egoismus hatte Julia zwar verletzt, aber diesmal genoß sie den Schmerz, denn ihr war, als müßte er zu ihrer Befreiung beitragen.

Roberta nahm ihre Fahrstunden sehr ernst und büffelte eifrig für das Theoretische, wobei sie ihrer Mutter – die sich übrigens auch gar nicht dazu drängte – nicht erlaubte, sie abzuhören, obwohl ihr das die Sache sicher vereinfacht hätte.

»Du brauchst mir nicht zu helfen«, erklärte sie, »ich bin ja keine Idiotin.«

Beinahe hätte Julia gesagt: Wenn du nur einmal so viel Begeisterung für die Schule aufbringen würdest! Aber sie verkniff sich diese Bemerkung, weil sie Zänkereien haßte.

Anders sah es mit dem praktischen Üben aus. Roberta fand, daß eine Fahrstunde in der Woche viel zu wenig war. Deshalb bekniete sie Ralph, als er einmal zwischen seinen Auslandstouren nach Hause kam, mit ihr zu fahren. Am Rande von Bad Eysing gab es einen abgezäunten, asphaltierten Platz, auf dem Anfänger, mit und ohne Führerschein, ihre Künste erproben konnten.

Aber Ralph lehnte entschieden ab. »Die paar Tage, die ich zu Hause bin, will ich meine Ruhe haben.«

»Ach, sei doch nicht so!« flehte Roberta.

»Deinetwegen werde ich mich bestimmt nicht ändern.«

»Nur ein Stündchen.«

»Nicht mal ein Viertelstündchen. Mir hat damals auch niemand geholfen. Sieh zu, wie du es alleine schaffst!«

Roberta stampfte mit dem Fuß auf. »Du willst bloß, daß ich durchfalle!«

»Und warum auch nicht? Warum soll's dir besser gehen als mir?«

Roberta begriff, daß nichts zu wollen war. Eine Weile brummelte sie herum, dann ging sie ans Telefon, wobei sie die Tür fest hinter sich verschloß, so daß Julia und Ralph nur einige Satzfetzen des Gesprächs hören konnten. Jedenfalls dauerte es einige Zeit.

»Wen ruft sie jetzt an?« fragte er.

»Ich weiß es nicht.«

»Du scheinst wenig Ahnung über den Umgang deiner Tochter zu haben.«

»Und über deinen?«

»Das ist was anderes.«

»Du hättest übrigens ruhig etwas freundlicher zu ihr sein können.«

»Freundlicher? Du weißt doch genau, was für ein dickes Fell sie hat. Die versteht's nur, wenn man ihr grob kommt.«

Julia schwieg und wandte die Augen ab, damit er sie nicht dabei erwischte, daß sie ihn besorgt betrachtete. Er sah überanstrengt aus, obwohl er sehr braun gebrannt war. Unter seinen grünen Augen lagen Schatten, und er war abgemagert. Seine Tätigkeit als Reiseleiter schien ihm nicht das zu bieten, was er erwartet hatte.

Oder war es ein anderer Kummer, der an ihm zehrte? Julia mochte ihn nicht ausfragen, sondern wartete darauf, daß er sich ihr von selber anvertrauen würde.

Strahlend kehrte Roberta ins Wohnzimmer zurück und rief triumphierend: »Erwin macht's!«

»Was für ein Erwin?«

»Erwin Kirsch! Wir haben dir doch von ihm erzählt.«

»Gibt's den immer noch?«

»Dachtest du, er wäre vom Erdboden verschwunden?«

»Nein. Aber ich hatte den Eindruck, du wärst nicht interessiert.«

»Jedenfalls bin ich froh, daß ich ihn mir warmgehalten und ihn hin und wieder in München getroffen habe. Er kommt am Samstag raus und läßt mich auf dem ADAC-Platz fahren.«

»Gut, daß ich dann nicht mehr da bin.«

»Du hättest ihn sowieso nicht kennengelernt. Ich mag meine Freunde nicht inspizieren lassen.«

»Hört, hört! Jetzt sind es schon Freunde ... Mehrzahl gesprochen.«

»Du kannst mich mal!«

»Ich denk ja nicht dran.«

Plötzlich wurde es Roberta bewußt, daß ihre Mutter noch kein Wort gesagt hatte. »Oder legst du etwa Wert darauf, daß ich ihn heraufbringe?«

»Nein«, sagte Julia.

»Früher hast du darauf bestanden.«

»Früher warst du auch noch jünger.«

Roberta war jetzt doch ein wenig enttäuscht. »Du interessierst dich überhaupt nicht für ihn?«

»Natürlich tue ich das. Aber ich will mich nicht in deine Angelegenheiten mischen.«

»Ein sehr weiser Entschluß«, ließ sich Ralph vernehmen.

Julia hatte den Eindruck, zu hart gewesen zu sein. »Natürlich würde ich ihn empfangen, wenn er es möchte.«

»Warum sollte er?«

»Vielleicht hat er zufälligerweise gute Manieren ...«

»Oder eine kleinbürgerliche Anwandlung!« warf Ralph dazwischen.

»... ansonsten würde ich nur Wert darauf legen, einen deiner Freunde kennenzulernen, wenn es eine ernste Sache ist.«

»Wenn du ihn heiraten willst«, verdeutlichte Ralph.

Roberta lachte lauthals. »Heiraten? Ich? Da könnt ihr lange warten!«

Am Samstagnachmittag hing Roberta im Fenster von Ralphs Zimmer und hielt Ausschau, bis sie Erwin Kirsch in seinem kleinen grünen BMW am Ende der Akazienallee auftauchen sah.

Sofort sauste sie zur Wohnungstür, schrie: »Bis dann, Julia!« und stürzte hinaus.

Julia mutmaßte, daß sie das Fenster nicht geschlossen hatte, gab den beiden aber Zeit, zu verschwinden, da sie den Eindruck vermeiden wollte, sie wäre neugierig.

Als Roberta aus dem Haus kam, war Erwin Kirsch gerade ausgestiegen. Er trug eine graue Hose und einen blauen Rollkragenpullover und lächelte ihr freundlich entgegen.

»Bin ich froh, daß du da bist!« rief sie. »Erst in der Not lernt man die wahren Freunde kennen!«

Er lachte. »Du bist schon eine Komikerin! Wieso hast du es eigentlich so eilig? Ich würde deiner Mutter gern ›Grüß Gott‹ sagen.«

»Wozu?«

»Einfach so.«

»Herrgott, bist du ein Spießer.«

»Findest du? Ich weiß nur, daß meine Mutter immer sehr gern die Männer kennenlernen wollte, mit denen meine Schwester herumzog.«

»Meine Mutter ist nicht so.«

»Schade.«

»Wieso? Das ist doch viel angenehmer.«

»Darüber kann man geteilter Meinung sein. Also, steig ein!«

Roberta tat es, und als er losfuhr, betrachtete sie ihn ein wenig unbehaglich von der Seite. Sie mußte sich zugeben, daß er ganz gut aussah, wenn auch seine Nase ein wenig zu scharf, der Mund zu schmal war. Ein Jammer, daß sie sich nicht ernstlich etwas aus ihm machte, aber an Johannes Herder konnte er eben doch nicht tippen. Trotzdem wäre es dumm von ihr, ihn zu vergrätzen.

Deshalb begann sie nach einer Weile tastend: »Wenn du allerdings gesteigerten Wert darauf legst, meine Mutter . . .«

»Ja«, sagte er ruhig.

»Aber eigentlich kennst du sie doch schon.«

»Nur so zwischen Tür und Angel.«

»Na gut. Aber wir können sie nicht einfach so überfallen!«

»Bis fünf sind wir bestimmt zurück. Du wirst doch nicht behaupten wollen, daß sie um diese Zeit keinen Besuch mehr empfangen kann?«

»Nein, das nicht. Ich finde nur, es muß nicht sein.«

»Ach so . . .«

»Würde deine Mutter denn wollen, daß . . .«

»Meine Mutter lebt nicht mehr.«

»Oh!« sagte Robsy. »Das wußte ich nicht. Verzeih mir!«

»Für was entschuldigst du dich? Du konntest es ja nicht wissen. Aber zum Sinn deiner Frage: Meiner Mutter wäre es jederzeit recht gewesen, einen Freund meiner Schwester oder auch eine Freundin von mir kennenzulernen.«

»Hattest du denn schon so viele Freundinnen?«

Er lächelte, ohne sie anzusehen.

»Es geht.«

»Das spricht aber nicht gerade für dich.«

»Wieso? Ich find's einen Fehler, sich an das erste beste Mädchen zu binden, das einem über den Weg läuft.«

»Ich bin überhaupt gegen eine feste Bindung! Aber das heißt doch nicht, daß man immer wieder was Neues ausprobieren muß.«

»Und warum nicht?«

»Mir läge das jedenfalls nicht.«

»Du bist ja auch ein Mädchen, da ist es etwas anderes.«

»Überhaupt nicht! Inzwischen weiß man doch, daß der Unterschied zwischen Männern und Frauen gar nicht so beträchtlich ist und hauptsächlich an der Erziehung liegt.«

»So heißt es. Aber ich bin nicht dieser Meinung. Für mich besteht da ein gewaltiger Unterschied, nicht nur was das Körperliche betrifft, sondern auch . . .«

Sie fiel ihm ins Wort. »Na, hör mal! Du bist ja ein richtiger Chauvi!«

Schon waren sie wieder mitten in einem ihrer Streitgespräche, die die Würze ihrer Freundschaft waren.

Später, auf dem ADAC-Gelände, als sie am Steuer saß, ging es nicht anders.

»Du mußt sanfter kuppeln!« mahnte er. »Beim Einfahren in die Kurve Gas wegnehmen . . . und jetzt erst Gas geben! Beim Rausfahren! Hat dir das dein Fahrlehrer nicht gesagt?«

»Natürlich hat er! Meinst du, du hättest diese Weisheit erfunden?«

»Warum machst du es dann genau umgekehrt?«

»Weil du mich nervös machst!«

»Das ist doch lächerlich.«

»Merkst du denn nicht selber, daß du mir dauernd dazwischenquatscht?«

»Ich dachte, du wolltest Autofahren lernen!«

»Ich will üben . . . Und das in aller Ruhe!«

»Also brauchst du eigentlich nicht mich, sondern nur mein Auto?«

»Wenn es dir lieber ist, nehme ich das nächste Mal das Auto von meinem Bruder. Vielleicht regst du dich dann weniger auf.«

»Gute Idee. Dann fährst du eben das nächste Mal alleine.«

»Witzbold! Und wie soll ich mit dem Auto hierherkommen?«

Er lachte. »Das ist die große Frage! Denk mal darüber nach! Vielleicht findest du eine Lösung? Achtung! Wenn du vergißt Gas zu geben, stirbt dir der Motor ab . . . Da, schon passiert!«

Das Auto stand. Roberta hatte eine Linkskurve nicht geschafft. Hinter ihr wurde kräftig gehupt.

»Verdammter Mist!« schrie sie. »Du bist schuld.«

»Na sicher«, sagte er, »sieh lieber zu, wie du den Wagen wieder in Gang kriegst. Jetzt nutzt Gasgeben auch nichts mehr. Du mußt neu starten. Oder soll ich dich ablösen?«

»So weit kommt's noch!« Roberta arbeitete mit hochrotem Kopf, bis sie nach einigen Fehlstarts das Auto wieder flottbekam. »Na, wer sagt's denn!«

»Wenn du glaubst, daß solche Stümpereien gut für den Motor sind . . .«

»Er wird schon nicht kaputtgehen! Sei bloß nicht so pingelig!« Sie schaltete wieder einmal zu hart.

Mit übertriebenem Entsetzen hielt er sich die Ohren zu.

»Du mit deinem Gehabe!« schrie sie. »Weißt du, was du tust? Du gehst mir auf den Geist!«

»Dann hören wir eben auf. Fahr zum Ausgang!«

»Wir haben ja gerade erst angefangen!«

»Ich dachte, du hättest schon genug.«

»Nein!«

»Dann laß mich wenigstens aussteigen.«

Das war ihr nun auch wieder nicht recht, denn sie fühlte sich trotz ihrer großen Worte noch nicht sicher genug, ganz allein zu fahren. »Hast du denn keine Angst um dein schönes Auto?« fragte sie.

»Doch. Aber mehr noch um mein Leben.«

»Und was mit mir passiert, ist dir ganz egal?«

»Völlig.«

»Und ich dachte, du würdest mich mögen!«

»Habe ich das je gesagt?«

»Warum triffst du dich dann überhaupt mit mir?«

»Um Erfahrungen zu sammeln. Außerdem möchte ich dich daran erinnern, daß du mich gebeten hast, nach Eysing zu kommen. Es war deine Idee.«

»Du bist gemein!«

»Paß auf! Nicht bremsen! Nur nicht! Sonst fährt uns einer hinten rein!«

»Ich möchte nur wissen, warum alle so gemein zu mir sind!«

»Wer denn?«

»Du! Mein Bruder! Meine Mutter! Johannes Herder!«

»Dann kann es ja wohl kein Zufall sein, sondern muß an dir liegen.«

»Gemein bist du! Gemein!« Sie trommelte auf das Lenkrad.

»Halt bloß fest!« Er legte seine Hand an das Steuer. »Freihändig kannst du noch nicht.«

Nach einer knappen Stunde fuhr Roberta vom Platz. Sie hatte vorgehabt, viel länger zu üben, aber sie mußte sich zugeben, daß sie völlig erschöpft war. »So anstrengend hatte ich mir das nicht vorgestellt!«

Er war erleichtert, als sie den Platz mit ihm tauschte. »War ja das erste Mal«, sagte er beruhigend.

»Ich hatte nicht gedacht, daß so viele Fahrzeuge da sein würden.«

»Na ja: Wochenende.«

»Und du hast mich auch furchtbar nervös gemacht.«

»Ich war selber nervös. Neben einem Anfänger am Steuer zu sitzen, ist ein Gefühl wie Weihnachten.«

»War ich wirklich so schlecht?«

»Das mußt du deinen Fahrlehrer fragen.«

»Der nölt die ganze Zeit. Gerade deshalb wollte ich so gerne mal alleine.«

»Jedenfalls warst du in der Mitte der Zeit besser als am Anfang ... und zum Schluß ging es dann wieder schief, weil du überanstrengt warst.«

»Sehr tröstlich.«

»Was wolltest du denn hören? Daß du ein Genie auf Rädern bist? Das ganz bestimmt nicht.« Als er merkte, daß sie wirklich ganz geschafft war, fügte er hinzu: »Mach dir nichts draus! Wird schon noch werden! Aller Anfang ist schwer. Jetzt gehen wir erst mal eine Tasse Kaffee trinken.«

»Ich bin total verschwitzt.«

»Dann fahr ich dich besser nach Hause.«

Sie blickte ihn aus den Augenwinkeln an. »Mußt du zurück? Oder hast du noch Zeit?«

»Jede Menge. Da ich nun schon mal hier bin, vielleicht könnten wir tanzen gehen. Gibt's hier eine Discothek?«

»Meinst du, Bad Eysing ist ein Dorf?«

»Na also.«

Julia saß in ihrem Zimmer an der Schreibmaschine, als Roberta und Erwin Kirsch heraufkamen. Sie hörte das Aufschließen der Wohnungstür und auch ihre Stimmen, aber sie unterbrach ihre Arbeit nicht. Seit langem war sie bemüht, ihrer Tochter gegenüber den Eindruck zu vermeiden, daß sie sie kontrollierte. Wenn Robsy sie sprechen wollte, dachte sie, konnte sie ja zu ihr hereinkommen. Roberta führte den Freund ins Wohnzimmer. »Bitte, warte hier auf mich! Ich werde mich beeilen. Wenn du was trinken magst ... da, auf dem Glastisch. Bedien' dich selber.«

Er sah sich interessiert in dem großen, gemütlichen Raum um. »Und wo ist deine Mutter?«

»Sie tippt. Das kannst du doch hören.«

»Arbeitet sie denn? Und an einem Samstagnachmittag?«

»Das macht sie freiwillig. Sie bringt das Manuskript ihres Mackers ins reine. Ohne Bezahlung natürlich. Sie ist so ein Typ, der sich liebend gern ausnutzen läßt, das habe ich dir doch schon gesagt.«

»Willst du sie denn nicht holen?«

»Wozu?«

»Damit ich ihr ›Grüß Gott‹ sagen kann.«

»Wir würden sie jetzt bloß stören.«

»Aber das ist ihre Wohnung, Robsy, nicht deine. Ich kann mich hier nicht einfach breitmachen, ohne daß sie mich dazu auffordert.«

»Du mit deinen antiquierten Ansichten! Es dauert ja bloß ein paar Minuten.«

»Entweder sagst du ihr, daß ich da bin ...«

»Das hat sie doch bestimmt schon gehört!«

Er ließ sich nicht unterbrechen. »... dann kann sie selber entscheiden, ob sie mich begrüßen will oder nicht, oder ich gehe.«

»Na schön, dann warte unten.«

»Ich denke nicht im Traum daran.«

»Was soll das heißen?«

»Daß ich nach München zurückfahre.«

»Das wirst du nicht tun!«

»Und ob ich das werde.«

»Du bist wirklich gemein!«

»Das hast du mir heute schon einmal gesagt. Alle sind gemein zu dir, und es ist dir ganz unbegreiflich, woran das wohl liegen mag.« Er drehte sich um und ging zur Tür.

»Erwin!« Er wendete sich halb zu ihr um. »Mach's gut, Süße. Wir telefonieren vielleicht wieder einmal.«

Roberta begriff, daß er tatsächlich entschlossen war zu gehen, aber dazu wollte sie es denn doch nicht kommen lassen. Sie hatte sich schon sehr auf das Ausgehen gefreut, und sie gab nach. »Von mir aus. Ich sag ihr Bescheid.«

Julia blickte auf, als ihre Tochter ins Zimmer kam. »War es schön?« fragte sie.

»Wir wollen tanzen gehen.«

»Fein.«

»Ich zieh mich jetzt nur rasch um. Erwin wartet im Wohnzimmer.«

Julia stand auf. »Dann werde ich ihm Gesellschaft leisten.«

»Aber das ist doch nicht nötig!«

Julia lächelte. »Finde ich doch.«

Erwin Kirsch war abwartend im Wohnzimmer stehengeblieben.

»Das ist Herr Kirsch«, stellte Roberta vor, »meine Mutter.«

»Wir kennen uns schon.« Julia reichte ihm die Hand.

»Sie haben mich nicht vergessen?«

»Natürlich nicht!« Dann fügte Julia, weil es ein wenig zu herzlich geklungen hatte, einschränkend hinzu: »Vielleicht hätte ich es, wenn ich nicht wieder von Ihnen gehört hätte. Möchten Sie vielleicht einen Kaffee? Es war doch sicher anstrengend?«

Roberta und Erwin Kirsch antworteten gleichzeitig, nur daß sie »Nein« und er »Ja« sagte.

Julia lachte. »Was denn nun?«

Die jungen Leute wechselten einen Blick, dann sagte Roberta rasch: »Bitte, Julia, mach dir keine Mühe. Du hast ja auch zu tun. Erwin wollte mit mir ins Café und dann vielleicht noch ins Kino und dann in die Disco.«

»Ihr habt also ein volles Programm.«

»Ja, und deshalb werde ich mich jetzt beeilen«, sagte Roberta, aber irgendwie brachte sie es nicht fertig, ihren Freund und die Mutter miteinander allein zu lassen.

»Setzen wir uns doch«, forderte Julia ihn auf.

Roberta war immer noch da und trat von einem Fuß auf den anderen.

»Nun mach schon!« drängte er. »Worauf wartest du noch?«

Endlich ging Roberta.

Julia hatte sich gesetzt, und Erwin tat es ihr nach. Sie hätte gern einiges über ihn gewußt, aber sie wollte nicht, daß er sich ausgefragt fühlte, und deshalb überließ sie es ihm, den Anfang zu machen.

»Sie schreiben ein Manuskript ab, hat mir Robsy erzählt.«

»Ja.«

»Das muß interessant sein.«

»Sehr. Besonders weil ich nie weiß, wie es weitergeht.«

»Lesen Sie es denn nicht zuerst?«

»Keine Chance. Es ist noch nicht fertig, und ich krieg immer nur zehn oder zwanzig Seiten.«

»Ach so.«

»Es macht mir sehr viel Spaß«, erklärte Julia, »ich habe ja sonst nur wenig zu tun. Dieser kleine Haushalt . . .« Sie unterbrach sich. »Wenn Sie schon keinen Kaffee möchten, kann ich Ihnen dann sonst etwas anbieten?«

»Vielleicht . . . ein Glas Wasser?«

»Gerne.« Julia ging in die Küche, holte eine Flasche Mineralwasser aus dem Kühlschrank, trug sie ins Wohnzimmer, stellte ein hohes Glas auf einen Untersetzer und schenkte ihm ein. Er trank durstig. »Robsy ist ein schwieriges Mädchen.«

»Finden Sie?« erwiderte Julia ausweichend.

»Als ich sie damals traf, hielt ich sie für ganz normal, sehr ausgeglichen, sehr natürlich, sehr behütet, nicht so ausgeflippt wie schon viele in ihrem Alter. Aber gerade das hat mir gefallen. Wahrscheinlich bin ich jetzt in dem Alter . . .«

»Wie alt sind Sie denn?« erkundigte sich Julia.

»Sechsundzwanzig. Aber seit ich sie näher kenne, merke ich, daß sie wirklich nicht einfach ist. Sie hat eine Menge Ecken und Kanten und Widerhaken.«

»Haben wir die nicht alle?«

»Nicht in solchem Maße.«

»Sie ist ja erst noch dabei, erwachsen zu werden. Wahrscheinlich haben Sie schon vergessen, wie man sich mit siebzehn fühlt.«

»Ich habe sie sehr gern, aber manchmal verstehe ich sie nicht. Man macht eine ganz harmlose Bemerkung, und sie geht hoch wie eine Rakete, oder ich bin grob zu ihr, und sie nimmt es ganz gelassen hin.«

»Frauen sind nun einmal unberechenbar.«

»Sie doch bestimmt nicht!«

»Mich wollen wir einmal ganz aus dem Spiel lassen, ja? Sie sind, scheint mir, ein bißchen voreilig. Wir haben gerade erst ein paar Worte miteinander gewechselt, und schon wollen Sie beurteilen können, wie ich bin. Sicher haben Sie sich von Robsy auch sofort ein Bild gemacht, und nun sind Sie enttäuscht, weil sie anders ist . . . weil sie so ist, wie sie wirklich ist.«

»Ich dachte nur, Sie könnten mir helfen, sie besser zu verstehen. Warum zum Beispiel hat sie mit Macht zu verhindern gesucht, daß ich Sie begrüße? Das ist doch ein ganz normaler Vorgang.«

»Vielleicht, weil es ihr unangenehm ist, wenn wir beide hinter ihrem Rücken über sie reden. Ist das so unverständlich?«

»Das konnte sie doch nicht wissen.«

»Oder, daß ich Sie mit mütterlichen Fragen überschütten würde: Arbeiten Sie? Wenn ja, dann wo? Wie sind Ihre beruflichen Aussichten? Ihre familiären Verhältnisse und so weiter . . . pipapo.«

»Das würden Sie doch nie tun! Ich bin übrigens bei Siemens . . .«

»Schon gut, schon gut! Ich will das gar nicht wissen. Ich glaube Ihnen, daß Sie Roberta gern haben, das ist doch die Hauptsache, und ich hoffe, daß Sie sie nicht verletzen werden.«

»Befürchten Sie das?«

»Es ist wohl die Urangst aller Mütter«, gestand Julia lächelnd.

Roberta stürmte herein. Sie trug rote Stiefeletten zu einer blauen Piratenhose, eine weiße Spitzenbluse und hatte sich rasch und gekonnt frisch geschminkt; sie sah bezaubernd aus.

Erwin war aufgestanden. »Donnerwetter!« sagte er bewundernd.

»Nun tu nicht so, als sähst du mich zum ersten Mal!« wehrte sie ab, konnte aber ein geschmeicheltes Lächeln nicht unterdrücken. »Komm schon!«

»Darf ich mich nicht wenigstens verabschieden?«

»Ist hiermit geschehen. Auf Wiedersehen, Julia. Bleib bitte nicht auf! Ich weiß noch nicht, wann ich nach Hause komme.« Sie nahm Erwin Kirsch bei der Hand und zerrte ihn aus dem Zimmer.

»Auf Wiedersehen, Robsy ... auf Wiedersehen, Herr Kirsch!« rief Julia ihnen nach. »Viel Spaß!«

Sie blieb noch eine Weile nachdenklich sitzen, als die Wohnungstür hinter den beiden ins Schloß gefallen war. Dann stand sie auf und ging zum Telefon.

Es war kurz nach Mitternacht, als Roberta und Erwin Kirsch die Discothek verließen. Sie hatten wenig getrunken, viel getanzt, und doch fühlten sie sich wie beschwipst.

Als sie auf dem Parkplatz hinter der Disco im Auto saßen, nahm er sie in die Arme und küßte sie. Es war nicht das erste Mal, und sie erwiderte seine Küsse mit unbefangener Leidenschaft. Aber als er begann, an den Knöpfen ihrer Bluse zu nesteln, stieß sie ihn von sich.

»Was hast du denn?« fragte er ernüchtert.

»Ich mag das nicht.«

»Tu nicht so, als wärst du eine Jungfrau!«

»Ich hasse es, im Auto zu knutschen. Außerdem ist es schon spät. Ich muß nach Hause.«

»Unsinn. Du hast doch deiner Mutter gesagt, daß sie nicht aufbleiben soll. Sie wird längst schlafen.«

»Trotzdem.«

»Wie du willst.« Er ließ den Motor an.

»Bist du mir böse?« fragte sie.

»Nein. Ich finde dich nur albern.«

»Weil ich mich nicht so leicht rumkriegen lasse?«

»Du willst es doch auch«, sagte er, während er, den Kopf nach rückwärts gewandt, das Auto auf die Straße fuhr.

»Nein.«

»Was hast du gegen Sex?«

»Ich mag ihn nicht . . . nicht ohne Liebe.«

»Ach so! Ich habe dir wohl nicht genug Süßholz geraspelt?«

»Das ist es nicht.«

»Was dann?«

»Ich liebe dich eben nicht.«

»Aber du fühlst dich doch zu mir hingezogen?«

»Das schon.«

»Liebe! Was stellst du dir darunter vor? Wahrscheinlich ein Gefühl, das es gar nicht gibt. Du hast zu viele Romane gelesen.«

Roberta schwieg.

Als sie in die Akazienallee einbogen, fragte sie: »Aber du läßt mich mal wieder fahren?«

»Kommt ganz drauf an.«

»Willst du mich etwa erpressen?«

»Du mußt verrückt sein, mir so was vorzuwerfen.«

»Ich habe es so verstanden.«

»Kommt darauf an, ob ich nicht was Besseres vorhabe.«

»Also doch!«

»Du bildest dir ein, wenn du mich bumsen ließest, hättest du dadurch ein Recht auf mich, meine freie Zeit, mein Auto? Sag mal, in was für einer Welt lebst du eigentlich? Das eine hat doch mit dem anderen gar nichts zu tun.«

»Um so besser.« Sie legte ihm versöhnlich die Hand auf den Arm. »Es war ein so schöner Abend. Laß uns doch jetzt nicht streiten.«

»Von mir aus.« Er bremste vor Julias Haus und blickte hinauf; oben war alles dunkel. »Siehst du, deine Mutter schläft längst.«

»Ja und?«

»Warum drängt es dich dann so nach Hause?«

»Weil ich müde bin.«

»Ich auch. Trotzdem muß ich noch nach München zurück.«

»Hattest du etwa erwartet, du könntest bei mir übernachten?«

»Nein. Aber daß du etwas netter zu mir wärst.«

»Was heißt schon nett?«

»Daß du mich nach München begleiten würdest.«

»Und meine Mutter?«

»Die würde sich schon denken, wo du bist. Außerdem könntest du sie gleich morgen früh anrufen.«

»Nein.«

»Und warum nicht? Nein, laß nur! Du kommst ja doch immer nur wieder mit demselben Quatsch.« Er zog den Zündschlüssel aus dem Schloß. »Ich begleite dich noch nach oben.«

»Wozu? Ich kann sehr gut . . .«

Er unterbrach sie. »Ich weiß, daß du unbeschadet die Treppe hinaufkommst. Aber ich möchte noch einen Kaffee, damit ich wieder fit werde. Das ist doch wohl nicht zuviel verlangt.«

Roberta hatte das deutliche Gefühl, daß er auf Nimmerwiedersehen aus ihrem Leben verschwinden könnte, wenn sie ihm auch diesen Wunsch abschlüge. Deshalb sagte sie, obwohl sie nicht die geringste Lust dazu verspürte: »Na schön. Komm mit!« Sie schlüpfte aus dem Auto. »Aber ganz leise.«

Auch er stieg aus und schloß die Türen ab. »Wofür hältst du mich?«

Sie ging ihm voraus durch den Vorgarten und die wenigen Stufen zur Haustür hinauf, schloß auf und drückte auf den Schalter. Er war ihr dicht gefolgt, und für einen Augenblick standen sie sich in dem hellen Licht der Jugendstillampe gegenüber, die den mit schwarzen und weißen Marmorplatten ausgelegten Vorraum – Überbleibsel vergangener Pracht – erhellte. Sie hatten sich seit Stunden nicht mehr wirklich gesehen, und jetzt stellte er fest, daß sie, obwohl ihr Make-up verwischt und zerlaufen war, immer noch reizend wirkte in ihrer blonden blauäugigen Schönheit, dem etwas zu kräftigen Kinn und dem kindlichen Zug von Eigensinn um den vollen Mund.

»Du bist eine schreckliche Person«, sagte er, »aber ich habe dich sehr lieb.«

Auch ihr war bewußt geworden, wie gut er aussah mit dem schwarzen glatten Haar und den schönen Augen, deren Blau tiefer war als das der ihren; er war ein Mann, um den ihre Freundinnen sie beneiden würden, und sie wollte ihn nicht verlieren. »Ich dich doch auch«, sagte sie.

Das Licht ging aus, und ehe sie wußte, wie ihr geschah, lag sie wieder in seinen Armen und ließ es zu, daß seine Zärtlichkeiten kühner wurden. Die Nähe der mütterlichen Wohnung gab ihr Sicherheit, bis ihr zu schwindeln begann und sie blitzartig begriff, daß es auch hier im Treppenhaus passieren konnte, weil die eigene Gier nach Erfüllung sie mitriß.

»Nein, nein, o bitte nicht«, stöhnte sie, »nicht hier! Bitte!«

Er war nicht so erregt wie sie, hatte es aber genossen, sie so weit zu treiben, und kam jetzt schnell wieder zu sich. »Du hast recht«, sagte er und gab sie frei, »wo ist der Schalter?«

»Warte noch!« bat sie und nützte die Dunkelheit, sich Bluse und Hose zu richten. »Wir brauchen kein Licht.« Sie suchte seine Hand und führte ihn die Treppe hinauf.

Im Schein der Straßenlaterne vor dem Haus fand sie das Türschloß, ließ ihn eintreten und zog ihn, immer noch ohne Licht zu machen, mit sich in die Küche. Hier erst betätigte sie den Schalter und verschwand geschwind und ohne ihn anzusehen.

Vor dem Spiegel im Bad sah sie, daß ihr Gesicht hochrot und erregt war. Die Lidschatten hatten sich aufgelöst und bildeten häßliche Striche zwischen den Falten. Die Haut unter ihrer Nase und auf der Stirn glänzte feucht.

»O Gott!« sagte sie halblaut und beglückwünschte sich dazu, daß er sie so nicht oder doch nur ganz kurz gesehen hatte. Mit einem Kleenextuch wischte sie sich das verlaufene Make-up und den Schweiß ab. Sie ließ kaltes Wasser über ihre Handgelenke laufen, bis sie sich wieder beruhigt hatte und ihr Gesicht eine normale Farbe annahm. Dann bürstete sie ihr langes blondes Haar, bis es wieder einigermaßen gut fiel.

»Da bin ich wieder«, verkündete sie mit gespielter Munterkeit, als sie in die Küche kam, und schloß die Tür rasch hinter sich.

»Ich habe schon Wasser aufgesetzt.«

»Tüchtig, tüchtig! Tut's ein Neskaffee oder möchtest du ihn gefiltert?«

»Wenn ihr gemahlenen dahabt . . .«

»Nein.«

»Schade. Dann lieber nicht. Sonst wecken wir deine Mutter.«

»Sie ist bestimmt schon aufgewacht, als wir gekommen sind. Ich glaube, sie hört mich immer.«

»Trotzdem wollen wir keinen unnötigen Krach machen.«

Roberta stellte Tassen und Untertassen auf den Tisch, legte Löffel dazu, holte die Zuckerdose aus dem Schrank und das Sahnekännchen aus dem Eisschrank.

Er hatte sich gesetzt, sah zu, wie sie so hausfraulich hantierte, und fragte: »Kannst du eigentlich kochen?«

»Sehr gut sogar.«

»Dann bist du ja fast reif für die Ehe.«

»Ich denke gar nicht daran zu heiraten.«

»Nie?«

»Man soll nie ›nie‹ sagen . . . in absehbarer Zeit jedenfalls nicht.« Sie schraubte das Glas mit Pulverkaffee auf. »Ein oder zwei Löffel?«

»Gib mir ruhig zwei, ich werde allmählich wirklich müde.«

»Dann kannst du aber nachher vielleicht nicht schlafen.«

Er grinste jungenhaft. »Wer spricht denn hier von schlafen? In München gehen die Lichter nicht so schnell aus.«

»Willst du etwa noch einmal fort?« Das Wasser kochte, sie schaltete den Herd ab, nahm den Kessel und goß auf.

»Was dagegen?«

»Natürlich nicht!« behauptete sie, konnte aber nicht verbergen, daß ihr diese Vorstellung alles andere als angenehm war, und hatte doch keine Ahnung, daß er gerade dies Gefühl in ihr hatte wecken wollen. Mit Anstrengung fügte sie hinzu: »Im Gegenteil, ich wünsche dir viel Glück. Es heißt ja, daß man sich in Schwabing spielend leicht ein Mädchen für die Nacht aufreißen kann.«

Er schnalzte mißbilligend mit der Zunge. »Daß du auch immer nur an das eine denken kannst!«

Sie spürte, wie sie rot wurde, war froh, daß sie den Kessel noch in der Hand hielt, der ihr den Vorwand bot, sich abzuwenden, um ihn auf den Herd zurückzustellen.

Aber er hatte es doch gesehen und lachte sie aus.

Sie verbrachten etwa zwanzig Minuten zusammen in der nächtlichen Küche und vertrieben sich die Zeit mit dem zwischen ihnen üblichen Geplänkel, das nur anders war als sonst, intimer, weil sie miteinander in einem sehr kleinen Raum saßen und ihre Stimmen nicht zu erheben wagten, sondern im Flüsterton sprachen.

Dann brach er auf. »Es war nett bei dir, danke. Vielleicht sollten wir das mal wiederholen, wenn deine Mutter nicht zu Hause ist.«

»Kommt nicht in Frage. Die läßt mich nie allein.«

»Komisch.«

»Kann ich nicht finden. Sie hat ja nur noch mich.« Roberta räumte rasch Sahne, Zucker und Pulverkaffee fort, stellte die beiden Tassen in den Spülstein.

Als sie ihn zur Wohnungstür brachte, knipste sie, anders als beim Heimkommen, alle Lichter an. In der Diele wollte sie einen kontrollierenden Blick in den Garderobenspiegel werfen und – entdeckte einen Zettel. Er war zwischen Rahmen und Glas geklemmt, ein großes weißes Blatt Papier, das nicht zu übersehen war.

Roberta erstarrte.

»Was hast du denn?« fragte er. »Ach so, eine Nachricht für dich.« Er wollte das Blatt lösen.

»Laß das!« fauchte sie ihn an.

Er zuckte die Achseln, denn er hatte die Mitteilung, obwohl die Sätze von unten nach oben liefen, schon gelesen: »Robsy, mein Liebling, ich bin in München. Mach Dir keine Sorgen. Bussi. Julia.«

Roberta riß das Blatt so heftig ab, daß ein schmaler Rest des Papiers im Rahmen steckenblieb.

Er legte ihr den Arm um die Schultern. »Sei friedlich, Robsy! Was ist denn schon dabei?«

»Das fragst du? Sie hat mich im Stich gelassen.«

»Quatsch!«

»Mit ›Quatsch‹ kann man das nicht abtun.«

»Aber es ist doch wirklich blödsinnig, daß du dich aufregst. Deine Mutter ist nach München gefahren, zu ihrem Freund, nehme ich an. Warum sollte sie nicht? Sie ist eine erwachsene Frau. Du brauchst sie doch nicht.«

»Sie hätte mir doch vorher einen Ton sagen können!« Sie wußte selber, daß sie sich kindisch benahm, aber der Ärger hatte sie überwältigt.

»Hast du Angst, allein zu schlafen? Ich bleibe gerne bei dir!« Er wollte sie zärtlich an sich ziehen.

Sie hieb ihm den Ellbogen in den Magen.

Er gab sie frei. »Verdammt, du tust mir weh!«

»Geschieht dir nur recht!«

»Deine Liebenswürdigkeit ist überwältigend.«

»Liebenswürdig! Warum soll ich liebenswürdig zu dir sein? Du verstehst mich ja nicht . . .«

»Das könnte wahrscheinlich nur ein Psychiater.«

». . . willst die Situation ausnutzen!«

»Das ist doch nicht mehr als natürlich. Deine Mutter hätte bestimmt nichts dagegen . . .«

»Aber ich!«

». . . Vielleicht hat sie es sogar gewollt, jedenfalls hat sie uns die Gelegenheit geboten. Sie hat gehofft, daß wir zusammen heraufkommen und ihre Nachricht finden würden. Das war hochanständig von ihr.«

»Weil sie mich loswerden will!«

»Was faselst du dir nur für einen Unsinn zusammen?«

»Aber du hast es doch selber eben gesagt. Sie will mich mit dir verkuppeln. Und warum? Damit sie sich an ihren Liebhaber hängen kann.«

»Du kannst sie doch so und so nicht daran hindern.«

»Und ob ich das kann! Ich paß schon auf sie auf.«

Er trat einen Schritt von ihr zurück, betrachtete sie, als sähe er sie jetzt zum ersten Mal, und sagte besorgt: »Du mußt ernstlich verrückt sein.«

»Weil ich meine Mutter nicht in ihr Unglück rennen lasse?«

»Was weißt du schon.«

»Alles. Er ist jünger als sie, er liebt sie gar nicht, er macht sich einen Spaß mit ihr!«

»Wenn es wirklich so wäre, würde sie es eines Tages schon selber merken.«

»Ja, aber dann ist es zu spät!«

»Zu spät für was?«

»Für alles!« Roberta griff zu ihrer Jacke. »Erwin, ich fahre mit.«

»Zu mir? Jetzt noch?«

»Nein, nach München.«

»Wenn ich dich recht verstehe, willst du in die Wohnung dieses Knaben eindringen . . .«

»Ja, warum nicht?«

». . . und deine Mutter aus seinem Bett scheuchen. Sag mal, bist du denn von allen guten Geistern verlassen? Wer gibt dir das Recht dazu? Ganz abgesehen davon, daß Mitternacht längst vorbei ist.«

Sie schlüpfte in ihre auf alt getrimmte Lederjacke. »Du nimmst mich mit nach München!«

»Nein!« widersprach er. »Den Teufel werd ich tun.«

»Dann will ich dich nie wiedersehn.«

In ihren Augen stand ein gefährliches Funkeln.

»Von mir aus. Es wird wohl so und so nichts mit uns beiden.« Er ging zur Tür.

Mit wenigen Schritten war sie bei ihm und riß ihn zurück. »Das kannst du mir nicht antun!«

»Du hast mich doch gerade fortgeschickt.«

»Aber ich habe es nicht so gemeint! Du weißt, daß ich es nicht so gemeint habe! Ich will, daß du mich mit nach München nimmst.«

»Und genau das werde ich nicht tun.«

»Du brauchst mich ja nicht bis zu seiner Wohnung fahren«, bettelte sie, »setz mich in Ramersdorf ab, an irgendeinem Taxistand. Was kann dir das schon ausmachen? Es ist doch nur eine so winzige Gefälligkeit, um die ich dich bitte.«

»Für deine Mutter wär's ein Schock.«

»Was geht sie dich an? Denk lieber an mich!«

»Ich denk ja an dich, Robsy. Ich will nicht, daß du dich lächerlich machst.«

»Und sie? Macht sie sich etwa nicht lächerlich! Einem Mann hinterherzulaufen, der sich nichts aus ihr macht!«

»Robsy, du verrennst dich.«

»Verstehst du denn nicht? Ich ertrage es nicht!«

»Es geht dir ja gar nicht um deine Mutter«, sagte er mit plötzlicher Hellsicht, »du bist selber in diesen Mann verliebt. Gib es doch zu!«

»Und wenn es so wäre? Was geht es dich an?«

»Ein Grund mehr, dich nicht nach München zu kutschieren.«

»Oh, warum nicht? Warum nicht? Warum?« Sie trommelte ihm mit beiden Fäusten auf die Brust.

Er ergriff ihre Handgelenke und hielt sie fest. »Jetzt gehst du ganz brav ins Bett und vergißt alles. Morgen früh ist deine Mutter wieder da, oder sie ruft dich an.«

»Bildest du dir ein, ich könnte schlafen?«

»Natürlich kannst du das. Du mußt nur aufhören, dich künstlich aufzuregen. Sieh's doch mal sachlich. Deine Mutter hat einen Freund, der dir auch gefällt. So was soll schon mal vorgekommen sein. Aber du bist jung, und sie ist alt. Du kannst noch Dutzende von Männern kennenlernen. Aber bei ihr ist es wahrscheinlich das letzte Rennen. Also laß ihr doch das Vergnügen.«

»Aber er liebt mich und nicht sie!«

»Dann wird er sich schon selbst entscheiden. Obwohl für dich bestimmt nichts dabei herausschaut! Ein Mann kann nicht so ohne weiteres von der Mutter zur Tochter hüpfen. Das wäre ja schon fast ein Inzest.«

Roberta brach in Tränen aus. »Du bist widerlich«, schluchzte sie.

Er ließ sie eine Weile weinen und sagte dann: »Nun nimm endlich Vernunft an! Mit deiner Heulerei erreichst du doch auch nichts.«

»Bitte, bitte, bring mich hin!«

»Nein!«

Roberta versuchte ihre Tränen zu schlucken. »Dann nehme ich mir eben ein Taxi.«

Er hatte die ganze Szene satt und wünschte sich weit fort, aber er brachte es nicht über sich, sie in diesem Zustand allein zu lassen. »Warum rufst du nicht einfach an?« sagte er und wies auf das Telefon.

»Anrufen!« wiederholte sie, als wäre es ein Fremdwort für sie. »Wozu?«

»Vielleicht irrst du dich ja, und sie ist gar nicht bei ihm.«

»Sie kann nirgends anders sein«, behauptete Roberta, griff aber doch zum Hörer und wählte Johannes Herders Nummer.

»Der wird sich freuen!« sagte Erwin Kirsch ohne Mitgefühl, denn dieser Mann, der sich anscheinend zwischen Mutter und Tochter nicht entscheiden konnte, war ihm von Minute zu Minute unsympathischer geworden.

Roberta lauschte angespannt. Das Freizeichen ertönte. Sonst nichts. Sie hielt ihm den Hörer hin. »Es meldet sich niemand.«

»Laß es durchläuten.«

Roberta klammerte sich an den Hörer, bis das Besetztzeichen ertönte.

»Sie sind nicht zu Hause«, mutmaßte Erwin Kirsch, »wahrscheinlich ausgegangen.«

Sie legte den Hörer auf die Gabel. »Ich muß hin ... ich muß ...« Sie unterbrach sich mitten im Satz und starrte den Freund an; beide hörten, wie sich der Schlüssel im Türschloß drehte.

»Aber das ist doch ...« begann er, sprach seinen Satz jedoch auch nicht zu Ende.

Die Tür öffnete sich, und Julia trat in die Diele, heiter und unbefangen, sehr elegant in einem Staubmantel aus brauner Seide, das lockige Haar leicht zerzaust. »Da bin ich!« verkündete sie überflüssigerweise, sah von ihrer Tochter zu Erwin Kirsch und begriff, daß es Streit gegeben hatte. »Was ist denn los?«

Statt zu antworten, fragte Roberta im Ton eines Untersuchungsrichters: »Wieso kommst du erst jetzt?«

»Sei froh, daß ich überhaupt gekommen bin!«

»Aber es geht doch gar kein Zug mehr.«

»Hans hat mich mit dem Auto gebracht.«

»Es ist sehr spät geworden«, erklärte Erwin Kirsch, »ich darf mich jetzt wohl verabschieden.«

»Aber ja«, sagte Julia und reichte ihm die Hand, »Sie müssen noch nach München zurück. Kommen Sie gut heim«.

»Gute Nacht, Robsy«, sagte er.

Das Mädchen erwiderte seinen Gruß nicht.

»Die Haustür ist abgeschlossen«, erinnerte Julia, »du mußt deinen Freund hinunterbringen.«

Wortlos wandte sich Roberta ab und ging in ihr Zimmer.

»Sie ist sicher sehr müde«, sagte Julia entschuldigend, »hier, nehmen Sie meine Schlüssel, und wenn Sie draußen sind, werfen Sie sie einfach in den Briefkasten.«

»Vielleicht«, sagte er zögernd, »sollte ich Ihnen erklären . . .«

»Ach, lassen Sie nur! Robsy wird mir sicher morgen alles erzählen. Was auch immer passiert ist, nehmen Sie es nicht tragisch. Sie kann manchmal sehr impulsiv sein, aber sie meint es meist nicht so, wie sie es herausbringt. Jedenfalls war es doch wohl richtig, daß ich nach Hause gekommen bin.«

Sie öffnete ihm die Wohnungstür und ließ ihn gehen.

Am nächsten Morgen schlief Julia lange. Erst gegen neun Uhr wachte sie auf, blieb aber, da sich in der Wohnung noch nichts rührte, ruhig liegen und freute sich, daß sie nicht aufstehen mußte. Sie hatte einen wunderbaren Nachmittag und Abend mit Johannes Herder verbracht und fühlte sich sehr wohl in ihrer Haut. Auch die unliebsame Szene, mit der sie zu Hause empfangen worden war, hatte ihre Laune nicht trüben können.

Endlich stand sie auf, ging ins Bad, wusch sich so leise wie möglich, zog sich an und deckte in der Küche den Tisch zum Frühstück. Im Garten standen die Obstbäume in voller Blüte, und der Anblick ihrer weißen, rosig überhauchten Frühlingspracht tat das ihrige, um Julias Stimmung zu heben. Auch die rote Japankirsche, ihr besonderer Liebling, hatte sich von den Strapazen des harten Winters erholt und herausgeputzt.

Obwohl sie alles für zwei Personen richtete, hatte

Julia nicht vor, ihre Tochter zu wecken. Sie dachte, daß es ihr guttun würde, einmal richtig auszuschlafen, und sie hatte auch keine Sehnsucht nach ihr und danach, sich irgendwelche Maulereien gefallen lassen zu müssen. Aber als sie noch dabei war, Kaffee zu filtern, erschien Roberta auf der Schwelle, ungewaschen, unfrisiert, in Bademantel und Pantoffeln, mit dem mürrischsten Gesicht der Welt. Ohne zu grüßen setzte sie sich an den Tisch.

Ganz unerwartet durchströmte Julia eine Welle der Zärtlichkeit, vielleicht gerade deshalb, weil ihre Tochter in ihrem Trotz so kindlich wirkte.

»Guten Morgen, Robsy«, sagte sie freundlich, »gut geschlafen?«

Sie bekam keine Antwort.

»Der Kaffee ist gleich fertig.« Julia goß noch einmal auf. »Hast du schon einen Blick in den Garten geworfen?«

Roberta sagte immer noch nichts.

»Es wäre gerade das richtige Wetter für einen Ausflug«, stellte Julia fest und nahm den Filter von der Kanne.

»Sei nicht so unausstehlich munter!« stieß Roberta hervor.

Julia lachte. »Du hast recht. Ich rede zu viel. Also frühstücken wir jetzt in aller Ruhe.« Sie schenkte sich und Roberta Kaffee ein. Zwei geröstete Weißbrotscheiben sprangen aus dem Toaster. Julia nahm die eine und legte die andere ihrer Tochter auf den Teller.

»Ich hab keinen Hunger«, sagte Roberta.

»Dann trink erst mal deinen Kaffee!« Julia bestrich sich eine Scheibe mit Butter, legte gekochten Schinken darauf und biß krachend hinein.

Roberta hielt sich die Ohren zu.

»Entschuldige, Liebling, ich werde mich bemühen, ganz, ganz leise zu essen.«

»Findest du dich witzig?« fragte Roberta böse.

»Nein.«

»Mir scheint, du entwickelst in letzter Zeit einen makabren Humor.«

»Wirklich? Ist mir selber gar nicht aufgefallen.«

»Was hast du dir eigentlich dabei gedacht, als du diesen albernen Zettel in den Spiegel gesteckt hast?«

»Genau das, was ich darauf geschrieben habe.«

»Du wolltest Erwin Bescheid stoßen, daß die Wohnung leer war, gib es doch zu!«

»Es tut mir leid, wenn du es so aufgefaßt hast. Aber tatsächlich habe ich keine Sekunde daran gedacht, daß du ihn überhaupt noch mit raufnehmen würdest. Die Nachricht war nur für dich bestimmt.«

»Das kannst du jetzt gut sagen.«

»Sicher kann ich das. Weil es einfach wahr ist.«

»Erwin hat es anders aufgefaßt, und ich hätte das an seiner Stelle auch. Er hat es für einen Wink mit dem Zaunpfahl gehalten, und natürlich wollte er die Gelegenheit ausnutzen, und deshalb hatten wir Krach.«

Julia rührte, um Zeit zu gewinnen, angelegentlich in ihrer Tasse, nahm einen Schluck und sagte dann: »Weißt du, Robsy, ich glaube, es war nicht sehr klug von dir, ihn überhaupt mitten in der Nacht noch in die Wohnung zu nehmen.«

»Aber wieso denn? Wenn du da gewesen wärst . . .«

». . . hätte ich wahrscheinlich doch schon tief geschlafen.«

»Hättest du nicht! Du schläfst nie tief, bevor ich zu Hause bin.«

»Aber das konnte er nicht wissen, nicht wahr? Außerdem komme ich ja tatsächlich nachts nie aus meinem Zimmer, um dich zu begrüßen oder so etwas. Also wärt ihr in jedem Fall ganz ungestört gewesen.«

»Aber das ist doch nicht dasselbe! Dein Zettel war doch geradezu eine Aufforderung für uns, es miteinander

ander zu treiben. Und du kannst mir sagen, was du willst, so war es auch gedacht. Du möchtest, daß ich mich mit ihm einlasse, damit du mich aus dem Weg hast.«

»Ich denke nicht daran, mich gegen solch dumme Unterstellungen zu verteidigen.«

»Das sind keine Unterstellungen, das ist die Wahrheit. Aber merk dir eins: Ich mag Erwin ganz gern, aber ich liebe ihn nicht. Ich glaube, das habe ich dir schon mal gesagt. Warum siehst du es nicht endlich ein? Ich werde nicht mit ihm schlafen, und selbst wenn ich es täte, würde das meine Meinung über dich nicht ändern. Es ist schamlos, wie du Hans nachstellst. Gestern schon wieder ...«

»Ich habe ihm nicht nachgestellt, sondern ich habe ihn angerufen, und er wollte gern, daß ich zu ihm komme. Nur jemand mit einer so merkwürdigen Fantasie wie du kann das schamlos finden. Jeder andere würde es für unnatürlich halten, wenn ich nicht zu ihm gefahren wäre. Es gab keinen Grund, weshalb wir uns nicht treffen sollten!«

»Man kann dich einfach keinen Augenblick allein lassen. Jetzt bin ich direkt froh, daß es mit Erwin aus ist.«

»Ist es denn aus?«

»Wie könnte es anders sein? Nachdem du mich in die Situation gebracht hast ...«

»Oh, nein!« fiel Julia ihr lebhaft ins Wort. »Das warst du selber! Du hättest ihn an der Haustür verabschieden sollen, wie es sich gehört.«

»Wie es sich gehört!« äffte Roberta sie nach. »Komm mir bloß nicht wieder mit deinen alten, verstaubten Benimm-Regeln! Die haben heutzutage längst keine Geltung mehr.«

»Eine einigermaßen kluge Frau nimmt auch heutzutage nachts einen Mann nur dann mit in ihre Wohnung, wenn sie bereit ist, mit ihm zu schlafen, oder wenn sie ganz sicher sein kann, daß er nichts von ihr will.«

»Wenn du zu Hause gewesen wärst . . .«

»Ich hab's satt, mir das dauernd vorhalten zu lassen! Du bist alt genug, selber auf dich aufzupassen. Man kann eine Absage übrigens durchaus auch in netter Form erteilen, ohne den Mann gleich tödlich zu beleidigen.«

»Mach mir das bitte mal vor!«

Julia mußte an die Freundschaften denken, die daran zerbrochen waren, daß sie sich um der Kinder willen nicht hatte binden mögen, und sie gab zu: »Es ist schwer.«

»Da hast du es.«

Julia bestrich sich die zweite Scheibe Toast, obwohl sie keinen Hunger mehr hatte. »Wenn es so ist«, sagte sie, »daß er in dich verliebt ist, du aber nicht in ihn, hätte eure Beziehung ja wohl ohnehin keine Chancen gehabt.«

»Mit der Zeit hätten sich meine Gefühle für ihn vielleicht verändert, aber das hast du mir ja gründlich vermasselt.« Roberta stand auf und nahm ihre halb geleerte Tasse. »Entschuldige, ich geh jetzt lieber in mein Zimmer.«

Julia blieb allein zurück, hatte gute Lust, ihr Brot in den Mülleimer zu werfen, tat es dann aber doch nicht, weil sie Verschwendung, vor allem von Lebensmitteln, haßte. Sie kleckerte einen Löffel Marmelade darauf, kaute und dachte nach.

Robertas Vorwurf und ihre Erklärung für den Streit mit Erwin Kirsch hatten ganz überzeugend geklungen, aber irgend etwas schien ihr nicht daran zu stimmen. Sie hatten mindestens einen Meter voneinander entfernt gestanden, also hatte er nicht massiv versucht, sie zu verführen. Roberta hatte geweint.

Warum? Weil er ihr gesagt hatte, daß er nicht länger mit ihr herumziehen wollte? Aber wenn sie nicht in ihn verliebt war, brauchte sie doch deshalb nicht zu weinen. Außerdem hatte sie ihre Lederjacke angehabt. Warum? Waren sie gerade erst nach Hause gekommen, hatten ihre Nachricht gelesen und schon waren die Gegensätze aufeinander geprallt?

Das alles erschien Julia ziemlich unwahrscheinlich. Erwin Kirsch hatte einen ruhigen, eher beherrschten Eindruck auf sie gemacht. Bestimmt war er kein unbesonnener Kindskopf. Es war ihm nicht zuzutrauen, daß er derart ungeschickt vorgehen würde, wenn er ein Mädchen verführen wollte.

Er würde niemals gleich beim Eintritt in die Wohnung gesagt haben: Wie schön. Wir sind also allein. Da können wir endlich miteinander schlafen. Eher: Dann können wir noch ein bißchen zusammenbleiben, plaudern, einen Schluck trinken.

Plötzlich fielen Julia die ungespülten Kaffeetassen ein, die sie am Morgen vorgefunden hatte. Also hatten sie erst zusammen Kaffee getrunken, der Streit zwischen ihnen war erst später entbrannt – aber warum hatte Roberta dann ihre Lederjacke angehabt? Sie trug sie doch nie in der Wohnung.

Julia war sicher, daß ihre Tochter sie angelogen hatte. Aber sie wußte nicht, warum. Um ihr die Schuld an dem Streit in die Schuhe zu schieben? Sicher spielte das auch eine Rolle. Aber als Erklärung reichte es nicht aus.

Sie hätte gern mit jemandem darüber gesprochen. Aber sie wußte, daß Agnes sie nur ausgelacht hätte. Johannes Herder aber wollte sie mit ihren häuslichen Auseinandersetzungen nicht behelligen. Also gab sie es auf, länger über das Problem nachzugrübeln. Im Grunde genommen, sagte sie sich, ist es ja ganz unwichtig.

Wie immer fanden Julia und ihre Tochter wieder eine Möglichkeit des Miteinanderlebens, wenn auch eine gewisse Spannung zwischen ihnen bestehenblieb.

Es war Roberta, die den ersten Schritt zur Versöhnung tat. Nachdem sie mit Erfolg, wie sie meinte, Julias Gewissen belastet hatte, hielt sie es für angebracht, sich wieder gnädig zu erweisen. Wenn sie bei ihrer beleidigten und ablehnenden Haltung blieb, erkannte sie, dann lief sie Gefahr, die Mutter nur noch enger in die Arme von Johannes Herder zu treiben. Außerdem hätte sie ihr eine willkommene Entschuldigung geboten, sie links liegenzulassen. Also bemühte sie sich, wieder guten Wind zu machen.

Als Ralph wieder einmal für drei Tage nach Hause kam, schien es ihm, als lebten die beiden in bestem Einverständnis. Aber er war schlecht gelaunt, und es ärgerte ihn, daß sie ihn so verwöhnten – hätten sie es nicht getan, gab er sich zu, wäre er wohl noch niedergeschlagener gewesen.

Als sie an seinem ersten Nachmittag bei Kaffee und selbstgebackenem Käsekuchen im Wohnzimmer saßen, fragte Roberta: »Wie war's denn? Erzähl doch mal!«

»Du hast vielleicht Begriffe!«

»Aber wieso denn? Man wird doch wohl noch fragen dürfen, was du erlebt hast.«

»Was soll ich denn schon erlebt haben?«

»Du warst in Tanger, in Fes und Rabbat . . .«

»Na und?«

»Du warst wochenlang weg!«

»Das brauchst du mir nicht vorzurechnen, das weiß ich selber.«

»Nun laß ihn doch, Robsy«, mischte sich Julia ein, »wenn er nicht reden will.«

»Du tust gerade so«, ereiferte sich Ralph, »als wenn es eine Sache des guten Willens wäre!«

»Ist es das nicht?«

»Nein.«

»Du könntest doch wenigstens mal erzählen, was für Leute dabei waren«, bohrte Roberta weiter.

»Immer die gleichen.«

Sie war verblüfft. »Die gleichen?« fragte sie. »Und ich hatte gedacht . . .«

»Die gleichen, aber nicht dieselben. Muß ich dir den Unterschied erklären oder bist du schon so weit in die deutsche Sprache vorgedrungen?«

»Ich hab's nicht sofort verstanden. Deshalb mußt du mich aber doch nicht anblaffen.«

»Es sind ältere Ehefrauen, mit und ohne Mann, Witwen, Mütter mit Töchtern . . .«

»Keine Knaben?« warf Roberta ein. »Dann versteh ich deine Enttäuschung!«

»Robsy!« sagte Julia scharf.

Ralph überging die spitze Bemerkung. »Ein paar picklige Jünglinge sind auch immer dabei, wenn du es genau wissen willst. Und alle, alle meckern sie dauernd: Die Butter ist zu hart oder sie ist ranzig, das Zimmer ist zu klein oder zu laut, die Klimaanlage ist zu hoch oder zu niedrig eingestellt, oder sie können überhaupt nicht bei Klimaanlage schlafen, sondern müssen ein offenes Fenster haben. Zum Kotzen.«

»Ich kann mir nicht vorstellen, daß alle so sind«, meinte Julia.

»O ja, dann gibt es noch die anderen, die sich an einen ranschmeißen wollen, und das sind die Allerschlimmsten: Ach, Ralph, wie wundervoll Sie das erklärt haben! Ich habe schon eine Menge Bücher über Marokko gelesen, aber jetzt begreife ich erst ganz . . . Wollen Sie nicht am Abend ein Fläschchen Wein mit mir trinken? Ich würde so gern mal im kleinen Kreis mit Ihnen plaudern. Sie sind so ungeheuer geistreich . . . Die anderen verstehen das gar nicht!«

Ralph hatte die Stimme einer ältlichen und verdrehten Person so treffend nachgeahmt, daß Julia und Roberta laut lachen mußten, und er stimmte schließlich mit ein.

»Aber, Ralph«, sagte Julia, als sie wieder ernst geworden waren, »wie hattest du dir deine Tätigkeit als Reiseleiter denn vorgestellt?«

»Weiß ich nicht so genau«, gab er zu.

»Aber dann . . .«

»Ich dachte, ich würde die ganze Welt sehen!« brach es aus ihm heraus. »Statt dessen bleibe ich auf diese blöde Marokkotour festgenagelt, mindestens für ein halbes Jahr, wenn nicht noch länger!«

»Und das hast du vorher nicht gewußt?«

»Nein. Bisher war es auch anders. Da wurden die Reiseleiter und auch die Animatoren mal hier und mal da eingesetzt und konnten auch ihre Routen untereinander austauschen. Aber der neue Manager will, daß jeder auf einer bestimmten Tour bleibt, auf der er sich dann im Schlaf auskennt. Er hält das für effektiver.«

»Vielleicht ist es das auch«, warf Roberta ein.

»Für die Touristen vielleicht, für uns ist es zum Kotzen. Nicht nur ich bin sauer, das könnt ihr mir glauben.«

»Und wie steht es in deinem Vertrag?« erkundigte sich Julia.

»Daß die Gesellschaft berechtigt ist, mich auf jeder beliebigen Strecke einzusetzen . . . Aber es beliebt ihr eben, mich immerzu auf die gleiche Tour zu schikken.«

»Armer Junge!« sagte Roberta mitfühlend und doch nicht ohne Spott.

»Aber wenn es dir so gar nicht paßt«, meinte Julia, »warum streckst du nicht mal deine Fühler aus, ob du zum ABR zurückkannst?«

»Ist das dein Ernst?«

»Ja. Warum nicht?«

»Dann kennst du mich schlecht. Ich will nicht zurück, ich will voran.«

»Doktor Klinger würde dich sicher mit Kußhand wieder aufnehmen«, sagte Roberta boshaft.

Er funkelte sie mit seinen grünen Augen an, sagte aber nichts.

»Es wird dir schon wieder was einfallen«, sagte Julia tröstend.

»Das ist nicht so einfach.«

»Glauben wir dir ja. Aber wenn du dich weiter so hängenläßt, hilft dir das gar nichts.«

»Finde ich auch!« stimmte Roberta zu. »Du solltest deine schlechte Laune nicht an uns auslassen. Schließlich sind wir nicht mit dir verheiratet. Komm, sei nett, laß mich nachher ein bißchen mit deinem Auto fahren. Das wird dich auf andere Gedanken bringen.«

»Ich dachte, du hättest einen Typen dafür?«

»Den kann ich doch nicht dauernd damit belästigen«, erwiderte Roberta, ohne mit der Wimper zu zukken.

Erwin Kirsch hatte sich seit jener mitternächtlichen Auseinandersetzung nicht mehr blicken lassen, und Julia bewunderte die kaltblütige Haltung ihrer Tochter.

»Aber mich kannst du, wie?« fragte Ralph, der die Zusammenhänge nicht ahnte.

»Du hast es noch kein einziges Mal getan!«

»Und ich denke auch nicht daran. Sieh zu, wie du deinen Führerschein kriegst.«

»Leihst du mir dann wenigstens dein Auto?«

»Kommt ganz darauf an.«

»Was soll das für einen Sinn haben, wenn es hier bloß in der Garage rumsteht und vermodert?«

»Autos vermodern nicht.«

»Du weißt genau, wie ich es meine.«

»Nun streitet euch doch nicht!« versuchte Julia zu vermitteln. »Die Sache ist ja noch gar nicht spruchreif.«

»Aber ich will's jetzt wissen!« beharrte Roberta. »Für was mache ich denn meinen Führerschein, wenn ich nachher kein Auto habe?«

»Das ist dein Problem«, erklärte Ralph gelassen.

»Aber du könntest doch wirklich . . .«

Er fiel ihr ins Wort. »Ich habe genug am Hals. Meinst du, ich möchte noch zusätzlich um mein Auto zittern? Wie ich dich kenne, fährst du es doch bestimmt an den nächsten besten Baum, gelinde gesprochen.«

Roberta sprang auf. »Du leihst es mir also nicht?«

»Nein.«

Sie sank auf ihren Platz zurück und sagte fassungslos: »Ich hätte nie geglaubt, daß du so gemein sein könntest.«

»Reg dich nicht auf, Robsy«, sagte Julia, »wenn Ralph nicht will, soll er's lassen. Dann kaufen wir uns eben selber ein Auto.«

»Das würdest du tun, Julia?«

»Ja, natürlich. Für einen Gebrauchtwagen wird's schon reichen. Ich profitiere ja auch davon. Da du mir versprochen hast . . .«

»Ich werde dich fahren, wohin du willst, Julia! Wenn du mir ein Auto schenkst, stehe ich dir Tag und Nacht zur Verfügung!«

Julia hatte zwar nicht die Absicht gehabt, ihr das Auto zu schenken, sondern es auf ihren eigenen Namen eintragen wollen; mit dem Hintergedanken, im nächsten Jahr dann vielleicht doch selber den Führerschein zu machen.

Aber jetzt wollte sie ihre Tochter nicht enttäuschen und ließ es dabei bewenden.

»Morgens bist du in der Schule«, erklärte Ralph

nüchtern, »nachts schläfst du, und in der übrigen Zeit wirst du wohl auch was Besseres zu tun haben, als Julia durch die Gegend zu kutschieren.«

»Du scheinst wieder einmal von dir auf andere zu schließen«, gab Roberta giftig zurück.

»Wenn Robsy ihr eigenes Auto hat«, sagte Julia, »ergibt sich ein ganz anderes Problem. Dann wirst du wohl deinen Platz in der Garage räumen müssen, Ralph.«

»Wieso ich?«

»Weil wir dann unseren Wagen natürlich zur Verfügung haben wollen«, parierte Roberta, jetzt unbedenklich das persönliche Fürwort in der Mehrzahl benutzend.

»Ihr könnt ihn auf die Straße stellen.«

»Wir denken ja gar nicht daran!«

»Wirklich, Ralph«, sagte Julia, »falls du uns dein Auto nicht überlassen willst, nur dann natürlich, wenn du es selber nicht brauchst, will ich die Garage freihaben.«

Ralph blickte seine Mutter an, kniff die Augen leicht zusammen, und das Grün seiner Iris funkelte so kalt wie Gletschereis. »Weißt du, wie man das nennt, Julia? Nötigung.«

»Aber es ist nicht einzusehen, daß du dein Auto das ganze Jahr hier unterstellst, wenn wir die Garage selber brauchen.«

Ralph stand auf. »Wißt ihr, was ihr mich könnt?« rief er wütend.

Roberta lachte. »Aber mit Vergnügen!«

Er warf seine Serviette auf den Tisch. »Mit euch blöden Weibern ist ja nicht zu reden.«

»Wenn einer hier unsachlich argumentiert«, sagte Julia kalt, »dann du.«

Wortlos verließ er das Zimmer.

»So ein Flegel«, sagte Roberta, mit der Entwicklung

der Dinge sehr zufrieden, »findest du nicht auch, daß er sich gräßlich verändert hat?«

»Ich verstehe ja, daß er die Garage nicht räumen mag«, versuchte Julia ihn in Schutz zu nehmen.

»Na, sicher. Aber dieser Ton! Er hätte doch in aller Ruhe mit uns reden können. Ich will ja gar nicht unbedingt ein eigenes Auto. Sein Cabrio ist doch sehr schick. Statt ein Auto für mich zu kaufen, hättest du dich auch an seinem beteiligen können.«

»Ja, du hast recht. Irgendeine Lösung hätte sich schon finden lassen.«

»Außerdem, wenn Kasts ausziehen, dann wird doch die Hälfte unserer Garage leer.«

»Aber die untere Wohnung läßt sich mit Garage bestimmt leichter vermieten.«

»Es könnte doch sein . . .«

»Ja, es könnte. Hören wir lieber auf zu spekulieren, lassen wir die Dinge auf uns zukommen.« Mit einem leichten Seufzer blickte Julia über den Tisch, den sie so liebevoll gedeckt hatte; sie hatte sich auf eine gemütliche Stunde mit ihren Kindern gefreut, statt dessen war es zu einer häßlichen Auseinandersetzung gekommen.

Roberta schien ihre Gedanken zu erraten. Rasch faltete sie Ralphs Serviette zusammen und steckte sie wieder in den Ring. »Magst du noch etwas Kuchen?« fragte sie.

Julia schüttelte den Kopf.

»Aber ich!« Roberta tat sich ein Stück Käsekuchen auf den Teller. »Wir werden uns von Ralph doch nicht alles verderben lassen. Kaffee?«

»Ja, bitte.«

Roberta schenkte ihrer Mutter ein. »Er ist ein ganz großer Egoist, schon immer gewesen.«

Und du, hätte Julia beinahe gefragt, was bist du anderes? – Aber sofort sagte sie sich, daß sie kein Recht besaß, so hart zu urteilen. Wenn ihre beiden Kinder sich zu Egoisten entwickelt hatten, zu Menschen, die alles an sich reißen wollten, was ihnen gefiel, und nicht bereit waren, zu verzichten oder gar zu geben, dann mußte die Schuld bei ihr liegen. Sie hatte Erziehung nie für wichtig gehalten und war überzeugt gewesen, daß Liebe das einzige war, was junge Menschen brauchten.

Aber Liebe, das sah sie jetzt ein, konnte auch zu wenig sein.

Wenige Tage später erinnerte Roberta, als sie mittags aus der Schule kam: »Du weißt, daß du morgen nicht für mich zu kochen brauchst, Julia! Wir haben Wandertag.«

»Ach ja?« Julia warf einen Blick aus dem Küchenfenster. »Hoffentlich hält das Wetter.«

»Wenn's regnet, macht's auch nichts. Wir fahren mit dem Bus.«

»Wohin denn?«

»Nach München.«

Der Name der Stadt stand für Julia inzwischen in einem so engen Zusammenhang mit dem Mann, den sie liebte, daß sie fast zusammengezuckt wäre.

»Natürlich kenne ich München schon ziemlich gut«, plauderte Roberta weiter, »besser jedenfalls als die meisten anderen, aber doch nur vom Einkaufen und vom Ausgehen. Wir wollen das Deutsche Museum besuchen und die Neue Pinakothek und die Universität besichtigen . . .«

»Da habt ihr euch ja eine Menge vorgenommen.«

»Ja, volles Programm.«

»Willst du was zu essen mitnehmen?«

Roberta lachte.

»Kartoffelsalat? Oder Pudding? Nein, die Zeiten sind vorbei! Wir werden irgendwo einkehren. Vielleicht im Hofbräuhaus. Wenn du mich mit ein paar Mark unterstützen könntest . . .«

»Ja, sicher. Für solche Extravaganzen ist dein Taschengeld ja nicht gedacht.«

Am nächsten Morgen zog Roberta sehr vergnügt los. Julia fand, daß sie sich für einen Schulausflug zu schick gemacht hatte. Sie, die sonst Jeans prinzipiell vorzog, trug ein hellblaues, ärmelloses Kleid und dazu hochhackige Sandaletten. Julia mußte sich sehr beherrschen, um sie nicht darauf hinzuweisen, daß bequemere Schuhe besser angebracht wären. Roberta war alt genug, solche Dinge selber zu entscheiden und aus Erfahrung klug zu werden.

Robertas Klassenkameraden waren nicht so zurückhaltend; sie empfingen sie mit Gejohle und zogen sie reichlich auf.

Roberta ertrug es mit Fassung. »Pah!« sagte sie und streckte die Nase in die Luft. »Ihr könnt mich doch mal!«

Als sie im Bus saßen, fragte Tatjana: »Sag mal, hast du was Besonderes vor?«

»Du hast es erfaßt.«

»Willst du dich absetzen?«

»Je früher, desto besser.«

»Ich dachte, mit Erwin wäre es aus.«

»So kann man es nennen. Diesmal ist es ein anderer.«

»Los! Erzähl mal! Wie ist er?«

»Ganz, ganz schnucklig! Du kennst ihn übrigens. Es ist der, der mich mal zu dir gefahren hat, als ich die Aufgaben brauchte.«

»Der? Ich dachte, der geht mit deiner Mutter?«

»Nicht mehr lange.«

»Du willst ihn ihr ausspannen?«

»Was dagegen? Der ist doch viel zu jung für sie.«

»Ist er für dich nicht zu alt?«

»Nicht die Spur. Ich stehe auf reifere Herren.«

»Und erwartet er dich?«

»Nein.«

»Du willst ihm so einfach auf die Bude rücken? Ich muß schon sagen, du traust dich was!«

Roberta wurde unsicher. »Du meinst, ich soll ihn vorher anrufen?«

»Unbedingt. Das ist das mindeste. Du weißt ja gar nicht, ob er da ist und ob er allein ist. Hast du nicht gesagt, er ist aus der Musikbranche?«

»Texter. Ja.«

»Dann hat er vielleicht so ein Schlagersternchen bei sich. Das wäre doch eine saublöde Situation.«

»Die würde ich schon rausgraulen«, behauptete Roberta, aber Tatjanas Warnung hatte sie doch nachdenklich gemacht.

Als sie sich endlich von den anderen lösen konnte – das war gar nicht so einfach gewesen, denn sie wurden nicht nur von der Klassenlehrerin, sondern auch noch von einer Referendarin begleitet –, ging sie in die nächste Telefonzelle. Wenn Johannes Herder wirklich nicht zu Hause war, dachte sie, konnte sie sich immer noch den anderen anschließen.

Er meldete sich – etwas brummig, wie sie fand –, und das Herz schlug ihr bis zum Hals. »Du, hier ist Robsy!« sagte sie.

Eine Pause entstand, die schlimmste Befürchtungen in ihr erweckte.

»Ich bin in München«, fügte sie hinzu.

»Bist du etwa ausgerissen?«

»Nein, nein, wo denkst du hin! Ich habe mich bloß selbständig gemacht. Ich bin mit der Klasse hier.«

»Und wo steckst du jetzt?«

»Auf dem Platz vor dem Hofbräuhaus. Wie komme ich von hier aus am besten zu dir?«

»Gar nicht. Ich werde zu dir kommen. Wir können im Hofbräuhaus zusammen essen.«

»Das geht nicht. Da sind doch die anderen.«

»Dann treffen wir uns bei Dallmayr. Weißt du, wo das ist? In der Dienerstraße. Ich werde sofort einen Tisch bestellen. Wenn du zuerst da bist, wird der Ober dich dort hinführen.«

»Wäre es für dich nicht doch bequemer, ich käme zu dir?«

»Bequem ist mir dein Überfall so und so nicht. Also, wir sehen uns bei Dallmayr. Wirst du hinfinden?«

»Ich bin ja kein Schaf.«

»Ein entzückendes Schäfchen«, sagte er und legte auf.

Obwohl das Gespräch nicht so verlaufen war, wie sie erwartet hatte, war Roberta doch ganz zufrieden. Er hatte sie immerhin zum Essen eingeladen. Also hatte es sich doch gelohnt, sich feinzumachen und sich die Füße wundzulaufen. Auf dem Weg zu Dallmayr hätte sie allerdings ihre Sandaletten am liebsten ausgezogen, um schneller voranzukommen. Tatsächlich traf sie vor ihm ein, und so hatte sie Gelegenheit, sich frischzumachen und ihr Make-up zu erneuern.

»Donnerwetter!« sagte er zur Begrüßung. »Du siehst aber toll aus! Geht man heutzutage so auf einen Schulausflug?«

Sie lachte. »Wandertag! Nein, das nicht! Aber wenn man von einem besseren Herrn zum Essen eingeladen wird.«

»Hattest du damit gerechnet?«

»Natürlich.«

»Ganz schön unverschämt.«

Das Restaurant war elegant, die Speisen auserwählt, und Roberta genoß es, mit Johannes Herder zusammen zu sein. Sie ließen es sich schmecken und unterhielten sich angeregt.

Erst beim Kaffee fragte er: »Wann triffst du dich wieder mit den anderen?«

»Muß ich?« fragte sie mit einem tiefen Augenaufschlag. »Du könntest mich doch nach Hause fahren.«

»Kommt gar nicht in Frage. Deine Lehrerin würde dich vermissen, und außerdem habe ich dir schon genug Zeit geopfert.«

»Geopfert?«

»Ich hab's nicht so gemeint. Es war nett mit dir. Aber nun beantworte meine Frage . . .«

»Unser Bus wartet auf dem Parkplatz in Ramersdorf auf die, die sich verlaufen haben.«

»Wann?«

»Um drei.«

Er warf einen Blick auf seine Armbanduhr. »Na, dann ist es ja bald soweit. Ich werde dich in ein Taxi setzen.«

»Könntest du mich nicht wenigstens nach Ramersdorf fahren?«

»Ich bin gar nicht mit dem Auto da.«

»Dann könnten wir doch erst zu dir und dann mit deinem Auto . . .«

Er schnitt ihr das Wort ab. »Du hast vielleicht Ideen. Meine Zeit ist mir entschieden zu kostbar, um dich durch die Gegend zu kutschieren.«

Und dabei blieb es.

Trotzdem kam Roberta strahlender Laune nach Hause. »Weißt du, wo ich war?« rief sie und schleuderte ihre Sandaletten von den Füßen.

»In München, nehme ich an«, erwiderte Julia.

»Bei Hans!«

Diese Erklärung gab Julia einen so heftigen Stich, daß sie richtig merkte, wie sie blaß wurde.

»Ja, und er war fabelhaft!« rief Roberta und rieb sich die schmerzenden Füße. »Einfach fabelhaft!« beteuerte sie, jede einzelne Silbe betonend. »Der hat sich gefreut, kann ich dir sagen! Er hat mich ganz groß zum Essen ausgeführt. Zu Dallmayr. Warst du schon mal da? Und wir haben uns irre gut unterhalten. Weißt du, wir haben ja so selten Gelegenheit, allein zu sein, und wenn er mit mir zusammen ist, ist er ganz anders ... nicht so verkrampft.«

»Wie schön für euch«, sagte Julia mit steifen Lippen und ärgerte sich über sich selber, weil es ihr nicht gelang, ihre Eifersucht zu überspielen.

Ja, sie war eifersüchtig. Zum ersten Mal mußte sie sich zugeben, daß sie eifersüchtig war – auf ihre eigene Tochter.

»Bloß schade«, sagte Roberta, »daß er mich nicht nach Hause fahren wollte. Dann hättest du auch noch was von ihm gehabt. Aber das wollte er nicht. Ich bin froh, daß er wenigstens für mich Zeit hatte.«

Als Johannes Herder das nächste Mal anrief, war Julia sehr reserviert.

Er spürte es sofort. »Was ist los mit dir? Wieder Ärger mit der Kleinen?«

Julia mochte nicht zugeben, wie sehr sie sein Treffen mit Roberta verletzt hatte. »Nein«, sagte sie.

»Kummer?«

»Auch nicht.«

»Also dann einfach nur schlechte Laune? Ich werde dich schon aufheitern. Zieh dich rasch an! Ich hole dich ab.«

Wieder einmal mehr störte es sie, daß er so selbstverständlich über sie verfügte. »Darauf bin ich gar nicht eingestellt.«

»Dann solltest du dich schleunigst umstellen. Ich muß dir etwas Wundervolles zeigen.«

»Wo?«

»In München.«

»Beschreib mir's.«

»Das kann man nicht. Du mußt es mit eigenen Augen sehen. Es ist wichtig!«

Julia fand es dumm, die Beleidigte zu spielen, und sie sagte entschlossen: »Gut. Dann komme ich, aber mit dem Zug! Wenn ich mich beeile, kriege ich noch den acht Uhr fünfundvierzig.«

»Einverstanden. Ich fahre dich dann mittags zurück.«

»Schon?« fragte sie enttäuscht, denn sie hatte gerade begonnen, sich auf den gemeinsamen Tag zu freuen.

»Tut mir leid, aber ich habe ein Mittagessen mit meinem Verleger.«

»Das geht natürlich vor! Nein, ich bin nicht gekränkt, Hans, ich verstehe das sehr gut. Aber laß uns jetzt auflegen, sonst verpasse ich noch den Zug.«

Julia ließ das Frühstücksgeschirr unaufgeräumt, Betten und Bad ungemacht und zog sich rasch an. Nach kurzem Überlegen wählte sie ein helles Kostüm mit brauner Bluse und sportliche Schuhe mit niedrigen Absätzen. Nach einem Blick auf den dunstigen Himmel entschied sie sich, ihren Regenmantel nicht mitzunehmen. Da ihre Haut leicht gebräunt war – die Tennis-Saison im Freien hatte schon wieder begonnen –, verzichtete sie darauf, der Natur nachzuhelfen, steckte aber für den Fall der Fälle ein Beutelchen mit Schminkutensilien in ihre Handtasche. Sie bedauerte, daß sie sich nicht genügend bemüht hatte herauszubringen, was Johannes Herder wirklich vorhatte. Vielleicht wären ein luftiges Kleid und hochhackige Pumps besser angebracht gewesen. Aber daran ließ sich nun nichts mehr ändern. Entschlossen klemmte sie sich ihre Handtasche unter den Arm und machte sich auf den Weg.

In München angekommen, konnte sie dann gleich feststellen, daß sie doch richtig gekleidet war.

Johannes Herder erwartete sie auf dem Bahnsteig, umarmte sie heftig, aber kurz, und sagte: »Los, wir müssen laufen. Ich steh im Parkverbot.«

Hand in Hand rannten sie den Bahnsteig hinunter, durch die Halle hindurch zum Seitenausgang zur Bayerstraße und die Stufen hinunter. Es steckte noch kein Strafzettel am Scheibenwischer.

»Glück gehabt«, sagte er und schloß das Auto auf.

»Ja . . . daß ich so sportlich bin. Einer anderen Frau hättest du diese wilde Jagd nicht zumuten können.«

Er richtete sich auf und blickte ihr lächelnd in die Augen. »Ich weiß, was ich an dir habe. Es ist nicht nötig, mich darauf aufmerksam zu machen.«

»Wenn ich Schuhe mit hohen Absätzen angehabt hätte . . .«

». . . hätte ich dich auf den Armen getragen!«

»Dann hättest du bestimmt die doppelte Zeit gebraucht . . . falls du es überhaupt geschafft hättest.«

Er setzte sich hinter das Steuer und öffnete ihr die Tür zum Beifahrersitz von innen. »Du scheinst deinen kritischen Tag zu haben!« sagte er, als sie neben ihn schlüpfte.

»Du solltest doch wissen, daß ich keine Überraschungen liebe. Ich wußte nicht einmal, was ich anziehen sollte.«

»Du bist genau richtig!« Er startete den Motor und fuhr an den Rand der Fahrbahn vor.

»Purer Zufall«, entgegnete sie.

»Intuition.«

»Blödsinn. Woher soll die denn kommen, wenn ich nicht mal ahne, was du mit mir vorhast? Du hättest mir wirklich eine Andeutung machen sollen.«

»Wozu? Ich kenne dich doch. Du bist nicht der Typ, der sich gerne auftakelt. Falls du die Wahl hast, wirst du dich immer für was Sportliches, Bequemes entscheiden. Damit habe ich gerechnet.«

»Wenn du alle meine Handlungen so ohne weiteres vorausberechnen kannst, werde ich dir bald langweilig werden.«

»Gerade das liebe ich an dir, daß auf dich Verlaß ist. Du bist mein ruhender Pol. Das Leben ist für mich aufregend genug.« Er lächelte sie kurz an. »Wie fandest du es eigentlich, daß Robsy mich neulich angerufen hat?«

»Wann?« fragte sie.

»Als sie in München war. Sie muß dir doch davon erzählt haben.«

»Doch. Hat sie. Aber ich dachte, sie hätte dich besucht.«

Er lachte. »Wollte sie. Aber das konnte ich gerade noch verhindern. Aufdringliche kleine Mädchen kann ich nicht ausstehen.«

»Fandest du sie aufdringlich?«

»Ziemlich. Sie hat es so eingerichtet, daß ich mich um sie kümmern mußte, wenn ich nicht grob werden wollte. Eine Dame ist sie jedenfalls nicht ..., oder noch nicht.«

»Warum erzählst du es mir erst jetzt?«

»Ich war sicher, sie würde es dir brühwarm berichten.«

Julia hätte ihm erklären können, daß es einen Unterschied machte, ob sie es von ihm oder von ihr erfuhr, aber sie verzichtete darauf, weil sie die Geschichte nicht noch unnötig aufbauschen wollte. »Wie kommst du mit deinem Buch voran? Du hast mir lange nichts mehr geschickt.«

»Trotzdem war ich fleißig. Wir können nachher einen ganzen Stoß bei mir abholen.«

»Fahren wir denn jetzt nicht zu dir nach Hause?«

»Nein.«

»Wohin dann?«

»Du wirst schon sehen.«

Julia spähte aus dem Fenster. Aber da ihr in München nur einige markante Straßen und Stadtteile bekannt waren, konnte sie nicht erkennen, wohin es ging.

Er hielt an einer gewaltigen Baustelle. »Da wären wir! Belgradstraße. Zwanzig Minuten bis zur Amalienpassage und fünfundzwanzig Minuten bis zur Uni. Na, wie würde dir das gefallen?«

»Du hast eine Wohnung für mich gefunden?«

»Für uns, Geliebte. Steig nur aus. Aber sei vorsichtig.«

Seine Warnung war berechtigt. Der Boden war schlammig und aufgewühlt, einige Bretter bildeten einen provisorischen Gehsteig. An dem Gebäude wurde allenthalben gearbeitet.

»Bisher ist alles nur grauer, trostloser Beton«, sagte er, »aber du hast ja Fantasie. Du mußt dir das Ganze verkleidet und verputzt vorstellen. Sieh mal, da gibt es sogar ein paar schöne alte Buchen. Die bleiben natürlich stehen. Ich gehe voraus.«

Sie folgte ihm über die Bretter zum Eingang, über geländerlose Treppen höher und höher hinauf.

Endlich blieb er stehen, reichte ihr die Hand und zog sie die letzten Stufen hoch. »Das hier ist die Wohnung, an die ich gedacht habe. Gleich unter dem Penthouse.« Er zog sie durch eine Türhöhle hinein. »Man beachte den Blick! Von hier aus kannst du die Frauentürme sehen und, wenn du Glück hast, sogar die Berge.«

»Sehr schön«, sagte sie beeindruckt, »wirklich sehr schön.«

»Wenn wir wollen, brauchen wir nicht mal Gardinen vor die Fenster zu hängen. Es gibt niemanden, der zu uns hereinsehen kann. Wir können den anderen auf die Dächer spucken.«

»Das habe ich mir schon immer gewünscht.«

»Ich wußte, daß es dir gefallen würde. Jetzt sieh dir aber mal die Räume selber an. Sie wirken ziemlich klein, weil sie noch im Rohbau sind. Das ist immer so. Aber sie haben ganz ordentliche Proportionen. Der größte Raum ist acht mal neun, den nehmen wir als Wohnzimmer. Daneben der, ein bißchen kleiner, wird dein Reich. Hier, gleich anschließend, Bad und Toilette.« Er durchschritt mit ihr die Räumlichkeiten. »Hier noch mal Bad und Toilette für mich, und anschließend mein Schlafzimmer.«

»Das ist aber wirklich klein.«

»Zum Schlafen genügt es. Mein Apartment in der Amalienpassage behalte ich als Studio.«

Julia sah sich um, versuchte, sich die Wohnung tapeziert und möbliert vorzustellen. »Fast ideal«, sagte sie.

»Fast, sagst du? Sie ist ideal. Aber das Schönste habe ich dir noch gar nicht gezeigt.« Er zog sie wieder ins Treppenhaus hinaus und durch eine andere Türhöhle nach nebenan. »Eine Einliegerwohnung! Zweiundsiebzig Quadratmeter . . . mit eigener Küche, Bad und einer Besenkammer! Und diese Tür hier führt direkt zu uns herein!«

»Wozu?« fragte Julia verständnislos.

Er lachte. »Als wenn du das nicht wüßtest!«

»Nein, wirklich nicht. Du sagtest doch gerade, du willst dein Apartment in der Amalienpassage . . .«

»Nicht für mich, Geliebte, für Robsy. Die Einliegerwohnung hatte ich für Robsy gedacht.«

Julia spürte, daß er einen Freudenausbruch von ihr erwartete, aber sie konnte sich nicht einmal zu einem Lächeln durchringen. »Ach so«, sagte sie nur.

»Sehr begeistert klingt das nicht.«

»Ich bin auch nicht begeistert, Hans. Du magst mich jetzt für eine schlechte Mutter halten . . .«

»Julia!«

Sie ließ sich nicht unterbrechen. ». . . aber ich habe

vor, mich von meiner Tochter zu trennen, ihr und auch mir eine Chance für ein eigenes Leben zu geben. Mir scheint es nicht richtig, daß sie Wand an Wand mit uns wohnen soll.«

»Wir können die Zwischentür zumauern lassen, wenn dir das lieber ist.«

»Ich möchte überhaupt nicht, daß sie gleich nebenan wohnt! Nicht im gleichen Haus und nicht einmal auf der gleichen Straße.«

»Es wird ihr erstes Jahr in München sein.«

»Das weiß ich so gut wie du. Aber sie ist dann immerhin neunzehn. Wenn wir sie ein paar Ecken entfernt unterbringen, kann sie immer noch um Rat und Hilfe oder auf eine warme Mahlzeit zu uns kommen. Falls sie das nötig hat.«

»Es sollte ja auch nur eine Übergangslösung sein«, sagte er, ungewohnt kleinlaut.

»Gerade deshalb finde ich sie schlecht. In ein paar Jahren, wenn Robsy wirklich selbständig und erwachsen geworden ist, und wenn wir beide herausbekommen haben, wie wir miteinander leben können, dann wäre es vielleicht nett, sie ganz in der Nähe zu haben. Aber ich möchte den neuen Anfang meines Lebens nicht quasi zu dritt beginnen.«

»Du bist doch nicht etwa eifersüchtig?«

»Robsy ist es, auf dich und auf mich. Und falls du das noch nicht bemerkt haben solltest, bist du sehr viel unsensibler, als ich gedacht hatte.«

Er brauste auf. »Verdammt, was wirfst du mir eigentlich vor?«

»Gar nichts. Du hast es gut gemeint, daran zweifle ich nicht. Nur ist es mein Ziel, mich von Robsy zu trennen und sie nicht weiter an mich zu binden, auch nicht an der langen Leine.«

»Ich dachte, es würde euch beide den Übergang erleichtern.«

»Es würde nichts als eine Quälerei daraus werden.«

Er atmete tief durch. »Auch kein Beinbruch. Dann werden wir die Einliegerwohnung eben an einen Fremden vermieten.«

»Sag mal, du hast doch nicht etwa schon fest abgeschlossen?«

»Nein.«

»Gott sei Dank.«

»Soll das heißen, die Wohnung gefällt dir überhaupt nicht?«

»Doch, schon.«

»Sie wird wunderbar, das kannst du dir jetzt nur noch nicht vorstellen. Ins Wohnzimmer kommt ein offener Kamin, der Anschluß ist schon da, die Bäder werden bis zur Decke gefliest, und selbstverständlich kommt ein Lift ins Haus.«

»Und wieviel soll das Ganze kosten?«

»Zweitausendfünfhundert im Monat.«

»Und die Nebenkosten?«

»Julia, wenn wir die Einliegerwohnung vermieten, bekommen wir mindestens neunhundert Mark, dann sind es nur noch . . .«

»Ich kann rechnen, Hans. Es ist zu teuer. Wenn ich mein Haus in Eysing vermiete, bekomme ich höchstens . . .«

»Aber, Julia, versteh mich doch! Ich werde natürlich die Miete hier bezahlen.«

»Und wenn wir uns zerstreiten?«

»Das werden wir nie.«

»Ich will nicht von dir abhängig sein, Hans, nicht in einem solchen Maße. Du willst es nicht wahrhaben, aber ich sehe eine Menge möglicher Ursachen, die eines Tages zu einer Trennung zwischen uns führen könnten.«

»Dann überlasse ich dir die Wohnung und ziehe mich in mein Apartment zurück.«

»Eine Wohnung, die ich mir nicht leisten kann. Nein, Hans, so geht das nicht.«

»Du behauptest mich zu lieben, aber du hast sehr wenig Vertrauen zu mir.«

»Die ganze Sache ist viel zu wichtig, als daß wir sie hier und jetzt und in fünf Minuten abhandeln könnten. Vielleicht ist das wirklich die ideale Wohnung für uns, aber ich hasse es, vor vollendete Tatsachen gestellt zu werden. Ich möchte mich erst selber umschauen, was für uns in Frage kommt. Mit dir zusammen natürlich. Ich möchte die Sache in Ruhe durchrechnen. Das ist kein Mangel an Vertrauen, Hans, sondern einfach Realitätsbewußtsein. Es ist ja auch noch gar nicht heraus, ob ich mich hier, mitten in der Stadt, überhaupt wohl fühlen kann, nachdem ich mein halbes Leben in einer so stillen Straße wie der Akazienallee verbracht habe.«

»Jetzt weiß ich es! Du willst gar nicht ernstlich zu mir nach München kommen.«

»Was du dir nur einbildest! Doch, Hans, ich will unbedingt! Aber vielleicht wäre für mich München-Grünwald oder Solln besser, zumal du ja dein Apartment in der Innenstadt hast, wo wir zur Not ja auch mal übernachten können.«

»Ich will nicht in einem Vorort leben.«

»Und ich will dich nicht dazu zwingen. Vielleicht müssen wir aber einen Kompromiß schließen. Auf alle Fälle kann ich mich nicht für eine Wohnung entscheiden, ohne andere Möglichkeiten getestet zu haben.« Sie legte ihm versöhnlich die Hand auf den Arm.

»Und wann willst du das tun? Wann hast du je Zeit?«

»Sobald Robsy ihr Abitur hat. Dann werde ich von morgens bis abends mit dir durch München laufen und mir Wohnungen ansehen.«

»Dann ist diese hier längst weg.«

»Es wird andere geben.«

»Du hast ja keine Ahnung.«

»Zu dem Preis sicher. Außerdem müssen wir ja nicht unbedingt mieten, sondern könnten auch kaufen. Ich weiß, daß Eigentumswohnungen leichter zu bekommen sind. Ich überlege schon lange, ob ich mein Haus in Eysing nicht verkaufen soll. Mit dem Preis dafür und einem entsprechenden Bankkredit könnten wir uns dann das passende Objekt herauspikken.«

»Das wirst du ja doch nicht tun.«

»Du kennst mich bei weitem nicht so gut, wie du glaubst, Hans.«

Er seufzte unwillkürlich. »Das scheint mir auch so.«

»Sehr enttäuscht?« – »Ziemlich.«

»Du hattest erwartet, daß ich auf diese Wohnung fliegen würde, ja? Aber das hätte ich nicht mal getan, selbst wenn sie objektiv die schönste Wohnung von ganz München wäre. Ich bin kein junges Mädchen mehr. Es widerstrebt mir, mich bevormunden zu lassen.«

»Schon gut«, sagte er, »vergessen wir's.«

»Es tut mir leid, Hans.«

»Braucht es nicht. Nachträglich merke ich, daß ich mich wie ein Trottel benommen habe. Aber mich hat die Möglichkeit, mit dir hier zu leben, einfach fasziniert.«

»Und Robsy gleich nebenan?«

»Du hast recht, in dem Punkt habe ich mehr als in allen anderen danebengelangt. Es war eine blödsinnige Idee von mir. Ganz und gar blödsinnig.«

»Mein armer, törichter Geliebter!« Sie legte die Arme um seinen Hals.

Er zog sie an sich und küßte sie leidenschaftlich, und sie vergaßen für den Moment alles, was zwischen ihnen stand.

»Komm, fahren wir zu mir!« drängte er, als er sie endlich freigab.

»Wieviel Zeit haben wir noch?«

»Wie immer: viel zu wenig.«

»Das wird anders werden, Hans, ganz anders. Ich verspreche es dir.«

»In einem Jahr«, sagte er vorwurfsvoll.

»Was ist schon ein Jahr, wenn wir uns lieben!« Sie nahm seine Hand. »Nutzen wir das bißchen Zeit, das uns noch bleibt.«

Julia kam rechtzeitig nach Hause, aber Roberta merkte, daß sie fortgewesen war, und maulte. »Nicht mal mehr in Ruhe in der Schule sein kann man. Wenn das so weitergeht, werfe ich alles hin.«

Julia war nicht bereit, sich erpressen zu lassen. »Von mir aus«, sagte sie, »aber bilde dir nur nicht ein, daß ich dich über dein achtzehntes Lebensjahr hinaus mit durchfüttern werde. Dann mußt du dir eben eine Arbeit suchen.«

»Das könnte dir so passen! Damit du den ganzen Tag auf dem Judel-Fudel bist.«

»Merkst du nicht selber, wie lächerlich deine Eifersucht ist?«

»Ich bin nicht eifersüchtig, ich bin nur besorgt um dich. Dieser Typ paßt einfach nicht zu dir, und die ganze Situation . . .«

»Wie sprichst du denn von ihm? Hans ist kein Typ, sondern ein ausgesprochen kultivierter Mann.«

»Ein ganz großes Schlitzohr.«

»Jedenfalls meint er es gut mit dir. Er mag dich sehr.«

Roberta wurde rot. »Merkst du das auch schon?«

Julia fischte eine Nudel aus dem Topf und versuchte, ob sie schon gar war. »Kann sich nur noch um Sekunden handeln«, sagte sie.

Roberta lümmelte sich weiter an der Küchentür. »Wie kommst du darauf, daß er mich ... mich gern hat?« fragte sie.

»Na ja«, sagte Julia, »gerade heute. Er hat mich nach München geholt, um mir eine Wohnung zu zeigen. Eine sehr schöne Wohnung, noch im Rohbau.«

Roberta kniff die Augen zusammen. »Für wen?«

»Der Clou daran ist eine in sich abgeschlossene Einliegerwohnung mit Bad und Küche. Die hatte er für dich gedacht.«

»Ich soll bei ihm leben?« Roberta geriet fast ins Stammeln.

»Nein, bei uns«, stellte Julia richtig.

»Willst du etwa mit ihm zusammenziehen?«

»So hatte er es sich gedacht, und du direkt bei uns. Das zeigt doch, wieviel ihm an dir liegt.«

»Das kommt doch gar nicht in Frage!«

»Genau das habe ich ihm auch gesagt. Er war sehr enttäuscht.« Julia goß die Nudeln ab, schüttete sie in eine gewärmte Schüssel und stellte den Topf mit der Tomatensauce auf den Tisch.

Sie setzten sich und aßen eine Weile schweigend.

»Wie ist er bloß auf die Idee gekommen?« fragte Roberta endlich.

»Er weiß doch, daß wir nach deinem Abitur nach München ziehen wollen.«

»Aber nicht zu ihm.«

Julia nahm die Gelegenheit beim Schopf und fügte so beiläufig wie möglich hinzu: »Und nicht zusammmen.«

Roberta ließ die volle Gabel sinken. »Das ist das Neueste, was ich höre!«

»Ganz gut, daß wir mal darüber reden. Ich habe lange nachgedacht. Es ist besser, wenn wir in München getrennt wohnen. Studentin mit Mutter, das ist nichts!«

»Wen geht das was an?«

»Du wirst Freundinnen und Freunde haben . . .«

»Die habe ich auch jetzt, und niemand stört sich daran, daß ich bei dir lebe.«

»Das ist was anderes.«

»Gar nicht. Einige aus meiner Klasse sind schon zu Hause ausgezogen.«

»Aber sie bilden die Ausnahme. Studenten leben allein oder in Wohngemeinschaften, vor allem, wenn sie nicht am Universitätsort zu Hause sind.«

»Das kann doch jeder halten, wie er will.«

»Stimmt. Und ich will eben nicht mehr mit meiner erwachsenen Tochter zusammen leben. Ich weiß, daß es für uns beide besser ist, wenn jede ihren eigenen Haushalt hat.«

»Aber dann brauchst du doch gar nicht nach München!«

»Deine Logik ist umwerfend.«

»Ist doch wahr! Wenn du darauf bestehst, suche ich mir halt eine Bude für mich allein und komme jedes Wochenende und in den Semesterferien nach Hause. Wir hatten es zwar anders abgemacht, aber . . .«

»Die Idee, daß ich mich hier sehr einsam fühlen könnte, kommt dir gar nicht.«

»Einsam? Aber wieso denn? Du kennst doch hier eine Menge Leute, deine Skatabende und deinen Verkehrsverein und überhaupt.«

»Das genügt mir aber nicht mehr.«

»Und in München? Was willst du da tun? Ich weiß schon: dich an Hans hängen. Aber du wirst dich wundern, wie schnell er dich über hat.«

Julia hatte nicht vorgehabt, so weit zu gehen, aber jetzt entschloß sie sich, den Stier bei den Hörnern zu packen. »Ich will studieren«, erklärte sie.

Roberta stieß ihren Stuhl zurück. »Du?«

Gelassen streute sich Julia Käse über ihre Nudeln;

sie wußte, welches Argument sie gleich zu hören bekommen würde.

»Dazu bist du doch viel zu alt!«

»Du wirst zugeben, daß ich das Abitur genauso gut bestehen würde wie du, mein zweites Abitur sozusagen. Meine kleinen grauen Zellen funktionieren einwandfrei. Warum sollte ich dann nicht studieren können?

»Unter all den jungen Leuten! Du wirst eine komische Figur abgeben.«

»Darauf lasse ich es ankommen.«

»Aber wozu? Um Himmels willen, erkläre mir, wozu? Bis du mit deinem Studium fertig bist – falls du es überhaupt schaffst –, dauert es noch Jahre. Dann bist du reif für die Pensionierung . . .«

»Na, na, na, doch nicht schon Mitte Vierzig.«

»Mitte Vierzig, du sagst es. Wer wird denn jemanden mit Mitte Vierzig noch einstellen wollen, ohne jede Berufserfahrung, einmal davon abgesehen, daß du es gar nicht nötig hast, Geld zu verdienen.«

»Gerade da ich es nicht nötig habe zu verdienen, will ich studieren. Ich will meinen Horizont erweitern. Ist das denn so schwer zu verstehen?«

»Und den jungen Leuten rücksichtslos die Studienplätze wegschnappen!«

»Also erst einmal handelt es sich nicht um ›die‹, sondern höchstens um einen, und dann kann ich mir nicht vorstellen, daß ausgerechnet um das Fach Philosophie ein solches Geriß sein wird.«

»Philosophie willst du studieren? Bist du denn wahnsinnig? Was versprichst du dir davon?«

»Es interessiert mich.«

»Du bist verrückt, komplett verrückt.«

»Iß weiter, sonst werden deine Nudeln kalt!«

»Und was sagt Hans dazu?«

»Er versteht mich.«

»Wahrscheinlich ist ihm alles recht, was dich daran hindert, ihm dauernd auf die Pelle zu rücken.«

»Danke. Zu liebenswürdig.«

»Ich hab nun mal kein Talent, dir was vorzumachen.«

»Jedenfalls hoffe ich, du siehst jetzt ein, daß es besser ist, wenn wir in München getrennt leben. Du wirst dich doch nicht mit einer studierenden Mutter lächerlich machen wollen.«

»Ich werde dich nicht einmal grüßen, wenn ich dich sehe.«

»Aber heimlich, ganz heimlich«, sagte Julia lächelnd, »wirst du mich doch mal besuchen, hoffe ich.«

»Ich möchte bloß wissen, was du daran so komisch findest. Für mich ist es eine Tragödie, wie du dich aufführst.«

»Das zeigt nur, daß dir der Begriff des Tragischen noch nicht klar ist.«

»Ralph wird dir was erzählen, wenn er es erfährt!«

»Ralphs Meinung interessiert mich überhaupt nicht.«

»Und meine auch nicht?«

»Nein. Ich weiß besser, was für mich gut ist als ihr.«

»Das sagst ausgerechnet du, die du bisher immer die aufopferungsvolle Mutter gespielt hast!«

»Vielleicht gerade deshalb. Die Rolle hängt mir seit langem zum Hals heraus. Ich möchte endlich eine neue.«

Roberta schlug unvermittelt einen anderen Ton an. »Du meinst das doch nicht wirklich so, Julia? Gib es zu.«

»Ich hoffe, daß auch du nicht alles meinst, was du gesagt hast.«

»Nein, natürlich nicht. Ich habe mich bloß wahnsinnig aufgeregt.« Roberta wischte sich den Mund ab. »Nur über eines bin ich froh . . .«

»Ja?«

»Daß bis zum Abitur noch ein ganzes Jahr ist! Bis dahin wirst du es dir bestimmt überlegt haben.«

Julia ließ es dabei bewenden.

Roberta hatte Erwin Kirsch angerufen und ihn gebeten, sie noch einmal in seinem Auto fahren zu lassen. Er hatte es abgelehnt. Sie hatte ihrer Mutter nichts davon erzählt, aber Julia ahnte es. Deshalb war sie auch nicht überrascht, als Roberta eines Tages mit dem Wunsch herausrückte, daß Johannes Herder sie doch fahren lassen könnte. Aber es war ihr gar nicht recht.

»Warum wendest du dich nicht an einen aus deiner Klasse? Soviel ich weiß, haben doch Paul und Sepp . . .«

Roberta fiel ihr ins Wort. »Ach die! Die machen so ein Geschiß um ihre Karren!«

»Und von deinen Freundinnen fährt keine?«

»Doch. Aber die haben noch kein eigenes Auto.«

»Schade.«

»Frag Hans doch mal! Bitte!«

»Ich finde, wir sollten ihn mit so was nicht belästigen.«

»Vielleicht macht's ihm ja Spaß.«

»Dann hätte er sich doch schon von sich aus erboten.«

»Du willst mir nicht helfen. Na schön, dann rufe ich ihn eben selber an.«

»Er steckt mitten in der Arbeit.«

»Das erzählt er dir!« Roberta lief aus dem Zimmer, knallte die Tür hinter sich zu und kam nach einigen Minuten mit Siegermiene zurück. »Er tut's!« verkündete sie. »Hab ich ja gewußt.«

Es gab Julia einen kleinen Stich; sie wußte nicht, ob es nur Ärger über Robertas Selbstgefälligkeit war oder auch wieder ein wenig Eifersucht. »Wann?« fragte sie.

»Mittwoch. Er meint, dann wäre es nicht so voll, und damit hat er sicher recht.«

»Dann werde ich ihn zum Mittagessen einladen.«

»Von mir aus!«

Der Mittwoch war ein strahlend schöner Tag, und Roberta sang schon vor dem Frühstück im Badezimmer. »Was für ein Wetter!« rief sie, als sie herauskam. »Wie für mich erfunden!«

»Sei nicht zu übermütig«, warnte Julia, »wir haben Föhn.«

»Wie kommst du darauf?«

»Sieh nur mal aus dem Fenster, wie nah die Berge sind und wie dunkel.«

»Und wennschon. Hauptsache, die Sonne scheint.«

Auch Julia gehörte nicht zu den Menschen, die bei dem trockenen Fallwind, der von den Alpen herkommt, unter Kopfschmerzen oder Depressionen leiden. Aber sie spürte ihn doch. Er machte sie ein wennig gereizt und überdreht, wenn auch nicht auf unangenehme Weise. Sie fürchtete ihn trotzdem, weil sie die Erfahrung gemacht hatte, daß sie an solchen Tagen leichter in einen Streit verwickelt wurde als gewöhnlich. In den Jahren ihrer Ehe war es nur bei Föhnwetter zu Auseinandersetzungen mit ihrem Mann gekommen.

Aber sie schüttelte das unbehagliche Gefühl ab, das vielleicht eher von Robertas morgendlichem Gesang ausgegangen war als von dem allzu blauen Himmel, und sagte sich, daß ihre Tochter ja recht hatte: Es war ein schöner Tag. Warum ihn nicht einfach genießen? Bald würde Johannes Herder da sein. Sie hatte allen Grund, sich zu freuen.

Doch Johannes Herder kam nicht, jedenfalls nicht zu dem Zeitpunkt, an dem sie ihn erwartet hatte. Schon um zehn Uhr hatte sie die Wohnung geputzt, frische Blumen in die Vasen getan und sich selbst hübschgemacht. Aber er erschien nicht, wie er ihr versprochen hatte. Zuerst fühlte sie sich nur enttäuscht, aber allmählich wurde sie nervös. Es war nicht seine Art, zu spät zu kommen oder einfach wegzubleiben. Sosehr sie sich auch gegen den Gedanken stemmte, überfiel sie doch Panik bei der Vorstellung, es könnte ihm etwas zugestoßen sein.

Als ihre Tochter aus der Schule kam, war er immer noch nicht da.

Roberta warf ihre Mappe in die Ecke. »Unzuverlässig auch noch!« rief sie abfällig.

Unwillkürlich rang Julia die Hände. »Du weißt, daß er das nicht ist.«

»Dann erklär mir mal, wo er steckt! Ich habe Hunger.«

»Ich habe die Kartoffeln schon aufgesetzt.«

»Gute Idee. Wenn sie gar sind, fangen wir einfach schon an. Dann kann er sehen, was übrigbleibt.«

»Und wenn er überhaupt nicht kommt?«

Roberta sah ihre Mutter an. »Habt ihr euch etwa gestritten?«

»Nein.«

»Warum sollte er dann nicht kommen?«

»Es könnte ihm doch etwas zugestoßen sein.«

»Unsinn. Dem doch nicht. Hör mal, du bist ja blaß wie ein Kas. Leg dir ein bißchen Rouge auf oder, besser noch, trink einen Cognac.«

»Das hilft doch nichts.«

»Mir nicht, aber dir.« Roberta lief ins Wohnzimmer und kam mit einem Glas Cognac zurück. »Wenn er mich sitzenläßt, wird's nichts mit dem Autofahren, und ich hatte mich so gefreut! Dir kann es doch eigentlich nichts ausmachen.«

Die Hand, mit der Julia das Glas entgegennahm, zitterte. »Glaubst du«, sagte sie schwach.

»Es ist ihm schon nichts passiert, Julia! Reg dich nicht künstlich auf. Er ist bloß rücksichtslos, wie alle Männer. Trink endlich!«

Julia gehorchte.

»Na, siehst du. Du bekommst schon wieder Farbe. Ob ich mal anrufen soll? Vielleicht hat er unsere Verabredung ja einfach vergessen.«

»Das sieht ihm gar nicht ähnlich.«

»Na, wir werden sehen.« Roberta nahm den Hörer ab und wählte.

Gerade in diesem Augenblick klingelte es an der Wohnungstür.

»Da ist er!« Roberta legte auf und rannte zur Tür.

Julia war es, als setzte ihr Herzschlag aus. Sie schloß die Augen. In einer überdeutlichen Vision sah sie einen jungen, verlegenen Polizisten draußen stehen, der unbeholfen nach Worten suchte, ihr das Entsetzliche mitzuteilen. Sie hatte das schon einmal erlebt, vor mehr als fünfzehn Jahren, aber sie würde es nie vergessen können.

Die unbekümmerte Stimme ihrer Tochter riß sie aus diesem Alptraum. »Na, endlich!« rief Roberta. »Ich muß schon sagen, du machst es spannend!«

Julia riß die Augen auf.

Johannes Herder hatte Roberta beiseite geschoben und stand vor ihr. »Verzeih mir!« bat er, bemüht, ein zerknirschtes Gesicht zu machen, aber seine braunen, von Lachfältchen umgebenen Augen strahlten vergnügt.

In diesem Augenblick war er ihr so fremd, daß sie kein Wort herausbrachte.

»Du hast dir doch nicht etwa Sorgen gemacht?« fragte er erstaunt.

»Doch, Hans«, erwiderte Roberta anstelle ihrer Mutter, »das tut sie immer. Darin ist sie groß.«

»Ich war so im Schwung, daß ich einfach vergessen

habe, auf die Uhr zu sehen«, erklärte er, »soll nie wieder vorkommen.«

Julia leerte ihr Glas. »Schön für dich«, sagte sie beherrscht, »daß du so gut mit deiner Arbeit vorwärtskommst.«

»Es ging heute fantastisch. Wenn ich euch nicht so liebhätte, dann hätte ich mich bestimmt nicht von meinem Schreibtisch losgerissen. Ich habe dir wieder einen ganzen Stoß Manuskriptseiten mitgebracht.«

»Du hättest nicht zu kommen brauchen, wenn du nicht wolltest. Ein Anruf hätte genügt.«

»Dir vielleicht, aber mir nicht!« rief Roberta. »Dein Glück, Hans, daß du mich nicht versetzt hast!«

»Das hatte ich mir gedacht.«

»Ich sehe mal nach den Kartoffeln«, sagte Julia.

»Das kann Robsy machen«, entschied er.

Roberta wollte Einspruch erheben, besann sich aber und verschwand in der Küche. Er legte seine Hände um Julias Schultern. »War es so schlimm?« fragte er.

Sie nickte stumm.

»Ich bin ein gedankenloser, egoistischer Patron. Aber normale Leute ... entschuldige, Julia, mir scheint, ich trete heute von einem Fettnäpfchen ins nächste.«

»Du hast recht«, sagte sie, und ihr Mund war wie ausgetrocknet, »es liegt an mir. Anscheinend habe ich den Schock von damals immer noch nicht ganz überwunden, wenn so etwas möglich ist.«

»Ich hätte daran denken sollen«, bekannte er reuevoll.

»Es ist vorbei«, sagte sie mit zitterndem Lächeln.

»Und du verzeihst mir?«

»Alles.«

Er küßte sie zärtlich, als Roberta erschien.

»Herbei, herbei, gekocht ist der Brei!« rief sie vergnügt.

»Da bin ich mal gespannt, was es wirklich gibt«, sagte er, ohne Julia loszulassen.

»Ein fast echtes ungarisches Gulasch. Hoffentlich hast du Appetit.«

»Ich glaube schon.« Er spürte, daß Julia immer noch zitterte.

»Auf was warten wir dann noch?« Roberta ging wieder in die Küche.

Julia machte sich von ihm frei. »Es wird mir gleich wieder besser gehen«, behauptete sie, »es war verrückt von mir, mich so aufzuregen. Bitte, sei mir nicht böse.«

»Ich bin es, der sich schlecht benommen hat.«

»Ach, Unsinn. Es liegt an meiner Überempfindlichkeit. Ich muß mir das abgewöhnen.«

Beim Mittagessen wurde es dann doch noch ganz vergnügt. Roberta erzählte von ihren Fahrstunden, momentan für sie ein unerschöpfliches Thema, und Johannes Herder ging darauf ein. Julia versuchte mitzuhalten, wenn es ihr auch schwerfiel.

»Jetzt fahren wir los!« rief Roberta, kaum daß die Teller geleert waren. »Komm, Hans! Kaffee können wir später trinken. In zwei Stunden etwa sind wir zurück.«

»Aber Julia kommt doch mit!« erklärte er. »Oder willst du nicht?«

»Ich weiß nicht recht . . .«

»Was soll sie denn da?« rief Roberta.

»Du mußt mitkommen, Julia, unbedingt!« sagte er rasch.

»Ich möchte mich lieber gleich mit deinem Manuskript befassen.«

»Gute Idee!« sagte Roberta.

Aber er widersprach. »Ach, Unsinn. Das hat doch Zeit. Wenn ich schon hier bin, möchte ich dich wenigstens in meiner Nähe wissen, Julia.«

»Wie rührend!« spottete Roberta.

Julia warf ihr einen zornigen Blick zu. »Du solltest dankbar sein, daß Hans dir seine Zeit opfert.«

Sie lächelte kokett zu ihm hoch. »Ist es wirklich ein Opfer?«

»Ja«, antwortete er trocken.

Roberta wollte aufbrausen; sie wurde sehr rot. Doch dann erklärte sie mit mühsamer Beherrschung: »Ich bin es zwar nicht gewöhnt, daß es ein Opfer ist, mit mir zusammenzusein . . .«

»Hört, hört!« spottete er.

Roberta ließ sich nicht aus der Fassung bringen. ». . . aber meine Fahrprüfung ist es mir wert.«

»Dann also auf«, bestimmte Johannes Herder, »selbdritt!«

Am Übungsgelände angekommen, stiegen sie aus. Roberta setzte sich ans Steuer und Johannes Herder auf den Beifahrersitz.

Julia wünschte ihnen »Toi, toi, toi« und verließ sie. Sie wußte, daß ihre Anwesenheit Roberta nur irritieren würde. Diesmal hielt er sie nicht zurück.

Der Platz lag nahe am Waldrand, und sie machte sich zu einem langen Spaziergang auf. Sie hatte den Schrecken über sein langes Ausbleiben überwunden und fühlte sich leicht und beschwingt. Es war ein schöner Frühsommertag, die Sonne flirrte durch die Blätter der glatten, silberstämmigen Buchen, und das Grün des Mooses war satt und dunkel. Ihre Schritte federten auf dem weichen Boden, und sie ging so lautlos wie möglich, um den Gesang der Vögel nicht zu stören. Ein Eichelhäher warnte laut vor ihr, die Stimmen der Vögel veränderten sich, wurden ängstlich und aufgeregt. Aber nach einer Weile beruhigten sie sich und fielen in ihre alten Melodien zurück. Julia dachte, wie sehr ihr dies alles in der Großstadt fehlen würde. Doch dann schalt sie sich eine Närrin. Es würde immer Ausflüge aufs Land geben. Johannes Herder war ein großer Wanderer, und er liebte die Natur. Man mußte nicht unbedingt in Bad Eysing leben, um im Wald spazierengehen zu können, und der Englische Garten in München war ganz gewiß so schön wie der Kurpark und dazu sehr, sehr viel größer.

Nach einer Stunde kehrte Julia um, schlenderte jetzt nicht mehr so gemächlich, sondern schritt weit aus. Sie hatte das Gefühl, daß die beiden schon auf sie warteten, und mußte sich zwingen, nicht zu laufen. Aber als sie den Waldrand erreichte, von dem aus sie das Übungsgelände überschauen konnte, stellte sie fest, daß Roberta und Johannes Herder immer noch auf der abgesteckten Strecke kurvten.

Julia war jetzt müde. Neben dem Platz stand eine Holzhütte, in der Erfrischungen angeboten wurden. Auf die ging sie zu, blickte zu den Fahrenden hinüber und hoffte, daß sie ihr zuwinken würden. Doch die beiden bemerkten sie gar nicht. Sie trat ein, bat um einen Cognac. Der alte Mann, der das Geschäft betrieb, erklärte ihr, daß keine alkoholischen Getränke ausgeschenkt würden. Es gab nur Kaffee, dem sie nicht traute, Limonaden, die sie nicht mochte, und Tee aus dem Tütchen. Also ging sie wieder ins Freie, ohne etwas bestellt zu haben, schlenderte zum Waldrand zurück und fand einen Baumstumpf, auf den sie sich setzen konnte. Plötzlich fand sie es töricht, mitgekommen zu sein. Sie kam sich überflüssig vor.

Indessen steuerte Roberta das schwere Auto mit Verbissenheit, während Johannes Herder sie gelassen und ein wenig amüsiert beobachtete. Anders als Erwin Kirsch war er ein schweigsamer Mitfahrer und ließ sie machen. Nur hin und wieder sagte er: »Ganz ruhig, Robsy!« – »Schon viel besser!« oder: »Keiner tut dir was!«

Zu Beginn hatte sie unendlich viele Fehler gemacht, vor allem beim Schalten, dann war sie flüssig und scheinbar sicher gefahren, bis ihre Konzentration nachließ und der Motor wieder ins Stottern geriet.

Er wartete ab, bis die zwei Stunden fast voll waren, dann sagte er: »Jetzt ist's genug, Robsy. Fahr zum Ausgang.«

»Aber ich möchte noch . . .« protestierte sie.

»Heute schaffst du nichts mehr. Du bist müde.«

»Verdammter Mist! Vorhin war ich viel besser.«

»Du bist sehr gut gefahren, Robsy. Du darfst bloß nicht zuviel verlangen.«

Widerwillig und doch erleichtert fuhr Roberta vom Platz.

»Stopp!« befahl er.

Sie brachte das Auto zum Stehen und stellte den Motor ab. Er stieg aus, und sie folgte seinem Beispiel. Sie taten ein paar Schritte, dehnten und streckten sich.

»Es war herrlich, mit dir zu fahren, Hans!« sagte sie, trat vor ihn und blickte strahlend zu ihm auf.

»Wenn du willst, machen wir das öfter.«

»Oh, Hans!« Sie warf sich in seine Arme und drückte ihre Lippen auf seinen Mund.

Er fühlte ihren festen jungen Körper, der sich an ihn preßte, ihre lebendige kleine Zunge, die in ihn drang, und instinktiv erwiderte er ihren Kuß.

Diese kurze, heftige Umarmung dauerte nur Sekunden, aber lange genug, daß Julia erkennen konnte, was geschah. Sie war den beiden, als sie vom Platz gefahren waren, entgegengegangen. Jetzt stand sie wie erstarrt und wußte nicht, wie sie sich verhalten sollte. Eine Szene machen? So tun, als hätte sie nichts gesehen? Sie war geschockt und keines klaren Gedankens fähig.

Dann kam er zur Besinnung und löste sich sanft, aber entschieden von Roberta. »Na, na, na!« mahnte er mit gespielter Gutmütigkeit. »Nur nicht so stürmisch!«

»Ach, Hans, ich wollte schon so lange . . .«

Er wischte sich mit dem Handrücken über den Mund, sah unwillkürlich um sich und entdeckte Julia, die nur wenige Schritte entfernt stand. Ihre Augen waren weit aufgerissen, und ihre Lippen zitterten.

Roberta war es, die als erste die Sprache wiederfand. »Es war herrlich, Julia!« rief sie. »Hans und ich . . .«

Er fiel ihr ins Wort. »Ich fahre euch dann jetzt wohl nach Hause«, sagte er.

»Nein, danke«, erklärte Julia steif, »ich gehe zu Fuß.«

»Du denkst womöglich . . .«

»Ich denke gar nichts.« Sie wandte sich ab und ging davon, sehr aufrecht, mit hocherhobenem Kopf.

»Julia!«

»Ach, laß sie doch!« sagte Roberta. »Sie wird sich schon wieder bekriegen. Komm, fahren wir.«

Er wandte sich ihr zu; sein Gesicht war schmerzverzerrt. »Nein, Roberta, ich fahre allein.«

»Und ich?«

»Geh ihr nach und versuch sie zu versöhnen.«

»Ich denk nicht daran! Warum sollte ich?«

»Mach, was du willst!« Er setzte sich hinter das Steuer, verriegelte die Tür zum Beifahrersitz und ließ den Motor an. Sie rüttelte am Griff. »Hans!« schrie sie. »Hans! Das kannst du doch nicht machen!«

Er fuhr los, ohne sie auch nur anzusehen; der Türgriff wurde ihr aus der Hand gerissen.

An diesem Abend sprach Julia kein Wort mehr mit ihrer Tochter.

Sobald sie nach Hause kam, zog sie sich in ihr Zimmer zurück. Zum ersten Mal war es ihr ganz gleichgültig, was mit Roberta geschah. Sie spürte nur das eigene Entsetzen, den eigenen Schmerz, das eigene Elend.

Sie zog die Vorhänge zu und ging zu Bett. Als Roberta die Tür einen Spaltbreit öffnete und ihren Namen rief, stellte sie sich schlafend. Aber natürlich konnte sie nicht schlafen. Dazu war es viel zu früh. Sie empfand eine bleierne Müdigkeit wie nach einer ungeheueren körperlichen Anstrengung. Denken konnte sie an nichts, nicht an die Vergangenheit, die keine Bedeutung mehr zu haben schien, und nicht an die Zukunft, in die sie jede Hoffnung verloren hatte. Sie lag da und spürte die Stunden verstreichen, hörte Robertas Schritte, das entfernte Geräusch des Fernsehers, bis es endlich ganz still wurde. Sie lag da, und es war ihr, als würde das Blut ihren Körper verlassen, als hätte sie jede Kraft zum Leben verloren.

So lag sie die ganze Nacht und hatte nur die eine Hoffnung: einzuschlafen und nie wieder aufzuwachen.

Am nächsten Morgen, als sie hörte, wie Roberta aufstand, war sie fast überrascht, immer noch zu leben. In ihr war eine unendliche Leere und hielt sie wie in einem Sog gefangen. Sie konnte sich nicht überwinden aufzustehen, unternahm gar keinen Versuch dazu. Sie war außerstande, das Frühstück zu machen, sich Roberta gegenüberzusetzen, belanglose Worte zu wechseln, als wäre nichts geschehen. Alleinsein war alles, was sie wollte.

Aber es war ihr nicht vergönnt.

Roberta stürmte ins Zimmer. »Was ist los mit dir?« rief sie. »Warum stehst du nicht auf?« Sie lief zum Fenster, riß die Vorhänge auseinander. »Es ist ein herrlicher Tag!«

Das unerwartete Licht blendete Julia; sie legte die Hand vor die Augen.

»Nun mach schon!« drängte Roberta. »Frühstück steht auf dem Tisch.«

Julia schwieg.

»Du hast gar keinen Grund, die Beleidigte zu spielen«, behauptete Roberta.

Julia sagte immer noch nichts; sie hoffte inbrünstig, daß Roberta es aufgeben und sich zurückziehen würde.

Aber Roberta dachte nicht daran. »Du bist es doch, die mir alles kaputtgemacht hat!«

Dieser Angriff kam so überraschend, daß Julia die Hand von den Augen nahm und ihre Tochter ansah. Roberta wirkte sehr jung, sehr robust, sehr unbekümmert mit dem glatten blonden Haar, das sie aus der runden Stirn gebürstet hatte und das ihr bis über die Schultern fiel, den vor Erregung geröteten Wangen und dem eckigen Kinn, das sie trotzig vorgeschoben hatte; sie trug hautenge Jeans, Tennisschuhe und ein keck gemustertes Sweatshirt.

Auch von dem erstaunten, abweisenden Blick der Mutter ließ sie sich nicht irritieren. »Ist doch wahr!« rief sie. »Hans hatte mir gerade versprochen, mich noch öfter fahren zu lassen, da mußtest du dein dummes Theater machen!« Niedergeschlagen fügte sie hinzu: »Und jetzt ist es aus. Er wird sich nie mehr blikken lassen.«

Julia war es, als würde sich die kalte Leere, die sie empfunden hatte, plötzlich auffüllen. Wärme strömte von ihrem Zwerchfell aus über ihren ganzen Körper, bis zum Kopf und zu den Zehen. Ihre Verzweiflung löste sich in einer unwiderstehlichen Lachlust. »Deine Fahrstunden!« keuchte sie. »Dein Führerschein! O Gott, das ist das einzige, woran du denken kannst!« Tränen stürzten ihr aus den Augen, während ihr Körper von Gelächter geschüttelt wurde.

Roberta hatte die Mutter noch nie so außer sich gesehen, und sie wurde ihr unheimlich. »Nicht, Julia, bitte nicht!« rief sie. »Nimm dich doch zusammen!«

Aber es stand nicht in Julias Macht, dieses konvulsivische Gelächter, das sie gepackt hatte, unter Kontrolle zu bringen.

Roberta wußte nicht ein noch aus. Sie überlegte, ob sie einen Arzt anrufen sollte, traute sich aber nicht, ihre Mutter in diesem Zustand allein zu lassen. »Hör auf damit!« flehte sie. »Wenn du nicht aufhörst, komme ich zu spät zur Schule!«

Worauf Julias Lachanfall nur noch stärker wurde.

»Ich kann überhaupt nichts komisch daran finden«, sagte Roberta hilflos.

Julia rang um Fassung. »Jetzt auch das noch!« stieß sie hervor. »Deine Schule!« Sie wischte sich die Tränen von den Wangen. »Was habe ich nur für ein Kind geboren!« Erleichtert spürte sie, daß der Anfall, der sie fast zerrissen hatte, allmählich verebbte.

»Aber du selber hast mir doch dauernd eingetrichtert, wie wichtig die Schule für mich ist!« verteidigte Roberta sich.

»Wichtiger als das Leben?« Julias Kopf sank in die Kissen zurück. »Ach, Robsy, du nimmst mir den Mann weg, den ich liebe, und . . .«

»Quatsch! Wie könnte ich das denn? Er hätte mich ja nicht zu küssen brauchen.«

»Gib zu, daß du es darauf angelegt hattest!«

»Und wennschon! Ich habe dir schon immer gesagt, daß er es nicht ernst mit dir meint. Aber das wollte ja nicht in deinen Kopf.«

»Du bist ein Ungeheuer.«

»Rede dir das nur ein, wenn du dich dadurch besser fühlst. Aber es ist nicht meine Schuld, daß du dich an einen Mann gehängt hast, der nicht zu dir paßt. Hättest du auf mich gehört, wäre dir das nie passiert.«

»Ich muß dir also wohl noch dankbar sein?«

»Und warum nicht? Ich finde das gar nicht absurd. Sei froh, daß dir endlich die Augen aufgegangen sind. Er ist genau wie alle anderen Männer. Er taugt nichts. Und wenn du es genau wissen willst: Gestanden hat er ihm auch.«

Robertas Absicht, ihr noch diesen Hieb zu versetzen, war so deutlich, daß er nicht einmal weh tat. »Ach, Robsy«, sagte Julia, »daß du dich nicht schämst.«

»Ich? Wieso sollte ich? Es ist nicht meine Schuld, daß er dich nicht liebt. Wie könnte er auch! Du bist doch viel zu alt für ihn. Klar, daß er auf was Jüngeres fliegt.«

»Auf dich?«

»Ja, auf mich. Sieh den Tatsachen endlich ins Gesicht! Du hast dich lange genug zum Narren halten lassen. Jetzt komm endlich, steh auf, iß was, dann wirst du dich gleich besser fühlen.«

»Ich habe keinen Hunger.«

»Der Mensch muß essen, um zu leben«, erklärte Roberta altklug, »du wirst schon wieder Appetit kriegen. Trink wenigstens eine Tasse Kaffee.«

»Nein, danke.«

»Ich bringe sie dir ans Bett.«

»Mach dir keine Mühe!«

»Ich tu's ja gern.« Roberta ging hinaus und kam wenige Minuten später mit dem gedeckten Bettischchen zurück. »Rutsch nach oben! Ja, so.« Sie stellte das Tischchen auf und setzte sich auf die Bettkante. »Jetzt ist es wieder wie in alten Zeiten, bloß daß du es warst, die mir, wenn ich krank war, das Essen im Bett serviert hat.«

Julia hätte gerne gesagt, daß nichts je wieder wie in den alten Zeiten sein würde, aber sie unterdrückte diese Bemerkung, weil sie erkannte, wie sinnlos sie war.

Roberta schenkte Kaffee ein, strich ihr ein Brot und legte es vor sie auf den Teller, bediente sich selber. »Sei froh, daß es vorüber ist!« sagte sie mit vollem Mund. »Hans hat dich doch nur ausgenutzt. Es war sehr bequem für ihn, jemanden zu haben, der sein Manuskript ins reine brachte, und dazu noch ganz umsonst.« Sie schluckte und nahm gleich wieder einen kräftigen Biß. »Trotzdem. Ich verstehe ja, daß du auf ihn reingefallen bist. Du warst scheußlich lange Witwe, und er ist ja ein fescher Typ. Aber sei ehrlich: Was hattest du denn von ihm? Und wozu brauchst du überhaupt einen Mann?«

Julia rührte in ihrer Tasse. Der Kaffee war heiß und duftete aromatisch. Sie nahm einen Schluck. »Ja, das ist die große Frage.«

»Das ist alles nur Einbildung. Allein bist du viel besser dran.« Roberta spülte einen Bissen mit Kaffee hinunter. »Außerdem hast du ja mich. Ich bleibe dir in jedem Fall erhalten. Auch wenn ich mal heiraten sollte, das kann doch an unserer Beziehung nichts ändern.«

Sie redete und redete und merkte nicht einmal, daß die Mutter ihr gar nicht zuhörte. Julia fühlte sich so allein wie auf einem anderen Stern, und es war ihr, als würde sich daran niemals mehr etwas ändern. Sie mußte sich damit abfinden, für den Rest des Lebens einsam zu sein.

Am nächsten Tag kam Ralph wieder einmal heim. Julia hatte nicht vor, ihm etwas von dem, was sich zugetragen hatte, zu erzählen, und es wäre ihr lieber gewesen, er hätte nichts davon erfahren. Aber sie wußte, daß Roberta ihm bei der ersten Gelegenheit ihre Version des Geschehens beibringen würde, und sie hatte sich nicht geirrt. Sie merkte es an der besonderen Art, wie Ralph sie daraufhin behandelte: sehr liebevoll und sehr besorgt, wie man mit einer Kranken umgeht. Sie mochte nicht sagen, wie sehr ihr das auf die Nerven ging, aber sie richtete es so ein, daß sie so wenig wie möglich mit ihren Kindern zusammen war, unternahm lange Spaziergänge im Kurpark, besuchte das Grab ihres Mannes und traf sich in der Stadt mit Bekannten, an denen ihr sonst wenig gelegen gewesen war.

Eines Abends, als Ralph den Fernseher eingeschaltet hatte, verabschiedete sie sich früh. »Entschuldigt mich bitte!« sagte sie, stand auf und zog sich zur Tür zurück.

»Aber wieso denn?« protestierte er sofort. »Gleich kommt ein alter Film . . .«

Sie fiel ihm ins Wort. ». . . den ich längst kenne.«

»Aber er ist wirklich gut!«

»Ich weiß. Ich könnte ihn singen.«

»Wenn du willst, schalten wir auch ein anderes Programm ein«, schlug Roberta vor.

»Lieb von euch, aber mir ist heute nicht nach Fernsehen.«

Julia ging in ihr Zimmer, stellte ihre kleine Reiseschreibmaschine auf und befaßte sich mit Johannes Herders Roman. Es tat ihr weh und wohl zugleich. In jeder Zeile begegnete ihr seine Persönlichkeit; es war so unverkennbar seine Diktion, sein Witz und seine Auffassung der Dinge, daß sie fast glauben konnte, er wäre bei ihr. Sie legte Papier und Durchschläge zusammen, schob ein und begann zu tippen, so konzentriert, daß sie nicht einmal merkte, als Ralph hereinkam.

Erst als er ihren Namen nannte, schrak sie zusammen.

»Julia«, sagte er, »was hast du denn?«

Sie wandte sich ihm zu, zwang sich zu lächeln und wehrte sich gegen den Impuls, das Manuskript zu verbergen. »Nichts«, behauptete sie, »gar nichts.«

»Störe ich dich etwa?«

»Ein bißchen.«

Er trat näher. »Arbeitest du immer noch für diesen Kerl?«

»Das geht dich kaum etwas an.«

»Nach allem, was er dir angetan hat?«

»Er hat mir nichts angetan, Ralph, was sind das für dumme Sprüche. Dich hätte ich wirklich für reifer gehalten.«

Er zog ihre Hand an seine Lippen. »Verzeih, Julia!«

»Wenn zwei Menschen sich lieben, bedeutet das nicht, daß alles glatt laufen muß. Du solltest das wissen.«

»Also hat Roberta verkehrt gespielt? Das sieht ihr ähnlich.« Ralph zog sich einen Hocker heran und setzte sich neben seine Mutter.

»Ich möchte nicht darüber reden. Es wäre sinnlos.«

»Jedenfalls bin ich froh, daß es so gekommen ist.«

»Das weiß ich.«

»Du hältst mich jetzt für einen Egoisten, aber das ist es nicht.» Er zückte sein Zigarettenetui. »Darf ich rauchen? Oder stört es dich hier?«

»Ich werde nachher tüchtig lüften.«

Er zündete sich eine Zigarette an.

»Gib mir auch eine!« bat sie.

Er steckte ihr die brennende Zigarette zwischen die Lippen und nahm sich selber eine neue. »Liebe«, sagte er, »bedeutet immer auch Haß, Kampf. Man verletzt sich gegenseitig, ohne es zu wollen. Manchmal will man es sogar.«

»Wem erzählst du das?« fragte sie und mußte husten.

»Du mußt doch selber spüren, daß das nichts für dich ist. Du bist zu sanft, zu duldend, du kannst dich nicht wehren.«

Sie hatte ihren Hustenreiz überwunden und rauchte

jetzt fast mit Genuß. »Leere statt Liebe«, sagte sie, »das ist also dein Rezept.«

»Es ist nicht das schlechteste.«

»Gilt das auch für dich?«

»Ich weiß nicht, Julia.«

»Da bin ich aber froh. Ich nenne es nämlich Feigheit.«

»Ach, Julia!«

Er saß ein wenig tiefer als sie, sehr nahe, sie hätte nur die Hand ausstrecken brauchen, um ihm durch das lockige braune Haar zu fahren, und die Versuchung war groß. Doch sie beherrschte sich. Er war zu alt für solche Zärtlichkeiten.

»Was ist mit dir?« fragte sie. »Hast du dich an deine neue Tätigkeit immer noch nicht gewöhnt?«

»Das werde ich wohl nie.«

»Schade. Du hattest dir so viel davon versprochen.«

»Augenblicklich bemühe ich mich, wenigstens eine andere Route zu bekommen.«

»Und du meinst, das würde helfen?«

»Ja. Vielleicht.«

»Dann will ich für dich hoffen.« Sie wischte ein paar Plastikklammern aus einem chinesischen Schälchen, streifte ihre Asche darin ab und hielt es ihm hin.

Er folgte ihrem Beispiel. »Weißt du, ich bin kein Typ für den Orient.«

Sie sah ihn nur fragend an.

»Oder der Orient ist nicht die richtige Gegend für mich«, fügte er ergänzend hinzu.

»Wie würde es dir gefallen, wenn Robsy und ich mal mitführen?«

Er fuhr auf. »Nur nicht!«

»Die anderen brauchten gar nicht zu wissen, daß wir deine Familie sind.«

»Du glaubst doch wohl nicht ernsthaft, ich würde mich eurer schämen?«

»Hoffentlich nicht.«

»Ihr paßt da unten genausowenig hin wie ich.«

»Wir wollen uns dort ja auch nicht ansiedeln, Ralph, sondern bloß mal durchreisen. Die Moscheen, die Strände, die Festungen, die Basare . . . das muß doch alles wunderbar sein.

Ich glaube nicht, daß es nur im Prospekt so wirkt. Du siehst das alles nicht aus dem richtigen Blickwinkel.«

»Du mußt es ja wissen.«

»Nein, ich weiß es nicht. Aber ich versuche, von dir zu erfahren, was dich so stört.«

»Der Dreck!«

Fast hätte sie gelacht, aber sie zwang sich ernst zu bleiben, um ihn nicht zu verletzen. »Mangelnde Hygiene?« fragte sie.

»Ja, das auch.«

»Und was noch?«

»Der Dreck auf den Straßen. Beim leisesten Windhauch – und es kann dort ganz schön stürmen – fliegt er durch die Luft: Papierfetzen, leere Zigarettenschachteln, Coladosen, was weiß ich, und dazu noch der Sand, den du in die Nase bekommst, in die Augen, in den Mund.«

»Wenn man dich so hört«, sagte sie, »versteht man nicht, daß überhaupt noch ein Mensch nach Marokko reist.«

»Die fahren ja nur für vierzehn Tage und finden es exotisch.«

»Das ist es wahrscheinlich auch.«

Er drückte seine Zigarette aus und stand auf. »Mir geht es auf die Nerven.«

Ralph hatte schon als kleiner Junge immer besonderen Wert auf Sauberkeit gelegt, das wußte sie, und dennoch überzeugte sie seine Erklärung nicht ganz. Sie hatte das Gefühl, daß mehr hinter seinem Widerwillen steckte, aber sie konnte sich nicht vorstellen, was es war.

»Du wolltest doch ein Abenteuer«, sagte sie, »und dafür muß man schon Schmutz und Unbequemlichkeiten und Widerwärtigkeiten in Kauf nehmen, denk ich mir.«

Er sah auf sie herab. »Abenteuer?«

»Ja, so hatte ich es aufgefaßt. Dein Wunsch zu reisen, die weite Welt kennenzulernen, war das nicht die Sehnsucht nach Abenteuer?«

»Wie wenig du mich verstehst!«

»Wenn du offener zu mir wärst . . .«

»Wie offen noch? Worte helfen nichts. Es gibt Dinge, die kann man nicht erklären.«

Ihre Zigarette war fast herabgebrannt, und sie löschte die letzte Glut in dem chinesischen Schälchen. »Versuch es wenigstens!« bat sie.

Er schüttelte den Kopf. »Nein, Julia. Es hat keinen Sinn.«

»Ich bin deine Mutter.«

»Eben deshalb«, sagte er, beugte sich zu ihr herab und küßte sie auf die Schläfe.

Roberta riß die Tür auf. »Hier steckst du also, Ralph! Bildest du dir ein, ich hätte Lust, mutterseelenallein vor der Glotze zu hocken?«

»Und wenn ich nicht da bin?« fragte er erheitert.

»Weiß ich wenigstens, daß du nicht hinter meinem Rücken über mich tratschst.«

»Aber, Robsy«, sagte Julia, »wir haben kein Wort über dich gesprochen.«

»Wer's glaubt, wird selig!«

»Ich wollte Julia nur überreden, doch noch zu uns zu kommen«, erklärte er.

Sie nahm den Deckel, stand auf und klappte ihn über ihre Schreibmaschine. »Und ich hab mich überreden lassen.«

Julia fühlte, daß ihre Kinder Hilfe brauchten, trotz allem. Doch anders als in früheren Jahren war ihr bewußt, daß sie kaum noch etwas für sie tun konnte. Es war ein Schmerz, den sie als heilend empfand, weil er sie von ihrem eigenen Leid ablenkte.

Wenige Tage später war Ralph mit einer neuen Reisegruppe wieder einmal in Tanger gelandet. Mit dem üblichen Bus hatte er seine Leute in das Strandhotel *Scheherazade* gebracht und sie dann auf die Zimmer verteilt, was relativ einfach bei Ehepaaren, Freunden oder Freundinnen war, aber bei Einzelreisenden oft zu Komplikationen führte. Diesmal war alles glatt verlaufen.

Nachdem man sich eingerichtet, sich vielleicht mit einem kurzen Sprung in den Pool erfrischt hatte, war es zur Besichtigungstour gegangen; der Bus hatte vor dem Hotel gewartet. Man sah sich die *Medina* an, durchstreifte den Markt, den sogenannten *Großen Socco*, wobei Ralph, wie immer, ins Schwitzen kam. Nicht, weil es so warm gewesen wäre – das war es übrigens auch mit 30 Grad im Schatten –, sondern weil es ihn unendliche Mühe kostete, seine Schäfchen zusammenzuhalten. Allzu gern blieben die Touristen stehen, bewunderten oder feilschten um die ausgestellten Waren, bestaunten die Araber mit ihren malerischen Dschellabas, die Berberfrauen mit ihren zwanzig Röcken und wurden an allen Ecken und Enden von *Guides* angesprochen, die ihnen versprachen, ihnen das geheimnisvolle, das wahre Tanger zu zeigen. So bestand dauernd Gefahr, daß einer der Mitreisenden verlorenging, und wenn Ralph auch jeden einzelnen ermahnt hatte, sich den Namen des Hotels einzuprägen, gab es doch erfahrungsgemäß gewaltigen Ärger, wenn einer den Anschluß verpaßte.

Diesmal war nichts passiert, und so hatte er aufgeatmet, als sie alle wieder sorgfältig abgezählt im Bus saßen, der sie zu den Herkuleshöhlen ans Meer brachte.

Während ein einheimischer *Guide* mit Lämpchen seine Reisenden durch jene vom Meer geschaffenen Grotten führte, hatte Ralph endlich Gelegenheit, sich ein wenig zu erholen und sich eine Zigarette anzustekken. Danach die Fahrt zum Hotel, Platz nehmen zum Dinner, das von recht mäßiger Qualität war, und dem Ralph gerade deswegen tüchtig zusprechen mußte, um eventuellen Klagen nicht selbst noch die Bestätigung zu liefern.

Auch dann konnte er sich noch nicht zurückziehen, weil man von ihm erwartete, daß er sich am Strand und am Pool sehen ließ, ein paar Spiele arrangierte, scherzte, tröstete, beruhigte und ein wenig flirtete. Er war heilfroh, als endlich die Nacht hereinbrach und die Discothek im Keller des Hotels, *Les Grottes,* aufmachte. Einige ältere Herrschaften gingen jetzt zu Bett, die anderen stürzten sich mit Begeisterung ins Nachtleben. Ralph gab noch einige Warnungen und Mahnungen von sich, die natürlich nur bei den wenigsten Gehör fanden. Er wußte, was seine Touristen nicht ahnen konnten, daß *Les Grottes* ein Aufreißertreffpunkt war und daß man, wenn man dort nicht sehr mißtrauisch und zurückhaltend auftrat, Gefahr lief, auf die eine oder andere Weise ausgenommen zu werden. Er wußte auch, daß er am nächsten Morgen einige verstörte Frauen würde trösten müssen, aber daran mochte er jetzt nicht denken.

Ralph hätte sich gerne auf sein Zimmer zurückgezogen, aber er tat es nicht, weil er aus Erfahrung wußte, daß er dort nicht zur Ruhe kommen würde. In der Gruppe reisten zwei junge Frauen, Bibliothekarinnen aus Leverkusen, beide superblond und unternehmungslustig, die es von Beginn der Reise an darauf angelegt hatten, ihn zu provozieren. Vereint war ihnen zuzutrauen – wozu sie jede für sich wohl doch zu gehemmt und wohlerzogen gewesen wären –, ihn in angetrunkenem Zustand zu später Stunde aus dem Bett zu trommeln. So etwas war ihm schon mehr als einmal passiert, und er hatte gute Miene zum törichten Spiel gemacht, weil er ja auch die Verantwortung für das Benehmen seiner Touristen im Hotel trug.

Also entschloß er sich, noch in die Stadt zu fahren.

Lieber hätte er einen Spaziergang am Atlantikstrand entlang gemacht und den immer bewegten, wilden und meterhohen Wellen zugeschaut, denn die Nacht war mondklar. Aber er wußte, daß das gefährlich gewesen wäre. Sogar am wesentlich zivilisierteren Mittelmeerstrand mit seinen zahlreichen *stations balnéaires,* Restaurants, Sonnenterrassen, Kabinen und Duschen kam es häufig zu Diebstählen und immer wieder zu Überfällen; tagsüber wurde er von Hilfspolizisten bewacht, aber nachts lauerten dort Wegelagerer, meist Jugendliche, die es auf leichtsinnige Touristen abgesehen hatten.

So blieb Ralph zum Entkommen – und er fühlte sich tatsächlich wie auf der Flucht – nur die Stadt. Aber vorher zog er sich um, wechselte sein T-Shirt gegen ein Hemd und schlüpfte in sein weißes Seidenjakkett, maßgeschneidert, eine Erinnerung an Albert Klinger. Dann ließ er sich von einem der sogenannten *Kleinen Taxis,* einem klapprigen grünen Fiat, zum *Boulevard Pasteur,* der Hauptstraße, bringen. Die Fahrt war spottbillig, zwei Diram, und obwohl er wußte, daß der Fahrer seine Gutmütigkeit nur als Dummheit auslegen würde, gab er einen Diram Trinkgeld.

Der *Boulevard Pasteur* war jetzt im Sommer halbseitig gesperrt und wimmelte von Menschen: Einheimische, europäisch gekleidet oder in ihren malerischen

Trachten, und Touristen aus allen Teilen der Erde. Ralph hatte sich vorgenommen, rasch zu gehen, denn er wollte nur ja nicht den Eindruck eines Müßiggängers erwecken, aber das erwies sich als unmöglich, da das Gedränge zu groß war. Es blieb ihm nichts anderes übrig, als sich vom Strom der Menschen schieben zu lassen, wobei er keinen Augenblick vergaß, auf seine Brieftasche zu achten, die im Inneren seines zugeknöpften Jacketts steckte. Vorbei ging es an Cafés und Straßencafés, an Basaren, in denen Kaftane, Dschellabas, Panduras, Kupfergeräte und Lederwaren feilgeboten wurden, vorbei aber auch an modernen Boutiquen, an Banken und Büros von Fluggesellschaften. Sosehr Ralph dies alles fasziniert hatte, als er zum ersten Mal nach Tanger gekommen war, stieß es ihn inzwischen ab. Er empfand diese fremde Welt als nichtssagend, laut und hohl. Es war soweit gekommen, daß er die Touristen verachtete, die hier Zerstreuung und Amüsement suchten, wenn nicht gar Laster, und die nicht ahnten, daß die Araber, die sie umschwirrten und so lautstark und fröhlich ihre Waren anpriesen und ihre Hilfe anboten, in ihnen nichts sahen als eine Beute, die es einzufangen galt.

Bei früheren Besuchen hatte er der Freundlichkeit der Einheimischen noch getraut, und er war bitter enttäuscht worden; aus eigener Dummheit, wie er sich selber zugab. Warum denn sollten sie ihn lieben? Weil er gut aussah? Weil er intelligent war? In Marokko gab es unzählige junge Männer, die besser aussahen als er, die intelligenter waren und die sich ihr tägliches Brot doch so bitter verdienen mußten.

Da geschah es schon wieder. Er hatte so sehr gehofft, daß er heute davon verschont bleiben würde. Aber es schien unausweichlich zu sein.

Ein Junge mit sanften, nachtschwarzen Augen, bekleidet mit einer Dschellaba, die fast bis zum Nabel aufstand und seine glatte, goldbraun schimmernde Brust freigab, stieß ihn von der Seite an.

Ralph wußte, daß es kein Zufall war, aber er tat so, als verstünde er nicht, und beschleunigte seinen Schritt.

Der andere ließ sich nicht abhängen. *»Salut!«* grüßte er, und dann verhieß er, mit eindringlichem Flüstern dicht an Ralphs Ohr: *»J'ai quelque chose pour toi qui peut t'interesser . . .«*

»Non«, erwiderte Ralph, *»non!«* Das Schlimme war nicht dieses unverhohlene Angebot, sondern die Tatsache, daß dieser Junge ihn anzog, daß seine Berührung, seine gemurmelten Worte ihn erregten.

»Viens avec moi!« drängte der Junge. *»Je m'appelle Momsef.«*

»Verdammt!« grollte Ralph. »Laß mich in Ruhe!«

Wie viele Marokkaner verstand Momsef ein wenig Deutsch. »Warum bist du so grob?« gab er lächelnd und scheinbar ungerührt zurück.

»Hau endlich ab!«

Der schöne Junge merkte, daß nichts zu wollen war, schenkte Ralph noch ein wissendes Lächeln, zuckte die Schultern und tauchte in der Menge unter.

Ralph atmete auf. Wie widerlich! dachte er. Und wie widerlich bin ich selber! Daß ich überhaupt etwas dabei empfinde, obwohl ich weiß, daß dieser Kerl eiskalt ist!

Das war es, was ihn so unsäglich abstieß, daß diese Jungen sich nur anboten, um ein Geschäft zu machen. Es ging ihnen um Geld, um nichts anderes. Kein Fünkchen Sympathie oder auch nur erotische Anziehung spielte dabei eine Rolle, nur bares Geld. Und doch brauchte er, Ralph, seine ganze Willenskraft, um dieser schmutzigsten aller Verführungen nicht zu erliegen.

Was war er nur für ein Mensch? Was war aus ihm

geworden? Wohin würde es noch mit ihm kommen? Erst als er die strahlend hell erleuchtete Halle des *El Minzah* betrat, begann er sich ein wenig besser zu fühlen.

Dieses Hotel gleich neben der Medina war zwar ganz im orientalischen Stil eingerichtet, aber es glänzte vor westlicher Sauberkeit, wie es sich für eine Luxusherberge erster Klasse geziemte.

An einer der kleinen Bars ließ Ralph sich einen Gin Fizz mixen, zahlte und schlenderte dann, das hohe Glas mit den klirrenden Eiswürfeln in der Hand, durch die Arkaden des großen Innenhofs und hinaus zum Swimming-pool, wo einige Gäste, lässig elegant gekleidet, an kleinen Tischen saßen und der dezenten Musik einer europäischen Band lauschten. Zwei Paare – die Herren im weißen Smoking, die Damen in sommerlichen Abendkleidern – bewegten sich auf der Tanzfläche im langsamen Rhythmus, beide nicht mehr jung, jenseits der Fünfziger, aber so guterhalten und gepflegt, wie man es nur sein kann, wenn Geld keine Rolle spielt. Überhaupt bestand das Publikum vorwiegend aus älteren Leuten: Engländern, Deutschen, Franzosen, Spaniern und auch Amerikanern. Man mußte wohl, dachte Ralph, ein gewisses Alter erreicht haben, um sich den Luxus des *El Minzah* leisten und ihn auch genießen zu können. Einige hatten erwachsene oder halb erwachsene Kinder mitgebracht, die in dieser Umgebung, bei den Eltern sitzend, etwas gelangweilt und unruhig wirkten.

Ralph fiel ein nicht mehr ganz junges Mädchen auf, das schweigend am Tisch eines Ehepaares saß; sie mochte die Tochter sein, vielleicht aber auch die Sekretärin. Der Mann war korpulent und glatzköpfig, schwitzte in seinem Smoking und fuhr sich immer wieder mit einem weißen Taschentuch über die Stirn. Dabei redete er unentwegt auf seine Frau ein, eine schmale, vornehme Erscheinung mit kurzgeschnittenem, blond getönten Haar. Sie hörte ihm liebevoll, leicht ironisch lächelnd zu und warf nur hin und wieder ein Wort ein, eine Bemerkung oder eine Frage. Keiner von ihnen machte den Versuch, das Mädchen ins Gespräch zu ziehen.

Die Tochter – oder auch die Sekretärin – saß sehr aufrecht, das kleine runde Kinn vorgeschoben, mit einem Gesichtsausdruck, der nichts von dem verriet, was sie empfand, sei es nun Überdruß, Langeweile, vielleicht auch Vergnügen. Mit dem gleichen Gesicht hätte sie an einer geschäftlichen Besprechung teilnehmen oder einem Vortrag lauschen können. Sie war sehr schlank, fast mager, trug das Haar, dessen Aschblond Ralph als Natur einschätzte, genau so kurz geschnitten wie die Mutter – oder Chefin –, ihre Haut war leicht gebräunt, und sie hatte auf jedes Make-up verzichtet, nicht einmal die Augenbrauen hatte sie nachgezogen oder die blonden Wimpern getönt. Es kam Ralph so vor, als legte sie geradezu Wert darauf, nicht bemerkt zu werden, während alle anderen Damen sich für den Abend schöngemacht hatten, mit kräftigen Farben, lackierten Finger- und Fußnägeln und funkelndem Schmuck. Ralph begriff, daß sie ihm gerade dadurch aufgefallen war, durch den Versuch, niemanden auf sich aufmerksam zu machen oder gar anzulocken. Sie ruhte in sich, wie er es sonst nur bei sehr alten Menschen gesehen hatte.

Ehe er noch wußte, was er tat, hatte er sein Glas aus der Hand gestellt und ging auf ihren Tisch zu. Der alte Herr verstummte, als er sich verbeugte, blickte ihn aus kleinen, tiefliegenden Augen überrascht und mißbilligend an, das Lächeln seiner Frau erstarb. Das Gesicht des Mädchens blieb vollkommen ausdruckslos.

»Darf ich Ihr Fräulein Tochter zum Tanz bitten?« fragte Ralph höflich.

»Was? Ach so . . . ja, natürlich«, sagte der alte Herr.

Das Mädchen rührte sich nicht, und Ralph war schon darauf gefaßt, daß sie ihm einen Korb geben würde. Später sollte er erfahren, daß sie nahe daran gewesen war.

Aber da sagte ihre Mutter: »Laß dich nicht bitten, Sabine!«

Daraufhin erhob sie sich, ohne eine Miene zu verziehen, und ließ sich zur Tanzfläche führen. Er spürte sie kaum, als sie in seinen Armen lag.

»Nun weiß ich wenigstens, daß Sie tatsächlich die Tochter sind, und daß Sie Sabine heißen«, sagte er.

»Interessiert Sie das?«

»Ich habe Sie schon eine ganze Weile beobachtet . . .« gab er zu.

»Warum?« fragte sie ohne jede Koketterie.

». . . und mir Gedanken über Sie gemacht.«

»Wozu?«

»Sie sind berufstätig, nicht wahr?«

»Natürlich.«

»So natürlich ist das nun auch wieder nicht. Sie könnten ja auch Studentin sein.«

Darauf ging sie nicht ein.

»Ich arbeite auch«, sagte er, »ich bin Reiseleiter.«

»Macht Ihnen das Spaß?« fragte sie überraschend.

»Nein. Überhaupt nicht. Ich hatte es mir ganz anders vorgestellt.«

»Warum geben Sie es dann nicht auf?«

»Das ist nicht so einfach. Ich muß Geld verdienen.«

»Haben Sie denn keine Familie?«

Jetzt war es Ralph, der nicht sogleich eine Antwort fand. Erst jetzt begriff er, wie naiv und behütet dieses Mädchen doch sein mußte.

»Doch«, sagte er, »aber meine Mutter würde es sicher nicht gern sehen, wenn ich ihr auf der Tasche läge, und ich finde auch, das würde sich nicht gehören. Ich bin jung und gesund und kann für mich selber sorgen.«

»Als Reiseleiter?« fragte sie.

Er glaubte einen Unterton von Verachtung in ihrer Stimme zu hören und ärgerte sich. »Nur vorübergehend«, verteidigte er sich, »ich habe das immer nur vorübergehend machen wollen. Auch wenn es mir sehr gut gefallen hätte, hätte ich keine Lebensaufgabe darin gesehen. Übrigens ist das kein Beruf, auf den man herabsehen sollte. Er stellt Anforderungen und kostet Nerven.«

»Ich wollte sie nicht kränken«, sagte sie, und als er schwieg, fügte sie nach einer Pause hinzu: »Nur scheint das für mich kein anständiger Beruf zu sein, sondern etwas wie ... wie Bardame oder Gigolo ...«

»Eintänzer? Die gibt's doch heutzutage gar nicht mehr.«

»Nein, natürlich nicht ... oder doch ...« Plötzlich brach es aus ihr heraus: »Sie tanzen doch auch nur mit mir, um mir eine Freude zu machen.«

Er hatte keine Lust, ihr zu widersprechen. »Wenn Sie das glauben!« sagte er nur. »Aber ich werde nicht dafür bezahlt.«

»Ich wollte Sie nicht kränken.«

»Warum tun Sie es dann? Es ist jetzt schon das zweite Mal, daß Sie sich entschuldigen müssen.«

»Ich kann mich eben nicht benehmen, das sagt meine Mutter auch immer. Ich finde einfach nicht den richtigen Ton.«

»Sie wollen es gar nicht. Sie denken, daß Sie es nicht nötig haben. Wissen Sie eigentlich, daß Sie verdammt überheblich sind?«

Jetzt schlug sie die Augen zu ihm auf, graue, sehr klare Augen. »O nein, nein. Sie schätzen mich ganz falsch ein! Worauf könnte ich mir etwas einbilden?«

»Auf Ihre Herkunft, Ihre Familie, Ihr Geld!«

»Sie haben sich erkundigt?«

»Mein Gott, Sie sind wirklich eingebildet! Was glauben Sie denn? Ich weiß nichts von Ihnen. Ich habe Sie doch vor wenigen Minuten zum ersten Mal gesehen.«

»Aber Sie sagten doch . . .«

»Weil ein Mädchen, das so auftritt wie Sie, aus einem reichen Haus kommen muß! Wissen Sie, was Ihnen guttäte? Wenn Ihre Eltern Ihnen für ein paar Jahre den monatlichen Wechsel strichen und Sie in die Welt hinausschickten, damit Sie sich selbst Ihr Geld verdienten.«

»Ich arbeite doch!«

»In der Firma Ihres Vaters, nicht wahr? Das ist nicht das gleiche.«

»Er stellt große Anforderungen.«

»Aber Sie sind und bleiben das geliebte Töchterchen. Sie sollten Ihr Geld in fremder Umgebung verdienen. Dann könnte noch ein Mensch aus Ihnen werden.«

»Danke.«

»Bitte, gern geschehen. Erwarten Sie nur nicht, daß ich mich jetzt bei Ihnen entschuldige. Es ist ganz gut für Sie, mal die Wahrheit zu hören.«

Der Tanz war aus, und er brachte sie zu ihrem Tisch zurück.

»Wollen Sie sich nicht zu uns setzen?« fragte sie.

Er spürte, welche Überwindung sie diese Aufforderung gekostet hatte und daß ihre Eltern mindestens so überrascht waren wie er.

»Ja, gerne«, sagte er rasch. »Darf ich mich vorstellen? Ralph Severin.«

»Mercator«, sagte der Vater und lüftete sein Hinterteil um Zentimeter, »Gustav Mercator.« Er schüttelte Ralph die Hand. »Meine Frau . . . meine Tochter kennen Sie ja schon . . .«

Jetzt lächelte Sabine, zum ersten Mal an diesem Abend, und es war das liebevolle, leicht ironische Lächeln ihrer Mutter. »Ich glaube«, sagte sie, »das kann der Beginn einer wundervollen Freundschaft werden.«

Bei seinem nächsten Heimkommen zeigte Ralph eine gewisse Veränderung, die weder Mutter, noch Schwester zu deuten vermochten; er wirkte froher, gleichzeitig aber auch sehr unruhig und gespannt.

»Kriegst du deine neue Route?« fragte Julia beim Abendessen.

Er stocherte auf seinem Teller herum. »Ach so! Nein. Ich weiß noch nicht.« Dann sah er sie an. »Wie kommst du darauf?«

»Ich dachte nur, du hättest vielleicht einen Zwischenbescheid.«

»Es steht alles auf der Schneide.«

»Also tut sich doch was.«

Ralph stieß seinen Teller von sich. »Kann man hier nicht einmal in Ruhe essen?«

»Ich wollte nicht neugierig sein.«

»Aber du bist es. Wenn es was Neues gibt, werdet ihr es schon erfahren.«

»Ist er nicht entzückend?« fragte Roberta mit einem Blick zur Decke.

»Halt du dich ganz raus!« Er zündete sich eine Zigarette an, obwohl er kaum etwas zu sich genommen hatte. »Übrigens ... ich muß schon morgen wieder fort.«

Es hatte eine Zeit gegeben, in der eine solche Ankündigung Julia geschmerzt hätte; jetzt empfand sie gar nichts mehr dabei. »Deine Sachen sind in Ordnung«, sagte sie nur.

»Ich komme vor dem Abflug noch einmal her.«

»Wo willst du denn hin?« fragte Roberta.

»Geht dich das was an?«

»Man wird doch wohl noch fragen dürfen.«

»Ich muß das Auto zurückbringen. Ich kann es ja nicht gut am Flughafen stehenlassen.«

»Du hast also noch immer keine Garage gefunden«, stellte Roberta fest.

»Und du hast noch längst nicht deinen Führerschein!« fauchte er zurück.

»Seid doch friedlich«, bat Julia, »das alles wird sich schon noch regeln.«

»Meine ich auch«, stimmte Ralph ihr zu, »ich hasse es, wenn ihr mich dauernd drängt.«

»Unser Mimöschen«, spottete Roberta.

Er warf ihr einen funkelnden Blick zu.

»Jetzt sind wir nur diesen einen Abend zusammen, da werden wir uns doch wohl vertragen können«, sagte Julia.

»Verzeih!« Ralph ergriff über den Tisch ihre Hand. »Wir sind unausstehlich, ich weiß. Aber das wird sich ändern.« Er schenkte ihr ein rasches, charmantes Lächeln. »Jedenfalls, was mich betrifft. Für Robsy kann ich natürlich nicht bürgen.«

»Schleim du nur!« sagte Roberta. »Darin warst du ja immer schon ganz groß.«

»An Widerborstigkeit habe ich es jedenfalls nie mit dir aufnehmen können.«

Julia hielt sich die Ohren zu. »Hört endlich auf damit oder ich schreie!«

Ralph und Roberta lachten. »Das kannst du ja gar nicht«, sagten sie wie aus einem Mund.

Vor dem Schlafengehen kam Roberta in Julias Zimmer und zog sorgfältig die Tür hinter sich ins Schloß. »Du, ich glaube, Ralph hat einen neuen Freund!« verkündete sie.

»Schon möglich«, erwiderte Julia gelassen.

»Du nimmst das so hin?«

»Was sollte ich anderes tun? Im übrigen ist er erwachsen. Er kann tun und lassen, was er will.«

»Wenn du nur einmal so großzügig mir gegenüber wärst!«

Julia sah sie nur an.

Roberta konnte sich nicht bremsen. »Ist doch wahr! Wegen diesem einzigen, winzigen Kuß hast du ein Theater gemacht, während Ralph . . .«

»Hör auf damit!« sagte Julia scharf. »Ich möchte nie wieder etwas davon hören.«

»Du bist mir immer noch böse?«

Julia war schon im Nachthemd, jetzt schlüpfte sie ins Bett. »Nein«, sagte sie, »dazu verstehe ich dich zu gut.«

»Du verstehst mich?«

»Ja.«

»Das ist komisch. Manchmal verstehe ich mich nämlich selber nicht.«

»Schon gut, Robsy.« Julia knipste die Nachttischlampe an und griff nach ihrem Buch.

Roberta verstand den Wink nicht oder sie wollte ihn nicht verstehen. »Manchmal habe ich das Gefühl, daß Hans mir unheimlich viel bedeutet, ich habe direkt Sehnsucht nach ihm . . . und machmal hasse ich ihn geradezu.«

Julia schlug das Buch auf und blätterte eine Seite um.

»Du hast nichts mehr von ihm gehört?« forschte Roberta.

»Nein.«

Das Mädchen zögerte. »Vielleicht sollte ich ihn mal anrufen.«

»Nein.«

»Aber es ist doch lausig von ihm, sich einfach so sang- und klanglos zurückzuziehen.«

»Ich bin ziemlich müde, Robsy, würdest du mich

jetzt bitte allein lassen? Und knipst du das Deckenlicht aus?«

»Na schön«, sagte Roberta widerwillig, »dann reden wir morgen weiter.«

»Auch morgen nicht. Nie. Das Thema ist für mich gestorben.« Obwohl Julia vorgab zu lesen, war ihr durchaus bewußt, daß Roberta sich nicht von der Stelle rührte und ihr nur zu gern das Herz ausgeschüttet hätte. Doch sie sagte ohne aufzublicken: »Gute Nacht, Robsy! Geh schlafen!«

»Aber, Julia . . .«

»Laß mich in Frieden!«

Endlich zog das Mädchen sich zurück. Doch kaum daß sie gegangen war, fragte sich Julia, ob sie nicht zu hart reagiert hatte. Offensichtlich brauchte Roberta Trost und Anteilnahme. Aber das war mehr, als Julia ihr geben konnte. Sie war selber ganz und gar trostlos, leer und ausgebrannt.

Eines Morgens, als Julia sich gerade geduscht hatte, hörte sie, daß es an der Wohnungstür klingelte. Jetzt war ihr, als hätte sie schon vorher etwas gehört, als sie noch unter der Brause stand, nur daß das Rauschen des Wassers es übertönt hatte. Sie nahm sich nicht die Zeit, sich abzutrocknen, sondern schlüpfte in ihren Bademantel und lief zur Tür.

Es klingelte nicht mehr, und sie beeilte sich zu öffnen.

Von ihr abgewandt, schon auf der Treppe, stand Johannes Herder.

»Hans!« rief sie atemlos.

Er drehte sich zu ihr um und sah sie an; seine Augen, die sonst immer so viel fröhliche Zuversicht ausgestrahlt hatten, blickten kummervoll.

Unwillkürlich streckte sie die Arme nach ihm aus, und mit wenigen schnellen Schritten war er bei ihr, zog sie an sich, ohne sich daran zu stören, daß sein Hemd rasch naß wurde. Wortlos küßte er sie, hob sie auf, schloß die Tür mit einem Tritt und trug sie auf ihr Bett. Dann lag er neben ihr, war er bei ihr, in ihr, und sie gingen ineinander auf. Nicht nur ihr Fleisch, ihre Nerven wurden eins, sondern es war, als berührten sich ihre Seelen.

Sie liebten sich sanft und heftig, zärtlich und leidenschaftlich, und konnten nicht genug voneinander bekommen.

Es war ein heller Junitag, die Fenster waren weit geöffnet, und ein leichter warmer Wind trug den Duft von Erde und Kräutern, Blüten, Laub und getrocknetem Gras in den sonnendurchwogten Raum.

Dann lagen sie beieinander, ganz entspannt, ihr Kopf mit dem feuchten, zerzausten Haar war auf seiner Brust; ihre Hüften, Beine und Hände berührten einander.

»Ich hab's nicht länger ausgehalten«, stieß er hervor – es war das erste, was er sagte, »ohne dich.«

Schweigend streichelte sie seine Brust, spielte mit seinen kleinen, gekrausten Locken.

»Ich hatte solche Angst, du könntest mir nicht verzeihen! Wenn du nur wüßtest, wie elend ich mich gefühlt habe.«

Sie wäre noch gern länger mit ihm zusammengeblieben, nur so, ganz ohne Worte, ihre Liebe nachgenießend, aber sie begriff, daß es nicht sein konnte. »Ich war dir gar nicht böse«, sagte sie einfach.

»Nicht?« Er richtete sich auf dem Ellbogen auf und suchte ihren Blick.

»Nein«, sagte sie, »warum auch? Es gibt Situationen . . . ich könnte dir auch nicht schwören, mich niemals von einem anderen küssen zu lassen. So etwas kann sich ergeben . . . aus einer Laune, einer Stimmung, und es hat gar nichts zu bedeuten.«

»Und ich habe mir solche Vorwürfe deswegen gemacht!«

»Es ist nur schlimm, daß es gerade meine Tochter war.«

»Ich weiß. Es hätte nicht passieren dürfen. Es wird nie wieder vorkommen. Ich schwöre es dir.«

»Sie liebt dich, Hans. Nein, so will ich es doch nicht nennen, aber sie hat sich in dich verliebt.«

»Unsinn!«

»So kannst du das nicht abtun. Es ist eine Tatsache. Wir schaffen sie nicht aus der Welt, indem wir uns blind stellen.«

»Hat sie dir das gesagt?«

»Auch.«

»Doch nur, um dich zu verunsichern.«

»Nein, Hans. Sie ist nicht nur in dich verliebt, sondern sie bildet sich auch ein, daß du ihre Gefühle erwiderst.«

»Sie muß verrückt sein.«

»Nein, sie ist nur sehr jung und sehr unerfahren und sehr egoistisch. Sie lebt in einer Traumwelt, sieht die Dinge so, wie sie sie sehen will.«

»Dann wird es höchste Zeit, ihr die Augen zu öffnen.«

»Und wie willst du das anfangen? Du und ich, wir können ihr erzählen, was wir wollen, sie wird es nicht glauben, weil ihre innere Stimme – das, was sie für ihre innere Stimme hält – ihr etwas anderes sagt.«

»Laß uns heiraten. Auf der Stelle.«

»Auch das würde sie nicht überzeugen. Vielleicht würde sie sich sogar einreden, daß du mich geheiratet hast, um sie nicht zu verlieren.«

»Verdammt!«

»Ja, du hast recht: Wir sind verdammt.«

»Aber sie kann uns doch nichts anhaben, wenn wir zueinander halten, wenn wir bereit sind, zu kämpfen.«

»Ich kann nicht gegen Robsy kämpfen. Gegen jede andere Frau ja, selbst wenn es meine beste Freundin wäre, aber nicht gegen meine eigene Tochter. Ich liebe dich sehr, Hans, und ich hoffe, daß du mir das glaubst. Aber ich könnte in so einer Atmosphäre nicht leben ... In dem Gefühl, daß sie mich haßt und die Rivalin in mir sieht, in der Furcht, euch nie miteinander alleinlassen zu dürfen, jedes Wort und jeden Blick deutend und hinter allem Intrigen und Doppelzüngigkeit fürchtend.«

»Du mußt dich ein für allemal von ihr trennen.«

»Selbst wenn ich das fertigbrächte, Hans, ich könnte ihr doch nicht verbieten, uns zu besuchen, zu telefonieren, Kontakt zu halten. Nein, glaub mir, ich habe mir alles überlegt, es geht nicht. Die Situation ist unmöglich.«

»Weil ich mich wie ein Idiot benommen habe«, sagte er bitter.

»Nein, Hans, du hast keinen Grund, dir Vorwürfe zu machen. Es ist ganz allein Robsys Schuld. Nein, das trifft wohl auch nicht zu, von Schuld kann man nicht sprechen. Ursache ist die Verwirrung ihrer Gefühle. Sie ist ja selber nicht glücklich.«

»Und was nun?«

»Es bleibt nur eins: Du mußt aus unserem Leben verschwinden.«

»Das verlangst du von mir?«

»Lieber würde ich dich bitten, auf mich zu warten, aber dazu sind wir beide nicht mehr jung genug.«

»Wenn du mich jetzt fortschickst, muß ich versuchen, dich zu vergessen. Anders könnte ich nicht damit fertigwerden.«

»Das habe ich mir gedacht.«

»Julia! Gibt es denn keine andere Lösung?«

»Ich habe Tage und Nächte darüber gegrübelt ... nein.«

»Du bist sehr hart.«

»Am härtesten doch wohl zu mir selber.«

Er ließ sich wieder auf den Rücken sinken und verschränkte die Hände hinter dem Kopf. »Manchmal glaube ich, daß du all die Sorgen um deinen Sohn, um deine Tochter immer nur zum Vorwand genommen hast, dich einer wirklichen Bindung zu einem Mann zu entziehen. Nicht nur jetzt, bei mir. Vielleicht ist deine Witwenschaft der ideale Zustand für dich.«

Sie schwieg, weil sie es sinnlos fand zu widersprechen.

»Du warst ja nie wirklich bereit, mich zu heiraten«, fuhr er fort, »selbst wenn es Robsy nicht gäbe, wärst du es nicht. Deshalb ist es dir wohl gerade recht, daß es so gekommen ist.«

Sie blieb weiter stumm.

»Warum verteidigst du dich nicht?«

»Wozu? Je schlechter du von mir denkst, je billigere Erklärungen du für mein Verhalten findest, desto leichter wirst du mich vergessen.«

»Wünschst du das wirklich?«

»Nein«, sagte sie ehrlich, »aber es wird mir wohl nichts anderes übrigbleiben, als mich damit abzufinden.«

»Und was aus mir wird, ist dir egal?«

»Ganz und gar nicht. Aber ich weiß, daß eine unglückliche Liebe dich nicht umwerfen kann. Du bist ja schon auf dem besten Weg, dich zu trösten, indem du mich beschimpfst.«

Er zog sie an sich. »Verzeih mir, Julia ... Ich bin so unglücklich.«

»Bleib es noch ein bißchen«, flüsterte sie, »ja? Nur noch ein paar Tage, ein paar Wochen ... es wäre mir schrecklich, dich zu bald in den Armen einer anderen glücklich zu wissen.« Und dann konnte sie sich nicht länger beherrschen, ihre Tränen flossen, runde, heiße Tränen, und benetzten seine Brust.

Er tupfte sie mit seinen Lippen von ihren Wangen. »Oh, Julia, wie sehr würde ich mir wünschen, daß nichts uns trennen kann; ich würde auf dich warten, bis du frei für mich wirst! Aber wenn du es nicht willst, was soll ich dann tun? Ich will dich nicht belügen, also kann ich auch nicht versprechen, daß ich ein Leben lang nur auf dich warten werde, ohne eine Hoffnung ...«

Ja, wenn nur ein bißchen Hoffnung bliebe! dachte sie verzweifelt. Aber sie wußte, daß es keinen Sinn hatte, dem Ende einer Beziehung nachzutrauern und irgendwann auf eine Fortsetzung zu hoffen. Sie mußte einen neuen Anfang für sich finden und sich auf ihre eigene Kraft verlassen.

Als Roberta aus der Schule kam, hatte sich Julia längst angezogen, die Wohnung war geputzt, und das Essen war gerichtet; nichts verriet, daß sie Besuch gehabt hatte.

Dennoch schnupperte das Mädchen mißtrauisch.

»Ist was?« fragte Julia.

»Das gleiche wollte ich dich gerade fragen.«

»Wieso?«

»Du siehst so anders aus.«

»Das bildest du dir doch nur ein.«

Roberta warf die blonde Mähne aus der Stirn. »Ich möchte ja nicht indiskret sein, aber ...«

»Wenn du auf Johannes Herder anspielst«, fiel Julia ihr heftig ins Wort, »so kann ich dir nur versichern, daß es aus ist zwischen uns. Das hast du geschafft.«

Das Mädchen überhörte den Vorwurf. »Gratuliere! Das war die beste Entscheidung, die du je getroffen hast!«

»Du mußt es ja wissen.«

»Ach, Julia, Julia, mach nicht so ein Gesicht! Er hat nicht zu dir gepaßt.« In einem selten gewordenen Anflug von Zärtlichkeit nahm sie die Mutter in die Arme. »Nun wird alles wieder gut werden.«

»Ich wäre schon zufrieden, wenn du aufhören würdest, mir nachzuspionieren.«

»Das habe ich nie getan!« behauptete Roberta.

Julia verzichtete darauf, ihr zu widersprechen, weil sie es für möglich hielt, daß Roberta selber glaubte, was sie sagte.

»Aber ich muß doch ein bißchen auf dich aufpassen!« Roberta küßte sie auf die Wangen. »Geliebte kleine Julia! Du neigst dazu, Dummheiten zu machen, das weißt du doch.«

Julia befreite sich aus ihrer Umarmung. »Jedenfalls ist es jetzt vorbei.«

»Ich weiß. Du würdest mich ja nicht belügen. Das hast du nie getan . . . nicht so direkt. Jetzt sag: Was gibt es heute zu essen? Ich hab einen mordsmäßigen Hunger.«

Für Roberta schien das Thema Johannes Herder damit endgültig erledigt, aber Julia fragte sich, ob es wirklich so war. Sie war fast sicher, daß ihre Tochter etwas für ihn empfunden hatte. Oder sollte sie sich geirrt haben? War er nur deshalb für sie interessant gewesen, weil sie, Julia, ihn geliebt hatte? Und war es tatsächlich nur ihr Ziel gewesen, diese Liebe zu zerstören?

Julia wußte es nicht. Aber es war schon eine Erlösung, daß Roberta aufhörte, sie ständig zu kontrollieren. Sie hatte nichts mehr dagegen, wenn sie nachmittags oder abends ausging, und begann auch selber ihre eigenen Wege zu gehen. Julia hatte den Eindruck, als ob das Mädchen endlich erwachsen zu werden begann. Aber sie machte sich nichts vor. Sobald Johannes Herder – oder auch ein anderer Mann – wieder in ihrem Leben auftauchte, würde die Qual von neuem beginnen.

Äußerlich lebten sie jetzt ganz friedlich, zwei Frauen, die zusammen arbeiteten, sich gegenseitig halfen und doch einander ein gewisses Maß von Freiheit ließen. Aber unter dieser scheinbaren Harmonie lebte die Spannung weiter.

Julia konnte zwar freundlich zu ihrer Tochter sein, aber nicht mehr herzlich; sie konnte nicht verwinden, was sie ihr angetan hatte. Roberta aber gab sich unbekümmert und heiter, als wäre nichts geschehen. Gerade das steigerte noch Julias Zorn.

Eines Sonntagmorgens kam Agnes Kast herauf; sie wirkte sehr flott in einem blau-seidenen Jackenkleid, wenn auch ihr Haar – wie meist – schlecht blondiert war und einen breiten dunklen Scheitel preisgab.

»Na, ihr beiden Schönen«, sagte sie nach der Begrüßung, »ich wollte bloß mal fragen, was ihr heute vorhabt.«

»Günther ist wohl zum Fußball nach München?« fragte Julia sofort.

»Du hast wirklich eine wahnsinnig taktvolle Art«, gab Agnes leicht pikiert zurück und wurde sonderbarerweise rot bis in die Haarwurzeln.

»Nun schnapp nicht gleich ein! Jeder weiß doch, daß heute ein großes Spiel stattfindet. Hätte ich so tun sollen, als wäre ich nicht darauf gekommen?«

»Das hätte ich höflicher gefunden.«

Roberta, die keinen der Kasts je recht hatte leiden können, tat, als wäre sie in eine Illustrierte vertieft, und sagte kein Wort.

»Bleib doch zum Essen!« schlug Julia vor. »Das macht gar keine Mühe. Ich brauche nur ein Steak mehr in die Pfanne zu werfen, und Salat haben wir genug.«

»Eigentlich hatte ich was anderes vor . . .«

»Was denn?««

»Ich wollte fragen, ob wir nicht alle zusammen zur *Alten Mühle* rausfahren sollen. Ich versuche immer wieder, Lizi zu erreichen, kriege sie aber nie an den Apparat. Entweder hat sie wirklich viel zu tun oder sie läßt sich verleugnen.«

»Zur *Alten Mühle*?« wiederholte Julia. »Das wäre nicht schlecht. Und nachher machen wir einen schönen großen Spaziergang. Dann kannst du auch ruhig vorher was trinken, Agnes. Hast du Lust, Robsy?«

Roberta schüttelte stumm den Kopf.

»Würde es dir sehr viel ausmachen, wenn ich mit Agnes fahren würde?«

»Nicht das geringste.«

»Das ist aber ausgesprochen gnädig von dir«, sagte Agnes sarkastisch.

»Du kannst mich mal!«

»Aber, Robsy!« rief Julia entsetzt.

Agnes lachte nur. »Reg dich ab, Schätzchen! So sind sie nun mal, die lieben Kleinen. Mich kann längst nichts mehr erschüttern.«

»Trotzdem . . . Ich finde es keine Art, so mit einem Erwachsenen zu sprechen.«

»Art hin, Art her, laß uns sehen, daß wir fortkommen!«

»Ich hole mir nur meine Handtasche.«

Als Agnes und Julia in den Kastenwagen des Installationsgeschäftes stiegen – den anderen hatte Günther für die Fahrt nach München genommen –, bemerkte die Freundin: »Sehr liebenswürdig ist deine Tochter ja wirklich nicht. Aber wen wundert's. Das war sie ja nie.«

Julia hatte das Gefühl, Roberta in Schutz nehmen zu müssen. »Du hast sie aber auch geärgert.«

»Und das mit größtem Vergnügen.« Agnes ließ den

Motor an, schaltete, und das Auto fuhr mit einem Ruck los.

»Wir kommen eigentlich ganz gut miteinander aus«, sagte Julia, »besonders in letzter Zeit.«

»Seit dein Liebhaber sich verdünnisiert hat, meinst du?«

Julia war so perplex, daß sie nicht gleich sprechen konnte.

»Nun mach nur nicht so ein Gesicht wie die leidende ... na, du weißt schon, mir fällt der Name jetzt nicht ein. Das hätte ich dir gleich voraussagen können, daß das nicht von Dauer sein würde, oder ... he, hoppla! ... habe ich dir das nicht sogar gesagt?«

»Es ist alles ganz anders, als du denkst.«

»Jetzt fang bloß nicht an, dich bei mir auszuweinen.«

»Das hatte ich auch nicht vor.«

»Deine blöden Liebesgeschichten interessieren mich nämlich nicht.«

»Ja, ich weiß.«

»In deinem Alter sollte man andere Sorgen haben.«

»Ich werde versuchen, mir entsprechende zu machen!« erwiderte Julia kühl und ließ sich nicht anmerken, wie verletzt sie war. »Was schlägst du also vor?«

Agnes lief rot an. »Jetzt versuch bloß nicht, mich hochzunehmen! Das hätte mir gerade noch gefehlt.«

Der Rest der Fahrt verlief schweigend.

Erst als die *Alte Mühle* schon in Sicht war, versuchte Agnes einzulenken. »Sei mir nicht böse, Liebchen«, bat sie, »ich weiß, ich bin in letzter Zeit unausstehlich.«

Julia atmete tief durch. »Das kann man wohl sagen!«

»Es ist nicht meine Schuld. Oder doch. Es ist nämlich so: Ich bin in den Wechseljahren.«

»Schon?« fragte Julia ehrlich erstaunt. »Du bist doch erst Mitte Vierzig.«

»Da fängt es an. Doktor Liebermann findet auch, daß es noch zu früh ist. Er will mir Spritzen dagegen geben. Aber ich weiß nicht recht. Hormone. Das ist mir unheimlich.«

»Wahrscheinlich stimmt es gar nicht.«

»O doch.«

»Woran merkst du es denn? Außer, daß du ein bißchen gereizt bist, meine ich. Das warst du nämlich früher auch schon mal.« Aber während Julia es noch aussprach, wurde ihr bewußt, daß Agnes sich tatsächlich sehr verändert hatte.

»Meine Tage kommen nur noch ganz unregelmäßig.«

Julia lachte. »Wenn es das ist, dann bin ich wahrscheinlich auch schon soweit!«

Agnes sah sie von der Seite an. »Ja?«

»Ob du es glaubst oder nicht.«

»Bei dir«, sagte Agnes langsam, »wird das aber wohl eine andere Ursache haben.«

Julia erschrak, aber nur ganz kurz, dann lachte sie wieder. »Du mußt verrückt sein, wenn du so etwas denkst.«

»Wer weiß.«

»Ich an deiner Stelle würde mir die Spritzen geben lassen, wenn sie helfen könnten, länger jung zu bleiben.«

»Ich an deiner Stelle würde mal zu Doktor Liebermann gehen und mich untersuchen lassen.«

»Ach, Unsinn. Der würde denken, daß ich hypochondrisch bin.« Dennoch nahm Julia sich vor, einen Test zu machen, nur zur Beruhigung, wie sie sich sagte, denn die Vorstellung, daß sie schwanger sein sollte, erschien ihr absurd.

Das Restaurant war an diesem Sonntag gut besucht.

Agnes fand keinen Parkplatz mehr und stellte ihr Auto zwischen den Bäumen ab. Die Tische unter den mächtigen alten Kastanien waren alle besetzt, meist von Familien mit Kindern, von denen nur wenige still saßen, während die meisten lärmend und lachend hin und her liefen und die Kellnerinnen beim Servieren behinderten.

»Grad zugehen tut's«, stellte Agnes fest.

In den Gasträumen dagegen war es verhältnismäßig leer. Hier tobten auch keine Kinder. Sonntäglich gekleidete Bürger speisten mit dem gebührenden Ernst, der eine gute Mahlzeit wert ist. Julia und Agnes sahen einige bekannte Gesichter aus der Stadt, grüßten hierhin und dahin, schüttelten Karl Fakosch herzlich die Hand und ließen sich zu einem freien Tisch führen. Im Hintergrund des Raumes trieb das Wasser des Baches das alte Mühlrad hinter der gläsernen Wand um und um.

»Ob Lizi wohl eine Minute für uns Zeit hat?« fragte Agnes.

»Ich werde gleich nachschauen. Es ist viel Betrieb heute . . .«

»Seien Sie doch froh darüber!«

Darauf ging Herr Fakosch nicht ein, sondern winkte nur einem Kellner, der die Speisenkarte brachte, und zog sich zurück.

»Ich bin mal gespannt, ob Lizi sich sehen läßt«, sagte Julia, nachdem sie gewählt hatten und wieder allein waren.

»Vielleicht war es überhaupt eine blöde Idee, ausgerechnet am Sonntag hier herauszufahren«, räumte Agnes ein.

»Immerhin haben wir uns für heute das Kochen erspart.«

Das Essen war gut, wenn auch die Portionen, wie sie beide feststellten, erheblich kleiner geworden waren als früher. Sie waren schon beim Dessert, als Lizi dann doch erschien, sehr elegant und sehr sorgfältig geschminkt.

»Darf ich mich zu euch setzen?« fragte sie.

»Himmel, Lizi!« rief Agnes. »Wir haben doch auf dich gewartet!«

»Das ist sehr lieb von euch.« Lizi nahm Platz.

»Wir wollten sehen, wie es dir geht«, erklärte Julia, »in der Stadt läßt du dich ja nicht mehr blicken.«

»Ihr müßt mich entschuldigen.« Lizi winkte einem Kellner und bestellte sich ein Glas Sherry. »Im Moment steht mir der Kopf nicht danach.«

»Jedenfalls scheint der Laden ja gut zu laufen«, stellte Agnes fest.

»Es wäre schlimm, wenn es anders wäre. An einem Sonntag und bei diesem Wetter.«

Der Kellner brachte den Sherry auf einem kleinen Tablett.

Lizi nahm einen Schluck. »Mögt ihr auch einen?« fragte sie. »Ich habe ganz vergessen, euch zu fragen.«

»Nein, danke«, sagte Agnes, »wir hatten ja Wein. Für mich lieber eine Tasse Kaffee.«

»Für mich auch«, sagte Julia.

Lizi gab die Bestellung weiter. »Natürlich seid ihr heute meine Gäste«, sagte sie.

Die Freundinnen protestierten.

»Doch, doch«, sagte Lizi, »ich lade euch gerne ein. Laßt mir die Freude. Es kommt ja jetzt nicht mehr darauf an.« Lizi drehte ihr Sherryglas in den Fingern und fügte ohne aufzusehen hinzu: »Ich kann es euch ja genausogut gleich sagen. Wir schließen im September.«

»Den Winter über?« fragte Julia, obwohl sie die Wahrheit schon ahnte.

»Nein. Für immer. Der Betrieb rentiert sich nicht. Erspar mir langatmige Erklärungen. Wir haben falsch disponiert.« Sie sah Julia fast feindlich an. »Wie du und dein gescheiter Doktor Kupesch ja schon vorausgesagt habt.«

»Aber ich habe nie . . .«

»Du brauchst dich nicht zu verteidigen. Es ist ja keine Schande, die Fehler anderer klar zu erkennen. Ein Verdienst ist es also auch nicht.«

»Ihr habt doch wohl nicht alles verloren, was ihr hier reingesteckt habt?« fragte Agnes.

»Nur zum Teil. Wir konnten uns gütlich mit der Brauerei einigen. Sie kauft uns den Besitz ab und wird ihn an einen Pächter weitergeben.«

»Dann hättet ihr ja auch bleiben können!«

»Nein. Unser Bierumsatz ist zu gering, und um das zu ändern, hätten wir uns völlig umstellen müssen. Aber das wollten wir nicht.«

»Und was fangt ihr nun an?«

»Karl hat schon eine Stellung für den Winter, in Sankt Moritz, und natürlich gehe ich mit. Er meint, ich werde dort auch Arbeit finden. Während der Saison ist in den Hotels immer was zu kriegen, und nachdem er schon eine Arbeitserlaubnis hat . . .« Lizi verstummte.

Auch die beiden anderen wußten nicht gleich etwas zu sagen; die Stimmung war beklommen.

Dann sagte Julia: »Trotzdem finde ich es gut, daß ihr es versucht habt. Es ist besser für dich, als immerzu in der kleinen Wohnung in Eysing zu sitzen, über der kleinen Boutique, die ja auch nichts Rechtes eingebracht hat. Immerhin hast du deinem Leben jetzt wieder neuen Schwung gegeben.«

»Das sagst ausgerechnet du!« fuhr Agnes sie an.

»Ihr werdet lachen, ich habe auch Pläne. Ich ziehe nach München, und ich werde studieren.«

Lizi hob die sorgfältig gezupften Augenbrauen. »Mit deiner Tochter?«

»Nein, für mich allein. Ich werde allein wohnen und allein studieren.«

»In deinem Alter? Was für eine Idee!«

»Laß nur, Lizi«, sagte Agnes, »ich verstehe Julia gut. Sie bildet sich ein, sie bleibt ewig jung. Jedenfalls werden ihre Liebhaber immer jünger, und bald wird sie uns mit einem Zwanzigjährigen überraschen.«

Julia schwieg und blickte Agnes nur an. Was ist von unserer Freundschaft geblieben, dachte sie, wir haben uns doch so gut verstanden, und jetzt ist alles kaputt.

»Das war ein Schlag unter die Gürtellinie«, befand Lizi.

»Warum soll ich denn nicht die Wahrheit sagen?« ereiferte sich Agnes.

»Zugegeben, ich halte es auch für Idiotie, wenn Julia in ihrem Alter noch ein neues Leben anfangen will, denn darauf scheint es ja hinauszulaufen. Aber idiotischer als unser Abenteuer mit der *Alten Mühle* ist es schließlich auch nicht.«

»Da hast du recht. Die einzige Vernünftige bin ich.«

»Bist du das wirklich, Agnes? Hältst du es für so gut, dich an einen Mann zu klammern, den du längst nicht mehr liebst und dem du nichts mehr bedeutest?«

»Rein wirtschaftlich gesehen ...«

»Hör auf, Agnes, hör auf! Wir wollen uns doch nicht zum Schluß noch streiten. Warum auch? Wir versuchen alle, das Beste aus unserem Leben zu machen, und meistens geht es eben schief. Wißt ihr was? Ich spendiere uns jetzt noch eine Flasche Champagner und wir reden von alten Zeiten, ja?«

Die Freundinnen stimmten zu, aber trotz des Champagners wollte keine rechte Stimmung aufkommen. Julia stellte fest, daß ihr die alten Zeiten herzlich uninteressant waren.

Bei seinem nächsten Aufenthalt in Eysing erklärte Ralph mit ausdruckslosem Gesicht: »Übermorgen besucht mich ein Mädchen, Julia . . .«

»Was?« schrie Roberta dazwischen. »Ein Mädchen? Ich höre wohl nicht recht!«

Ralph ließ sich nicht unterbrechen, sondern fuhr mit gleichmütiger Stimme fort: ». . . von dem ich möchte, daß du es kennenlernen sollst.«

»Ja, gerne«, sagte Julia überrascht.

»Sie kommt zum Kaffee.«

»Soll ich einen Kuchen backen?«

»Wenn du möchtest. Aber nötig ist es nicht.«

»Was ist das für ein Mädchen?« fragte Roberta. »Du willst doch nicht etwa behaupten, daß sie deine Freundin ist?«

»Wir werden heiraten«, sagte Ralph schlicht.

Er ließ Mutter und Schwester Zeit, diese Eröffnung zu verarbeiten und ihre Kommentare abzugeben.

Erst dann fuhr er fort: »Sie heißt Sabine Mercator, ihrem Vater gehört der Anna-Versand in Gröbenzell. Ihr habt sicher schon von dieser Firma gehört. Sobald meine Kündigungsfrist abläuft, werde ich dort arbeiten.«

»Aber . . . verstehst du denn etwas davon?« fragte Julia verwirrt.

»Ich werde es lernen. Ich habe ja eine Ausbildung als Kaufmann, und Geschäft ist immer Geschäft.«

»Also willst du das Mädchen nur wegen der Firma heiraten?« fragte Roberta unverblümt.

»Ich habe erwartet, daß du das denken würdest«, erwiderte er ruhig.

»Weiß sie von deiner Veranlagung?«

Jetzt lächelte er. »Von meiner Veranlagung her bin ich zuerst einmal ein Mann und daher durchaus imstande, eine Frau zu befriedigen.«

»Liebst du sie denn?« forschte Julia.

»Vielleicht nicht in dem Sinn, wie du das verstehst. Aber du warst ja immer schon bemerkenswert sentimental.«

»Ich wußte nicht, daß du mich so siehst.«

»Du bist eine wunderbare Frau, Julia. Aber du kennst das wirkliche Leben nicht. Du bist seit jeher dem Phantom ›Liebe‹ nachgejagt, und wahrscheinlich wirst du nie aufgeben.«

»Sag, was du willst, für mich ist Liebe kein Phantom.«

»Es mag sie geben. Ich widerspreche dir da nicht. Aber sie ist so selten wie ein wirklich großes Kunstwerk. Wir . . . die meisten Menschen . . . sind nicht dazu ausersehen. Gewöhnliche Männer heiraten, weil sie sich ein Heim und eine Familie wünschen, Frauen, weil sie versorgt sein wollen. So ist das nun mal, auch wenn du das nicht einsehen willst.«

»Ich auch nicht!« behauptete Roberta.

»Natürlich. Du nicht. Du hast noch große Rosinen im Kopf. Aber du bist nicht wie Julia. Du wirst eines Tages irgendeinen heiraten, weil dir dein Studium zum Hals heraushängt oder der Beruf.«

»Schließ nicht von dir auf andere! Du heiratest also, um eine Existenz zu haben.«

»So sicher ist das Versandgeschäft heutzutage auch nicht mehr. Wenn du gelegentlich einen Blick in den Wirtschaftsteil der Zeitung getan hättest, wüßtest du, daß es auch da an allen Ecken und Enden bröckelt.«

»Aber warum dann? Warum?« fragte Julia.

»Weil ich mir vorstellen kann, mit Sabine zu leben. Weil sie die einzige Frau ist, mit der ich mir das vorstellen kann. Und weil ich nicht länger Freiwild sein will.«

»Das verstehe ich nicht.«

Er lächelte ihr zu. »Mach dir nichts draus, Julia. Es gibt vieles, was du nicht verstehst.«

Sie sah ihn nun an, ihren großen schönen Jungen, den sie so oft zärtlich in den Armen gehalten hatte, und er war ihr so fremd, daß sie erschrak.

Sabine Mercator fuhr am nächsten Tag in einem italienischen Sportwagen vor, der Roberta einen Schrei der Bewunderung entlockte. Sie trug ein weißes Leinenkleid mit schmalem Gürtel, kurzen Ärmeln und aufgesetzten Taschen, das ihre sommerliche Bräune hervorhob. Ihre Wimpern waren getuscht, die Lippen nachgezogen, und Julia, die sie nicht kannte, wußte nicht, daß sie sich aus Unsicherheit der künftigen Schwiegermutter gegenüber so zurechtgemacht hatte.

Ralph durchschaute Sabine und fand sie nur um so liebenswerter. »Hab keine Angst,«, raunte er ihr zu, »Julia beißt nicht.«

Sabine brachte Blumen für Julia mit, sieben langstielige gelbe Rosen, und einen Flacon Eau de Toilette für Roberta. Mutter und Tochter zeigten ihre Freude, wenn Julia auch das Gefühl hatte, daß hier Stammesriten vollzogen würden, in denen sie sich nicht auskannte. Bei Kaffee und Kuchen tastete man sich behutsam ab und versuchte einander näherzukommen. Sabine lobte die selbstgebackene Käsetorte gebührend, lehnte aber ein zweites Stück ab.

»Nein danke, ich kann wirklich nicht mehr! Aber ich habe selten so etwas Gutes gegessen.«

Ich kann Ihnen das Rezept geben, hätte Julia beinahe gesagt, verbiß es sich aber, weil sie sich nicht in ein Schwiegermutter-Klischee pressen lassen wollte.

Sabine war bemüht, über sich selber zu sprechen, weil sie spürte, daß man das von ihr erwartete, aber es war ihr anzumerken, daß es ihr schwerfiel. Die Fremdheit zwischen ihr und der Familie ihres Freundes war nicht wegzureden.

Julia fand sie sympathisch, doch Sabine kam so offensichtlich aus einer anderen Welt mit einem ganz anderen Lebensstil, daß sie sich nicht vorstellen konnte, wie Ralph sich da hineinfügen würde. Er, der den eigenen Vater so früh verloren hatte und stets von sanfter Hand geführt worden war, schien bereit, sich einem energischen, vitalen Schwiegervater und – wie Julia aus einigen Bemerkungen heraushörte – sogar tyrannischen Mann zu unterwerfen. Die seltsame Mischung aus Arroganz und Schüchternheit, die Sabine an den Tag legte, störte Julia nicht, aber sie fand die junge Frau noch sehr unreif, viel zu unreif für eine Ehe.

Roberta trug kaum etwas zur Unterhaltung bei; sie bestaunte Sabine wie eine Exotin.

»So, ich denke, das war's«, erklärte Ralph nach einer knappen Stunde mit der befriedigten Miene eines Mannes, der eine geschäftliche Sitzung gut hinter sich gebracht hatte.

»Sie wollen schon fort?« fragte Julia, die gehofft hatte, bei einem Glas Wein Sabine noch näherzukommen.

»Ja, leider«, sagte Sabine, »ich muß.« Aber es war ihr anzumerken, daß sie erleichtert war.

Ralph stand auf. »Ich bringe dich nach Hause.«

»Nach Gröbenzell?« fragte Roberta. »Und was wird dann aus Sabines Wagen?« Sie war augenblicklich mehr an Autos als an allem anderen interessiert.

»Mit dem fahren wir.«

»Und was ist mit deinem?«

»Steht dir zur Verfügung, wenn du die Prüfung geschafft hast.«

Roberta errötete vor Vergnügen. »Oh, herrlich! Wieder ein Problem gelöst.« Mit kindlicher Offenheit fügte sie hinzu: »Ich hatte schon gehofft, daß du ihn nicht mehr brauchen würdest. Du kannst dir doch jetzt was Besseres leisten.«

Julia erschrak über ihre Taktlosigkeit, schwieg aber, um es nicht noch schlimmer zu machen.

»Da wirst du noch etwas warten müssen, Schwesterchen«, sagte Ralph.

»Wieso?«

»Bis Oktober, wenn wir verheiratet sind.«

Jetzt konnte Julia sich nicht länger zurückhalten. »Oktober?« rief sie. »Bis dahin sind es ja nur noch drei Monate!«

»Na und?« gab Ralph kühl zurück. »Hast du etwa gedacht, es macht uns Spaß, die ewig Verlobten zu spielen?«

»Aber ihr kennt euch doch kaum!«

»Gut genug«, erwiderte Ralph lächelnd.

»Sie mögen mich nicht?« fragte Sabine herausfordernd.

»Doch, ja, Sie sind ein liebes, intelligentes Mädchen.«

»Aber für Ralph bin ich Ihnen nicht gut genug.«

»Darum geht's ja gar nicht. Das Tempo, das ihr vorlegt, gefällt mir nicht. Warum müßt ihr denn unbedingt so Hals über Kopf heiraten? Ihr seid doch beide noch so jung.«

»Ralph vielleicht«, erklärte Sabine, »ich bin sechsundzwanzig.«

»Warum sollen wir warten, wenn wir wissen, daß wir zueinander gehören?« fragte Ralph. »Und worauf?«

Julia war blaß geworden. »Ich hoffe nur, daß ihr es nicht bereuen müßt.«

Ralph legte ihr den Arm um die Schulter und lächelte ihr mit seinem ganzen Charme in die Augen. »Hin und wieder sicher! Alles, was man tut, bereut man hin und wieder. Aber was macht das schon? Hauptsache, die Richtung stimmt.« Er küßte sie auf die Wange. »Jetzt hole ich nur noch meinen Koffer.

Gepackt habe ich schon. Komm, Sabine! Ich zeige dir mein altes Zimmer.«

Roberta begann den Tisch abzuräumen. »Das ist schnell gegangen, was?«

»Ja«, sagte Julia.

»Daß sie in ihn verknallt ist, verstehe ich schon, besonders, da sie nichts über ihn weiß . . .«

»Sei still!« versuchte Julia sie zu bremsen.

»Sechsundzwanzig Jahre, und bei all ihrem Geld noch keinen Mann geangelt! Da muß unser süßer Ralph ihr wie ein Geschenk des Himmels erscheinen.«

»Hör endlich auf damit!«

Ralph und Sabine kamen zurück, um sich zu verabschieden.

»Reg dich nicht auf, Julia«, sagte er lächelnd, »es ist uns völlig klar, daß Robsy über uns lästern muß.«

Roberta fühlte sich nun doch ein wenig blamiert. »Du nimmst dich wieder mal zu wichtig!« erwiderte sie. »Für mich ist die Hauptsache, daß ich ein Auto habe.«

»Na gut, du hast das Vorkaufsrecht, falls ich mein Wägelchen abstoße. Aber verlaß dich nicht zu sehr darauf. Erst mal behalt ich es noch eine Weile.«

Julia küßte Sabine, aber die junge Frau erwiderte ihre Umarmung nicht, sondern blieb ganz steif.

Ralph bemerkte es. »Hat nichts zu bedeuten, Julia, so sind sie nun mal, die Mercators . . . sehr distanziert.«

»Ich . . .« stammelte Sabine, »es tut mir leid!«

»Du darfst sie nicht ärgern«, sagte Julia.

Ralph lachte. Scherzhaft sagte er: »Aber es macht mir doch Spaß! Jetzt weißt du auch, warum ich sie so schnell wie möglich heiraten will: Damit sie mir nicht gleich davonlaufen kann, wenn ich sie ärgere.«

Julia wurde sehr bald von ihren Sorgen um Ralph abgelenkt. Sie mußte feststellen, daß ihre Tage nun zum zweiten Mal ausgeblieben waren. Das machte sie unruhig, wenn auch noch nicht besorgt. Nach dem Bruch mit Johannes Herder hatte sie die Pille abgesetzt, und sie nahm an, es wäre ganz normal, wenn ihr Körper nicht sogleich in den natürlichen Rhythmus zurückfand.

Endlich entschloß sie sich zu einem Schwangerschaftstest. Es war ihr unangenehm, in die Apotheke zu gehen, wo jeder sie kannte. Aber sie konnte auch niemanden darum bitten, ihr das abzunehmen, und sie ärgerte sich über ihre eigene Verklemmtheit. Schließlich war es doch keine Schande, daß sie, eine erwachsene Frau ohne Bindungen, mit einem Mann geschlafen hatte.

So gelassen, wie es ihr möglich war, trug sie ihren Wunsch vor. »Man will doch schließlich wissen, woran man ist«, fügte sie mit einem erzwungenen Lächeln hinzu.

Die Apothekerin, wenig älter als sie selber, aber mit früh ergrautem, streng nach hinten frisiertem Haar und scharfen Zügen, entgegnete nichts. Aber aus dem Blick ihrer dunklen Augen sprach eine solche Mißbilligung, daß Julia einen ersten Eindruck davon erhielt, was man in ihrer Heimatstadt von ihr halten würde, falls es sich herausstellen sollte, daß sie wirklich schwanger war. Sie konnte nicht verhindern, daß sie errötete, und die Apothekerin quittierte es mit Genugtuung.

Julia war froh, als sie die Apotheke wieder verlassen hatte.

Gleich am nächsten Morgen machte sie den Test, und einige Stunden später wußte sie die Wahrheit: Sie erwartete ein Kind.

Daß ihr das passieren mußte, gerade jetzt, wo Ralph

endgültig aus dem Haus ging und eine Lösung von Roberta nur noch eine Frage der Zeit war – wo sie kurz davor stand, ein eigenes Leben anzufangen! Julia war fassungslos.

Selbst Roberta merkte, daß etwas nicht in Ordnung war, aber Julia wich ihren Fragen aus und schützte Kopfschmerzen vor.

Es gab niemanden, mit dem sie über ihr Problem hätte sprechen können. Agnes würde ihr zu einer Abtreibung raten, dessen war sie sicher. Die Vernunftgründe, die dafür sprachen, kannte sie selber und wollte sie nicht auch noch vorgehalten bekommen. Wie Roberta es aufnehmen würde, wußte sie nicht. Wahrscheinlich würde sie erst einmal entsetzt sein und es geschmacklos finden. Vielleicht würde sie dann aber auch Verständnis zeigen und sich anbieten, der Mutter beizustehen. Aber so dringend Julia auch Hilfe nötig hatte, von Roberta wollte sie sie nicht annehmen. Dadurch, so fürchtete sie, hätte sie sich für immer ihrer Tyrannei ausgeliefert.

Johannes Herder würde auf dem Recht seiner Vaterschaft bestehen und würde sie auf der Stelle heiraten wollen, und sie wußte nicht, was sie dem hätte entgegensetzen können. Aber sie konnte nicht einwilligen, weil sie nicht in eine unerträgliche Situation geraten wollte. Roberta würde kein Mittel scheuen, um sich auch dann noch zwischen sie und ihren Mann zu stellen.

Julia hörte schon förmlich ihr verächtliches: »Er hat dich doch nur des Kindes wegen geheiratet.«

Nein, es gab keine Hilfe, die von außen kommen konnte. Sie war völlig allein, nur auf sich selbst gestellt, verlassener und verlorener als nach dem Unfalltod ihres Mannes, denn damals hatten sich noch die Freundinnen bemüht, sie zu trösten und zu unterstützen.

Nachts lag sie mit wachen Augen im Bett und versuchte, ihre Gedanken zu ordnen. Sie machte sich klar, daß etwas geschehen war, was sie nie zu hoffen gewagt hatte: Sie erwartete ein Kind von dem Mann, den sie liebte. Mit vierzig Jahren würde sie noch einmal Mutter sein. Das war etwas, das sie nie für möglich gehalten hatte, und er auch nicht, jedenfalls hatte er niemals eine derartige Anspielung gemacht.

Es gab eine altmodische Formulierung dafür, die Julia nicht aus dem Kopf gehen wollte: Ihre Liebe war gesegnet.

Die Vorstellung, nun noch einmal von vorne anfangen zu müssen mit Stillen, Windeln, Wickeln und Trockenlegen, hatte zwar keinerlei Reiz für sie. Doch ein Kind zu bekommen, das sie für immer auf eine unauflösliche Art mit Johannes Herder verbinden würde, das empfand sie wie ein Wunder.

Sie würde dieses Kind, das sie in Liebe empfangen hatte, zur Welt bringen, und sie würde es großziehen. Dieser Entschluß festigte sich mehr und mehr in ihr.

Aber das konnte nicht in Eysing geschehen. Sie wollte weder sich, noch das Kind und auch nicht Roberta der Häme ihrer Mitbürger ausetzen. Bei diesem Gedanken schoß es ihr durch den Kopf, daß Ralphs überstürzte Hochzeit jetzt doch auch ihr Gutes hatte: Im Oktober würde sie ihren Zustand noch kaschieren können.

Doch aus Eysing mußte sie schon früher fort, so bald wie möglich. Sie mußte eben ein Jahr früher umziehen. In knapp einer Woche war Roberta großjährig. Wenn sie wollte, konnte sie noch in der Wohnung bleiben, oder man würde auch irgendwo ein Zimmer für sie finden. Das mußte noch besprochen werden. Jedenfalls würde sie keine Einwände und keinen Widerspruch dulden. Das ungeborene Kind mußte von nun an im Mittelpunkt aller ihrer Überlegungen und Handlungen stehen.

Auf das geplante Studium wollte sie jedoch nicht verzichten, schon um des Kindes willen nicht. Sie wollte nicht noch einmal den gleichen Fehler machen wie bei Ralph und Roberta. Das Kind sollte ihr nicht als Mittel dienen, ihr Leben auszufüllen, und sie würde auch nicht alle ihre Kraft und Liebe nur auf seine Pflege und Erziehung konzentrieren. Es sollte eine Mutter haben, die ein ganz selbständiger Mensch war.

Julia wußte zwar noch nicht, wie sie das machen sollte, aber sie war überzeugt, daß sie es schaffen würde. Sie war sicher nicht die einzige Studentin, die ein Kind hatte. Es war nur eine Frage des Arrangements. Vielleicht würde sie mit einer anderen jungen Frau zusammenziehen.

Plötzlich mußte sie lachen. Sie hatte tatsächlich an sich als eine junge Frau gedacht! Es war absurd und doch war es auch wahr: Sie fühlte sich wieder jung.

Roberta steckte den Kopf herein. »Was ist denn los?«

Julia lachte immer noch. »Habe ich dich geweckt?«

Roberta hatte zwar noch gar nicht geschlafen, sondern gelesen, trotzdem behauptete sie: »Ist das ein Wunder? Wenn du mitten in der Nacht wie eine Irre lachst?«

»Ich habe nur gerade an etwas Komisches gedacht.«

»Woran denn?«

»Ich komme mir so jung vor.«

»Jetzt spinnst du wirklich!« Roberta verschwand.

Julia machte sich nichts vor: Es würde schwer sein, mit Roberta zu reden, aber das würde ihr nicht erspart bleiben. Sie würde auch das durchstehen. Sie brauchte weder die Einsicht noch das Einverständnis ihrer Tochter. Sie mußte ihren eigenen Weg gehen.

Gleich am nächsten Morgen rief Julia in der Pension *Schwabinchen* in München an und erkundigte sich nach einem Zimmer. »Ich bin zwar allein, brauche aber einen großen Raum, damit ich Platz für meine Sachen habe. Vielleicht kommt mich auch meine Tochter mal besuchen.«

»Für wann?« fragte die Besitzerin, eine alte Dame, die Julia seit vielen Jahren schon flüchtig kannte.

»Zum ersten September und mindestens für einen Monat, vielleicht bleibe ich auch den ganzen Winter.«

»Dann kann ich Ihnen das schöne Zimmer mit Bad geben.«

Julia wußte zwar nicht, welches das schöne Zimmer war, weil sie bei ihren früheren flüchtigen Besuchen immer nur das hatte nehmen können, was gerade frei war, aber sie stimmte erleichtert zu. Es hatte ihr doch ein wenig davor gegraut, tagtäglich zum Baden über den Flur gehen zu müssen.

»Mit Mittagstisch?«

»Das muß ich mir noch überlegen«, sagte Julia, denn sie wollte erst herausbekommen, ob es nicht vielleicht doch günstiger wäre, in der Mensa der Universität zu essen.

Sie sprachen dann über den Preis, und als sie auflegte, stellte Julia mit Befriedigung fest, daß sie einen Schritt voran getan hatte. Wenn sie erst einmal in München war, würde sie Zeit und Gelegenheit haben, sich nach einer eigenen Wohnung umzusehen, aber für den Übergang tat es auch die Pension.

Danach setzte sie ein Inserat für die Vermietung der Kastschen Wohnung im Erdgeschoß auf und gab es bei der örtlichen Niederlassung der Tageszeitung ab. Sie hoffte, dadurch auch schon Interessenten für ihre eigene Wohnung zu finden, die ja für Roberta allein viel zu groß sein würde.

Auf dem gleichen Weg suchte sie Dr. Kupesch auf

und erklärte ihm, daß sie ihr Ehrenamt als Protokollführerin niederlegen müßte. Er bedauerte sehr, sie zu verlieren, zeigte aber Verständnis, daß sie ein Studium beginnen wollte.

»Das ist eine gute Idee«, sagte er, »lassen Sie sich nur nicht irremachen. Zum Lernen ist man nie zu alt, und wenn man es aus Interesse tut und nicht nur, um einen Beruf daraus zu machen, ist es bestimmt besonders lohnend.«

Sie schieden freundschaftlich, und er versprach, vorläufig noch niemandem etwas von ihrem Vorhaben zu sagen.

Jetzt stand Julia nur noch das Gespräch mit Roberta bevor, aber sie schob es hinaus – nicht nur, weil sie Angst davor hatte, sondern weil sie ihre Tochter nicht kurz vor der Fahrprüfung beunruhigen wollte.

Inzwischen hatten die Sommerferien begonnen. Die Prüfung fiel genau auf Robertas achtzehnten Geburtstag. Roberta nahm es als gutes Zeichen, und Julia wollte ihr nicht den Glauben nehmen, daß das gar nichts zu bedeuten hätte.

Zu ihrer Überraschung war Roberta am Morgen des großen Tages gar nicht nervös, sondern frühstückte mit gutem Appetit. »Es kann nichts schiefgehen«, behauptete sie, »ich habe ja so viel geübt ... und das Theoretische kann ich aus dem Effeff.«

Sie hatte insgesamt 22 Fahrstunden genommen, fast doppelt so viel wie seinerzeit Ralph, und hatte jede Gelegenheit genutzt, auch privat zu fahren.

Dennoch war Julia ein wenig skeptisch und hielt es für ihre Pflicht, sie auch auf eine mögliche Niederlage vorzubereiten. »Nimm's nicht tragisch, falls es nicht klappen sollte«, sagte sie, »du kannst es dann ja am Ende der Ferien noch einmal versuchen.«

»Kommt überhaupt nicht in Frage! Ich schaffe es.«

Da Roberta nicht wußte, wann sie nach Hause kommen würde, bereitete Julia nicht, wie an früheren Geburtstagen, ein besonderes Essen vor, sondern nur einen Kartoffelsalat und hartgekochte Eier. Es war ein drückend heißer Tag, und so würde ein kaltes Essen das Richtige sein. Aber natürlich hatte sie einen Kuchen gebacken, in den sie die 18 kleinen Kerzen steckte, und stellte ihn mitten auf den Geburtstagstisch. Ralph hatte eine handgewebte Dschellaba geschickt, Sabine ein Seidentuch, und sie selber schenkte Roberta eine Schallplatte und einen Scheck, mit dem sie entweder Ralphs Auto oder einen Gebrauchtwagen kaufen konnte.

Julia hoffte inständig, daß Roberta ihre Prüfung tatsächlich bestehen würde, damit sie endlich in aller Ruhe mit ihr sprechen konnte. Sie würde das zwar auch sonst nicht länger aufschieben können, aber es würde sehr viel schwerer werden. Deshalb war sie an diesem Morgen unruhig. Sie wußte, daß zusammen mit Roberta 17 andere Kandidaten zur Prüfung antraten, und rechnete deshalb mit einer langen Wartezeit.

Aber schon kurz nach 12 stürmte Roberta in die Wohnung, und noch ehe sie ein Wort gesagt hatte, sah Julia an ihrem strahlenden Gesicht, daß sie bestanden hatte.

Sie riß ihren Führerschein aus der Tasche und wedelte aufgeregt damit herum: »Ich hab ihn! Ich hab ihn! Es war überhaupt nichts dabei! Ich kann fahren! Ach, Julia, das ist mein schönstes Geburtstagsgeschenk! Und wie wird unser superkluger Ralph sich jachten!«

Ausgelassen tanzte sie durch die Wohnung, und zum erstenmal fiel es schwer, ihr Interesse an ihrem Geburtstagstisch zu wecken. Nie hatten die Kerzen so kurz gebrannt. Ralphs und Sabines Geschenke tat sie mit einer Handbewegung ab, und nur der Scheck fand Gnade vor ihren Augen.

»Du bist ein Schatz, Julia!« rief sie. »Aber natürlich werde ich versuchen, Ralph herunterzuhandeln. Der hat's ja wirklich nicht nötig, und ich brauche Geld für Benzin.«

Als Julia eine Flasche Wein aufmachen wollte, protestierte sie: »Bitte, nicht . . . nicht für mich!«

»Aber wir wollen doch feiern!«

»Nicht mit Alkohol. Ich werde gleich nach dem Essen zur Feier des Tages spazierenfahren, und da darf ich vorher nichts trinken.«

»Du willst gleich wieder fort? Ich möchte etwas mit dir bereden.«

»Das hat doch bestimmt noch Zeit. Heute abend, Julia, wenn es denn sein muß!« Roberta griff mit gesundem Hunger zum Kartoffelsalat.

»Wo willst du denn hin?« fragte Julia und öffnete die Flasche für sich selber.

»Nirgends. Ich will einfach fahren.«

»Gut, dann komme ich mit.«

»Aber nein, Julia, verstehst du mich nicht? Ich will endlich mal allein fahren, ganz allein, ohne daß jemand neben mir sitzt und mir gute Ratschläge gibt.«

»Das werde ich bestimmt nicht tun.«

»Aber du würdest mich nervös machen.«

Julia verzichtete darauf, Roberta daran zu erinnern, wie oft sie früher behauptet hatte, daß sie sie wohin auch immer fahren würde, wenn sie erst einmal ihren Führerschein hätte.

»Na gut«, sagte sie, »es ist dein Geburtstag.«

»Und es ist mein Führerschein! Übrigens, sei froh, daß du keine Fahrstunden genommen hast. Gleich vor mir war eine alte Frau dran, und sie ist auch prompt durchgefallen.«

»Dann muß ich dir ja dankbar sein, daß du mir abgeraten hast.«

Roberta überhörte die Ironie. »Ganz bestimmt!« erklärte sie, mit sich und der Welt zufrieden.

Julia verbot sich selbst, dabei zuzusehen, als Roberta Ralphs Auto aus der Garage fuhr. Sie wollte nicht Zeuge sein, wenn sie Schwierigkeiten hatte. Aber anscheinend ging alles glatt.

Als sie später hinunterging, um ein paar kleine Delikatessen für das Abendbrot zu kaufen, stand die Garage offen, und der Wagen war fort.

Roberta hatte ein festes Ziel; sie wollte nach München. Da sie sich noch nicht zutraute, die Autobahn zu nehmen, fuhr sie über die Landstraße. Das Erlebnis, allein am Steuer zu sitzen, war nicht so erhebend, wie sie erwartet hatte. Jetzt erst merkte sie, daß es ihr an Routine fehlte. Sie fuhr in sehr gemäßigtem Tempo, hing lange Strecken hinter Lastwagen, die sie nicht zu überholen wagte, und brauchte für die 70 Kilometer knapp zwei Stunden.

In München selber war es dann zu ihrer Überraschung leichter. Jetzt galt es nur noch, sich richtig einzuordnen und sich dem Tempo der anderen Fahrzeuge anzupassen.

Roberta fand sich auf der Strecke gut zurecht; sie hatte sie auf dem Stadtplan oft genug heimlich studiert. Eine ganze Weile blieb sie auf dem Mittleren Ring, bog nach links in die Prinzregentenstraße ein und fuhr dann immer weiter geradeaus, vorbei am Friedensengel, über die Isar, am Haus der Kunst vorüber, durch den Tunnel unter dem Prinz-Karl-Palais, entdeckte auch schon das Schild Türkenstraße, bog ein und rollte im 20-Kilometer-Tempo die – wie immer – sehr verstopfte Straße hinunter bis zur Garage der Amalienpassage. Auf Anhieb gelang es ihr, einen Parkschein aus dem kleinen Apparat zu ziehen, die Schranke hob sich, und sie fuhr in die Garage hinunter. Aber sie mußte dreimal anfahren, bis sie mit dem nötigen Tempo die Schräge des Stellplatzes genommen hatte und die Vorderräder in der Halterinne einrasteten.

Als sie ausstieg, war sie schweißgebadet, und ihre Knie zitterten. Sie erwog, erst auf die Straße hinaufzugehen und sich in einem der umliegenden Cafés zu erholen und frischzumachen. Aber so nahe am Ziel brachte sie dazu die Geduld nicht auf. Sie suchte den unterirdischen Eingang zu dem Haus, in dem Johannes Herder wohnte, und ließ sich vom Lift hinauftragen.

Sie klingelte an der Wohnungstür im vierten Stock, und auf einmal überfiel sie wie eine vorweggenommene Enttäuschung die Angst, vergebens gekommen zu sein. Plötzlich schien es ihr ganz sicher, daß er gar nicht zu Hause war.

Aber da öffnete sich die Tür, und er stand vor ihr, barfuß, mit braunen, nackten Beinen, mit einer roten Badehose bekleidet, zu der er, wohl erst auf ihr Klingeln hin, ein kariertes Baumwollhemd angezogen hatte, das über seiner breiten Brust offen war.

»Da bin ich!« sagte sie strahlend.

Sie hatte gehofft, daß er sie in die Arme nehmen würde, aber er wich einen Schritt zurück. »Na so was!« sagte er, durchaus nicht erfreut, aber auch nicht unfreundlich, nur baß erstaunt. »Mach die Tür zu und komm herein!« Er blickte über ihre Schulter, als erwartete er noch jemanden, aber da war niemand. »Wo ist Julia?«

»Zu Hause natürlich.«

Er begann sich sein Hemd zuzuknöpfen; es war sehr heiß unter dem großen Atelierfenster, obwohl er die Türen zu den Balkonen geöffnet hatte. »So natürlich kann ich das gar nicht finden. Wie bist du hierhergekommen?«

»Mit dem Auto! Ich bin achtzehn, und ich habe den Führerschein!«

»Seit wann?«

»Seit heute. Beides. Hattest du etwa meinen Geburtstag vergessen?«

»Da bist du sofort diese ganze Strecke gefahren?«

»Ich hatte Sehnsucht nach dir«, entgegnete sie schlicht.

Er schüttelte den Kopf, als würde er von einer Fliege belästigt. »Ein bißchen verrückt warst du ja schon immer, aber das! Einfach nicht zu glauben!«

»Kann ich mich frischmachen?«

»Nur zu. Du siehst tatsächlich reichlich ramponiert aus.«

Sofort stiegen ihr Tränen in die Augen.

Er hatte Mitleid mit ihr. »Zerzaust und verschwitzt«, fügte er hinzu, »aber sonst, süß wie immer.«

Sie schenkte ihm ein Lächeln unter Tränen und wollte die Treppe hinauf.

»Du brauchst nicht gleich ein Bad zu nehmen!« sagte er. »Das Waschbecken in der Toilette hier unten tut's auch.«

Sie hatte nicht die Kraft, sich mit ihm zu streiten, und fügte sich. Als sie zurückkam, stand er immer noch, ziemlich ratlos, mitten im Raum, aber er hatte sich inzwischen Jeans angezogen und sein Hemd völlig zugeknöpft.

»Meinetwegen hättest du dich nicht anziehen müssen«, erklärte sie. Nachdem sie jetzt ihr Make-up erneuert, sich gewaschen und frisiert und die Achselhöhlen mit Eau de Cologne gekühlt hatte, fühlte sie sich sicherer.

»Aber meinetwegen!« erwiderte er trocken. »Weiß deine Mutter, daß du hier bist?«

»Nein.«

»Dann müssen wir sie schleunigst anrufen!« Er trat zu seinem Schreibtisch, der mit Papieren bedeckt war, zwischen denen eine offene Schreibmaschine stand, und griff zum Telefonhörer.

Mit wenigen Schritten war sie bei ihm und legte ihre Hand auf die seine, die nach dem Hörer griff. »Warum?«

»Weil sie sich Sorgen machen wird.«

»Bestimmt nicht. Sie erwartet mich erst am Abend zurück.« Sie sah ihm beschwörend in die Augen.

Er zog die Hand zurück. »Du bist schon ein Biest!«

»Was geht es Julia an, daß ich bei dir bin? Ich bin erwachsen ... endlich erwachsen! Und ich bin frei! Herrgott, habe ich auf diesen Tag gewartet!« Sie wollte sich an seine Brust werfen.

Aber er hatte es kommen sehen und hielt sie mit gestreckten Armen von sich. »Ich liebe Julia!«

»Das kannst du ihr weismachen, aber nicht mir! In Wirklichkeit bist du froh, daß du sie los bist! Sie war doch viel zu alt für dich.«

»Du jedenfalls bist zu jung. Ich bin kein Mädchenschänder.«

»Wenn du glaubst, ich bin noch Jungfrau . . .«

»Ich weiß, daß du keine mehr bist. Aber das ist auch nicht gerade eine Empfehlung.« Er versetzte ihr einen leichten Stoß.

»Du bist gemein!« schrie sie, um ihr Gleichgewicht kämpfend.

»Endlich die alten, vertrauten Töne!« sagte er grinsend. »Nun setz dich mal brav hin, ich sehe nach, ob ich eine Limonade für dich finde . . .«

»Ich will keine Limonade. Ich bin kein Kind mehr!«

»Hast du denn keinen Durst?«

»Nein!« behauptete sie, obwohl sie gerade jetzt merkte, daß ihr die Zunge am Gaumen klebte.

»Gut. Dann fahre ich dich jetzt gleich nach Hause.«

Er öffnete eine Schreibtischlade, um nach seinen Autoschlüsseln zu suchen.

»Das könnte dir so passen!«

»Um ehrlich zu sein: Es paßt mir überhaupt nicht. Ich hasse Überraschungen, und ich war mitten in der Arbeit. Aber ich kann dich unmöglich nach Eysing zurückfahren lassen. Das schaffst du nicht mehr.«

»Und warum behältst du mich dann nicht einfach da? Morgen früh kann ich bestimmt . . .«

Er hatte seine Autoschlüssel gefunden und richtete sich auf. »Nein!«

»Aber warum denn nicht, Hans, warum nicht! Mit dir und Julia ist es doch aus. Sie hat es längst verschmerzt. Du brauchst keine Rücksicht mehr auf sie zu nehmen.«

»Das tue ich ja auch gar nicht.«

»Dann laß mich bei dir bleiben! Wenn du darauf bestehst, rufe ich Julia an und sage ihr Bescheid.«

»Dazu bist du imstande!«

»Warum denn nicht? Sie weiß ja längst, daß wir uns lieben. Warum soll sie nicht wissen, daß ich bei dir bin? Aber wenn es dir lieber ist, kann ich ihr auch was vorschwindeln.«

»Robsy, jetzt hör mich einmal gut an: Ich liebe dich nicht nur nicht, sondern ich finde dein ganzes Betragen grauenhaft. Die einzige Entschuldigung, die ich für dich finden kann, ist deine völlige Unreife. Du hast ganz bewußt die Beziehung zu der einzigen Frau, die ich liebe, zerstört. Jetzt bildest du dir auch noch ein, daß du ihren Platz einnehmen könntest. Nie, nie in meinem Leben! Auch wenn ich keine andere Wahl hätte, wenn ich sonst bis ans Ende meiner Tage als Mönch leben müßte: Eine wie dich könnte ich niemals lieben!«

»Das«, stammelte sie, »das meinst du nicht wirklich!« Ihre Hand umklammerte den gläsernen Briefbeschwerer, der einen Stoß Papiere auf dem Schreibtisch zusammenhielt.

»Tut mir leid, wenn ich dich jetzt verletzt habe, aber es mußte heraus.«

»Warum . . . warum hast du mich dann geküßt?«

»Wenn ich etwas in meinem Leben bereue, dann das. Lieber wär's mir, ich hätte eine giftige Kröte geküßt als dich. Dann hätte ich Julia nicht verloren.«

Für Roberta war es, als zerrisse ein Vorhang. Schlagartig begriff sie die ganze Wahrheit, begriff, wie nichtig ihre Träume gewesen waren und wie sehr sie sich zum Narren gemacht hatte. Ein wilder unbändiger Haß stieg in ihr auf und vernebelte ihren Blick und ihr Hirn mit roter Glut. Sie hob die Hand und schleuderte den Briefbeschwerer auf ihn, der nur wenige Schritte von ihr entfernt stand.

Ein häßlich knirschendes Geräusch brachte sie wieder zur Besinnung. Ein dumpfes Poltern folgte. Sie schloß die Augen, öffnete sie, und der wabernde Nebel war fort. Ihr Blick war wieder frei, und sie sah, daß Johannes Herder vor ihr auf dem Teppich lag, totenblaß, mit einem völlig veränderten, spitzen und scharfen Gesicht. Sie schrie.

Als das Telefon klingelte, war Julia darauf gefaßt, daß es Roberta war, die anrufen würde. Sie war auch nicht überrascht, als das Mädchen schluchzte und stammelte und kaum ein verständliches Wort herausbrachte. Julia dachte nichts anderes, als daß ihre Tochter das Auto zu Schrott gefahren hätte.

»Nimm dich jetzt zusammen!« sagte sie energisch. »Was immer passiert ist . . . du lebst! Hast du dich verletzt?«

»Nein, nein!«

»Wo bist du denn?«

»In seiner Wohnung.«

Julias Herz tat einen Sprung. »Du bist in München?«

»Ja. Das sage ich doch die ganze Zeit!«

»Ich kann dich kaum verstehen. Wenn du nur aufhören würdest zu heulen. Gib ihn mir! Vielleicht kann er erklären . . .«

»Er ist tot, Julia! Ich habe ihn erschlagen!«

Jetzt war Julia doch nahe daran, die Fassung zu verlieren. »Das . . . das kann doch nicht wahr sein«, brachte sie mühsam heraus.

»Glaubst du, ich würde mir so was ausdenken? Er ist tot!«

Julia empfand einen fast körperlichen Schock; es war, als würden ungeahnte Kräfte sich in ihr mobilisieren. »Wähl sofort den Notruf einseinsnull!« befahl sie.

»Aber was kann das nützen? Er lebt nicht mehr!«

»Tu, was ich dir sage. Alarmier' den Notruf. Nenn einen falschen Namen . . . Nenn dich Evelyn Müller und sag, du würdest warten. Sag ihnen, er sei die Treppe heruntergestürzt! Öffne die Wohnungstür und drück die Klinke runter, damit sie offen bleibt. Dann lauf über den Balkon zum Notausgang. Vergiß deine Tasche nicht. Lauf die Treppe hinunter und im Parterre aus dem Haus. Dann geh schön langsam, ganz langsam, damit du nicht auffällst, wenn du auf dem Hof bist. Geh zur Amalienstraße hinaus . . .«

»Und das Auto?«

»Bleibt stehen. Könnte sein, daß sie sich sonst an der Kasse deine Nummer merken. Tu genau das, was ich dir sage. Geh ins *Rialto* und warte dort auf mich. Werd nicht ungeduldig. Es kann zwei Stunden dauern. Ich nehme den nächsten Zug.«

»Aber, Julia, ich . . .«

»Jetzt ist keine Zeit für Erklärungen! Mach schon!« Julia hängte auf.

In rasender Eile packte sie einen kleinen Koffer für sich und Roberta – Nachtzeug, Wäsche zum Wechseln, Kleider –, während ihr Verstand immer noch fieberhaft arbeitete. Es war ihr bewußt, daß es gar nicht darauf ankam, was sie mitnahm. Aber sie mußte einen gepackten Koffer haben, damit es normal erscheinen würde, daß sie in München übernachteten.

Mehr als je bereute sie es, nicht selber fahren zu können und kein Auto zur Verfügung zu haben. Sie erwog, das Taxiunternehmen anzurufen, aber auch das wäre auffällig gewesen. Also nahm sie den Koffer, schloß die Wohnung ab und machte sich auf den Weg zum Bahnhof, sehr eilig, aber ohne übertriebene Hast.

Sie löste eine Hinfahrkarte, und eine halbe Stunde später saß sie im Eilzug nach München. Solange sie fuhr, ging es ihr ganz gut. Aber jedesmal, wenn die Eisenbahn hielt, drohten ihre Nerven zu reißen.

Mit aller Kraft verdrängte sie das Bild dessen, was geschehen war. Sie wußte, daß es sinnlos war, sich dem Schmerz und dem Entsetzen hinzugeben. Sie mußte ruhig bleiben und die Situation meistern, um des ungeborenen Kindes und um Robertas willen. Es durfte nicht dazu kommen, daß ihre Tochter angeklagt wurde. Natürlich war es kein Mord, wahrscheinlich nicht einmal ein Totschlag, aber selbst eine Verurteilung wegen Körperverletzung mit tödlichem Ausgang würde ihr ganzes Leben ruinieren. Die Zeitungen würden einen Skandal daraus machen, der vielleicht sogar Ralphs Zukunft vernichten würde.

Endlich war der Zug am Ziel. Julia widerstand dem Versuch, ein Taxi zu nehmen, sondern fuhr zum U-Bahnhof hinab, weil sie hoffte, so schneller voranzukommen. Tatsächlich war sie zwanzig Minuten später in Schwabing.

Die Sonne brannte vom wolkenlosen Himmel. Leicht und sorglos gekleidete Menschen schlenderten über den Boulevard. Julia war es, als spielte sie eine Rolle in einem falschen Stück.

Schon von weitem sah sie Roberta an einem der kleinen Tische auf der Straße sitzen, sehr jung in ihrem weißen, ärmellosen Kleid. Die Sonne ließ ihr blondes Haar aufleuchten. Ein junger Mann neben ihr redete eifrig auf sie ein. Vor ihr stand ein großer, fast geleerter Eisbecher, und nichts schien Julia unpassender, als daß Roberta nach dem, was geschehen war, den Nerv gehabt hatte, sich ein Eis zu bestellen.

»Hallo, Robsy«, sagte sie so gelassen und freundlich, wie es ihr möglich war.

Roberta fuhr hoch. »Da bist du endlich!«

»Hast du gezahlt?«

»Ja.«

Ohne dem jungen Mann auch nur ein Nicken zu gönnen, ging sie mit der Mutter fort.

»Hat dich jemand gesehen?« fragte Julia.

»Nein.«

»Und der Krankenwagen?«

»Kam ein paar Minuten später. Ich habe gewartet, bis er . . .«

»Sehr gut.«

»Aber das nutzt doch nichts mehr. Hans ist tot. Ich bin ganz sicher. Er hat nicht mehr geatmet, und auch sein Puls . . .«

»Das kannst du gar nicht feststellen, und in deiner Aufregung erst recht nicht.«

»Warum willst du nicht wahrhaben . . .?«

»Fragst du das im Ernst?« Für Sekunden verlor Julia die Kontrolle über sich. »Warum alles in mir sich dagegen sträubt zu begreifen, daß . . .«

»Nicht so laut, Julia! Bitte! Es tut mir ja leid.«

Julia atmete tief durch. »Das ist auch schon etwas.«

»Ich wollte es nicht, wirklich nicht. Er hat mich so . . . so beleidigt, daß ich nicht mehr wußte, was ich tat, als ich das Ding nach ihm warf. Ich hatte auch gar nicht damit gerechnet, ihn zu treffen ... nicht so!«

»Ich mache dir jetzt keine Vorwürfe, und du brauchst dich auch nicht zu verteidigen. Was sollte das nützen ...«

Roberta blieb stehen. »Julia! Das Ding! Der Briefbeschwerer!«

»Was ist damit?«

»Ich habe meine Fingerabdrücke nicht abgewischt!«

»Das spielt keine Rolle. Du darfst mit dieser ganzen Geschichte überhaupt nicht erst in Verbindung gebracht werden.«

»Ob wir das schaffen?«

»Wir müssen es. Hier, trag du den Koffer.«

»Wozu? Wozu einen Koffer, meine ich?«

»Weil wir in München übernachten. Du bist doch nicht in dem Zustand, das Auto zurückzufahren.«

»Das hat Hans auch gesagt. Er wollte mich nach Hause bringen.«

»Hätte er es nur getan.«

»Ich wollte nicht. Ich ... ich war so verbohrt ...«

Während sie nebeneinanderherliefen, erzählte Roberta alles, was passiert war. Sie schonte sich selber nicht. Julia hätte es lieber nicht gehört, aber sie spürte, daß es ihrer Tochter Erleichterung verschaffte.

Erst als sie die Pension *Schwabinchen* betraten, sagte Julia: »Sei jetzt bitte still!«

Die Besitzerin selber saß hinter dem kleinen Empfangstisch; sie war mit Büroarbeiten beschäftigt. Sie erkannte Julia und ihre Tochter. »Ah, Frau Severin! Wieder einmal in München?«

»Leider habe ich kein Zimmer bestellt.«

»Macht nichts. Ich bin sicher, wir haben noch etwas frei!« Sie ließ das stumpfe Ende eines Kugelschreibers über den Zimmerplan laufen. »Sogar das schöne Zimmer!« erklärte sie lächelnd. »Da können Sie gleich mal ausprobieren, wie Sie sich dort im Winter fühlen werden.« Sie reichte Julia den Schlüssel. »Das Eckzimmer ... den Flur entlang ganz hinten links.«

»Hat es Telefon?«

»Ja, einen Anschluß. Wenn Sie wollen, bringt das Mädchen Ihnen gleich den Apparat.«

»Das wäre mir lieb.«

Das »schöne« Zimmer war nicht besser möbliert als die anderen Räume, aber es war größer und heller und hatte ein Bad.

Roberta legte den Koffer auf das Doppelbett. »Was hat sie damit gemeint?« fragte sie. »Das mit dem Winter?«

»Ich habe ab ersten September das Zimmer hier für länger gemietet. Ich will nächstes Semester mit dem Studium anfangen.«

»Aber davon weiß ich ja gar nichts!«

»Ich hatte es dir heute erzählen wollen.«

»Du willst nicht mal bis zu meinem Abi in Eysing bleiben?«

»Nein. Aber du wirst es schon allein schaffen.«

»Ich verstehe das nicht! So plötzlich? Ohne dich mit mir zu besprechen!«

»Ich erwarte ein Kind, Robsy.«

»Nein!«

»Doch, Robsy, es ist wahr? Du verstehst sicher, daß ich damit nicht in Eysing Spießruten laufen möchte.«

»Seit wann weißt du es? Warum hast du es mir nicht gleich erzählt?«

»Denk mal darüber nach!«

»Wenn ich es gewußt hätte, wäre ich gar nicht nach München gefahren!«

Julia sah ihre Tochter an. »Wirklich nicht?«

Roberta ließ sich auf das Bett sinken. »Oh, Julia, Julia, was mußt du von mir denken!«

»Daß du eine dumme Gans bist.«

»Ich habe mich einfach schäbig benommen!«

»Nein. Du hast die Dinge nur gesehen, wie du sie sehen wolltest. Hans hat mich nämlich wirklich geliebt . . .«

»Das weiß ich jetzt auch! Und ich, ich habe ihn umgebracht!«

»Das hast du nicht. Du hast ihm voller Wut etwas an den Kopf geworfen. Das ist etwas ganz anderes.«

»Aber es kommt auf dasselbe raus. Ach, Julia, ob du mir je verzeihen kannst?«

Julia beugte sich zu ihrer Tochter, legte ihr den Arm um die Schultern, zog sie an sich und küßte sie auf die Schläfe. »Aber sicher. Ich habe dir schon verziehen. Du bist ja noch ein Kind, trotz deiner achtzehn Jahre . . . mein Kind.«

Sie ließ Roberta erst los, als an die Tür geklopft wurde, und sagte: »Herein!«

Das Stubenmädchen grüßte, brachte das Telefon, stellte es auf den wackligen kleinen Schreibtisch und stöpselte ein. »Ist's recht so? Wenn Sie jemanden anrufen wollen, müssen Sie nur auf den schwarzen Knopf drücken . . . Auswärtsgespräche gehen nur über das Büro.«

»Ja, danke«, sagte Julia und drückte dem Mädchen zwei Mark in die Hand.

Als sie wieder allein waren, setzte Julia sich an den Schreibtisch und wählte die Nummer des Notrufs.

»Was machst du?« fragte Roberta.

»Psst!« Dann hatte Julia den Anschluß. »Ich möchte nur eine Auskunft«, sagte sie, »aber es ist wichtig! Vor zwei Stunden ist ein Freund von mir in seiner Wohnung verunglückt . . .« Sie nannte Namen und Adresse. »In welches Krankenhaus ist er gebracht worden? – Ich heiße Julia Severin und wohne außerhalb . . . in Bad Eysing, bin aber jetzt hier in der *Pension Schwabinchen.* – Nein, vom Unfallhergang weiß ich nichts. Man hat mir nur gesagt, daß er mit dem Rettungswagen ... Wohin hat man ihn gebracht! Ich muß es wissen. Ich bin seine Verlobte.«

Nach einer Pause, die Roberta endlos erschien, sagte Julia: »Danke, ja, ich habe verstanden ... vielen Dank!« und beendete damit das Gespräch.

»Was ist?« fragte das Mädchen. »Was hast du herausgebracht?«

Julia wandte sich auf dem Stuhl nach ihr um. »Jedenfalls ist er nicht tot. Er liegt im Klinikum Rechts der Isar. In der neurochirurgischen Abteilung.«

Roberta sprang auf. »Bist du sicher, daß er noch lebt?«

»Ich glaube es ganz fest.«

»Aber das besagt doch nichts.«

»Wir wissen, daß er noch lebte, als du ihn für tot hieltest ...«

»Das hättest du auch getan, wenn du dabeigewesen wärst!«

»Ich bin froh, daß mir das erspart geblieben ist. Er lebte, als sie ihn holten, und sicher auch noch, als sie ihn einlieferten. Also dürfen wir doch hoffen.«

»Aber warum in die Neurochirurgische?«

»Wohin sonst, nachdem du ihm das Ding an den Kopf geworfen hast? Ich fahre sofort hin.« Nach einem kurzen Zögern fügte sie hinzu: »Kommst du mit?«

»Lieber nicht.«

»Dann bleib hier! Ruh dich aus und versuch dich zu entspannen! Ich rufe an, sobald ich etwas weiß.«

Das Klinikum war ein riesenhafter Gebäudekomplex. Es dauerte einige Zeit, bis Julia, immer wieder fragend und den Wegweisern folgend, sich bis zur neurochirurgischen Abteilung durchgefragt hatte, noch länger, bis sie einen Arzt fand, der ihr Auskunft geben konnte. Dr. Pfeiffer war blaß, blond, nervös und trug eine randlose Brille. »Johannes Herder?« wiederholte er gedehnt. »Ja, der wurde bei uns eingeliefert. Ein Unfall. Schädelfraktur. Professor Schmitz hat sofort operiert.«

»Und?«

»Er hatte Glück, daß er sofort auf unsere Abteilung kam, nicht erst auf die Allgemeine. Die Zeit spielt bei solchen Verletzungen eine wichtige Rolle.«

»Und wie ist die Operation verlaufen?«

»Komplikationslos. Ich habe assistiert. Der Patient hat eine bemerkenswert kräftige Konstitution. Herz und Kreislauf tadellos.«

»Er wird wieder gesund werden?«

»Wir wollen es hoffen.«

»Kann ich ihn sehen?«

Der junge Arzt blickte sie durch seine funkelnden Brillengläser an, als hätte sie keine dümmere Frage stellen können. »Er liegt auf der Intensivstation.«

»Er ist also noch nicht außer Gefahr?«

»Nein. Aber unter Kontrolle.«

»Wann kann ich ihn besuchen?«

»Wenn die Rekonvaleszenz zufriedenstellend verläuft . . . übermorgen.«

»Und wenn nicht?«

»Sind Sie mit dem Patienten verwandt?«

»Das nicht. Aber wir . . . wir wollten heiraten.«

»Waren Sie bei dem Unfall anwesend?«

»Nein. Warum wollen Sie das wissen?«

»Weil die Polizei sich natürlich für derartige Unfälle interessiert.« Das klang nicht wie eine Drohung, sondern wie eine freundliche Warnung. »Wenn Sie Ihren Namen und Ihre Telefonnummer auf der Station angeben wollen . . . sagen Sie der Schwester, daß es sich um den Fall Herder handelt . . . werde ich Sie anrufen, sobald . . . nein, sagen wir lieber . . . falls eine Komplikation eintritt. Man soll ja immer nur das Beste hoffen.«

»Und wenn Sie nichts von sich hören lassen ...«

»Rufen Sie bitte nicht an. Es wäre unnütz. Verlassen Sie sich drauf, daß ich Sie verständige.«

»Aber ich darf ihn dann übermorgen früh besuchen?«

»Ja. Sagen wir gegen elf. Nach der Visite.«

Noch ehe Julia sich bedanken konnte, eilte er auch schon wieder davon, auf weichen Sohlen und mit flatterndem weißen Kittel.

Die nächsten beiden Nächte wurden die längsten in Julias Leben. Um des Kindes willen wollte sie kein Schlafmittel nehmen, und um des Kindes willen versuchte sie, sich nicht aufzuregen. Roberta besorgte ihr Baldriantropfen aus der Apotheke, aber die halfen wenig oder, besser gesagt, Julia konnte nicht beurteilen, wieviel sie halfen, denn sie wußte nicht, wie sie sich ohne sie gefühlt hätte.

Auch Roberta konnte nicht schlafen, und so sprachen sie miteinander. Obwohl sie ihr ganzes Leben zusammengewesen waren, hatten sie noch nie so offen miteinander geredet wie in diesen Nächten. Sie kamen sich näher als je zuvor, und doch wußten beide auch, daß es ein Abschied war. Ob Johannes Herder gesund wurde oder nicht, von nun an mußte jede ihr eigenes Leben führen.

Stunde um Stunde warteten sie darauf, daß das Telefon läuten würde, und hofften doch inbrünstig, daß es nicht geschah. Julia verließ das Zimmer nur, damit das Stubenmädchen seine Arbeit verrichten konnte, aber ständig blieb sie in der Pension. Roberta ging von Zeit zu Zeit, um etwas zum Essen und zum Trinken zu holen.

Noch als Julia sich anzog, um in die Klinik zu fahren, zitterte sie davor, daß der gefürchtete Anruf doch noch kommen könnte, und sie verließ die Pension fast fluchtartig und viel zu früh, obwohl ihr klar war, daß es keinen Sinn hatte, davonzulaufen.

Die Erleichterung, als man ihr sagte, daß Johannes Herder von der Intensivstation in ein Krankenzimmer verlegt worden war, überkam sie so heftig, daß sie fast in Ohnmacht gefallen wäre.

»Ist Ihnen nicht gut?« fragte besorgt die Schwester, die es ihr mitgeteilt hatte.

Julia atmete tief durch, schloß die Augen und öffnete sie wieder, um den schwarzen Schleier zu vertreiben, der sich über sie zu legen drohte. »Doch!« behauptete sie. »Ich habe nur ziemlich wenig geschlafen in den letzten Nächten.«

»Ja«, sagte die Schwester, »das ist die Angst. Haben Sie denn wenigstens gefrühstückt?«

Julia hatte es versucht, aber keinen Bissen herunterbringen können.

»Gehen Sie in unsere Cafeteria! Warten Sie, ich zeige Ihnen den Weg. Nehmen Sie etwas zu sich. Den Patienten können Sie jetzt doch noch nicht besuchen.«

Obwohl Julia keine Lust hatte, den Rat zu befolgen, tat sie es dann doch, weil sie Johannes Herder nicht durch ihr schlechtes Aussehen beunruhigen wollte. Danach machte sie sich in einem der Waschräume sehr sorgfältig zurecht, kämmte sich das Haar, ärgerte sich, daß sie es sich nicht gewaschen hatte – wie hätte sie aber auch die Lust dazu haben sollen! –, zog sich die Lippen nach und machte mit dem hellen Stift einen Tupfer auf die Wangen, die sie dann sorgfältig verrieb, um ihre Blässe zu übertönen.

Als sie das Krankenzimmer gefunden hatte, kam das Ärzteteam gerade heraus, voran der Professor, neben ihm die Oberschwester, etwas hinter ihm drei junge Ärzte und noch einige andere Schwestern. Julia hätte dem Professor gern ihre Fragen gestellt, aber da war der Troß schon an ihr vorüber.

Dr. Pfeiffer hatte sie erkannt und blieb stehen. »Ah, da sind Sie ja, Frau Severin!« sagte er. »Sie können jetzt hinein. Der Patient ist bei Bewußtsein.«

»Und wie geht es ihm?«

»Ausgezeichnet. Den Umständen entsprechend natürlich. Aber bleiben Sie bitte nur kurz. Der Patient soll sich nicht aufregen. Er hatte heute schon einen Besuch.«

Julia sah den jungen Arzt verständnislos an.

»Einen Kriminalbeamten«, erklärte er.

»Und«, fragte Julia, »hat er etwas gesagt? Weiß man jetzt, wie es passiert ist?«

»Er kann sich nicht erinnern. Das ist ganz natürlich nach einer solchen Kopfverletzung. Aber er meint, daß er die Treppe heruntergefallen sei.«

»Das wäre möglich«, sagte Julia, »er wohnt in einer Maisonette mit einer Wendeltreppe.«

Dr. Pfeiffer lächelte ein wenig. »Scheint eine recht tückische Treppe zu sein«, sagte er, und dann war er verschwunden, schneller noch als das erste Mal.

Julia klopfte an und betrat das Krankenzimmer. Johannes Herder lag mit geschlossenen Augen im Bett, einen dicken weißen Verband um den Kopf. Sein Gesicht war so eingefallen, daß sie ihn fast nicht erkannt hätte. Er atmete sehr langsam, wahrscheinlich hatte man ihm Beruhigungstabletten oder eine Spritze gegeben. Aber er lebte.

Julias Herz wurde heiß vor Glück. »Hans«, sagte sie, »ich bin es, Julia.«

Er öffnete die Augen und lächelte, und jetzt war er fast wieder der alte. »Glaubst du, ich würde dich nicht erkennen?«

Sie küßte ihn sanft auf den Mund, zog sich einen Stuhl heran und faßte seine Hand. »Ach, Hans, ich habe mir solche Sorgen um dich gemacht . . . und Roberta auch.«

»Geschieht ihr ganz recht.«

»Du weißt also doch . . .?«

»Ja.«

»Aber du hast nichts gesagt!«

»Natürlich nicht. Meinst du, ich wollte, daß unsere schmutzige Wäsche an die Öffentlichkeit kommt?«

»Das werde ich dir nie vergessen.«

»Unsinn. Ich habe es ja auch für mich getan.«

Sie hielt seine Hand ganz fest. »Ich bin so froh, daß es gutgegangen ist.«

»Ich erst mal.« Wieder lächelte er. »Du hättest auch ohne mich weiterleben können . . . aber ich nicht.«

»Du hast unseretwegen eine Menge durchgemacht.«

»Kann man wohl sagen. Aber jetzt wirst du mich nicht verlassen, nicht wahr?«

»Nein. Nie mehr.«

»Du sagst das doch nicht etwa nur, um mich nicht aufzuregen?«

»Nein. Es ist wahr.«

»Du wirst mich also endlich heiraten?«

»Ja.«

»Julia, Julia, meine über alles geliebte Julia! Dann hat es sich doch gelohnt.«

»Ja, Hans, aber, bitte, bleib ganz ruhig, der Doktor sagt . . .«

»Pfeif auf die Ärzte!«

»Sie haben dir das Leben gerettet.«

»Auch wieder wahr. Und was wird mit Roberta?«

»Wir haben alles besprochen. Sie bleibt in Eysing bis zum Abitur. Sie wird mit einer Schulfreundin zusammenziehen. Dann kann ich die Wohnung vermieten.«

»Und Ralph?«

»Er heiratet.«

»Da sieh mal einer an! Julia, das sind wunderbare Neuigkeiten. Soll ich dir was sagen? Wenn ich erst aus dem Krankenhaus bin, das dauert zwar noch ein paar Wochen, dann machen wir beide eine Weltreise.«

»Ich weiß nicht, ob das so günstig sein wird.«

Seine Augen verdunkelten sich. »Du willst nicht?«

»Ich möchte schon, aber . . . Bitte, bleib ganz ruhig: Ich erwarte ein Kind.«

Er verstand sie nicht gleich. »Was für ein Kind?«

»Ein Baby, Hans. Ich bin schwanger.«

»Du bist . . .« Er machte eine Bewegung, als wollte er sich aufsetzen. ». . . da hört sich doch alles auf!«

»Du freust dich nicht?«

»Verlang nicht zuviel von mir. Die Freude wird schon noch kommen. Aber mit so etwas habe ich wirklich nicht gerechnet.«

»Ich doch auch nicht, Hans.«

»Und dein Studium?«

»Mach ich trotzdem. Man kann auch mit Kind studieren. Besonders, wenn es einen Vater hat, der zu Hause arbeitet und hin und wieder darauf aufpassen kann.«

»Was? Du willst mich zum Kinderhüten mißbrauchen?«

»Das ist kein Mißbrauch, Hans. Du bist ja der Vater. Ich bin sehr froh, jetzt doch einen Vater für das Kind zu haben.«

»Dann werden wir also eine richtige Familie sein?«

»Das bleibt mir wohl nicht erspart. Eine neue Familie, neue Konflikte.« Sie seufzte übertrieben.

»So ist das eben«, sagte er, ein warmes Lächeln in den Augen, »ob mit oder ohne Familie, die Konflikte bleiben nie aus.«

»Ein Trost, daß es auch immer wieder Liebe gibt!«